...기 시작했고, 힘을 합쳐 쓴 첫 작품은 ...8년 잡지《기술-청년들》에 발표되었다. 이듬해인 1959년에는 첫 단행본 『선홍빛 구름의 나라』가 출간되었고, 이후 『신이 되기는 어렵다』(1964) 『월요일은 토요일에 시작된다』(1964) 등 대표작들을 내놓으며 전성기를 맞았다.

젊은 시절 형제는 소련의 이념에 긍정적인 공산주의자들이었다. 그러나 차츰 혁명과 소련 체제에 의구심을 가졌고, 1968년 '프라하의 봄'을 목도하면서 소련 이념에 대한 환상을 잃는다. 그즈음의 작품은 검열과 비평가들의 혹평에 시달렸다. 이 같은 상황에 굴복해 글쓰기를 중단하는 것을 패배라 여긴 그들은 의도적으로 중립적이며 비정치적인 작품을 계속해서 써 나갔지만, 그조차 검열에서 자유롭지 않았다.

초기 작품에서는 기술과 문명의 진보가 초래한 도덕성 및 인간성 상실, 역사 앞에서의 개인의 책임이라는 철학적 문제를 탐구했고 후기로 갈수록 소비에트 관료제도 고발, 전체주의 사회에 대한 비판과 풍자에 더불어 통제와 감시로 고통받는 인간의 위기의식을 다양하게 제기했다.

스트루가츠키 형제의 작품은 발표될 때마다 큰 반향을 일으켰다. 『노변의 피크닉』(1972)은 안드레이 타르콥스키에 의해 영화 〈잠입자〉(1979)로 만들어졌다. 알렉산드르 소쿠로프는 『세상이 끝날 때까지 아직 10억 년』(1976)을 토대로 영화 〈일식의 날〉(1988)을 촬영했다. 그 외에도 여러 작품이 영화화되었다. 형제의 작품은 33개국 42개 언어로 번역되어 있다.

노변의
피크닉

ПИКНИК
Н   А
ОБОЧИНЕ

노변의
피크닉

아 르 카 디
스 트 루 가 츠 키

·

보 리 스
스 트 루 가 츠 키

─────────

이 보 석   옮 김

현대문학

일러두기

1. 이 책은 2015년 아스트출판사에서 발행된 *Пикник на обочине/Piknik na obochine*를 번역한 것이다. 이 판본은 2003년 스탈케르출판사에서 간행한 「스트루가츠키 형제 작품집」11권 제2쇄(2차 수정본)를 기준으로 한다.
2. 작가들의 의도를 존중하여 원문에서 일반명사나 두문자를 대문자로 표기한 것은 고딕체로, 대문자로만 이루어진 것은 볼드체로 표시했다.
3. 본문에 인용된 성경 구절은 한국 성서공동번역위원회가 편찬한 『공동번역성서』를 따랐음을 밝혀 둔다.
4. 이 책의 주는 모두 옮긴이 주이다.

차례

좋은 SF는 좋은 소설이기도 하다.

이 언명은 일반 독자와 '진지한' 비평가들이 SF 하면 우주 슈트에 광선총을 든 주인공이 황동 브래지어를 입은 여주인공을 곤충 눈을 한 괴물의 접근으로부터 구해 내는 이야기를 떠올리지 않게 될 때까지 다시, 또다시 되풀이되어야 할 것이다. 다른 장르와 마찬가지로 훌륭한 SF 또한 그 스펙트럼이 매우 넓다. 미키 스필레인은 도러시 세이어스나 나이오 마시가 아니지 않나. 〈호팔롱 캐시디〉는 〈셰인〉이나 〈진정한 용기〉가 아니지 않은가. 뛰어난 SF 소설은 여느 문학 장르의 뛰어난 작품 못지않다.

SF는 오늘날 가장 폭발적인 인기를 누리는 장르이다. 미국과 영국의 SF는 프랑스와 이탈리아, 스칸디나비아에서 널리 읽히고 스페인과 포르투갈, 라틴아메리카에서는 독자 수가 점차 늘고 있으며 독일과 네덜란드에서는 전례 없이 높은 인기를 누리고 있다. 유럽, 특히 프랑스와 이탈리아에서 신진 작가들이 등장하고 이들의 작품은 번역되어 영어 권으로 유입되기도 한다. 이 같은 SF 소설의 부상은 SF 영화와 텔레비전 방송물의 증가로 이어지고 있다.

SF의 부흥을 설명하는 몇 가지 이유가―그리고 그보다 훨씬 많은 가설이―있는 줄 알지만, 내가 할 이야기는 아니니 이 주제로 논문을 쓸 수많은 대학원생들과 고등학교 및 대학교의 SF 과목(이 글을 쓰는 시점에 미국에만 1,500개 넘게 개설되어 있다) 담당 선생들에게 맡겨 두자. 그저 이토록 제한 없고 유동적이면서 놀라움과 경탄을 불러일으키고, 시간과 공간의 경계는 물론이고 우리가 제멋대로 현실이라 부르는 환상으로부터 이토록 자유로운 장르가 SF 이전에는 없었다고만 말해 두겠다. 시의 발명 이래로 말이다.

영어권 SF 독자 대부분은 세계에서 가장 많이 읽히는 SF 작가가 하인라인이나 브래드버리, 클라크가 아닌 폴란드인 스타니스와프 렘이라는 것을 모른다. 작가연맹 내 SF 분과가 가장 큰 나라가 헝가리라는 것을 모른다. 동독과 체코슬로바키아, 그리고 특히 소련°에서 훌륭한 SF 작품들이 나온다는 것을 모른다. 그중 몇몇이―극히 적은 수가―영어권으로 유입되는데, 슬프게도 분명 일부 작품은 끔찍한 번역으로 고통받는다. 어떤 작품은 원어에서 다른 언어로 번역된 다음 거기서 다시 영어로 옮겨지는 실정이라 번역이 잘못될 위험이 갑절로 늘며 이런 과정에서는 문체와 인물, 심지어는 세탁물 목록마저 살아남으리라고 기대하기 어렵다. 그러나 통찰력 있는 독자라면 이를 감안하고 최악의 번역에서도 원작의 힘과 경이로운 기발함을 찾아낼 수 있을 것이다.

　소련의 SF 작가 중 최고봉으로는 아르카디와 보리스 스트루가츠키를 꼽을 수 있다. 내가 이 재능 있는 형제를 만난 것은 소설 『신이 되기는 어렵다』를 통해서였다. 구성, 인물, 호흡, 그리고 인간의 존재 조건에 대한 통찰력 있는 서술에 이르기까지 순수하게 소설로서도 놀랍도록 훌륭한 작품일 뿐만 아니라 SF 독자들이 열광하는 요소들은 거의 다 망라해 다룬다. 우주비행과 미래 장비들이 등장한다. 사회의 속성을 파고들며 '만약 ……였다면?'이라는 의문을 제기하고 외계 문명에 대한 정교한 묘사로 우리의 본성과

●　이 「서문」이 쓰인 1976년 당시 러시아는 소비에트연방에 포함되어 있었으며, 체코슬로바키아는 체코와 슬로바키아로 분리되기 전이었고 독일은 분단된 상황이었다.

우리 존재를 보는 새로운 시각을 제시한다. SF의 사촌뻘 되는 소위 '검과 마법' 장르에서 빠질 수 없는 흥미진진한 액션 장면까지 있다. 하지만 가장 높이 평가해야 할 미덕은 이것이다. 이야기 전개상 필요하면 언제든 전투와 격투며 피와 죽음이 등장하지만, 초인적인 능력을 지닌 주인공은 절대 사람을 죽이지 않는다는 것. 작가라면 누구나 오늘날처럼 폭력적인 시대에 자신의 영향력에 대한 책임감을 갖고 반드시 숙지해야 할 점이다. 이는 긴장감과 박진감을 포기하지 않고도 얼마든지, 그것도 아주 잘 구현할 수 있다.

이제 『노변의 피크닉』 이야기를 해 보자······ 소위 미국 SF의 황금기로, 몇 개월 만에 사상 최고로 재능 있는 SF 작가들을 끌어모은 비범한 편집자인 고故 존 W. 캠벨이 작가들에게 '"당신이 미치지 않았다는 걸 어떻게 증명하나?"를 풀지 못하면 24시간 내에 죽는 사내에 관한 이야기를 써 오라'와 같은 과제를 내곤 했던 시기이다. 그중에서도 가장 도발적인 과제는 아마 '인간man처럼 생각하지만 인간은 아닌 생명체에 관한 이야기를 써 달라'('여성'이라는 답은 너무 뻔하므로 제외였다)였을 것이다.

스트루가츠키 형제는 지구가 외계인의 짧은 **방문**을 경험하는데, 이 외계인들이 요컨대 노변의 피크닉을 마치고 당신이나 내가 (도덕성이 흐트러진 찰나에) 버리고 갈 만한 잡동사니 같은 것들을 남기고 떠났다고 설정한다. 이 쓰레기들, 순전히 외계인의 기술로 만들어진 그것들의 성질은 지구의 분석적인 과학은 물론 대부분의 지구적인 논리에 위배되며 무한한 가능성을 지닌다. 이 가능성을 너무도 인간적인 목표, 즉 지식을 위한 순수한 앎에의 추구, 인간의 삶을 위한 새로운 장비, 새로운 기술 연구, 경쟁심을 동반한 이익에의 추구와 새롭고 더 끔찍한 무기를 향한 탐욕스러운 갈증에 욱여넣은 것이 곧 이 놀라운, 짧은 소설의 골조이다. 여기에 의리와 욕망, 우정, 사랑, 절망, 좌절, 그리고 고독을 다루는 스트루가츠키 형제의 능숙하고 유연한 방식이 더해져 축복이라는 말밖에 나오지 않는, 가슴 먹먹하게 만드는 장면으로 끝맺는 진정 최고의 이야기를 만나게 된다. 당신은 이 소설을 잊지 못할 것이다.

이 소설을 번역해 준 안토니나 W. 보이스에게도 감사의 말을 전한다. 러시아어는 모르지만 소설은 아는 자로서 말하건대, 그토록 군건한 장벽을 넘어 그토록 유려하게 감정과 인물의 입체성, 심지어는 일상 관용 어구를 가로지르는 이라면 누구든 존경받아 마땅할 것이다.

1976년 캘리포니아 샌디에이고
시어도어 스터전

ПИКНИК
Н А
ОБОЧИНЕ

그대는 악에서 선을 행해야 할지니,
달리 선이 나올 데가 없기 때문이다.

로버트 펜 워런

"……그러니까 필먼 박사님, 소위 필먼 방사점의 발견을 박사님의 주요 업적이라고 할 수 있겠지요?"

"그렇게 말할 수는 없을 것 같습니다. 필먼 방사점은 최초도 아니었고, 중요하지도 않으며, 무엇보다도 발견이 아닙니다. 내가 발견한 것도 아니고."

"아무래도 박사님께서 농담을 하고 있으신 것 같군요. 필먼 방사점은 초등학생도 아는 개념 아닌가요."

"그거야 놀라울 게 없는 것이, 필먼 방사점을 처음 발견한 이도 학생이었습니다. 안타깝게도 그 학생의 이름은 기

●   풀리처상 수상작 『모두가 왕의 신하*All the King's Men*』(1946)의 한 구절.

억이 나지 않는군요. 스텟슨의 『**방문의 역사**』를 보면 거기 다 자세히 쓰여 있습니다. 최초로 방사점을 발견한 건 초등학생이었고 최초로 그 좌표를 발표한 건 대학생이었는데 왜인지 방사점에는 내 이름이 붙었지요."

"그렇군요. 발견의 과정에서는 때때로 놀라운 일들이 일어나곤 하죠. 그럼 박사님, 이제 하몬트에서 듣고 계실 우리 청취자분들께 설명 좀 해 주시면……"

"내 고향 하몬트에서 듣고 계신 여러분, 필먼 방사점은 아주 간단합니다. 회전 중인 커다란 지구본에 리볼버를 발사한다고 상상해 보십시오. 지구본 표면에 부드러운 곡선을 그리며 구멍들이 뚫리겠지요. 여러분이 나의 중요한 발견이라고 부르는 것의 핵심은 총 여섯 곳의 **방문 구역**이 마치 누군가 지구와 데네브를 잇는 선의 어느 지점에서 지구 표면으로 피스톨을 여섯 발 발사해 생긴 듯하다는 간단한 사실입니다. 아, 데네브는 백조자리의 알파성이고, 발사 지점이라고 할 수 있을 창공의 한 지점이 바로 필먼 방사점입니다."

"감사합니다, 박사님. 친애하는 하몬트인 여러분! 드디어 박사님께서 필먼 방사점을 자세히 설명해 주셨습니다! 그러고 보니 그저께가 **방문** 13주년이 되는 날이었죠. 필먼 박사님, 괜찮다면 우리 동향에 계신 청취자분들께 그와 관련

하몬트 라디오 특파원이 진행한 19××년
밸런타인 필먼 박사의 노벨 물리학상 수상 기념 인터뷰에서 발췌

해 한 말씀 해 주시겠습니까?"

"사람들이 대체 무슨 얘기를 듣고 싶어 한다고 그러는 겁니까? 이보세요, 그때 나는 하몬트에 있지도 않았습니다……"

"그렇게 말씀하시니 고도로 발달한 외계 문명이 고향 땅을 침공했을 때 박사님께서 무슨 생각을 하셨을지 더더욱 궁금합니다만……"

"솔직히 처음엔 헛소문이라 생각했습니다. 우리의 오래되고 조그만 도시 하몬트에 그런 일이 일어날 수 있다고는 생각하기 어려웠지. 동부 시베리아나 우간다, 남대서양은 그렇다 치지만, 하몬트라니!"

"하지만 결국엔 믿을 수밖에 없었죠."

"결국엔 그랬습니다."

"그래서요?"

"내 머릿속에 갑자기 하몬트와 그 외 다섯 개의 **방문 구역**이…… 그런데 당시는 단 네 곳만 알려져 있었다는 게 문제인데…… 어쨌든 모든 **방문 구역**이 아주 부드러운 곡선 위에 위치해 있다는 생각이 들었습니다. 그래서 방사점의 좌표를 계산해 그걸《네이처》에 보냈지요."

"고향의 운명은 조금도 걱정되지 않으셨고요?"

"글쎄, 그때는 이미 **방문**이 일어났다는 건 받아들이고 있었지만, 거리가 불타오른다느니, 야수들이 노인과 아이만 골라 태워 죽이고 있다느니, 약하지만 용감한 국왕군 탱크 사단이 압도적으로 강한 방문자들에 꿋꿋이 맞서 피비린 내 나는 전투를 벌이고 있다느니 하는 혼돈스러운 기사들은, 나로선 도무지 믿을 수 없었습니다."

"맞는 말씀입니다. 그때 저희 정보원이 큰 혼란을 일으켰었죠…… 그러면 다시 과학 얘기로 돌아와 볼까요. 박사님의 이름을 알린 첫 업적이 필먼 방사점이긴 하지만, 그게 **방문** 연구에 대한 박사님의 마지막 기여는 아니죠?"

"처음이자 마지막이었습니다."

"하지만 박사님께선 분명 **방문 구역**에서 국제적으로 진행되는 연구들의 추이를 꾸준히 주시하셨을 텐데요……"

"뭐…… 종종《논문집》을 뒤적여 보지요."

"《국제외계문명연구소 논문집》말씀이신가요?"

"그렇습니다."

"그렇다면 박사님께서는 지난 13년을 통틀어 가장 중요한 발견은 무엇이라고 생각하십니까?"

"**방문** 그 자체요."

"네?"

"지난 13년뿐 아니라, 인류가 존재한 이래 가장 중요한 발견은 **방문**이라는 사실 자체입니다. 방문자의 정체는 그리

중요하지 않아요. 어디서 왔는지, 무엇을 하러 왔는지, 왜 그렇게 잠깐 머물렀는지, 그 후 어디로 사라져 버렸는지는 중요하지 않습니다. 인류가 우주의 외로운 존재는 아니라는 사실을 이제 분명히 알게 됐다는 게 중요하지요. 앞으로 이 이상 근본적인 발견을 해낼 운은 외계문명연구소에 결코 허락되지 않을 것 같아 걱정입니다."

"그것 참 흥미롭군요, 필먼 박사님. 그런데 저는 사실 기술적인 발견을 말씀드린 거였는데요. 우리 지구의 과학과 기술에 활용할 수 있을 발견들 말이죠. 여러 저명한 연구자들은 **방문 구역**에서 발견된 것들은 우리 역사의 흐름 자체를 바꿀 수 있다고 예상하지 않습니까."

"음, 나는 그런 시각에 동의하지 않아요. 그리고 구체적인 발견물에 대해 말하자면, 나는 전문가도 아니고."

"그렇지만 박사님은 벌써 2년째 유엔 **방문**문제위원회의 자문 위원이신데요……"

"맞습니다. 하지만 외계 문명의 연구에는 전혀 관여하지 않고 있습니다. 방문위에서 나는 동료들과 함께 국제 과학계를 대표하여 **방문 구역**을 국제화한다는 유엔의 결정이 제대로 이행되도록 관리 감독하고 있어요. 개략적으로 말하자면, **방문 구역**에서 발견되는 외계의 기적들을 국제연구소만 보유할 수 있도록 관리하는 거지요."

"그러니까 그 기적을 노리는 자가 또 있다는 말씀인가요?"

"그렇습니다."

"박사님께서는 아마 스토커*를 염두에 두고 말씀하신 거겠지요?"

"그게 뭔지 모르겠습니다만."

"그러니까 저희 하몬트에서는 공포와 위험을 무릅쓰고 구역에 잠입해 거기서 발견하는 것은 전부 가져오는 젊은 이들을 그렇게 부릅니다. 완전히 새로운 직업이라고 할 수 있지요."

"그렇군. 우리가 관할하는 일은 아닙니다."

"그렇겠죠! 그건 경찰 관할이니까요. 그렇다면 필먼 박사님, 박사님께서는 정확히 어떤 일을 하고 있는지 말씀해 주시면 좋을 것 같은데요……"

"**방문 구역**의 물체들이 무책임한 개인과 조직으로 계속 유출되고 있어요. 우리는 그 유출에 따른 결과를 다룹니다."

"조금만 더 자세하게 말씀해 주신다면요, 박사님?"

"차라리 예술 얘기를 하는 게 나을 것 같군요. 청취자들이 위대한 고디 뮬러에 대한 내 견해를 듣고 싶어 하지 않겠습니까?"

하몬트 라디오 특파원이 진행한 19××년
밸런타인 필먼 박사의 노벨 물리학상 수상 기념 인터뷰에서 발췌

"오, 물론이죠! 하지만 저는 우선 과학 얘기를 마무리하고 싶은데요. 박사님께서는 연구자로서 외계의 기적을 직접 연구하고 싶지는 않으신지요?"

"뭐…… 글쎄요."

"그럼, 하몬트 사람들이 어느 화창한 날 거리에서, 고향이 배출한 저명한 과학자를 보게 될 가능성이 있는 건가요?"

"어쩌면요."

• сталкер/stalker. 스트루가츠키 형제가 사용한 스토커는 접근 금지 지역인 **구역**에 잠입하여 방문자들이 남기고 간 물체를 가져와 팔아넘기는 자들을 말한다. '스토커'에는 '남을 따라다니면서 괴롭히는 사람'인 범죄자 외에도 '사냥꾼'이란 뜻이 있다.

1 레드릭 슈하트, 23세, 독신, 국제외계문명연구소 하몬트 지부 연구원

어제 일이다. 우리는 보관고에 있다. 벌써 저녁이고 입고 있는 작업복만 벗어 던지면 되니 '보르시치'에 가서 센 술 한두 방울을 위에 넣어 줄 수도 있겠다. 나는 할당량을 다 채우고는 이미 담배 피울 준비를 다 마친 상태로 그저 벽에 기대서 있었고, 미칠 듯 담배를 피우고 싶은데─두 시간째 못 피웠는데─그는 계속 자기 일에 몰두 중이다. 금고 하나를 끌고 와 문을 닫고 봉인 작업을 하더니, 지금 또 다른 금고를 가져온다. 운반 장치에서 '깡통'을 집어 들고 모든 방향에서 들여다보더니(그런데 그건 6.5킬로그램으로, 더럽게 무겁다) 낑낑거리며 선반에 조심스레 내려놓는다.

그가 어찌나 오랫동안 '깡통'과 씨름 중인지, 내가 봤을 땐 인류에 하등 도움이 되지 않을 일이다. 내가 그렸으면 진작 때려치우고 그 돈으로 뭔가 다른 작업을 했겠다. 그래도 다른 한편으로 생각해 보면 '깡통'은 정말 불가사의한, 뭐랄까, 이해할 수 없는 무엇이긴 하다. 내가 그걸 한두 개 가져와 본 게 아닌데, 그런데도 볼 때마다 놀라지 않을 수 없다. 그건 찻잔 크기의 원형 동판 두 장이 전부다. 5밀리미터 두께의 동판 두 장이 400밀리미터의 간격을 두고 떨어져 있는데, 그 사이에는 빈 공간을 제외하면 아무것도 없다. 그러니까, 아무것도 없고 텅 비어 있다. 신기한 광경에 완전히 넋이 나가 그 사이로 손이나 머리를 집어넣을 수도 있겠지만, 텅 비어 있다는 걸 확인할 따름이다. 그 사이에는 오로지 공기뿐이다. 그런데 누구 하나 이것들, 즉 이 판들을 붙이지도, 그렇다고 떨어뜨려 놓지도 못하는 걸 보면, 그 사이에는 뭔가가, 어떤 힘이 존재하는 게 분명하다.

안 되겠다, 여러분. 본 적 없다는 사람에게 이 물체를 설명하기는 어렵지만, 이게 외견은 단순해서, 직접 보면 결국 자기 눈이 본 것을 받아들일 수밖에 없을 것이다. 이걸 설명하기란 누군가에게 컵이나, 제기랄, 술잔을 묘사하는 것이나 다름없다. 허공에 대고 손가락을 꼼지락거리며 형체를 묘사하려다 절망감에 휩싸여 욕을 내뱉게 되는 일 말이다. 뭐, 이 정도면 여러분도 다 이해한 걸로 알겠고, 잘 모르

1 레드릭 슈하트, 23세, 독신.
국제외계문명연구소 하몬트 지부 연구원

겠는 사람은 연구소에서 발간한《논문집》을 찾아보면 되겠다. 이 '깡통'에 대한 논문과 사진이 실리지 않은 호가 없으니……

그러니까, 키릴은 벌써 거의 1년째 이 '깡통'과 씨름 중이다. 나는 처음부터 키릴 밑에서 연구를 도왔는데, 그가 '깡통'으로 뭘 하는 건지 아직도 전혀 이해가 되지 않는 데다, 물론 솔직히 말하면 딱히 이해하려고 노력하지도 않는다. 자기 스스로 이해하고 혼자 해결하라지. 행여나 그렇게 되면 내가 관심을 갖고 그의 얘기를 들어 줄지도. 아직까지는 단 한 가지만이 분명하다. 그는 어떤 '깡통'이 됐든, 그게 어떻게 변하든, 그걸 부수거나, 산으로 녹이거나, 압력을 가해으스러뜨리거나, 용광로에서 녹여야 했다. 그리하여 그가 모든 걸 이해하게 되는 날, 그에겐 영광과 찬사가 쏟아지고 전 세계 과학계는 심지어 환희로 차 전율하겠지. 하지만 그 순간은, 내가 알기론 요원하다. 여태껏 그는 아무것도 이루지 못했고, 그저 고생만 해 뭔가 흐리멍덩해지고 과묵해졌으며 병든 개의 눈을 해 가지고는 눈물까지 고여 있다. 키릴이 아니라 다른 사람이었다면, 인사불성으로 취하게 해서 몸 좀 풀라고 괜찮은 여자에게 데려가고, 이튿날도 아침부터 술에 푹 절여 또 여자에게, 또 다른 여자에게 데려다줄 텐데. 그렇게 일주일만 나한테 맡기면 다시 태어난 사람처럼 귀도 쫑긋 서고 꼬리도 빳빳해질 거다. 그저 이 처방이 키릴에게는 맞지 않는다. 권해 볼 필요도 없이, 그는 그런 유의 인간이 아니다.

요컨대 우리는 보관고에 서 있는 중이고, 나는 그의 변한 모습을 보며, 움푹 파인 그의 눈을 보며 가여움을 느꼈다. 어쩌다 그렇게 된 건지 나도 모르겠다. 그때 나는 결심했다. 아니, 스스로 결심했다기보다는 누군가 나를 떠민 것 같았다.

"이봐, 키릴……" 내가 말한다.

마침 그는 마지막 '깡통'을 들고 서 있는데, 그 속으로 빨려 들어갈 것만 같은 자세다.

"저기, 키릴! 만약 당신한테 충만한 '깡통'이 있다면 어떨 거 같아? 응?"

"충만한 '깡통'?" 그는 되물으며 내가 알아듣지 못할 언어로 말하기라도 한 양 눈썹을 씰룩인다.

"그러니까, 그거. 당신의 그 자기성 트랩. 뭐더라…… 물체 77-B 말이야. 바로 그건데 그 사이에 뭔가 빌어먹을 것이, 푸른 뭔가가 있는 거야."

그는 그제야 내 말을 이해한 것 같다. 눈을 들어 나를 쳐다보더니 얼굴을 찌푸렸고 그에게서, 거기 개의 눈물 너머, 그 자신이 마음에 쏙 들어 하는 표현을 쓰자면, 한 가닥 지성의 빛이 번뜩였다.

"잠깐, 충만하다고? 딱 이렇게 생겼는데, 충만하다는 점만 다르다고?"그가 말한다.

"그렇지."

"그게 어디 있는데?"

됐다. 나의 키릴이 완치됐다. 귀가 쫑긋 서고 꼬리도 빳빳해졌다.

"가자."내가 말한다."담배 피우러."

키릴이 신속하게 '깡통'을 금고에 넣고서 문을 세게 닫고 세 번 하고도 반 바퀴 감싸 봉인한 뒤 우리는 연구실로 되돌아갔다. 어니스트는 텅 빈 '깡통' 하나에 현금으로 400은 쳐주니까, 나라면 충만한 '깡통'으로 그 망할 자식의, 그의 더러운 피를 다 뽑아낼 거다. 하지만 믿거나 말거나, 당시 나는 그런 생각은 머릿속에 떠올리지도 않았다. 내 옆에서 키릴이 말 그대로 되살아났고 다시 쌩쌩해져서 멋진 소리까지 내니 말이다. 그는 담배 피울 틈도 주지 않고 계단을 네 칸씩 뛰어 내려간다. 그리하여 나는 그에게 전부 말해 줬다. 그 물체가 어떻게 생겼는지, 어디 있는지, 그곳까지 어떻게 가는 게 가장 좋은지. 그는 당장 지도를 꺼내 문제의 차고를 찾아 손가락으로 짚더니 나를 쳐다봤고, 더 들을 것도 없이 바로 내 정체를 눈치챘으니, 그제야 이 상황이 이해되는 것이었다……

"너 이 자식, 멋진데!" 그가 웃음 짓는다. "어쩌겠어, 가야지. 내일 아침에 바로 가자고. 9시에 통행증이랑 '오버슈즈'를 신청하면 10시에는 충분히 나갈 거야. 어때?"

"그래." 내가 말한다. "그런데 셋째는 누구로 하지?"

"우리한테 뭐 하러 셋째가 필요해?"

"음, 필요해. 여자들 끼고 피크닉 가는 게 아니잖아. 당신한테 무슨 일이라도 생기면? 거긴 **구역**이라고. 규정대로 해야지."

그가 어깨를 으쓱하며 살짝 웃었다.

"마음대로 해! 네가 더 잘 알겠지."

당연히 더 잘 알지! 물론, 그는 신경 써 준 거고 날 배려한 거였다. 셋째는 불필요하니 둘이서 가자, 그러면 모든 일을 조용히 비밀리에 처리할 수 있고 너에 관해서는 아무도 의심하지 못할 거다, 그런 말이다. 그런데 나는 연구소 사람들이 둘이서는 **구역**에 가지 않는다는 걸 알고 있다. 그들의 규칙은 두 사람이 작업하고 세 번째 사람은 그걸 지켜보다가 나중에 질문을 받으면 대답해 주는 것이다.

"개인적으로, 나라면 오스틴을 데려가겠어." 키릴이 말한다. "하지만 넌 그를 데려가고 싶지 않겠지. 아니면 상관없나?"

1 레드릭 슈하트, 23세, 독신.
국제외계문명연구소 하몬트 지부 연구원

"아니, 오스틴만은 안 돼. 오스틴은 당신이 다음번에 데려가." 내가 말한다.

오스틴은 꽤 괜찮은 사내로 적당히 용감하고 적당히 겁이 많지만, 내가 볼 때 그는 이미 죽을 운명이다. 키릴은 설명해 줘도 이해하지 못하겠지만, 나는 안다. 그는 마치 **구역**을 완벽하게 알고 이해한다는 듯 행동한다. 그러니까, 그는 금방 죽을 운명이다. 그러라지. 나만 엮이지 않는다면야.

"뭐, 좋아. 그럼 텐더는?"

텐더는 그의 제2연구원이다. 나무랄 데 없는, 차분한 사내다.

"나이가 좀 있잖아. 애들도 있고……" 내가 말한다.

"괜찮아. 그는 이미 **구역**에 가 본 적 있어."

"그럼 그러든가. 텐더로 하지."

그리하여 그는 계속 지도를 보며 앉아 있었고, 나는 너무나 배가 고프고 목이 타들어 가 곧장 보르시치로 달려갔다.

어쨌든. 아침에 내가 여느 때처럼 9시쯤 나타나 통행증을 내미는데, 입구에 그 껑다리 중사 녀석이, 작년에 술에 취해 구타에게 집적대다 나에게 얻어터진 바로 그 중사 녀석이 근무 중이다.

"여, 빨강머리." 그가 나에게 말을 건다. "온 연구소가 널 찾고 있……"

이 대목에서 나는 상냥하게 그의 말을 끊는다.

"누가 빨강머리야. 친한 척하지 마, 스웨덴에서 온 머저리 새끼."

"세상에, 빨강머리! 다들 널 그렇게 부르잖아." 그가 놀라서 말한다.

그런데 나는 **구역** 방문을 앞두고 신경이 곤두선 데다 술도 깨 있었기에 그의 검대를 잡아채고는 그가 어떤 인간인지, 태생이 어떤 놈인지, 아주 세세한 것까지 전부 말해 버렸다. 그는 침을 뱉더니 내게 통행증을 돌려주었고, 좀 전의 친근함은 이미 거둔 뒤였다.

"레드릭 슈하트, 허조그 안보실 전권 대위에게 즉시 출두하라는 명이 들어와 있습니다."

"봐, 훨씬 낫잖아. 그렇게 하라고, 중사. 장교로 올라가야 할 것 아냐."

그건 그렇고, 나는 이건 또 무슨 소리인가 생각한다. 도대체 내가 왜 근무시간에 허조그 대위에게 가야 하나? 뭐, 얼굴을 내밀어 주지. 그의 집무실은 3층에 있는 좋은 방으로, 창에는 경찰서처럼 창살이 달려 있다. 윌리는 자기 책상에 앉아 파이프를 색색 불어 대며 타자기로 문서를 치는 중이고 구석에는 새로 왔는지 처음 보는 웬 중사 녀석이 철제 캐비닛을 뒤지고 있다. 우리 연구소는 이런 중사들을 군대 사단보다도 더 많이 데리고 있는데, 하나같이 이렇게 덜 자란 데다 뺨은 발그스레하고 머리에 피도 안 마른 놈들이다. 이놈들은 **구역**에 갈 필요가 없는 것은 물론이고, 이 세계가 직면한 문제에도 전혀 관심이 없다.

"안녕하십니까. 부르셨습니까?" 내가 말한다.

윌리가 허공 보듯 나를 보면서 타자기를 치우더니 앞에 아주 두터운 서류철을 놓고 한 장 한 장 넘기기 시작한다.

"레드릭 슈하트인가?" 그가 말한다.

"본인입니다." 대답하는데 우스운 기분이 들었다. 힘이 없다. 신경질적인 히죽임 같은 게 튀어나오려 한다.

"연구소에서 얼마나 일했나?"

"2년 일했습니다. 3년째입니다."

"가족은?"

"혼잡니다. 고아입니다."

그러자 그가 중사 녀석 쪽으로 몸을 돌리면서 엄중한 목소리로 명령한다.

"루머 중사, 보관실에 가서 150번 서류철을 가져오게."

중사 녀석은 경례를 하고 나갔고, 윌리는 서류철을 소리 내어 닫더니 음울한 목소리로 이렇게 묻는다.

"또 예전 일에 손댄 건가?"

"예전 일이라니?"

"뭘 말하는지 너도 알 텐데. 또 너에 관한 문건이 들어왔어."

자, 나는 머리를 굴린다.

"그 문건은 어디서 온 건데?"

그는 얼굴을 찡그리더니 짜증스럽게 파이프를 재떨이에 털기 시작했다.

"그건 네가 신경 쓸 문제가 아니지. 옛 우정을 생각해서 경고하는 거야. 그 일에서 손 떼. 앞으로 평생. 또 한 번 잡히는 날엔 6개월은 못 나올걸. 연구소에서도 즉시, 영영 쫓겨날 거야. 알아들었어?" 그가 말한다.

"알아들었어." 내가 말한다. "그건 알아들었다고. 그런데 어떤 개자식이 날 찔렀는지는 이해가⋯⋯"

하지만 그는 이미 몽롱한 눈빛으로 나를 쳐다보며 속이 텅 빈 파이프를 색색대면서 서류철을 넘긴다. 그러니까, 루머 중사가 150번 서류철을 갖고 돌아왔다는 뜻이다.

"고맙네, 슈하트." 거세돼지란 별명을 가진 윌리 허조그 대위가 말한다. "설명하려고 한 것은 이게 전부일세. 이제 나가 보게."

뭐, 나는 탈의실로 가서 작업복으로 갈아입고 담배를 피웠고 그러는 내내 좀 전 일을 생각한다. 대체 어디서 그런 정보가 들어오는 거지? 연구소 사람들의 신고인가. 그럴 리 없는 게, 여기에는 나에 대해 아는 사람이 없으며 알 수도 없다. 아니면 경찰에서 알아낸 건가…… 역시 말이 안 되는 게, 그들이 내 지난 일 말고 또 뭘 알 수 있단 말인가? 설마 대머리수리가 잡혔나? 그 개자식은 자신을 지키기 위해서라면 누구든 팔아넘긴다. 하지만 지금 대머리수리는 내가 뭘 하고 사는지 전혀 모르는데…… 머리를 굴리고 또 굴려봤지만, 딱히 떠오르는 게 없었기에 윌리의 말을 무시하기로 결심했다! 내가 마지막으로 밤에 **구역**을 다녀온 게 3개월 전이고, 노획물은 거의 다 팔았고, 그걸로 번 돈도 거의 다 썼다. 그땐 현장에서 잡히지 않았는데, 제기랄, 이제 와서 위험해졌다.

그런데 계단을 올라가던 차에 나는 뭔가에 얻어맞은 듯 정신이 번쩍 들어 탈의실로 도로 돌아가 앉았고 다시 담배에 불을 붙였다. 오늘 나는 **구역**에 갈 수 없게 된 것이다. 내일도 모레도 갈 수 없다. 내가 또 그 사냥개 같은 두꺼비 놈들의 감시 대상이 된 거고, 그들은 나를 잊어버리지 않은 거고, 잊었더라도 누군가 상기한 것이다. 이제 와서 대체 누가 그랬는지는 중요치 않다. 어떤 스토커라도 감시당하고 있다는 사실을 아는 이상 완전히 돌지 않고서는 포화를 맞겠다고 **구역**에 가지 않을 것이다. 지금 나는 가장 으슥한 구석으로 가 몸을 사려야 한다. **구역**이라뇨? 전 통행증을 갖고도 수개월째 안 나갔는데요! 당신들 생사람 잡았다는 건 알고 있는 거죠?

이런 생각을 하고 나니 오늘 **구역**에 가서는 안 된다는 사실에 안도감마저 느꼈다. 그저 무슨 수로 키릴에게 이걸 다 그럴싸하게 전달한담?

나는 그에게 단도직입적으로 말했다.

"난 **구역**에 가지 않겠어. 달리 지시 사항은?"

처음에 그는 당연히 눈을 부릅뜨고 날 쳐다봤다. 그러더니 뭔가 생각난 듯했다. 내 팔꿈치를 잡고는 자신의 작은 연구실로 데려가 자기 의자에 앉히고, 자기는 옆에 있는 창틀에 걸터앉는 걸 보니 말이다. 우리는 담배를 피우기 시작했다. 둘 다 말이 없다. 조금 뒤 그가 조심스레 묻는다.

"무슨 일 있었어, 레드?"

내가 무슨 말을 하겠는가.

"아니, 아무 일도." 내가 말한다. "어제 포커에서 돈을 20이나 날렸어. 누넌은 포커를 아주 잘 치지, 사기꾼 새끼……"

"잠깐, 너 뭐야. 마음을 바꾼 거야?" 그가 말한다.

이 대목에서 나는 흥분을 억누르느라 신음 소리까지 냈다.

"난 갈 수 없어." 나는 이를 악물고 겨우 말을 내뱉는다. "갈 수 없다고. 알겠어? 방금 허조그한테 호출돼서 다녀오는 길이야."

키릴은 힘이 풀렸다. 그의 표정이 또다시 울적해졌고, 그의 눈이 또다시 병든 푸들처럼 됐다. 그는 경련하듯 숨을 돌리고 피우던 담배를 다 피우자마자 새 담배에 불을 붙이더니 조용히 말한다.

"나는 믿어도 돼, 레드. 나는 누구한테도 말한 적 없어."

"무슨 소리야, 누가 당신이 말했대?"

"난 텐더한테도 아직 아무 얘기 하지 않았어. 그의 명의로 통행증을 신청했지만, 정작 본인에게는 갈지 말지도 물어보지 않았고……"

나는 말없이 담배를 피운다. 우습다. 인간은 아무것도 이해하지 못한다.

"허조그가 뭐라고 했는데?"

"특별한 얘기는 없었어. 누군가 나를 찔렀다고. 그게 다야."

그는 나를 좀 이상하게 쳐다보고는 창틀에서 내려와 자기의 작은 연구실을 서성이기 시작했다. 그가 그 작은 방을 빠른 걸음으로 돌아다니는 동안 나는 담배 연기를 내뿜으며 말없이 앉아 있다. 물론 나는 그가 안쓰러웠고, 이렇게 바보같이 일이 어그러진 것에 화가 났다. 기껏 멜랑콜리에 빠진 인간을 고쳐 놨더니. 그런데 그게 누구 잘못인가? 내게도 잘못이 있다. 과자로 애를 꼬셔 놨더니, 과자는 항아리

속에 있고, 항아리는 화난 아저씨들이 지키고 있었던 꼴이 니…… 이때 그가 걸음을 멈추고 내 옆에 서더니 날 똑바로 보지 못하고 머뭇거리며 묻는다.

"저기, 레드. 그런데 그거, 충만한 '깡통'은 값이 얼마나 나갈까?"

처음에 나는 그가 무슨 말을 하는지 이해하지 못하고 는 그가 그걸 어딘가에서 살 생각으로 금액을 묻는구나 했 다. 그런데 그도 잠시, 세상에 하나밖에 없을 텐데 그걸 대 체 어디서 산단 말인가. 게다가 키릴에겐 그걸 살 돈이 없 을 텐데. 외국인, 그것도 러시아인 과학자 키릴에게 돈이 어 딨나? 그런데 잠시 후 불에 덴 듯 갑자기 떠오르는 게 있었 다. 키릴, 이 망할 자식은 도대체 무슨 생각을 하는 건가. 내 가 돈 때문에 허튼소리라도 지껄였다고 생각하는 건가? 이 더러운 놈, 날 뭐로 보고……? 나는 그에게 저주의 말을 퍼 부어 주려고 입을 열었다가 이내 그만뒀다. 사실 날 스토커 취급하는 게 당연하지 않나? 그렇다. 스토커는 이러거나 저 러거나 스토커로, 그저 돈만 많이 쥐여 주면 그만인, 목숨을 담보로 흥정을 하는 인간이다. 그러니까, 내가 어제는 낚싯 대를 던진 거고, 오늘은 미끼를 가져와서 흔들어 대는 중인 것이다.

이런 생각을 하니 혓바닥까지 마비되는 느낌인데, 그는

나를 빤히 쳐다보면서 눈길을 거두지 않고, 나는 그의 눈에서 경멸이 아닌, 어쩌면 이해심 같은 걸 본다. 그제야 나는 차분히 그에게 설명했다.

"차고까지는, 통행증을 갖고선 아직 아무도 다녀온 적이 없어. 당신도 알다시피 거기까지는 아직 길도 안 깔렸고. 이제 갔다 오면 텐더는 우리가 단숨에 차고까지 가서 필요한 걸 챙겨 즉시 돌아왔노라고 떠벌리기 시작할 거야. 자기 집 창고에 들르듯 쉽게 다녀왔다고. 그러면 모두가 알게 될걸. 우리가 무엇을 미리 알고서 무엇을 가지러 갔는지 눈치챌 거라고. 그건, 누군가 길을 안내했다는 것도 알아챘다는 의미지. 그럼 우리 셋 중 누가 안내했을까, 여기에 대해서는 설명할 필요도 없잖아. 내가 뭘 걱정하는지 알겠어?"

내가 말을 마치자 우리는 서로의 눈을 응시하며 말이 없다. 잠시 후 그가 갑자기 손뼉을 치고 손을 비비더니 왠지 활달한 목소리로 선포하듯 말한다.

"그래 뭐, 못 가게 됐다니 어쩔 수 없지. 이해해, 레드. 널 비난할 수도 없어. 혼자 갈게. 별일 없을 거야. 처음 가는 것도 아니고……"

그는 창틀에 지도를 펼쳐 놓고는 손바닥을 짚으며 지도로 몸을 숙였다. 그의 활력이 말 그대로 눈앞에서 전부 증발해 버렸다. 그가 중얼대는 소리가 들린다.

"120미터…… 122도 되겠네…… 그리고 그 차고에는 또 뭐가 있지…… 아냐, 텐더를 데려가지 않겠어. 레드, 텐더를 데려가지 않는 게 낫겠지? 어쨌든 그에겐 자식이 둘이니……"

"당신 혼자서는 보내 주지 않을걸." 내가 말한다.

"괜찮아. 보내 줄 거야……" 그가 중얼거린다. "나는 모든 중사들과 아는 사이야…… 장교들과도. 이 트럭들은 정말 불쾌하다니까! 13년을 밖에 서 있는데도 새것 같잖아…… 스무 보 떨어져 있는 벤진 운반차는 체에 걸러진 것처럼 혼자 녹슬어 있는데, 트럭들은 이제 막 벨트컨베이어에서 완성되어 나온 것 같다고…… **구역**이란!"

그가 지도에서 눈을 떼더니 창밖으로 시선을 돌렸다. 나도 창밖으로 시선을 돌렸다. 납 처리가 된 두꺼운 유리창 너머에 어머니-**구역**°이, 바로 코앞에, 13층에서는 손바닥만 한 크기로 보이는 **구역**이 펼쳐져 있다……

이렇게 보면 **구역**은 평범한 대지와 다를 게 없다. 햇빛이 다른 모든 대지를 비추듯 **구역**을 비추고, 그 안은 아무것도 변하지 않은 듯 모든 게 13년 전과 같다. 세상을 뜬 아버지가 이 광경을 보면 특이한 점을 알아차리지 못하고 이렇게 묻지 않았을까. 왜 저 공장 굴뚝에서는 연기가 나지 않느냐고, 파업이라도 한 거냐고……? 원뿔 형태로 쌓여 있는 노란 광물과 용광로의 열풍로가 햇빛을 반사하고, 철로, 철로, 그리고 또 철로가 깔려 있고 철로에는 화물칸이 이어진 증기기관차가 서 있다…… 한마디로, 공업지대 풍경이다. 사람만 없을 뿐. 산 사람도, 죽은 사람도. 저기 차고도 보인다. 기다란 회색 호스와 활짝 열린 문, 그리고 아스팔트가 깔린 마당에 트럭들이 서 있다. 13년째 서 있는데 조금도 변하지 않았다. 키릴이 트럭에 대해 제대로 짚었다. 그는 알고 있다. 차 사이로 지나가선 안 되고, 그것들을 돌아서 가야 한다는 걸…… 저기 아스팔트에는 균열이 한 군데 있다. 그때 이후로 가시풀이 자라 메우지 않았을 경우의 얘기이긴 하지만…… 122미터라니, 그는 어떻게 그런 계산을 한 거지? 아! 마지막 표시대에서부터 계산한 것 같다. 그렇지, 거기서부터라면 그 이상은 안 될 것이다. 안경잡이들도 어쨌든 조금씩이나마 발전이란 걸 하는군…… 저것 좀 보라. 안경잡이들이 경사면 직전까지 길을 깔았는데, 어찌나 똑바로 깔았는지! 저게 민달팽이가 죽은 도랑인데, 그들이 깐 길에서 고작 2미터 거리다…… 굵은뼈가 민달팽이에게 이렇게 말하지 않았던가. "멍청한 자식, 도랑에서 떨어져. 안 그

• 러시아인들은 어머니 조국, 어머니 러시아처럼 단어 앞에 '어머니'를 붙여 감사나 사랑 등의 감정을 나타내는 경우가 있는데, 여기서는 긍정적인 것이 아니라 빈정대는 뉘앙스로 쓰였다.

러면 묻어 줄 시체도 남지 않을걸······" 앞을 내다본 말이었다. 결국 그는 시체조차 남지 않았으니······ **구역**에서 노획물을 갖고 돌아오면 기적, 살아 돌아오면 성공, 순찰대의 총을 맞아도 운이 따른 거고, 나머지는 운명이다······

이때 키릴을 쳐다보니 그가 나를 힐끔거리며 살피고 있다. 그리고 그의 표정을 본 순간 나는 다시 생각을 바꿨다. 뭐, 그놈들 모두 지옥에나 떨어지라지. 결국 그놈들이, 그 두꺼비 놈들이 뭘 할 수 있겠어?, 라고 생각한다. 키릴은 아무 말 안 해도 됐을 텐데 굳이 이렇게 말했다.

"슈하트 연구원, 공식적인―강조하는데, 공식적이라고! ―소식통한테 차고 조사가 과학에 큰 기여를 할 수 있다는 정보를 받았어. 차고를 조사해 보라는 제안이었지. 특별수당은 내가 보장할게." 그러더니 해맑게 웃는다.

"도대체 어떤 공식 소식통이?" 질문을 하며 나도 바보처럼 웃는다.

"기밀 소식통이야. 하지만 네겐 말해 줄 수 있지······" 이 대목에서 그는 미소를 거두고 미간을 찌푸렸다. "그러니까, 더글러스 박사였어."

"아, 더글러스 박사······ 근데 어떤 더글러스?"

"샘 더글러스. 작년에 죽은." 그가 무미건조하게 대답한다.

소름이 돋았다. 도대체 생각이 있는 걸까? 누가 **구역**으로 나가기 전에 저런 얘기를 한단 말인가? 그들, 안경잡이들은 하여간 쓸모없는 짓만 한다. 꽉 막혀서는 도대체 생각이란 걸 못 한다…… 나는 담배꽁초를 재떨이에 꽂고 나서 말한다.

"그렇다면야. 텐더는 어디 있어? 더 기다려 줘야 해?"

한마디로, 우리는 더는 거기에 가네 마네를 놓고 대화하지 않았다. 키릴은 구역경비청에 전화해 '오버슈즈'를 신청했고, 나는 지도를 집어 들어 살펴봤다. 사실 꽤 잘 만든 지도였다. 상공에서 찍은 사진을 확대해 만든 것이다. 차고 문 옆에 널려 있는 고무 타이어에 난 무늬까지 선명히 보인다. 우리 스토커들에게 이런 지도가 주어졌더라면…… 게다가 이 지도는 별을 향해 엉덩이를 내밀고 기어가야 하는, 제 두 손마저 보이지 않는 깜깜한 밤에도 윤곽이 잘 보인다……

그리고 이때 텐더가 등장했다. 벌겋게 상기된 채 숨을 헐떡였다. 그는 딸이 아파서 의사한테 들렀다 온 거다. 늦은 걸 사과한다. 뭐, 우리는 그에게 작은 선물, **구역**에 간다는 소식을 선사했다. 그는 숨을 헐떡이는 것조차 잊었다. 가여운 놈. "**구역**에 어떻게 그냥 가는데? 어째서 나지?" 그가 말한다. 하지만 두 배의 특별수당을 받을 거라는 말, 그리고

41

레드 슈하트도 간다는 말을 듣더니 진정하고 다시 숨을 쉬기 시작했다.

그렇게 해서 우리는 '부인실婦人室'로 내려갔다. 키릴은 통행증을 받으러 갔다 왔고, 우리는 통행증을 또 한 명의 중사에게 보였으며, 그는 우리에게 특수복을 나눠 줬다. 이게 아주 쓸모 있다. 빨간색 말고 어울리는 뭔가 다른 색으로 다시 염색하면 더 좋겠지만. 스토커라면 누구든 이런 특수복에 눈 하나 깜짝 않고 500을 낼 것이다. 난 벌써 오래전에 어떻게든 기회를 봐서 한 벌은 반드시 빼돌리겠다고 다짐했었다. 겉보기에는 그다지 특별할 것 없는 잠수복같이 생겼고, 헬멧에는 잠수용으로 어울릴 법한 큰 바이저가 달려 있다. 아니, 잠수복보다는 오히려 조종사나, 말하자면 우주비행복에 가까울지도. 가볍고 편하며 걸리적거리는 데도 없고, 이걸 입고선 더위로 땀을 흘릴 일도 없다. 이렇게 훌륭한 특수복이라면 불 속으로도 뛰어들 수 있겠다. 가스도 절대 새어 들지 않는다. 총알도 뚫지 못한다고 한다. 물론 불이든, 독가스든, 총알이든 모두 지구적인, 인간적인 것들이다. **구역**엔 이런 위협이 전혀 없으니 **구역**에서 그런 것들을 조심할 필요는 없다. 그러니까 사실, 특수복을 입어도 파리처럼 쉽게 죽는다. 하지만 특수복을 안 입었더라면 더 많이 죽었을지도 모른다. 이게 '불타는 솜털'은 백 퍼센트 막아 주니까. '악마의 배추'가 내뱉은 가래도…… 뭐, 그렇다.

우리는 특수복을 입었다. 나는 자루에서 너트를 꺼내 작은 가방에 넣었고, 우리는 연구소 마당을 가로질러 **구역**으로 난 출구를 향해 발걸음을 재촉했다. 여기서는 이렇게 모두가 지켜보도록 한다. 저기 과학의 영웅들이 인류와 지성, 그리고 성스러운 영혼의 제단에 자신의 생명을 바치러 간다, 아멘, 이런 의미로. 아니나 다를까, 15층이나 되는 연구소의 창문마다 동정을 표하는 아가리들이 나타났다. 그저 손수건을 흔들지 않고 오케스트라가 없다 뿐이지.

"보폭을 더 크게 해야지." 내가 텐더에게 말한다. "배에 힘주고, 이거 영 허약한 팀인걸! 고귀한 인류가 당신을 잊지 않을 거야!"

그가 나를 쳐다봤고 나는 그에게 농담할 여유가 없음을 알아차린다. 그렇다, 농담이라니……! 하지만 **구역**으로 나가면, 이미 둘 중 하나다. 울거나 농담하거나. 그리고 나는 일생에 한 번도 울지 않았다. 나는 키릴을 봤다. 그는 잘 견디면서 기도하는 듯 입술만 움직이고 있었다.

"기도해?" 내가 묻는다. "기도해, 기도하라고! **구역**에 깊이 들어갈수록 하늘나라에 가까워지지……"

"뭐?" 그가 묻는다.

"기도하라고! 스토커들은 줄을 안 서도 천당에 들여보내 주지!" 내가 소리친다.

그런데 키릴이 갑자기 웃음을 터뜨리더니 손바닥으로 내 등을 쳤다. 걱정 말라고, 자기와 있으면 죽지 않을 거라고, 죽더라도 한 번 죽으면 그만이라고. 정말 재미있는 사내다.

더 나아가서 우리가 마지막 중사에게 통행증을 보여 주려는데, 이번에는 특별히 중사가 아니라 장교였다. 내가 아는 사람이다. 그의 부친은 렉소폴에서 묘지 울타리 장사를 한다. '나는[飛] 오버슈즈'는 이미 거기 놓여 있었다. 구역경비청 사람들이 서둘러 가져와 입구 앞에 놓아둔 것이다. 벌써 다들 모여 있다. 구급차, 소방대원, 그리고 우리의 용맹한 군대, 두려움을 모르는 구조 요원들. 한마디로 잘 처먹은 할 일 없는 인간들이 자기 헬리콥터를 대동하고 잔뜩 몰려와 있다. 내 눈이 그놈들을 보지 않았어야 했는데!

우리는 '오버슈즈'에 탔고, 키릴이 운전대를 잡더니 내게 말한다.

"이봐, 레드. 지시를 내려."

나는 전혀 서두르지 않고 '지퍼'를 가슴까지 내린 후 가슴 안쪽에서 술병을 꺼내 늘 그랬듯 쭉 들이켜고는 뚜껑을 닫고 다시 가슴 안쪽에 집어넣었다. 이것 없이는 안 된다. **구역**에 자주 가 봤지만, 이것 없이는, 그래, 이것 없이는 안 된다. 둘이서 나를 보며 기다린다.

"자, 당신들에겐 권하지 않겠어. 당신들과 가는 게 처음이라 알코올이 당신들에게 어떻게 작용할지 모르겠거든. 우리 규칙은 이래. 내가 말하는 걸 전부 즉시, 군말 없이 이행할 것. 꾸물거리거나 그 자리에서 질문이라도 했다간 닥치는 대로 팰 거니까, 그건 미리 사과해 두지. 그래 텐더 씨, 예를 들어 내가 당신한테 물구나무서서 가, 라고 명령한다고 쳐. 그럼 그 즉시 텐더 씨 당신은 그 펑퍼짐한 엉덩이를 들어 올리고 들은 대로 이행해야 해. 그러지 않으면 아픈 딸을 다시는 못 보게 될 수도 있다고. 내 말 알아들었지? 물론 나는 당신이 딸을 볼 수 있도록 최선을 다하겠지만."

"레드, 너나 까먹지 말고 제대로 지시하라고." 텐더가 씩씩거리며 말했는데, 완전히 벌게져서는 벌써 땀이 흐르고 입술은 덜덜 떨리고 있었다. "손이 아니라 이빨로라도 지탱해서 갈 거야. 난 초행자가 아니라고."

"당신들 둘 다 나에 비하면 초행자야. 하지만 명령하는 건 잊지 않을 테니 안심해. 그건 그렇고, 당신 '오버슈즈' 조종할 수 있어?"

"할 줄 알아. 텐더는 잘 몰아." 키릴이 말한다.

"아주 잘됐네." 내가 말한다. "그럼 신이 함께하기를. 바이저 내려! 표시대를 기준으로 조금씩 앞으로, 3미터 높이를 유지하면서 가자고! 스물일곱 번째 표시대에서 멈추는 거야."

키릴은 3미터 상공으로 '오버슈즈'를 이륙시킨 후 천천히 전진했고, 나는 슬며시 고개를 돌리고는 왼쪽 어깨 너머로 살짝 숨을 내뱉었다. 나는 호송대 구조 요원들이 헬리콥터에 탑승하고, 소방대원들이 존경의 의미로 일어서며 입구의 장교, 그 바보 같은 놈이 우리에게 경례를 보내고, 그들 모두의 위로 커다랗고 벌써 빛바랜 현수막 '환영합니다. 방문자 여러분!'이 걸려 있는 걸 본다. 텐더가 그들 모두에게 손을 흔들어 줄 태세를 취했지만, 나는 그의 옆구리를 찔러 당장에 그 의식들을 머릿속에서 지워 버리도록 했다. 내가 작별 인사 하는 법을 가르쳐 주지. 넌 내 밑에서 세상과 작별하게 될 거다, 뚱뚱한 등신 자식⋯⋯!

우리는 비행을 시작했다.

우리 오른쪽엔 연구소가, 왼쪽엔 역병지구가 있었다. 우리는 길 정중앙을 따라 표시대에서 표시대로 나아갔다. 이 길엔 사람도 차도 끊긴 지 이미 오래다! 아스팔트가 쩍쩍 갈라졌고 그 틈새로 잡초가 자라났는데, 그건 아직 우리의, 인간의 잡초였다. 한편 왼쪽 보도에는 벌써 검은 가시풀이 자랐는데, 이 가시풀을 보면 **구역**이 얼마나 정확히 자기 경계를 짓는지 알 수 있었다. 검은 가시풀이 낫으로 자른 듯 정확히 포장도로까지 자라나 있다. 그래, 방문자들은 어쨌

1 레드릭 슈하트, 23세, 독신.
국제외계문명연구소 하몬트 지부 연구원

거나 도리를 아는 놈들이었다. 물론 똥을, 그것도 대량으로 싸 놓고 갔지만, 자기 똥의 경계는 분명히 했다. '불타는 솜털'도 **구역**에서 우리 쪽으로는 넘어오지 않는다. 그게 바람에 사방으로 날려 간다고 생각들 하지만……

역병지구의 집들은 칠이 다 벗겨지고 황폐했지만 유리창만은 거의 온전히 남아 있었다. 다만 뿌옇게 더러워져서 마치 시력을 잃은 눈 같다. 밤에 이곳을 통과하다 보면 안에서 발산하는 빛이, 마치 알코올이 타오르듯 푸르스름한 혓바닥을 일렁이는 모습이 아주 잘 보인다. '마녀의 젤리'가 지하에서 숨을 내뿜는 것이다. 그냥 이렇게 보면 물론 보수공사는 필요한 것 같지만, 평범한 거리의 평범한 집들이고, 특이한 점이라곤 전혀 없다. 그저 사람이 보이지 않을 뿐이다. 여기 이 벽돌집에는 별명이 쉼표인 우리 산수 선생이 살았다. 따분하고 운도 안 따라 주는 인간이었다. 그의두 번째 아내는 **방문**이 발생하기 직전에 그를 떠났고 딸은 백내장을 앓고 있었는데, 내 기억에, 우리는 그 애가 울음을 터뜨릴 때까지 괴롭히곤 했다. 도시가 공황에 휩싸이자, 그 선생은 이 지역에 사는 다른 모든 사람들과 함께 속옷 바람으로 교각까지 총 6미터를 숨 한 번 고르지 않고 내달렸다. 그 후 그는 오랫동안 역병을 앓았고, 피부가 벗겨지고 손발톱이 떨어져 나갔다. 이 거리에 살던 거의 모두가 역병을 앓

았기 때문에 이곳을 역병지구라 부른다. 사망자도 발생했는데, 대부분 노인이었지만, 노인이라고 다 죽은 것은 또 아니었다. 하지만 나는 이들을 죽음에 이르게 한 건 역병이 아니라 공포였다고 생각한다. 정말 공포스러웠다.

이 세 블록에 살던 사람들은 눈이 안 보이게 됐다. 이제 이 블록들은 이렇게 불린다. '제1소경지구' '제2소경지구'…… 완전히 눈이 먼 것은 아니라 닭의 시력* 정도로 감퇴했다. 그건 그렇고, 이곳에 폭발이 있긴 했지만 이들이 폭발로 눈이 먼 것 같지는 않다고, 커다란 천둥소리에 먼 거라고들 한다. 듣자마자 눈이 멀어 버릴 정도의 큰 소리가 났다는 것이다. 의사들은 그럴 리 없으니 잘 좀 기억해 봐요!, 라고 말한다. 아니, 그들은 대답을 바꾸지 않았다. 어마어마한 천둥이 쳤고, 그로 인해 눈이 먼 거라고 했다. 그런데 그들 말고는 천둥소리를 들은 이가 없다……

그렇지만 마치 아무 일도 일어난 적 없는 것 같은 풍경이다. 저기 유리로 된 노점도 멀쩡하다. 문 옆에 유모차가 세워져 있는데, 그 안에 놓인 아기 요마저 깨끗하다…… 이 안테나들만 좀 이상했다. 지푸라기 같은 털들이 뒤엉켜 자라나 있다. 우리의 안경잡이들은 이미 오래전부터 이 안테나를 연구 중이다. 그들은 보다시피 이 지푸라기—다른 어디에도 없고 역병지구에만 있고, 안테나에만 걸려 있는 이

지푸라기—가 대체 뭔지 궁금해한다. 그런데 중요한 점은 그게 바로 여기, 바이저 바로 아래에 있다는 사실이다. 그걸 지난해에 알게 됐다. 철제 로프에 갈고리를 매달아 헬리콥터에서 내렸고 지푸라기 하나가 걸렸다. 그리고 로프를 당기자마자 갑자기 "푸쉬쉬!" 소리가 났다! 살펴보니 안테나에서, 갈고리에서, 그리고 철제 로프에서도 이미 연기가 피어오르는데, 그냥 연기만 피어오르는 게 아니라 방울뱀처럼 독기 어린 쉿 소리를 내고 있었다. 헬리콥터 조종사는 장교답지 않게 상황을 재빨리 파악하고는 로프를 떨어뜨리고 도망쳤다…… 저기 지푸라기에 휘감겨서 땅에 닿을 듯 걸려 있는 게 그때 그 로프다……

　우리는 조금씩 길의 끝, 길이 꺾어지는 곳까지 날아갔다. 키릴이 나를 쳐다봤다. 옆으로 꺾을까? 나는 그에게 손짓했다. 아주 살짝만! 우리의 '오버슈즈'가 모퉁이를 돌아 마지막 몇 미터 남은 인간의 땅 위를 아주 조금씩 나아갔다. 보도가 점점 가까워지고 이제는 '오버슈즈'의 그림자가 이미 가시풀에 드리웠다…… 다 왔다! **구역**이다! 즉시 살갗에 오한 같은 게 느껴졌다. 나는 매번 이 오한을 느끼는데, 이게 **구역**이 나를 맞이하는 방식인지, 스토커의 신경이 장난치는

• 　닭은 낮에는 볼 수 있지만, 밤에 잘 못 본다.

건지 지금도 모르겠다. 돌아가면 다른 스토커들도 느끼는지 물어봐야겠다고 생각하지만, 매번 까먹는다.

뭐 됐다. 우리는 예전에 텃밭이었던 곳 위를 천천히 지나가고, 엔진은 발아래에서 일정하게 안정적으로 웅웅댄다. 엔진은 **구역**에 영향받지 않는다. **구역**은 엔진을 건드리지 않을 것이다. 그런데 우리 텐더가 참지를 못했다. 아직 첫 번째 표시대까지도 안 갔는데 수다를 늘어놓기 시작한다. 뭐, 일반적으로 초행자들은 **구역**에서 말이 많아진다. 초행자들은, 이가 맞부딪치고 심장은 벌렁거리며 정신이 나가 버려 부끄럽게도, 자제할 수 없게 된다. 내 생각에 이건 마치 설사 같은 거다. 의지에 달린 일이 아니어서 말을 쏟아 내고 또 쏟아 낸다. 내용도 가지가지다! 경치에 감탄하거나, 방문자에 대한 자기 생각을 늘어놓거나, 작업과는 아무 관련도 없는 얘기를 하는데 지금 텐더가 딱 그렇다. 자신의 새 정장에 관해 떠드는데, 이미 주체할 수 없는 지경이다. 얼마 주고 샀는지 털은 또 얼마나 보드라운지, 재단사가 단추를 어떻게 바꿔 줬는지까지……

"조용히 해." 내가 말한다.

그는 우울한 표정으로 나를 쳐다보더니 입술을 파르르 떨었다. 그러더니 또 시작이다. 안감에 실크가 얼마나 들어갔는지. 한편 텃밭은 이미 다 지났고, 우리 밑에는 벌써 과

거 도시의 쓰레기장이었던 진흙투성이 황무지가 있고, 나는 바람이 이쪽으로 불어오는 걸 느낀다. 방금 전까지만 해도 바람 한 점 없었는데 갑자기 불어오더니 먼지가 날렸고, 무슨 소리가 들리는 것 같다.

"닥치라고, 개자식아!" 내가 텐더에게 소리친다.

아니, 어떻게 해도 멈출 수 없다. 텐더는 마모馬毛에 대해 지껄이기 시작했다.* 뭐, 그럼 미안하지만.

"세워." 내가 키릴에게 말한다.

그는 즉시 멈춘다. 민첩한 반응이다. 훌륭하군. 나는 텐더의 어깨를 잡고 내 쪽으로 돌려서는 손바닥으로 그의 바이저를 있는 힘껏 쳤다. 유리에 코를 박으며 세게 부딪치고서야 그는 눈을 감고 입을 다물었다. 불쌍한 놈. 그가 입을 닫자마자 나는 "트르르…… 트르르…… 트르르……" 하는 소리를 들었다. 키릴은 이를 악물고 입은 벌린 채 나를 쳐다본다. 나는 가만있으라고, 제발 가만있으라고, 움직이지 말라고 그에게 손짓한다. 하지만 그 역시 작은 북을 치는 듯한 그 소리를 들었기에 모든 초행자들이 그렇듯 당장 움직이려는, 뭔가를 하려는 충동을 느낀다.

"뒤로 갈까?" 그가 속삭인다.

---

* 옷깃의 형태를 유지하기 위해 마모로 꿰맨다.

나는 그에게 격렬하게 고개를 저으면서 헬멧 바로 앞에 대고 주먹을 흔든다. 닥치라고. 이런 망할! 이런 초행자들이랑 오면 어딜 보고 있어야 할지 모르겠다. 땅을 봐야 할지, 이들을 봐야 할지. 그리고 이때 나는 모든 것을 잊었다. 오래된 쓰레기 더미 위로, 깨진 유리와 천 쪼가리들 위로 어떤 떨림이, 어떤 진동이, 뭐랄까 마치 정오의 철제 지붕 위에 드리운 뜨거운 공기처럼 일렁였다. 그건 작은 언덕을 간신히 넘어서서 나아가고, 또 나아가더니 표시대 바로 옆으로 우리 앞을 가로질렀고, 길 위에 잠시 멈춰 0.5초 동안 머물렀다가—아니면 나에게만 그렇게 보인 걸까?—벌판으로, 덤불 너머, 썩은 담장 너머 그곳으로, 오래된 자동차의 묘지로 빨려 들어갔다.

지옥에나 처넣어야 할 안경잡이들 같으니. 맙소사, 고심한 끝에 기껏 길을 냈다는 데가 이런 파인 곳이라니! 뭐, 나도 참 한심하지, 그들의 지도에 감탄할 때 내 멍청한 두 눈은 뭘 본 건가?

"조금만 앞으로." 내가 키릴에게 말한다.

"그런데 방금 그건 뭐였어?"

"제길, 내가 어떻게 알아……! 뭔가가 있었고 다행히도 지금은 안 보여. 그러니 제발 입 좀 다물어. 당신은 지금 사람이 아니야. 알아들어? 당신은 지금 기계고, 내 지렛대고,

1 레드릭 슈하트, 23세, 독신.
국제외계문명연구소 하몬트 지부 연구원

톱니바퀴고……"

순간 말의 설사 같은 것이 이번엔 날 장악하기 시작했다는 생각이 뇌리를 스쳤다.

"됐어. 이제 한 마디도 하지 마." 내가 말한다.

지금 술을 들이켤 수 있다면! 가슴팍에 넣어 둔 소중한 술병을 꺼내 마개를 연 뒤 서두르지 않고 병목을 아랫니에 대 저절로 흘러내리도록, 바로 목구멍으로 곧장, 제 스스로 길을 내며 흐르도록, 한 방울 흐르도록 고개를 젖힐 수 있다면…… 그런 다음 술병을 한 번 흔들고는 다시 입에 갖다 댈 수 있다면…… 말해 두는데, 이 우주복은 쓰잘머리가 없다. 우주복 없이도 나는 정말 꽤 오래 살아왔고 앞으로도 그만큼은 살 건데, 지금처럼 간절한 순간에 그 한 모금을 못 마시면 우주복이 다 무슨 소용인가!

바람이 멈춘 듯했으며 불길한 소리도 들리지 않고, 엔진만이 잠에 취한 듯 평온한 소리를 낸다. 주위에는 태양 빛이 비추고 더운 공기로 가득하다…… 차고 위로 아지랑이가 피어오른다…… 표시대들은 아무 문제 없다는 듯 차례차례 우리를 스쳐 지나간다. 텐더는 말이 없고 키릴도 말이 없다. 초행자들이 정신 차리고 있다. 별거 아니다, 여러분. 방법만 알면 **구역**에서도 숨을 쉴 수 있다…… 이제 스물일곱 번째 표시대다. 철로 된 긴 막대에 빨간 동그라미가 쳐져 있고 그 안에 숫자 27이 쓰여 있다. 키릴이 나를 쳐다보자 나는 고개를 끄덕였고, 우리의 '오버슈즈'가 멈춰 섰다.

몸풀기는 끝났다. 이제부터가 시작이다. 여기서는 최대한 침착하게 행동하는 게 가장 중요하다. 서두를 이유가 없다. 바람도 불지 않고 모든 것이 손바닥 안에 있는 듯 잘 보인다. 저기 민달팽이가 죽은 도랑이 흐른다. 저쪽에 뭔가 화려한 게 보이는데, 어쩌면 그가 입었던 옷의 잔해일지도. 신에게 명복이야 빌어 주겠지만, 비열한 청년이었던 그는 탐욕스럽고 멍청한 데다 더러웠고 바로 이런 인간들만 대머리수리와 엮이며 대머리수리 버브리지는 멀리서도 이런 인간들을 알아보고 끌어모은다…… 그런데 어쨌든 **구역**은 당신이 악인인지 선인인지 아무 관심이 없으니, 너에게 고맙지, 민달팽이. 넌 바보였고 아무도 네 진짜 이름 따위 기억도 못 하지만, 영리한 자들에게 어디로 가면 안 되는지를 몸소 보여 줬으니 말이야…… 그렇다. 이제 아스팔트까지 가는 편이, 물론 가장 좋다. 아스팔트는 평평하고 그 위에선 모든 게 눈에 들어오며, 그곳의 균열도 익숙하다. 그저 이 자그마한 언덕들이 거슬린다! 아스팔트까지 직진하려면 하필 이 언덕들 사이를 통과해야 한다. 이것들은 마치 코웃음 치는 듯 떡하니 버티고 서 있다. 아니, 나는 네놈들 사이로 가지 않겠다. 스토커의 두 번째 기본 규칙은 이렇다. 오른쪽으로나 왼쪽으로나 백 보 안은 모든 게 확실해야 한다는 것. 어쨌든 왼쪽 언덕을 넘어가는 것은 가능하다…… 사실, 언덕 너머에 뭐가 있는지 모른다. 지도상으로는 아무것도 없긴 한데, 어느 누가 지도 따위를 믿는단 말인가……?

"이봐, 레드." 키릴이 내게 속삭인다. "위로 높이 올라가는 게 어때, 응? 20미터 상공으로 올라갔다 바로 내려오면 우리는 차고 앞에 당도해 있을 거 아냐."

"입 다물어. 멍청하기는. 방해하지 말고 조용히 있으라니까." 내가 말한다.

너나 올라가라고. 저기 20미터 상공에서 공격당하게 되면? 뼛조각도 찾지 못할 거다. 혹은 '모기지옥'이 여기 어디에선가 나타나면 그때는 뼈는 고사하고 아무것도 남아 있지 않게 될걸. 나의 이 망할 위험 분자들은, 그새를 못 참고 높이 올라가잔다…… 어쨌든, 언덕까지 어떻게 가야 하는지는 분명하니 그리로 가서 생각해 보기로 한다. 주머니에 손을 넣고 너트를 한 주먹 꺼냈다. 나는 손바닥에 놓인 너트들을 키릴에게 보이고는 이렇게 말한다.

"「엄지손가락 톰」* 기억해? 학교에서 읽었지? 이제 그 반대로 할 거야. 잘 봐!" 그러고서 나는 첫 번째 너트를 던졌다. 의도한 대로, 멀리 던지지 않았다. 10미터다. 너트는 문제없이 날아갔다. "봤어?"

"그런데?" 그가 반문한다.

"그런데가 아니야. 봤느냐고 묻잖아?"

"봤어."

"이제 아주 천천히 '오버슈즈'를 저 너트가 있는 곳까지 몰고 가는데, 2미터를 남겨 둔 지점에서 더 가지 말고 멈추는 거야. 이해했지?"

"이해했어. 중력농축지대를 찾는 거야?"

"찾아야 할 걸 찾는 거야. 잠깐, 하나 더 던져 볼게. 너트에서 눈을 절대 떼지 말고 어디로 떨어지는지 봐."

나는 너트를 하나 더 던졌다. 당연하다는 듯이, 역시 순조롭게 날아가서는 첫 번째 너트 옆에 떨어졌다.

"가자." 내가 말한다.

그가 '오버슈즈'를 움직였다. 그의 표정이 편안하고 밝아졌다. 다 이해했다는 표정이다. 안경잡이들이 다 이렇다. 이들에게 중요한 건 이름 붙이기다. 명칭을 붙이기 전까지는 키릴을, 이 머저리를 보고 있기도 안쓰러울 지경이다. 그런데 중력농축지대 같은 명칭을 생각해 내기라도 하면, 이제 전부 이해한다고 착각하고는 즉시 안심해 버린다.

우리는 첫째 너트를 지나고 둘째, 셋째를 지났다. 텐더가 한숨을 쉬고 다리를 바꿔 가며 몸을 지탱하고, 어쩔 줄 모르는 듯 개처럼 낑낑대면서 하품을 한다. 그에겐 버거운 것

1 레드릭 슈하트, 23세, 독신
국제외계문명연구소 하몬트 지부 연구원

이다. 가여운 자식. 하지만 그에게는 오히려 잘됐다. 오늘 그는 5킬로그램 정도 빠질 거고, 이게 그 어떤 다이어트보다도 효과적일 테니…… 나는 넷째 너트를 던졌다. 어쩐지 제대로 날아가지 않았다. 왜 그런지 설명할 수 없지만 뭔가 이상하다는 걸 감지한 나는 바로 키릴의 팔을 잡는다.

"세워." 내가 말한다. "그대로 있어……"

그리고 나는 다섯 번째 너트를 쥐고는 더 높이, 더 멀리 던졌다. '모기지옥'이다! 너트는 문제없이 위로 날아갔고 떨어질 때도 정상적인 듯했지만, 도중에 마치 누군가 옆에서 잡아챈 것처럼, 그것도 아주 세게 잡아챈 것처럼 진흙 쪽으로 향하다가 시야에서 사라져 버렸다.

"봤어?" 내가 속삭였다.

"영화에서나 보던 건데." 그는 이렇게 말하면서 '오버슈즈'에서 떨어질 것같이 온몸을 앞으로 내민다. "하나 더 던져 봐, 응?"

코미디가 따로 없다. 하나라니! 지금 하나 더 던져 보는

- 「엄지손가락 톰」에는 여러 판본이 있는데, 샤를 페로의 판본을 소개하자면 다음과 같다. 가난한 나무꾼의 아들인 톰은 체구가 다른 형제에 비해 작아 엄지손가락이란 별명을 갖고 있었다. 집이 너무 가난해 부모는 아이들을 숲속에 버리고 올 계획을 세우는데, 이 계획을 엿들은 톰이 숲길에 하얀 자갈을 뿌려 집으로 되돌아오는 길을 알았다는 내용이다.

걸로 될 것 같단 말인가? 과학의 미래가 앞으로 어떻게 되려고……! 어쨌든 나는 '지옥'을 파악할 때까지 너트를 여덟 개 더 던졌다. 솔직히 일곱 개로도 충분했을지 모르지만, 하나는 키릴을 위해, 자기가 이름 붙인 그 중력농축지대나 감상하라고 일부러 정중앙으로 던졌다. 그 너트는 진흙에 떨어지면서 너트가 아니라 80킬로그램짜리 추처럼 둔탁한 소리를 냈다…… 그것은 쿵 소리와 함께 떨어졌고 진흙에는 작은 구멍만 남겼다. 키릴은 만족스러워 꽥꽥대기까지 했다.

"뭐 좋아." 내가 말한다. "한바탕 놀았으니 이제 충분해. 이쪽을 봐 봐. 너트가 통과하도록 던질 테니 눈을 떼지 말고 보라고."

간략히 말하자면, 우리는 '모기지옥'을 피해 지나가서 조그마한 언덕에 올라갔다. 그 언덕은 고양이가 싸 놓은 똥처럼 작아서, 나는 그런 게 있는 줄 오늘에야 알았다. 그렇다…… 뭐, 우리는 조그마한 언덕에 멈춰 섰고, 아스팔트는 손 뻗으면 닿을 스무 보 거리에 있었다. 아주 청정한 지역이다. 풀잎 하나하나, 균열 하나하나가 다 보인다. 그럼 이제 가 볼까? 너트를 던지고, 그다음은 신에게 맡길 일이다.

나는 너트를 던질 수 없다.

나에게 무슨 일이 일어나고 있는지 나 자신도 알 수 없었고, 어떻게 해도 너트를 던질 결심이 서지 않는다.

"너 왜 그래." 키릴이 말한다. "우리 왜 서 있는 거야?"

"기다려. 제발 닥치고." 내가 말한다.

이제 너트를 던지고 나서 평온하게, 아무런 문제 없이 지나갈 거고, 풀잎들은 흔들리지 않을 거다, 30초 후면 아스팔트에 도착해 있을 거다, 라고 나는 생각한다······ 그때 갑자기 땀이 흘러 날 덮쳤다! 심지어 눈으로 흘러들었다. 나는 저쪽으로 너트를 던지지 않으리라는 것을 이미 안다. 왼쪽으로는 두 개를 던져도 괜찮다. 왼쪽 길이 더 멀고 멀리에 뭔가 석연치 않은 작은 돌멩이들이 있는 게 보이지만 그쪽으로 던질 것이다. 정면으로는 절대 안 된다. 나는 왼쪽으로 너트를 던졌다. 키릴은 아무 말도 하지 않았고 '오버슈즈'를 돌려 너트 지점까지 몬 다음, 그제야 나를 쳐다봤다. 그가 내게서 바로 눈길을 돌려 버린 걸 보면, 내 상태가 아주 나빴던 게 틀림없다.

"괜찮아." 내가 그에게 말한다. "돌아가는 게 더 빠를 거야." 나는 아스팔트 쪽으로 마지막 너트를 던졌다.

그다음은 순조로웠다. 나의 그 균열을 찾아냈는데, 착하게도 깨끗했다. 더러운 식물로 덮이지도 않았으며 색깔도 변하지 않았다. 나는 균열을 보면서 조용히 기뻐했다. 그리고 이 균열은 이제까지의 표시대보다도 훌륭히 우리를 차고 문 바로 앞까지 인도해 줬다.

나는 키릴에게 1.5미터 높이까지 내려가라고 지시한 후, 배를 깔고 엎드려 활짝 열린 문 안을 들여다보기 시작했다. 햇빛이 있는 쪽에서 보려니 처음에는 아무것도 보이지 않았다. 까맣디까맣지만, 눈이 적응하고 나서는 차고 안이 그때 이후로 조금도 변하지 않은 것 같다고 여겨진다. 덤프트럭이 예전 그대로 구덩이에, 그렇게 온전히, 뚫린 곳도 얼룩도 없는 모습으로 서 있고, 시멘트로 된 바닥 주위도 모든 게 예전과 같았다. 아마 '마녀의 젤리'가 구덩이에 조금밖에 안 쌓여서 그때 이후로 한 번도 넘쳐흐른 적이 없기 때문일 터다. 단 한 가지가 마음에 걸렸다. 차고 깊숙한 곳, 드럼통들이 세워져 있는 곳에서 뭔가가 은빛으로 반짝인다. 전에는 없던 건데. 뭐 좋다, 은빛으로 반짝이는 건 반짝이는 거고, 이젠 그런 게 신경 쓰인다는 이유로 되돌아오는 일은 없을 것이다! 뭔가 강렬하게 반짝이는 것도 아니고, 조금씩, 아주 살짝, 상냥하게 느껴질 정도로 너무나 차분하게 빛나고 있다…… 나는 일어서서 배를 턴 다음 주위를 살폈다. 저기 마당에 트럭들이 세워져 있는데, 확실히 새것 같다. 트럭들은 내가 여기 마지막으로 온 후에 더욱 새것이 된 것 같은 반면, 벤진 운반차는, 그건 불쌍하게도 완전히 녹슬어 부서져 내리기 일보 직전이었다. 저쪽에는 지도에 나와 있던 타이어가 덜렁거리고……

나는 그 타이어가 거슬렸다. 타이어의 그림자도 어딘가 비정상이다. 태양은 우리 등 뒤에서 비추는데 타이어 그림자는 우리 쪽으로 드리운다. 뭐, 그림자를 신경 쓸 때가 아니긴 하다. 전반적으로는 별문제 없으니 작업을 해도 된다. 다만 저기서 은빛으로 반짝대고 있는 건 뭐지? 혹시 내가 환영을 보는 걸까? 지금 가만히 앉아서 담배를 피우며 생각이란 걸 할 수만 있다면. 왜 드럼통들 위에서 반짝이는지, 왜 그 주변은 반짝이지 않는지…… 타이어의 그림자는 왜 저런지…… 대머리수리 버브리지가 그림자에 대해 뭐라 얘기하곤 했었다. 기이하긴 하지만 위험하지는 않다고…… 여기서는 그림자가 이상한 방향으로 드리우기도 한다고. 어쨌든 지금 여기 저 은빛으로 반짝대는 건 뭔가? 숲속 나무들에 걸려 있는 거미집 같은데. 그런데 무슨 거미가 저기에 집을 지었단 말인가? 글쎄, 나는 **구역**에서 아직까지 풍뎅이든 거미든 본 적이 없다. 최악은 나의 '깡통'이 바로 저기, 드럼통에서 두 보 떨어진 곳에 놓여 있다는 사실이다. 전에 왔을 때 저것도 가져갔어야 했다. 그랬으면 지금 이렇게 신경 쓰이지는 않았을 텐데. 하지만, 제길, 충만해 있으니 너무 무거워서, 드는 것까지는 가능했지만 등에 지고, 그것도 밤에, 그것도 기어서는…… '깡통'을 한 번도 옮겨 보지 않은 사람은 모른다. 그건 양동이 없이 물 15킬로그램을 옮기는 격이다…… 그럼 이제 가 볼까? 가야 한다. 지금 술을 들이켤 수 있었더라면…… 나는 텐더 쪽으로 몸을 돌리고선 이렇게 말한다.

"이제 나와 키릴은 차고로 들어갈 거야. 당신은 여기 운전석에 남아 있어. 무슨 일이 있어도, 발밑의 땅이 불타올라도 내 지시 없이는 운전할 생각조차 하지 말고. 겁쟁이처럼 굴었다간 저세상까지 쫓아가 찾아내 주겠어."

그는 진지한 얼굴로 고개를 끄덕였다. 겁쟁이처럼 굴지 않겠다고. 그의 코는 내가 제대로 한 방 먹인 탓에 자두처럼 빨갛다…… 하여간 나는 조심스럽게 도르래로 로프를 내렸고 한 번 더 그 은빛을 보고는 키릴에게 손짓을 했고, 내려가기 시작했다. 나는 아스팔트에 선 후 키릴이 다른 로프를 타고 내려올 때까지 기다린다.

"서두르지 마." 내가 그에게 말한다. "천천히 가. 먼지 일으키지 말고."

우리는 아스팔트에 서 있고 '오버슈즈'는 옆에서 흔들리고 로프는 다리 밑에서 꿈틀거린다. 텐더가 난간에 머리통을 내밀고 우리를 쳐다보는데, 그의 눈에 절망이 서려 있다. 가야 한다. 내가 키릴에게 말한다.

"두 발자국 뒤에서 한 걸음씩 따라와. 내 등을 보면서. 정신 차리고."

그러고는 걷기 시작했다. 나는 문턱에 멈춰서 주위를 둘러봤다. 어쨌든 밤보다는 그래도 낮에 작업하는 게 수월하군! 바로 이 문간에 엎드려 있었던 일이 기억난다. 흑인의 귓속처럼 캄캄하고 구덩이에서는 '마녀의 젤리'가 혀를, 알코올 불꽃 같은 푸른 혀들을 날름거리는데, 열받는 게 뭐였느냐면, 제기랄, 그 혓바닥들은 주위를 밝히는 게 아니라 오히려 더 어둡게 만드는 듯했다는 거다. 그런데 지금 그건 상관없다! 눈이 어둠에 적응해서 모든 게 손바닥 안에 있는 듯 잘 보였을 뿐 아니라 심지어 가장 어두컴컴한 구석의 먼지까지도 보인다. 그리고 분명, 저쪽에서 은빛이 반짝인다. 은빛 실 같은 것이 드럼통부터 천장까지 이어져 있는데 진짜 거미줄 같다. 거미줄일지도 모르지만 접근하지 않는 편이 낫겠지. 바로 이 지점에서 나는 일을 그르쳐 버렸다. 키릴을 내 옆에 두고, 그의 눈이 어둠에 적응할 때까지 기다렸다가 그 거미줄을 손가락으로 가리켜 보였어야 했는데. 그러나 나는 혼자 작업하는 데 익숙해서 내 시야만 확보하고 키릴은 조금도 고려하지 않았다.

나는 안으로, 드럼통 쪽으로 곧장 발을 내디뎠다. '깡통' 위로 몸을 웅크리고 앉았고, 그쪽에는 거미줄이 걸려 있지 않은 듯했다. 나는 한쪽 끝을 잡고 나서 키릴에게 말한다.

"저기, 조심해. 놓치지 말고. 무거워……"

나는 그를 본 순간 목이 꽉 막혔다. 한 마디도 할 수 없다. 멈춰, 그대로 있어!, 라고 외치고 싶지만 그러지 못한다. 아마 제때 말할 수도 없었을 거다. 모든 게 눈 깜짝할 새 벌어졌으니. 키릴이 '깡통'을 지나쳐 드럼통을 뒤로해서 몸을, 등 전체를 돌린다. 그 은빛이 반짝이는 쪽으로. 나는 그저 눈을 감았다. 나는 완전히 굳어 버렸다. 아무것도 들리지 않는다. 그저 그 거미집이 찢기는 소리만 들려온다. 연약하고 건조한, 터지는 소리. 마치 보통의 거미집이 찢기는 듯. 하지만 물론 그보다는 더 큰 소리다. 내가 눈을 감은 채 팔의 감각도, 다리의 감각도 느끼지 못하고 앉아 있는데, 키릴이 말한다.

"뭐 해? 그쪽 잡았어?"

"잡고 있어." 내가 대답한다.

우리는 '깡통'을 들고 옆으로 걸어서 입구로 옮겼다. 제기랄, 무거워서 둘이 옮기는 것도 쉽지 않았다. 우리는 해가 드는 곳으로 나가 '오버슈즈' 옆에 섰고, 텐더는 벌써 우리에게 자기 앞발을 내밀고 있었다.

"자, 하나, 둘……" 키릴이 말한다.

"아니, 잠깐. 일단 내려놔." 내가 말한다.

우리는 '깡통'을 내려놨다.

1 레드릭 슈하트, 23세, 독신.
국제외계문명연구소 하몬트 지부 연구원

"등 돌려 봐."

그는 군말 없이 몸을 돌렸다. 그의 등에는 아무것도 없다. 이리저리 살펴보지만 아무것도 없다. 그래서 나는 몸을 돌려 드럼통들을 본다. 거기에도 아무것도 없다.

"저기—나는 키릴에게 말하면서 계속 드럼통을 보고 있다—거미줄 못 봤어?"

"무슨 거미줄? 어디서?"

"됐어." 내가 말한다. "우리가 운이 좋네." 그러나 속으로는 아직 모르는 일이라고 생각한다. "자, 들자고."

우리는 '깡통'을 '오버슈즈'에 싣고 움직이지 않도록 좁은 곳에 수직으로 세웠다. '깡통'이 세워졌다. 귀여운 녀석. 새것이라 깨끗하며 동판은 햇빛에 반짝이고 그 사이를 채우고 있는 푸른 뭔가가 안개에 싸인 물줄기처럼 이리저리 흘러 다닌다. 이제는 그게 '깡통'이 아니라 용기랄까, 마치 푸른 시럽이 든 유리로 만든 병같이 보인다. 우리는 그것을 감상하고는 '오버슈즈'에 올라타 불필요한 말은 하지 않고 되돌아갔다.

이 과학자 녀석들은 운이 좋다! 첫째, 낮에 작업한다. 둘째, **구역**에 들어가는 것만 힘들지 **구역**에서 나올 때는 '오버슈즈'가 자동으로 운전한다. '오버슈즈'에는 노선 기억 장치랄까, 지나온 노선을 정확히 기억해 운전하는 장치가 설치돼 있다. 우리는 되돌아가면서 모든 동작을 반복하고, 멈추고, 조금 위로 올라갔다가 전진하고, 내가 던졌던 모든 너트들 위를 지나간다. 저것들을 다시 주워 담으면 좋겠는데.

물론 나의 초행자들은 바로 마음을 놓아 버렸다. 사방으로 고개를 돌려 댔고 공포심은 거의 찾아볼 수 없다. 오로지 호기심, 그리고 모든 일이 별 탈 없이 끝났다는 기쁨뿐이다. 그들은 말을 늘어놓기 시작했다. 텐더는 주먹을 휘두르더니 이제 점심을 먹자마자 다시 **구역**으로 돌아와 차고까지 길을 깔겠다며 큰소리쳤고, 키릴은 내 소매를 잡더니 자기의 그 중력농축지대, 그러니까 '모기지옥'을 설명했다. 뭐, 나는 그들이 하는 말을 중간에, 입을 열자마자는 절대 아니었고, 어쨌든 끊어 버렸다. 얼마나 많은 바보들이 돌아가는 길에 기쁨에 겨워 하다가 죽어 버렸는지를 차분히 말해 줬다. 입 다물어, 그리고 주위를 제대로 잘 봐, 안 그러면 난쟁이 린던과 같은 일을 겪게 될 거야, 라고 일러 준다. 효과가 있었다. 난쟁이 린던에게 무슨 일이 일어났는지는 묻지도 않았다. 그래야지. **구역**에서는 아는 길로 100번을 탈 없이 다녔어도 101번째에 죽을 수 있다. 적막 속에 날아가면서 나는 단 한 가지, 술병을 어떻게 열까 생각한다. 첫 모금을 어떻게 마실지 이리저리 머릿속에 그려 보는데, 눈앞에는 간간이 거미줄이 반짝인다.

요약하자면, 우리는 **구역**에서 빠져나왔고, 연구소에서는 우리를 '오버슈즈'에 태운 채 그대로 '소독실'로, 학술 용어로는 위생격납고라 하는 곳으로 들여보냈다. 그곳에서 우리를 뜨거운 물로 세 번, 알칼리로 세 번씩 씻기고 나서, 웬 빌어먹을 빛을 쏘인 후 뭔가를 뿌리고 다시 씻긴 다음, 건조시키고는 이렇게 말했다. "됐습니다, 여러분. 이제 가셔도 됩니다!" 텐더와 키릴은 '깡통'을 끌어 옮겼다. 사람들이 구경하기 위해 뛰어들었다. 밀치지 말라고. 그런데 다들 쳐다만 보면서 환영한다고 환성을 내지르지, 지친 사람들이 물체를 끌고 가는 걸 도와주러 나서는 용기 있는 자는 하나도 없다는 게 특징적이지 않은가…… 뭐, 이 모든 게 나와는 상관없는 일이다. 이제 그 어떤 것도 나와는 관계없다……

나는 특수복을 벗어 그대로 바닥에 던지고—심부름이나 하는 중사들이 치우겠지—샤워실로 갔다. 머리부터 발끝까지 완전히 젖어 있었다. 샤워실 문을 잠그고, 술병을 꺼내 마개를 열고서는 빈대처럼 입을 딱 붙이고 빨아들였다. 의자에 앉아 있는데, 무릎도 공허하고, 머릿속도 공허하고, 가슴도 공허하다. 센 술을 물 마시듯 쉴 새 없이 들이켠다. 살아 있다. **구역**이 놓아줬다. 망할 **구역**이 놓아준 거다. 이런 빌어먹을. 제기랄. 살아 있다. 초행자들은 그걸 쥐뿔도 이해 못한다. 아무도, 스토커가 아니고서는 아무도 그걸 이해하지 못한다. 그러더니 눈물이 내 양 볼을 타고 흐른다. 센 술 때문이거나, 나도 모르는 이유 때문이거나. 나는 술병에 술이 한 방울도 남지 않을 때까지 빨았다. 나는 젖어 있는데, 술병은 말랐다. 늘 그렇듯 마지막 한 모금이 부족했다. 뭐, 됐다. 그건 해결할 수 있는 문제다. 이제는 다 해결할 수 있다. 살아 있으니. 나는 담배를 피운 후 앉아 있다. 정신이 돌아오는 게 느껴진다. 특별수당이 떠올랐다. 그건 우리 연구소 규정에 정확히 명시되어 있다. 당장이라도 가서 돈 봉투를 받을 수 있다. 아니면 이리로, 샤워실로 바로 갖고 올지도.

　나는 천천히 옷을 벗기 시작했다. 손목시계를 풀고 나서 시간을 보니, **구역**에서 보낸 시간이 다섯 시간 좀 넘는다. 여러분! 다섯 시간이라니. 나는 심한 떨림을 느꼈다. 그렇다, 여러분. **구역**에는 시간이 없다. 다섯 시간이라…… 생각해 보면, 스토커에게 다섯 시간이 뭔가? 아무것도 아니다. 열두 시간은 어떨 것 같나? 아니면 이틀은? 밤사이 작업을 다 마치지 못하면, 하루 종일 **구역**에서 얼굴을 땅에 처박고 엎드려서는, 그때는 이미 기도하는 게 아니라 헛소리를 중얼대면서, 게다가 자기가 살아 있는지 죽었는지도 모르는 상태로 있어야 한다. 그리고 다음 날 밤에 작업을 마친 후 노획물을 가지고 통제선으로 가면, 거기에는 총을 든 순찰대

1 레드릭 슈하트, 23세, 독신
국제외계문명연구소 하몬트 지부 연구원

원들, 두꺼비 같은 놈들이 있다. 그런데 그들은 당신을 증오해서 체포하는 걸로는 성에 차지 않는 데다가 당신이 전염성을 지녔다고 생각하기에 당신을 아주 두려워하고, 당신을 조져 버리려고 하는데, 유리한 패는 모조리 그들 손에 있다. 당하고 난 뒤에 그들이 당신을 불법적으로 죽였다고 증명할 길이 있겠나…… 그러니 하는 수 없이 다시 땅에 얼굴을 처박고 동이 틀 때까지, 그리고 다시 어두워질 때까지 기도하며 기다리는 수밖에. 이때 노획물은 당신 곁에 있는데, 당신은 노획물이 그냥 놓여 있는 건지 아니면 당신을 서서히 죽이고 있는 건지조차 알 수 없다. 굵은뼈 아이작처럼 될 수도. 그는 새벽에 탁 트인 곳에 있게 되어 길을 잃고는 두 도랑 사이에 끼어서 오른쪽으로도 왼쪽으로도 갈 수 없게 됐다. 그들은 두 시간 동안 아이작을 쏴 댔는데 맞힐 수 없었다. 그는 두 시간 동안 죽은 시늉을 했다. 천만다행히도 그들은 지쳤고, 그가 죽었을 거라 믿고 마침내 자리를 떴다. 내가 나중에 그를 봤을 때 그는 마치 사람인 적이 없었던 것처럼 망가져 알아볼 수 없었다……

나는 눈물을 훔치고 물을 틀었다. 오랫동안 씻었다. 뜨거운 물로 씻고 나서 찬물로, 다시 뜨거운 물로 씻었다. 비누가 모두 녹아 없어졌고 마침내 지겨워졌다. 샤워기를 잠그고 났더니 정신없이 문을 두드리는 소리와 키릴이 신나게 외치는 소리가 들린다.

"이봐, 스토커, 나와! 돈 향기 좀 맡아 보라고!"

돈, 좋지. 문을 열어 보니 키릴이 팬티 한 장만 걸친 채 즐거운 표정으로, 우울한 기색이라고는 없이 서서 봉투를 내민다.

"자, 우리에게 감사하는 인류가 주는 거야."

"당신의 그 인류는 집어치워! 얼마나 들었는데 그래?"

"특별히, 위험한 환경에서 영웅적인 행동을 한 공로로 두 달 치야!"

그래. 이래야 먹고살 수 있지. 내가 '깡통'을 가져올 때마다 연구소에서 월급 두 달 치를 받았더라면 어니스트 따위와는 진작 거래를 끊었을 거다.

"어때, 만족해?" 이렇게 묻는 키릴의 입이 귀에 걸려 활짝 웃는다.

"나쁘지 않네. 당신은 어떤데?"

그는 아무 말도 하지 않았다. 내 목에 팔을 두르더니 날 땀 묻은 제 가슴팍으로 끌어당겨 짓누르고는 옆 칸 샤워실로 들어가 문을 잠갔다.

"키릴!" 내가 문에 대고 소리쳤다. "그런데 텐더는 뭐 하고 있어? 팬티라도 빠는 거야?"

"무슨 소리야! 텐더는 지금 기자들한테 둘러싸여 있어.

주요 인사라도 된 것 같은 모습을 네가 봤어야 하는데……
기자들에게 얼마나 권위적으로 말하는지……"

"뭘 어떻게 말한다고?"

"권위적으로."

"그렇군." 내가 말한다. "선생님. 다음에는 사전을 찾아보
겠습니다, 선생님." 순간 전류가 흐른 듯 찌릿했다. "잠깐,
키릴, 이리 나와 봐."

"벌써 다 벗고 있어." 그가 말한다.

"나와. 난 여자가 아니잖아!"

어쨌든 그는 나왔다. 나는 그의 어깨를 잡고 돌려세워 등
을 봤다. 없는 것 같았다. 그의 등은 깨끗했다. 땀줄기가 바
짝 말라 있다.

"내 등은 왜 보는 건데?" 그가 묻는다.

나는 그의 맨 엉덩이를 발로 차고는 내 샤워실로 들어가
서 문을 잠갔다. 망할 신경 작용 같으니. 거기서 아른거리더
니 여기서도 아른거리고…… 전부 지옥에나 떨어지라지!
오늘은 완전히 취할 때까지 마실 거다. 리처드도 아주 박살
을 내 주지! 그 개자식은, 어찌나 카드놀이를 잘하는지……
어떤 카드로도 그를 잡을 수 없다. 나는 이미 속임수도 시
도해 봤고, 탁자 밑에서 카드에 가위표도 쳐 봤지만, 그런데
도……

"키릴!"내가 소리친다."오늘 보르시치 갈 거야?"

"'보르시치'가 아니라 '보르시'라고 너한테 몇 번을 말해야……"

"집어치워! 보르시치라고 쓰여 있잖아. 당신의 그 발음 규칙 좀 들이밀지 말라고. 그러니까, 가겠다는 거야, 안 가겠다는 거야? 오늘 내가 리처드를 박살 내 버릴 건데……"

"글쎄, 모르겠어, 레드. 넌 영혼이 단순해서 우리가 어떤 물건을 가져온 건지 이해 못 해……"

"그러는 당신은 이해해?"

"나도 못 해. 그건 분명해. 하지만 이제는, 첫째, 그 '깡통'들이 어떤 기능을 했는지 알겠고, 그리고 둘째, 내 착안 하나가 잘 풀리면…… 논문을 써서 너에게 헌정할게. 명예로운 스토커, 레드릭 슈하트에게 감사와 존경을 담아 헌정함, 이라고."

"날 2년간 잡아넣을걸."내가 말한다.

"대신 과학계에 등장하는 거지. 그 물체에 '슈하트의 병'이라고 이름 붙일 거야. 괜찮은 이름 같지 않아?"

우리가 이렇게 실없는 얘기를 주고받는 동안 나는 옷을 다 입었다. 빈 술병을 주머니에 넣고 돈을 한 번 더 센 다음 갈 길을 갔다.

"그럼 잘 있으라고, 심오한 키릴……"

그는 대답하지 않았다. 물소리가 아주 요란했다.

복도에서 텐더 씨가 평소와 같은 얼굴을 하고 있는 걸, 그러니까 칠면조처럼 시뻘건 데다가 거만한 표정인 걸 본다. 그 주위는 사람들로 바글바글했다. 연구소 동료들과 기자들이 있으며, 중사 몇몇이(방금 점심을 먹고 오는 길이라 이를 쑤시고 있다) 사람들을 밀치면서 가까이 다가가고 있었고 텐더는 쉴 새 없이 꽥꽥대는 중이다. "우리가 사용하는 기술은─꽥꽥─거의 백 퍼센트의 성공과 안전을 보장합니다……" 그때 그가 나를 발견했고, 순간 멈칫했다. 그러더니 웃으면서 손짓을 한다. 나는 이런, 튀어야겠다, 라고 생각한다. 뛰었지만 성공적이진 않았다. 뒤에서 사람들이 몰려오는 소리가 들린다.

"슈하트 씨! 슈하트 씨! 차고에 대해 한 말씀 해 주시죠!"

"드릴 말씀 없습니다." 내가 대답하며 뛰기 시작한다. 그런데 그들 중 둘 정도가 떨어져 나가질 않는다. 한 명은 마이크를 들고 오른쪽에, 다른 한 명은 사진기를 들고 왼쪽에 있다.

"혹시 차고에서 뭔가 특이한 걸 보시진 않았나요? 한 마디만 해 주시죠!"

"드릴 말씀 없습니다!" 나는 뒤통수를 방송 장비 쪽으로 향하려고 노력하며 말한다. "차고같이 생긴 차고였습니다······"

"감사합니다. 터널형 열차 플랫폼에 대해서는 어떤 의견이십니까?"

"훌륭합니다." 나는 말하면서 고도로 정확성을 기해 화장실로 방향을 잡는다.

"**방문**의 목적은 뭐라고 생각하시나요?"

"학자들에게 물어보세요." 내가 말한다. 그리고 단숨에 뛰어들어 가 문 뒤로 숨는다.

문 긁는 소리가 들린다. 그때 나는 문 너머 그들에게 이렇게 말한다.

"제가 강력히 추천하는데, 텐더 씨에게 코가 왜 빨간 무같이 빨개졌는지 물어보세요. 텐더 씨가 겸손해서 입을 다물고 있는 거지, 그 코 얘기가 저희가 겪은 가장 놀라운 모험과 관련이 있거든요."

그들이 어찌나 요란하게 복도를 달려가는지! 딱 말발굽 소리 같다. 정말이다. 잠시 기다렸다. 고요하다. 고개를 내밀어 봤는데 아무도 없었다. 그래서 나는 휘파람을 불며 나왔다. 입구로 내려가 껑다리 놈에게 통행증을 보이고는 그가 내게 경례하는 걸 본다. 그러니까, 나는 오늘의 영웅이다.

"편하게 해, 중사. 당신 바뀐 모습이 마음에 드는군." 내가 말한다.

그는 내가 대단한 칭찬이라도 해 준 듯 씨익 웃었다.

"이봐, 빨강머리, 훌륭해. 우리가 아는 사이라는 게 자랑스러워." 그가 말한다.

"뭐야, 너네 스웨덴에 가서 여자들에게 말할 거리가 생긴 거야?"

"당연하지! 여자들이 아주 자지러질걸!"

뭐, 멀쩡한 청년이다. 솔직히 나는 저렇게 키 크고 뺨이 발그레한 이들을 좋아하지 않는다. 여자들은 이런 남자들이라면 환장하는데, 그게 말이 되나? 키가 중요한 건 아니지 않나…… 나는 길을 걸으며 그럼 뭐가 중요한지 고민한다. 햇빛이 쏟아지고 주위에는 인적이 없다. 그리고 불현듯 지금 당장 구타가 보고 싶어졌다. 그냥 보고 싶었다. 그녀를 바라보고 손을 잡고 싶다. **구역**에 다녀온 자에게는 한 가지 바람만 남는다. 여자 친구의 손을 잡는 것. 특히 스토커의 자식들, 스토커들한테서 어떤 아이들이 태어나는지에 대한 그 모든 말들이 떠오를 때면…… 그런데 지금 구타는 됐다. 지금 나는 초장부터 최소한, 센 술이 필요하다.

나는 주차장을 지나갔다. 거기에는 통제선도 있다. 서치라이트와 기관총을 탑재하고 잔뜩 치장한 크고 노란 순찰차 두 대가 서 있고 두꺼비 놈들이 털을 곤두세우고 있다. 그리고 물론, 하늘색 철모*들이 길을 전부 봉쇄하고 있어서 마음 편히 다닐 수 없다. 나는 눈을 아래로 떨구고 걷는다. 지금은 그들을 아예 보지 않는 편이 낫다. 저기에 낯짝 두셋이 보이는데, 내가 그들을 알아보기라도 하면 큰일이 벌어질 테니까. 나는 내가 그들을 알아볼까 봐 두려웠다. 확실히, 그들은 운이 좋았다. 키릴이 나를 연구소로 불러들였기에 망정이지, 안 그랬으면 그놈들을, 그 거지 같은 놈들을 찾아내 죽여 버렸을 거다. 죽이길 주저하지도 않았을 거고……

어깨로 밀치면서 그 인파를 헤집고 나가는데, 거의 통과했을 즈음 "이봐, 스토커!"라는 말이 들린다. 뭐, 그건 나와 관계없으니 멈춰 서지 않고 걸어가며 담뱃갑에서 담배를 한 개비 뽑는다. 뒤에서 누군가 쫓아와 내 소매를 잡는다. 나는 그 손을 뿌리치고 살짝 돌아서서 상냥한 목소리로 묻는다.

"무슨 같잖은 이유로 절 잡으신 겁니까, 선생님?"

"잠깐, 스토커. 두 가지만 묻겠다."

나는 눈을 들어 그를 본다. 쿼터블래드 대위다. 구면이다. 완전히 말라 쪼그러들어서는 누렇게 떴다.

"아, 건강하시죠, 대위님. 간은 좀 어떻습니까?"

"스토커, 말 돌리지 말게." 그는 화를 내며 이렇게 말하더니, 뚫어 버릴 듯한 눈빛으로 나를 노려본다. "부르는데 왜 바로 멈춰 서지 않았는지 말하는 게 좋을 걸세."

그리고 벌써 하늘색 철모 둘이 다가와 그의 등 뒤에 서 있다. 앞발을 권총집에 대고 있는데, 눈은 가려서 안 보이고 철모 아래로 조금씩 움직이는 턱뼈만 보인다. 그런데 대체 캐나다 어디에서 이런 놈들을 모아 오는 걸까? 이런 놈들만 다 모아서 보내기라도 한 건가……? 낮에는 순찰차가 조금도 두렵지 않지만, 그래도 이 두꺼비들은 날 수색할 수도 있고, 지금 수색당해 봐야 좋을 게 없다.

"저를 부르셨다고요, 대위님? 대위님은 스토커라고 하지……"

"그러니까, 자네가 더는 스토커가 아니다, 이건가?"

"대위님 덕에 제가 감옥살이를 하다가 그만뒀지요." 내가 말한다. "청산했어요. 감사해요, 대위님. 그때 제가 눈을 떴어요. 대위님이 아니었으면……"

"**구역** 앞에서는 뭘 했나?"

"뭘 하다니요? 전 거기서 일을 합니다. 벌써 2년째예요."

그리고 나는 이 불쾌한 대화를 끝내기 위해 신분증 수첩을 꺼내 쿼터블래드 대위에게 내민다. 그는 내 신분증을 받아 한 장 한 장 넘겨 가며 모든 날인마다 침이라도 묻힐 듯

• 유엔 평화유지군을 의미한다.

얼굴을 가까이 들이대고 킁킁댔다. 그러고 나서 신분증을 돌려주는데, 만족스러운지 눈이 빛나고 심지어 화색까지 돌았다.

"미안하군." 그가 말한다. "슈하트, 이럴 줄은 몰랐네. 그러니까, 자네가 내 충고를 흘려듣지 않았군. 이런, 훌륭한걸. 믿든 안 믿든, 나는 예전에도 이미 자네가 쓸모 있는 존재가 될 거라 내다봤네. 나는 자네 같은 청년이 그랬다는 걸 믿을 수 없어서……"

그러고는 말을 늘어놓고 또 늘어놓았다. 뭐, 내가 또 한 명의 멜랑콜리 환자를 치료했구나, 생각하고 물론 그의 말을 들으면서 눈은 부끄러운 듯 아래를 향하게 하여 동감을 표하는 것처럼 어깨를 으쓱하고, 기억하기론 심지어 수줍은 듯 발로 땅바닥을 비볐던 것 같다. 대위의 등 뒤에 서 있던 그 깡패 자식들은 얘기를 듣고 또 듣다가 기분이 나빠진 기색이 역력했는데, 그쪽을 보니 그들은 멀리, 더 재미있는 곳으로 가 버리고 말았다. 그런데 대위는 끝도 없이 훈수를 늘어놓는다. 앎은 빛이고 무지는 비참이며 끔찍한 어둠이다. 신은 정직한 노동을 좋아하고 높이 평가한다고. 그러니까 대위는, 감옥에서 성직자가 일요일이면 우리를 옥죄던 그 주제넘고 지루한 얘기를 늘어놓고 있다. 그런데 나는 술을 마시고 싶다. 더는 참을 수 없다. 괜찮아, 레드, 넌 참아닐 거야, 라고 생각한다. 레드, 견뎌야 해! 저런 기세로는 오래갈 수 없을걸. 봐, 벌써 숨 가빠 하잖아…… 그때 천만다행으로 순찰차 한 대가 신호를 보내기 시작했다. 쿼터블래드 대위는 신호를 보더니 아쉬운 듯 한숨을 내쉬고 나에게 손을 내민다.

"어쨌든, 자네같이 정직한 청년을 만나 반가웠네, 슈하트. 이런 만남을 기념해 술이라도 한잔하면 좋은데 말일세. 센 술은 의사가 허락을 안 해 줘서 마실 수 없지만 맥주 정도는 자네와 마실 수 있었을 텐데. 자, 저기 보이나. 근무시간이네! 그럼 또 보지."

제발 그것만은, 이라고 생각한다. 하지만 나는 그의 손을 잡고 계속 얼굴을 상기한 채 발을 땅에 문지른다. 그가 바라는 대로. 마침내 그가 자리를 뜨자, 나는 쏜살같이 보르시치로 갔다.

이 시간대의 보르시치에는 아무도 없다. 어니스트가 바 뒤에 서서 술잔을 닦고, 그걸 전등에 비춰 본다. 그런데 놀랍지 않은가. 바텐더들은 손님이 오든 안 오든 언제나 술잔을 닦는다. 마치 술잔 닦기에 영혼의 구원이라도 달려 있다는 듯. 딱 저 자세로 온종일이라도 서 있을 것 같다. 술잔을 집어 들고, 얼굴을 찌푸리고 보고선 전등에 비춰 보고, 입김을 불며 닦기 시작한다. 닦고 또 닦고, 다시 살펴보고, 이번엔 술잔 바닥을 보고, 또 닦고……

"안녕하신가, 어니! 술잔 좀 그만 괴롭혀. 구멍 나겠어!"
내가 말한다.

그는 술잔을 통해 나를 보더니 알아들을 수 없게 뭐라고
중얼거리고는 말을 멈추고 보드카를 손가락 네 개 높이로
따라 준다. 나는 바 스툴에 겨우 올라앉아 술을 마셨고, 눈
살을 찌푸린 채 머리를 흔들고 다시 술을 마셨다. 냉장고는
간헐적으로 철컥거리고 주크박스에서는 어떤 가느다란 음
악 소리가 들려오고, 어니스트는 다음 술잔을 집어 들고 하
하거리며 입김을 분다. 좋다, 평온하다…… 나는 다 마신 잔
을 내려놓았고 어니스트는 즉시 투명한 술을 다시 손가락
네 개 높이로 따라 준다.

"어때, 좀 나아졌어?" 그가 중얼거린다. "긴장은 풀렸어,
스토커?"

"당신 연달아 세 개째 닦고 있어." 내가 말한다. "이 얘기
알아? 한 바텐더가 잔을 닦고 또 닦다가 악한 혼을 불러냈
대.* 그 후로 행복하게 살았다는 거야."

"그 바텐더가 도대체 누군데?" 어니가 믿지 않는다는 투
로 묻는다.

"여기 그런 바텐더가 있었어. 당신이 오기 전에." 내가 대
답한다.

"그래서?"

"그냥 그렇다고. 당신은 **방문**이 왜 일어났다고 생각해? 그는 닦고 또 닦곤 했지…… 당신은 우리를 방문한 게 누구 같아? 응?"

"말이 많군."어니가 마음대로 하라는 듯 내게 말한다.

그는 부엌으로 가더니 접시를 들고 돌아왔다. 구운 소시지다. 접시를 내 앞에 내려놓고 케첩을 내밀고는 다시 술잔으로 돌아간다. 어니스트는 자기가 뭘 해야 하는지 안다. 어니는 노련해서 스토커가 **구역**에서 돌아오는 길인지, 노획물을 가져왔는지 바로 알아차리며, 게다가 **구역**에 다녀온 스토커에게 필요한 게 뭔지를 안다. 어니는 브로커다. 은인이지.

소시지를 다 먹고 담배를 피운 뒤 나는 어니스트가 우리 동료들을 이용해 얼마나 벌고 있을지 가늠해 보기 시작했다. 유럽에서는 노획물이 얼마나 할지 잘 모르지만, 지나가는 말로 듣기로, 가령 '깡통'은 그쪽에서 거의 2,500에 거래된다던데 어니는 우리에게 400밖에 안 준다. 그쪽에서 '배터리'는 100 이상 나간다던데 우리는 많이 받아 봐야 20이다. 다른 물건들도 거의 그런 식이다. 노획물을 유럽으로 보내는 데도 당연히 돈이 든다. 이 사람 저 사람에게 돈을

• 알라딘 요술 램프 모티프라는 해석도 있다.

찔러 줘야 할 거고, 역장은 아마 그들에게서 돈을 받을 거고…… 그러니까 생각해 보면, 어니스트도 그렇게 많이 버는 건 아니다. 15~20퍼센트 이상은 아닐 거고, 게다가 걸리면 틀림없이 징역 10년일 테니……

이때 나의 이 경건한 고찰을 웬 공손한 인간이 중단시킨다. 나는 이 인간이 들어오는 소리도 듣지 못했다. 그는 내 오른쪽 팔꿈치 옆에 나타나서는 이렇게 묻는다.

"옆에 앉아도 될까요?"

"그럼요! 앉으시죠." 내가 말한다.

조그맣고 마른 체구에 코는 뾰족하고 나비넥타이를 매고 있다. 그의 사진을 언젠가 본 것 같다. 그를 어디선가 봤는데, 그게 어디인지는 기억이 안 난다. 그는 내 옆 바 스툴에 올라앉아서는 어니스트에게 말한다.

"버번으로요!" 그러고는 곧장 내게 말을 건넨다. "실례합니다만, 당신은 제가 아는 분 같은데요. 국제연구소에서 일하시죠? 그렇죠?"

"네." 내가 말한다. "그런데 당신은?"

그는 능숙하게 주머니에서 명함을 꺼내 내 앞에 놓는다. '앨로이시어스 맥노트, 이민국 전권 대리인'이라고 쓰여 있다. 그럼 그렇지. 나는 그를 안다. 사람들이 도시를 떠나게 하려고 성가시게 구는 인간이다. 누군가 우리 모두 이 도시를 떠나길 원한다. 알다시피, 우리 하몬트 사람들은 과거에 비해 겨우 절반만 남았는데도, 그들은 우리 모두를 이 지역에서 치워 버리려는 것이다. 나는 손톱으로 명함을 밀어내고서 그에게 말한다.

"아뇨. 감사합니다만, 관심 없어요. 아시는지 모르겠지만, 고향 땅에서 죽는 게 제 꿈이어서요."

"왜죠? 초면에 죄송합니다만, 무엇이 당신을 여기에 묶어 두는 거죠?" 그가 활달하게 묻는다.

나는 무엇이 나를 여기에 묶어 두는지 당장 말해 주기로 한다.

"뭐겠어요! 어린 시절의 달콤한 추억이죠. 시립 공원에서의 첫 키스, 엄마, 아빠, 바로 이 바에서 처음으로 취했던 기억, 친애하는 경찰서에……— 이때 나는 주머니에서 코 푼 손수건을 꺼내 눈을 덮는다 — 아니요. 절대 안 떠납니다."

그는 웃더니 버번을 홀짝이고 나서 진지한 목소리로 이렇게 말한다.

"저는 당신들, 하몬트인들을 도저히 이해 못 하겠어요. 하몬트에서의 삶은 고되잖아요. 권력은 군사 기관에 있고 시설도 안 좋고요. 옆에 **구역**이 있으니 화산 꼭대기에 사는 것과 같다고요. 언제 어떤 전염병이 돌아도 이상하지 않고, 더 나쁜 일을 당할 수도 있는데…… 노인이라면 이해하겠어요. 노인이야 눌러앉은 곳을 뜨기 쉽지 않겠죠. 그런데 지금 당신은…… 몇 살이죠? 스물둘? 스물셋을 넘는 것 같지는 않은데…… 알아주셨으면 하는 게, 저희 기관은 자선단체로 그 어떠한 이익도 추구하지 않습니다. 그저 사람들이 이 지옥 같은 곳을 떠나 진정한 삶을 찾기를 바랄 뿐이에요. 우리는 정착비를 지원해 주고 새로운 환경과 일자리를 제공합니다…… 젊은이들에게, 당신 같은 사람들에게는 배울 기회를 주고요…… 아니, 이해가 안 되는군요!"

"그러니까, 당신 말은 아무도 도시를 떠나고 싶어 하지 않는다는 건가요?"

"아니, 아무도는 아니에요…… 몇몇은, 특히 가족이 있는 사람들은 제 말에 동의해요. 그런데 젊은이와 노인은…… 이 도시가 당신들한테 좋을 게 뭐가 있죠? 이 도시는 완전히 촌구멍, 시골인데……"

그리고 이 대목에서, 나는 그에게 퍼붓기 시작했다.

"앨로이시어스 맥노트 씨! 당신 말이 다 맞습니다. 우리 작은 도시는 촌구멍이에요. 이제껏 촌구멍이었고, 지금도 촌구멍이죠. 다만 지금—나는 말을 잇는다—이 도시는 미래로 뚫린 구멍입니다. 우리가 이 구멍에서 당신네 비열한 세계로 끌어 올리는 것들이 모든 걸 변화시킬 거예요. 삶은 달라질 거고, 바로잡힐 거고, 모두에게 필요한 모든 게 주어

1 레드릭 슈하트, 23세, 독신.
국제외계문명연구소 하몬트 지부 연구원

질 겁니다. 그게 당신이 말한 구멍이에요. 이 구멍을 통해 지식이 옵니다. 그리고 지식을 갖게 되면, 우리는 모든 사람을 부자로 만들어 줄 거고, 다른 행성들에도 가고, 그 밖에도 또 원하는 곳은 어디든 갈 수 있을 겁니다. 그게 여기 우리의 촌구멍……"

이 대목에서 나는 급히 입을 다물었는데, 어니스트가 상당히 놀란 기색으로 날 보고 있다는 걸 깨닫고는 어색해졌기 때문이다. 난 남의 말을 그대로 반복해 말하는 걸 정말로 안 좋아한다. 그러니까, 마음에 와닿은 말도 내 입으로 그대로 다시 말하는 건 좋아하지 않는다. 게다가 이런 말들은 내 입에서 나가면서 어딘가 비틀린다. 키릴이 말을 할 때면, 넋 놓고 언제까지고 그의 말을 듣고 있을 수 있지만, 나는 키릴과 같은 말을 하는 것 같은데 왜인지 잘 안된다. 어쩌면, 키릴이 비밀리에 어니스트에게 노획물을 줘 본 일이 없어서일지도 모르겠다. 뭐, 상관없지만……

이때 나의 어니가 정신이 들었는지 서둘러 내게 술을 손가락 여섯 개 높이로 따라 준다. 정신 차리라고, 오늘 왜 그러는 거냐며. 그리고 코쟁이 맥노트 씨는 다시 한 번 버번을 홀짝이더니 이렇게 말한다.

"네, 물론…… 영구 축전기들, '푸른 만병통치약'…… 그런데 당신은 정말 당신이 말한 대로 될 거라 믿는 건가요?"

"제가 실제로 뭘 믿는지는 당신이 신경 쓸 일이 아니죠."
내가 말한다. "하몬트에 대해 말한 거예요. 제 생각은 이래
요. 제가 당신네 유럽을 모를 것 같습니까? 당신네 따분함
을 못 봤을 거 같아요? 낮에는 내내 일하고 저녁에는 텔레
비전을 보고 밤에는 역겨운 매춘부의 침대로 파고들어 사
생아들을 만들어 내고. 당신네 파업, 시위, 허울만 남은 정
치…… 나는 관 속에 들어가 있는 당신네 유럽을 봤습니다.
그 비참한 모습을요."

"그런데 왜 하필 유럽 얘길 하는 거죠?"

"아, 어디든 똑같지 않습니까. 유럽에 추위만 더하면 남
극인 거고."

그런데 놀라운 건, 내가 그에게 말만 그렇게 한 게 아니
라 진심으로 그렇게 믿고 있었다는 사실이다. 그리고 그때
나에겐 우리의 **구역**이, 지겹고 역겨운 데다 살인까지 자행
하는 **구역**이 그들의 유럽이나 아프리카보다 백배는 더 사랑
스러웠다. 그런데 그때까지만 해도 아직 취한 상태는 아니
었다. 그저 순간적으로 딱 저치 같은 저능아들 무리에 섞여
퇴근하는 나, 그들의 지하철에서 사람들 사이에 낀 나, 이
모든 것에 진절머리를 느껴 아무 의욕도 없는 나의 모습이
그려졌을 뿐이다.

"당신 생각은 어떤가요?" 코쟁이가 어니스트에게 말을

건다.

"난 내 일이 있습니다." 어니가 가라앉은 목소리로 대답한다. "날 애 취급 마시오! 나는 내 돈을 전부 이 사업에 쏟아부었습니다. 어중이떠중이들이 아니라 사령관이나 장군이 찾기도 한단 말입니다. 내가 뭐 하러 여기를 떠납니까……?"

앨로이시어스 맥노트 씨는 온갖 수치들을 동원해 어니스트를 설득하기 시작했고 나는 이미 듣고 있지 않았다. 술을 주욱 들이켜고서 주머니에서 잔돈을 한 움큼 꺼냈고, 바스툴에서 내려가자마자 주크박스 음량을 최고로 올렸다. 주크박스에는 〈확신이 없으면 돌아오지 마〉라는 노래가 있다. **구역**에 갔다 온 후에는 이 노래가 나에게 잘 먹힌다…… 뭐, 그러니까, 주크박스가 요란하게 악을 쓰는 동안, 나는 과거의 빚을 갚아 주기 위해 잔을 들고 구석의 외팔이 강도*에게로 갔다. 그 후로 시간이 훌쩍 흘러갔다……

내가 마지막 한 푼까지 잃고 있는데 저기 입구의 아치를 지나 리처드 누넌과 구탈린이 들어오고 있다. 구탈린은 이미 심하게 취해 눈을 희번덕거리며 한 방 날릴 대상을 찾

---

* 슬롯머신을 말한다. 기계에 손잡이가 하나 달려 있고 돈을 잃게 만들기에 '외팔이 강도'라고 표현한 것이다.

고, 리처드 누넌은 부드럽게 그의 팔을 잡아 부축하며 웃긴 이야기로 그의 주의를 돌리는 중이다. 멋진 2인조다! 구탈린은 건장하며 장교의 장화만큼 까만 피부에 곱슬머리고 커다란 팔이 무릎까지 내려오는 반면, 딕은 작고 동글동글해서는 피부는 분홍빛이 돌며 광채를 내뿜는 듯 밝다.

"아!" 딕이 나를 발견하고는 소리친다. "여기 레드가 있잖아! 이리 와, 레드!"

"그으으으으래야지!" 구탈린이 울부짖는다. "도시 전체를 통틀어 인간이 딱 둘 있는데, 그게 레드와 나야! 나머지는 돼지고 사탄의 자식들이야. 레드! 너도 사탄을 섬기지만, 그래도 어쨌든 인간이지……"

내가 잔을 들고 다가가자 구탈린이 내 점퍼를 잡아끌어 테이블에 나를 앉히며 말한다.

"앉아, 빨강머리! 앉으라고, 사탄의 하수인! 난 네가 마음에 들어. 인류의 죄를 슬퍼하며 눈물을 흘려 보자고. 쓰디쓴 눈물을!"

"그래, 눈물을 흘려 보자고. 죄의 눈물을 마셔 버리자고." 내가 맞장구친다.

"낮이 오고 있으니―구탈린이 선언한다―창백한 말에 이미 재갈이 물려 있고, 게다가 기수가 벌써 등자에 발을 집어넣었어.* 그런데 배신한 자들이 사탄한테 하는 기도는

1 레드릭 슈하트, 23세, 독신.
국제외계문명연구소 하몬트 지부 연구원

무용해. 그래서 사탄에 맞선 이들만이 구원받는 거야. 너희는, 인간의 자식들은, 사탄에 매력을 느끼고, 사탄의 장난감을 갖고 놀지. 사탄의 보물을 갈망하는 너희는, 말해 두는데, 장님이라고! 개자식들. 정신 차려, 아직 늦지 않았어! 악마의 잡동사니 따위는 짓밟아 버리라고!" 이 대목에서 그는 그다음 할 말을 잊은 듯 입을 다물었다. "그런데 여기서 나에게 술을 주나?" 그는 이미 다른 목소리로 물었다. "아니, 지금 내가 어디 있는 거지……? 빨강머리, 그거 알아? 직장에서 또 나를 내쫓았어. 내가 선동가래. 난 그놈들에게 이렇게 말하지. 정신 차리라고, 눈먼 건 너희라고, 너희는 구덩이로 떨어지는 중이고 다른 장님들마저 끌어들이고 있다고!** 그놈들은 비웃더군. 뭐, 나는 사장에게 한 방 날리고 나왔어. 이제 날 감방에 처넣겠지. 그런데 무슨 죄목으로?"

덕이 다가와서 테이블에 술병을 내려놓았다.

- 『요한의 묵시록』 6장 8절. '그러고 보니 푸르스름한 말 한 필이 있고 그 위에 탄 사람은 죽음이라는 이름을 가진 사람이었습니다. 그리고 그 뒤에는 지옥이 따르고 있었습니다. 그들에게는 땅의 사 분의 일을 지배하는 권한 곧 칼과 기근과 죽음, 그리고 땅의 짐승들을 가지고 사람을 죽이는 권한이 주어졌습니다.'
- ** 『마태오의 복음서』 15장 14절. "'그대로 버려두어라. 그들은 눈먼 길잡이들이다. 소경이 소경을 인도하면 둘 다 구렁에 빠진다.'"

"오늘은 내 앞으로 달아 둬!" 내가 어니스트에게 소리쳤다.

딕이 나를 힐끔 쳐다봤다.

"다 합법적이었어." 내가 말한다. "특별수당으로 쏘는 거야."

"**구역**에 갔다 온 거야? 뭔가 가져온 게 있고?" 딕이 묻는다.

"충만한 '깡통'. 과학의 제단에 바쳤지. 두둑한 주머니는 덤이고. 술 따를 거야, 말 거야?"

"'깡통'을 가져왔다고……!" 구탈린이 비통하게 중얼거렸다. "어떤 '깡통'에 제 목숨을 걸었다니! 살아남긴 했지만, 이 세계에 악마의 물건을 또 하나 가져왔군그래. 그런데 빨강머리, 네가 어떻게 알겠어, 얼마나 많은 고뇌와 번민이……"

"구탈린, 찌그러져 있어." 내가 정색하고 말한다. "술이나 마시며 내가 살아 돌아온 걸 기뻐하라고. 자, 행운을 위하여 건배!"

술이 잘 넘어갔다. 구탈린은 완전히 힘이 풀려서 앉아서 우는데 마치 수도꼭지에서 물이 흐르듯 눈에서 눈물이 흐른다. 별것 아니다. 나는 그를 안다. 그는 늘 이런 단계를 거친다. 눈물을 쏟고 나서는 **구역**은 악마의 유혹이라고, **구역**에서 아무것도 가져오면 안 된다고, 가져온 것은 돌려다 놓고 **구역**이란 게 아예 존재하지 않는 것처럼 살아야 한다고 설교한다. 악마의 것은 악마에게 돌려줘야 한다며.* 나는 그를, 구탈린을 아주 좋아한다. 나는 주로 괴짜들을 좋아한다. 그는 돈이 있으면 누구에게서든 노획물을 흥정도 하지 않고 부르는 가격 그대로 사서는 밤이 되면 사들인 노획물을 도로 **구역**으로 가져가 묻어 놓는다…… 맙소사. 그가 대성통곡한다. 신이시여, 가엾게 여기소서. 하지만 뭐, 그는 앞으로 더 폭주할 거다.

"그런데 그게 뭐야, 충만한 '깡통'이라니?" 딕이 묻는다. "일반적인 '깡통'은 나도 아는데, 충만한 건 대체 뭐지? 그런 건 처음 들어."

나는 그에게 설명했다. 그는 고개를 끄덕이고는 입맛 다시는 소리를 냈다.

"그래, 그거 흥미롭네." 그가 말한다. "그러니까, 뭔가 새로운 거네. 그런데 누구랑 다녀왔어? 러시아인?"

"어, 키릴과 텐더. 알다시피 연구소 연구원이야." 내가 대답한다.

"그 사람들과 갔다니 애먹었겠네……"

---

* 『마르코의 복음서』 12장 13~17절에 나오는 예수의 말. '그들이 돈을 가져오자 "이 초상과 글자가 누구의 것이냐?" 하고 물으셨다. 그들이 "카이사르의 것입니다" 하고 대답하자 "그러면 카이사르의 것은 카이사르에게 돌리고 하느님의 것은 하느님께 돌려라" 하고 말씀하셨다.'

"아니 전혀. 상당히 자기 제어를 잘하던데. 특히 키릴. 그는 타고난 스토커더라고. 그가 경험만 좀 많고 어린애 같은 조급함만 없애면, 그와 매일 **구역**에 다녀왔을 거야."

"그리고 매일 밤?" 그가 술기운에 낄낄대며 묻는다.

"됐어, 그건 농담거리가 아니라고……"

"알아. 농담할 일 아니니까, 내가 이런 농담을 하면 한 대때려도 돼. 세어 둬, 내가 너에게 두 대 맞을 게 있는……"

"누구를 두 대 패는데?" 구탈린이 갑자기 쌩쌩해져서는 몸을 일으켰다. "여기 누구를?"

우리는 그의 팔을 잡아 겨우 앉혔다. 딕은 그에게 담배를 물리고 라이터를 켜 줬다. 우리는 그를 진정시켰다. 그러는 사이 사람이 점점 늘어난다. 바는 벌써 사람들로 **빽빽**했고, 테이블도 거의 찼다. 어니스트는 여종업원들에게 소리쳤고, 그들은 뛰어다니며 손님들이 주문한 걸 나른다. 누구에겐 맥주를, 누구에겐 칵테일을, 누구에겐 보드카를. 보아하니, 최근 이 도시에 처음 보는 얼굴이 많이 늘었다. 그런데 대부분이 화려한 머플러를 바닥까지 늘어뜨리고 다니는 웬 애송이들이다. 나는 딕에게 이 얘기를 했다. 딕이 고개를 끄덕였다.

"어쩔 수 없어. 대규모 건설공사가 시작되고 있거든. 연구소가 새로운 건물을 세 채나 짓는 데다 묘지에서 옛 목장까지, **구역**을 둘러싸고 벽을 세울 계획이래. 스토커들의 좋은 시절이 끝나 가고 있는 거지……"

"스토커에게 좋은 시절이 있기는 했나?" 내가 말한다. 그러고는 이렇게 생각한다. 아니 이게 무슨 소리람? 그러니까, 이제 용돈 벌이를 할 수 없다는 의미다. 뭐, 어쩌면 더 좋을 수도 있다. 유혹이 줄어들 테니. 바른 생활을 하는 사람처럼 **구역**에는 낮에 가면 된다. 물론 돈은 이전만 못하겠지만, 대신 훨씬 덜 위험하다. '오버슈즈'에 특수복에, 이런저런 편의가 있는 데다 순찰대도 신경 쓸 필요 없으니…… 월급으로도 먹고살 수 있고, 술은 특별수당으로 마시면 된다. 그러자 울적함이 나를 사로잡았다! 또다시 푼돈을 한 장 한 장 세야 한다니. 이건 사도 될까, 저건 안 될까, 구타에게 옷을 사 주려면 돈을 모아야 하고, 바도 못 다니고 영화나 보러 가는 거다…… 이 모든 게 암울하고 암울하다. 매일이 암울하고 매일 저녁이, 매일 밤이 암울하다.

그렇게 앉아서 생각에 잠겨 있는데 딕의 목소리가 귓전에 울린다.

"어제 호텔에서 자기 전에 한잔하려고 바에 들렀는데 웬 처음 보는 사람들이 앉아 있는 거야. 보자마자 내 마음에 안 들더라고. 그런데 그중 한 명이 내 옆에 앉더니 에둘러 말을 하면서 나를 안다고, 내가 누군지, 어디서 일하는지 안다는 티를 내면서 이런저런 일거리에 보수를 두둑히 주겠다는 듯이 말하더라고……"

"비밀경찰이네." 내가 말한다. "난 여기서 비밀경찰을 질리도록 봤고, 일거리 얘기도 질리도록 들어서 그다지 흥미롭지 않은데."

"아냐, 친구. 비밀경찰이 아니었어. 좀 들어 봐. 그와 얘기를 좀 나눠 봤어. 물론 조심스럽게, 아무것도 모르는 척. 그 사람은 **구역**의 어떤 물체들에 관심이 있는데 그게 심상치 않은 것들이더라고. 축전기나 '근질이' '검은 물방울', 뭐 이런 자잘한 걸 원하는 게 아녔어. 필요한 걸 그저 암시만 했어."

"그래서 그가 원하는 게 대체 뭐였는데?" 내가 묻는다.

"'마녀의 젤리' 같아." 딕이 대답하며 나를 어딘가 이상한 눈빛으로 바라본다.

"뭐, '마녀의 젤리'를 원한다고! '죽음램프'는 필요 없대?"

"나도 딱 그렇게 물었어."

"그랬더니?"

"놀랍게도, 필요하다는 거야."

"그래? 그러면 직접 가서 전부 가져오라고 해. 식은 죽 먹기니까! 저기 '마녀의 젤리'가 가득한 지하실이 있으니 양동이를 들고 가서 떠 오라고 해. 자진해서 죽으러 가는 거지."내가 말한다.

딕은 아무런 말이 없고 미심쩍은 눈을 치켜떠 나를 쳐다보며 미소조차 띠지 않았다. 이건 또 뭔가, 설마 딕이 지금 내게 의뢰를 하려는 건가? 하긴 그러니까 내가 이 얘기를 듣게 된 거겠지.

"잠깐, 도대체 누구였어? '젤리'는 연구소에서도 연구를 금지하고 있는데……"

"그렇지."딕이 천천히 말하면서 계속 나를 쳐다본다. "인류에게 잠재적 위험이 될지도 모를 연구들이니까. 이제 누구였는지 알겠어?"

나는 아무것도 이해할 수 없었다.

"방문자이기라도 한 건가."내가 말한다.

그는 크게 웃더니 내 팔을 치고서 이렇게 대꾸한다.

"단순한 녀석, 그냥 술이나 마시는 게 낫겠어!"

"그러자고."말은 그렇게 했지만 성질이 났다. 이런 빌어먹을, 단순한 녀석 좋아하네, 개자식들이! "이봐, 구탈린!" 내가 말한다. "이제 그만 자고 마시자고."

아니, 구탈린은 깨어나지 않는다. 자신의 새까만 면상을 새까만 테이블에 묻고, 손은 바닥까지 축 늘어뜨린 채 자고 있다. 나와 딕은 구탈린을 빼놓고 마셨다.

"뭐 그래."내가 말한다. "내가 단순한 사람인지 복잡한 사람인지는 모르겠지만, 나라면 그런 놈은 마땅히 끌고 가야 할 곳으로 끌고 갔을 거야. 경찰을 지지리도 싫어하지만, 직접 그를 경찰서에 데려다 놓았을 거라고."

"그래, 그러면 경찰서에서 이렇게 물어봤겠지. 그런데 이 작자는 그런 걸 대체 왜 당신에게 물어본 겁니까? 예?, 라고 말야."

나는 고개를 저었다.

"설사 그렇더라도. 뚱돼지, 당신은 도시에서 3년째 살고 있지만, **구역**에는 단 한 번도 다녀온 적 없잖아. '마녀의 젤리'는 영화에서나 봤을 텐데, 그걸 실제로 봤으면, 그게 사람을 어떻게 만드는지 봤으면 그 자리에서 지렸을걸. 친구, 그건 무서운 물체고 **구역**에서 가져오면 안 돼…… 알다시피 스토커들은 거친 사람들이어서 돈만 주면, 그것도 많이 주기만 하면 되지만, 이런 일은 죽은 민달팽이조차 응하지 않았을 거야. 대머리수리 버브리지도 맡지 않을 거라고…… 게다가 누구에게, 뭘 위해 '마녀의 젤리'가 필요할 수 있을지 생각하는 것조차 두려운 일이고."

"그렇지." 딕이 말한다. "다 맞는 말이야. 그저, 아는지 모르겠지만, 난 어느 멋진 날 아침, 침대에서 자살한 시체로 발견되고 싶지 않을 뿐이라고. 스토커는 아니지만 나도 거친 편이고 실리를 따지고, 알다시피 삶을 사랑하거든. 살기

96   1 레드릭 슈하트, 23세, 독신.
국제외계문명연구소 하몬트 지부 연구원

시작한 지 오래돼서 이미 사는 것에 익숙해져 버렸어……"

그때 갑자기 바 뒤에서 어니스트가 소리친다.

"누넌 씨! 전화받으십쇼!"

"이런 젠장." 딕이 사납게 말한다. "아마 또 클레임일 거야. 내가 어디 있든 찾아내겠지. 잠깐 실례, 레드."

그는 일어나 전화기로 간다. 그리고 나는 구탈린과 술병과 함께 남았는데, 구탈린에게선 기대할 게 아무것도 없으니 오로지 술병만 상대한다. 저주스러운 **구역**. **구역**으로부터의 구원은 어디에도 없다. 어딜 가든 누구와 무슨 얘기를 하든 **구역**, **구역**, 또 **구역**이다…… **구역**에서 영원한 세계와 평화가 흘러나온다는 키릴의 말을 생각해 보는 것은 물론, 좋다. 키릴은 좋은 사람이고, 그를 바보라고 할 사람은 아무도 없을 거고, 오히려 똑똑한 축에 속하지만 세상 물정은 하나도 모른다. 그는 얼마나 많은 개자식들이 **구역** 주변을 얼쩡거리는지 생각하지 못한다. 이제는 이런 일도 생긴 것이다. 누군가가 '마녀의 젤리'를 필요로 하는 일이. 아니, 구탈린이 고주망태여도, 종교에 뿌리를 둔 정신이상자이긴 해도 때로 생각에 생각을 거듭하다 보면 이렇게 생각하게 되는 거다. 어쩌면 정말 구탈린 말대로 악마의 것은 악마에게 돌려 놓아야 하는 것 아닐까?, 라고. 똥은 건드리지 말아야 한다고……

이때 요란한 머플러를 두른 웬 애송이가 딕의 자리에 앉는다.

"슈하트 씨죠?" 그가 묻는다.

"그런데요?" 내가 말한다.

"전 크레온이라고 합니다. 몰타에서 왔어요."

"예. 그쪽 몰타는 어때요?"

"저희 몰타 상황은 나쁘지 않습니다만, 그 얘기를 하러 온 건 아니에요. 어니스트가 당신에게 가 보라고 하던데요."

그렇단 말이지. 저 어니스트란 놈도 어쨌든 개자식이다. 측은지심이라고는, 눈곱만큼도 없다. 여기 한 청년이 앉아 있다. 거뭇한 피부에 순수해 보이고 잘생겼고 면도해 본 적도 없거니와 여자와 키스한 적도 없어 보이는데, 그건 어니스트로서는 아무래도 상관없고 그저 더 많은 사람들을 **구역**으로 내몰아 셋 중 하나만이라도 노획물을 가지고 오면 그게 다 돈이다……

"그럼 어니스트 영감은 어떻게 지내나?" 내가 묻는다.

그가 바 쪽을 돌아보고는 이렇게 말한다.

"잘 지내는 것 같은데요. 저렇게 사는 것도 좋겠어요."

"나라면 안 그럴 거야. 한잔할래?"

"감사합니다만 술 안 마셔요."

"그럼, 한 대 피우지."

"죄송하지만 담배도 안 피워요."

"허! 그럼 뭣 하러 돈이 필요한데?"

그는 얼굴이 새빨개져서는 미소를 거두고 작은 목소리로 말한다.

"그건 제 사정일 텐데요. 슈하트 씨, 그렇지 않나요?"

"그렇긴 하지." 내가 대답하며 술을 손가락 네 개 높이로 따른다. 말해 뒤야겠는데 머릿속은 벌써 조금씩 웅웅거리고 있었고, 몸에는 뭔가 기분 좋은 나른함이 느껴졌다. **구역**이 날 완전히 놓아준 거다. "지금 난 취했어." 내가 말한다. "보다시피 노는 중이야. **구역**에 갔다 살아 돌아와서는 돈까지 챙겼지. 살아 돌아오는 건 흔한 일이 아니고, 돈까지 버는 경우는 정말 드물어. 그러니 심각한 얘기는 나중에 하자고……"

그때 그가 급히 일어서더니 "실례했습니다"라 말하고, 나는 딕이 돌아와 있는 걸 본다. 자기 자리 옆에 서 있는 그의 표정을 보고 나는 무슨 일이 생겼음을 알아차린다.

"그래서, 또 당신의 컨테이너가 진공상태를 유지하지 못하는 거야?"

"응, 이번에도."

그는 자리에 앉아서 자기 잔에도 따르고 내 잔에도 따르고, 나는 클레임 문제가 아니라는 걸 눈치챈다. 그는 클레임은 무시하곤 하니까. 이런 인간한테도 번듯한 직업이 있다니.

"자—그가 말한다—마시자, 레드." 그러더니 나를 기다리지도 않고 자기 잔을 한 번에 비우고는 다시 잔을 채운다. "있잖아, 키릴 파노프가 죽었어."

취기 때문에 나는 그의 말을 바로 이해하지 못했다. 누군가가 죽었고, 그렇다는 거구나.

"어쩌겠어, 명복을 빌며 마시자고……" 내가 말한다.

그는 눈을 동그랗게 뜨고 나를 쳐다봤고, 그제야 나는 억장이 무너지는 느낌을 받았다. 기억하기로, 나는 벌떡 일어나 손으로 테이블을 짚고는 그를 내려다봤던 것 같다.

"키릴?!" 그런데 바로 눈앞에 은빛 거미줄이 보이고, 나는 또다시 그 거미줄이 끊어지면서 터지는 소리를 듣는다. 그렇게 끔찍하게 찢기는 소리 사이로 딕의 목소리가 마치 다른 방에서 들려오듯 울린다.

"심장 파열이래. 샤워실에서 알몸으로 발견됐대. 무슨 일이 일어난 건지 아무도 이해하지 못하고 있어. 너는 어떠냐고 물어보길래 아무 이상 없다고 했고……"

"이해 못 할 게 뭐가 있어? **구역**의 짓이잖아……" 내가 대꾸한다.

"좀 앉아." 딕이 내게 말한다. "앉아서 좀 마셔."

1 레드릭 슈하트, 23세, 독신
국제외계문명연구소 하몬트 지부 연구원

"**구역**이야……" 나는 같은 말을 멈추지 못하고 되뇐다. "**구역이야…… 구역……**"

내 주위로 은빛 거미줄 말고는 아무것도 보이지 않는다. 바 전체가 거미줄에 얽혀 있는데, 사람들은 움직이고 거미줄은 사람들에게 닿을 때마다 조금씩 터진다. 그리고 중앙에는 아까 그 몰타인이 서 있는데, 어린아이처럼 놀란 표정으로 서 있다―그는 아무것도 이해하지 못한다.

"이봐 꼬마." 내가 그에게 상냥하게 말한다. "돈이 얼마나 필요한데 그래? 몇 천이면 되겠어? 자! 가져가, 가져가라고!" 나는 그에게 돈을 쥐여 주면서 고래고래 소리치기 시작한다. "어니스트에게 가서, 그 개자식한테 비열한 놈이라고 말해. 겁먹지 말고 말해! 겁쟁이는 그놈이니까……! 그렇게 말해 주고 지금 당장 역으로 가 표를 사서 곧장 너네 몰타로 돌아가! 꾸물대지 말고……!"

그리고 내가 또 뭐라고 고함쳤는지 기억이 나지 않는다. 내가 바 앞으로 갔고, 어니스트가 내 앞에 입가심용 잔을 놓고 이렇게 물은 건 기억난다.

"오늘은 돈이 좀 있나 보지?"

"그래. 갖고 있지……" 내가 말한다.

"그럼 외상 좀 갚지 그래? 내일 세금을 내야 하거든."

그러고 보니 내 손에 돈다발이 쥐어져 있다. 나는 그 초록색 돈다발을 보면서 이렇게 중얼거린다.

"이럴 수가, 몰타인 크레온이 안 가져갔군…… 자존심은 있다 이거지…… 뭐, 이제는 다 운명이지."

"왜 그래? 완전히 취한 거야?" 나의 벗 어니가 묻는다.

"아니야. 나는—내가 말을 잇는다—아주 말짱해. 얼마든지 더 마실 수 있어."

"집에 가야겠어. 완전히 취했네." 나의 벗 어니가 말한다.

"키릴이 죽었어." 내가 그에게 말한다.

"전에 말한 키릴? 발진 걸린 것 같다던?"

"발진에 걸린 건 너야, 이 개자식아. 너 같은 놈 수천 명이 있어도 키릴 한 사람만 못해. 넌 비열하고—내가 말한다—역겨운 장사꾼이지. 비겁하게 사람 목숨을 흥정하니까. 넌 우리 모두를 돈으로 샀어…… 당장 너의 이 술집을 완전히 박살 내 줘?"

내가 팔을 기세 좋게 휘두르자마자 갑자기 어떤 사람들이 나를 붙잡아서 어딘가로 끌고 간다. 그런데 나는 이미 상황 파악이 전혀 안 되는 상태고, 파악하고 싶지도 않다. 뭐라고 소리를 지르고 방어하고 누군가를 발로 차고, 그러고 나서 정신을 차리니 완전히 젖은 몰골로 얼굴은 얻어터진 채 화장실에 앉아 있다. 거울을 보는데 나 자신을 알아보지 못하겠고, 볼에 뭔가 경련 같은 게 느껴지는데 전에는 없

1 레드릭 슈하트, 23세, 독신.
국제외계문명연구소 하몬트 지부 연구원

던 일이다. 그리고 홀에서는 소음이, 뭔가 부서지고 접시가 깨지고 여자들이 비명을 지르고 구탈린이 발정 난 백곰 같은 소리를 내며 울부짖는 소리가 들린다. "어서 말해, 이 버러지들아! 빨강머리 어디 있어? 악마의 자식아, 빨강머리를 어디로 숨겼어……?" 그러더니 경찰 사이렌이 울린다.

사이렌이 울리기 시작한 순간 머릿속이 마치 크리스털처럼 투명해졌다. 다 기억나고 다 알고 다 이해한다. 그리고 가슴속에는 이미 더는 아무런 감정도 남아 있지 않다. 얼음장 같은 악의뿐이다. 자, 이제 작은 파티를 열어 주마. 더러운 장사꾼 자식, 네놈에게 스토커가 어떤 사람인지 보여 주겠어. 나는 주머니에서 한 번도 사용하지 않은 새 '근질이'를 꺼내서는 손가락 사이에 끼워서 몇 번 조여 발동시킨 후 홀로 통하는 문을 약간 열고 그걸 세면대에 살짝 던졌다. 그러고는 화장실의 작은 창을 활짝 열고 밖으로 나갔다. 물론 벌어질 광경을 지켜보고 싶었지만, 도망쳐야 했다. 나는 그 '근질이'를 잘 견디지 못해서, 그것 때문에 코피가 흐른다.

나는 마당을 가로질러 뛰어갔고, 나의 '근질이'가 최고치로 작동한 것을 소리를 통해 알게 된다. 우선 개들이 온 블록이 울리도록 짖어 대기 시작했다. 개들이 가장 먼저 '근질이'를 감지한다. 그리고 술집에서 누군가가 소리를 지르기 시작했는데, 멀리 있는 내 귀가 다 먹먹해졌다. 나는 저기서 사람들이 몸부림치는 장면을 떠올렸다. 어떤 사람은 우울감에 빠지고, 어떤 사람은 야만스러운 싸움에 말려들고, 누군가는 두려움에 휩싸여 어디로 가야 할지 모른다…… '근질이'는 무서운 물체. 어니스트가 술집을 다시 열려면 시간깨나 걸릴 거다. 어니스트, 그 개자식은 물론 내 소행이라는 걸 추측하겠지만, 무시하면 그만이다…… 다 끝났다. 이제 스토커 레드는 없다. 이 정도 했으면 충분하다. 제 발로 죽으러 가는 것도, 다른 멍청이들에게 이 일을 전수하는 것도 끝이다. 키릴, 사랑하는 나의 친구, 당신이 실수한 거야. 미안, 그런데 당신이 아니라 구탈린이 옳았어. 여기서 인간이 할 수 있는 일은 아무것도 없어. **구역**에 선의라곤 없어.

나는 담을 넘어 조심스럽게 서두르며 집으로 향했다. 입술을 깨문다. 울고 싶지만 그럴 수 없다. 앞날은 텅 비어 아무것도 없다. 우울과 일상뿐이다. 키릴, 나의 유일한 친구 키릴, 우리에게 어떻게 이런 일이 일어날 수 있지? 이제 당신 없이 어떻게 살지? 당신이 나에게 미래를, 새로운 세계를, 변화한 세계를 보여 줬는데…… 하지만 이제는 어떡하지? 멀리 러시아에선 누군가 당신 소식을 듣고 울겠지만, 하지만 난 울 수가 없어. 일이 다 잘못된 건, 제기랄, 다른 사람이 아닌 내 잘못이니까! 어떻게 내가, 짐승만도 못한 내가 어둠에 눈이 익숙해지지도 않은 키릴을 차고로 데려갔을 수 있지? 한평생을 늑대처럼 살았고, 한평생 나만 생각했다…… 그러다 문득 백 년 만에 선심을 쓰기로, 선물이란 걸 하기로 한 것이다. 도대체 무슨 거지 같은 생각으로 그에게 그 '깡통'에 대해 말했을까……? 그 일을 떠올리자마자 목이 죄어 왔다. 내가 아마 정말로 울부짖기라도 했는지 사람들이 슬슬 나를 피하기 시작했고 갑자기 몸이 가벼워진 듯했는데, 구타가 걸어오는 모습이 보인다.

그녀가, 나의 아름다운 여인이, 나의 연인이 나를 향해 걸어온다. 날씬한 다리를 내디딜 때마다 무릎 위로 치마가 살랑대고 그 모습을 모든 문 틈새에서 훔쳐본다. 그녀는 가느다란 선을 따라 걷듯 걸으며 누구에게도 눈길을 주지 않았지만, 나는 왜인지 그녀가 나를 찾고 있다는 걸 바로 알 수 있었다.

"구타, 안녕." 내가 말한다. "어디 가는 길이야?"

그녀는 나를 보더니, 순간 깜짝 놀란다. 내 면상은 박살 나 있고 점퍼는 축축이 젖었고 주먹은 상처투성이지만, 그녀는 그것에 대해선 아무 말 없이 그저 이렇게 말한다.

"안녕, 레드. 마침 널 찾고 있었어."

"알아. 우리 집으로 갈까."

그녀는 말없이 몸을 돌리더니 눈길을 옆으로 보낸다. 그녀의 두상은 또 어떤지, 목은 또 어떻고. 고고하면서도 주인에게 충실한 젊은 암말 같다. 그녀가 말한다.

"모르겠어, 레드. 어쩌면 넌 이제 더 이상 나와 함께하고 싶지 않아질지도 몰라."

순간 심장이 죄어들었다. 이건 또 무슨 말인가? 하지만 나는 침착하게 그녀에게 말한다.

"구타, 지금 네 말이 이해가 안 돼. 미안한데, 내가 오늘 좀 취해서, 아마 그래서 정리가 잘 안되나 봐…… 왜 내가 갑자기 너를 그만 만나고 싶겠어?"

나는 그녀의 손을 잡고, 우리는 천천히 나의 집 방향으로 걸어가고, 방금까지도 그녀를 엿보던 자들은 이제 모두 황급히 낯짝을 감춘다. 나는 평생을 이 거리에서 살고 있고, 여기 사람들은 다들 빨강머리 레드를 너무 잘 안다. 모르는 사람이라도 곧 알게 되고, 그걸 느끼게 된다.

"엄마가 애를 지우라고 애원해." 구타가 불쑥 말한다. "그런데 나는 그러고 싶지 않아."

나는 그녀의 말을 이해하기까지 몇 걸음 더 걸었고, 구타는 말을 잇는다.

"나는 애를 절대로 지우고 싶지 않고, 네 아이를 낳고 싶어. 그렇지만 너는 하고 싶은 대로 해. 가고 싶은 데로 가도 돼. 붙잡지 않을게."

나는 그녀가 조금씩 흥분해서 스스로를 몰아세우는 걸 들으면서 서서히 혼미해진다. 무슨 소린지 하나도 모르겠다. 머릿속에 뭔가 멍청한 생각만 맴돈다. 한 명이 줄거나, 한 명이 늘거나.

"엄마가 날 다그치고 있어. 왜 스토커의 아이를, 불구자를 낳으려는 거냐고. 그는 떠돌아다니는 사람이어서 절대 가정을 꾸릴 수 없을 거라고. 오늘은 그가 자유로울지 몰라도 내일은 감옥에 가 있을 수 있다고. 하지만 나는 아무래도 좋고, 무슨 일이든 각오하고 있어. 혼자서도 할 수 있어. 혼자 낳고 키워서 사람으로 만들 거야. 너 없이도 할 수 있어. 앞으로 날 찾아오지만 말아 줘. 집에 들여보내 주지 않을 거니까……"

"구타." 내가 말한다. "구타, 사랑하는 구타! 잠깐만……" 그런데 참을 수 없이 뭔가 신경질적인, 바보 같은 웃음이 복받친다. "사랑하는 나의 구타, 정말로, 왜 날 밀어내는 거야?"

나는 넋이 나간 듯 크게 웃고, 그녀는 멈춰 서더니 내 가슴에 얼굴을 묻고 울부짖는다.

"우린 이제 어떻게 하지, 레드?" 그녀가 눈물을 흘리며 말한다. "우리는 이제 어떻게 하지?"

2 레드릭 슈하트, 28세, 기혼, 특정 직업 없음

레드릭 슈하트는 비석 위에 누워 손으로 마가목 가지를 걷어 내며 길을 응시했다. 순찰차의 서치라이트가 묘지를 훑으며 간혹 그의 눈을 때렸고, 그때마다 그는 얼굴을 찌푸리면서 숨을 멈추곤 했다.

벌써 두 시간이 흘렀는데, 길 위 상황은 모든 것이 아까와 다름없었다. 순찰차가 단조로운 공회전 소리를 내면서 같은 자리에 서서 세 개의 서치라이트로 방치되어 있는 빼곡한 무덤들을, 기울어진 녹슨 십자가와 비석을, 을씨년스러운 마가목 가지를, 왼쪽에서 끊긴 3미터 높이 벽의 꼭대기를 더듬으며 비추고 또 비췄다. 순찰대원들은 **구역**을 두려워했다. 그들은 차에서 내리지도 않았고 여기, 묘지 근처에서는 총을 쏠 엄두도 못 냈다. 이따금 레드릭은 어렴풋한 목소리를 들었고, 이따금 불붙은 담배꽁초가 차 밖으로 날아와 바닥에 튕겨 사그라진 빨간 불꽃을 흐트러뜨리면서 뒹구는 걸 봤다. 방금 전 비가 내려 몹시 축축했고 레드릭은 방수 슈트마저 관통해 스며드는 습기 어린 한기를 느꼈다.

그는 조심스레 나뭇가지를 내리고 고개를 돌리고는 귀를 기울였다. 오른쪽 어딘가에, 멀지도, 그렇다고 가깝지도 않은 곳, 바로 이 묘지 어딘가에 다른 누군가가 있었다. 그쪽에서 또 이파리가 바스락대는 소리와 땅이 꺼지는 듯한 소리가 나더니 조금 후 무겁고 단단한 것이 그리 크지 않은 쿵 소리를 내며 떨어졌다. 레드릭은 조심스럽게, 몸은 돌리지 않고 눅눅한 풀에 등을 밀착해서 전진했다. 또다시 머리 위로 서치라이트 불빛이 미끄러졌다. 레드릭은 서치라이트의 소리 없는 움직임을 주시하면서 멈췄고, 십자가들 사이 무덤 위에 검은 옷을 입은 자가 미동도 없이 앉아 있는 걸 봤다. 몸을 숨기지도 않은 채 대리석으로 된 오벨리스크에 등을 기대고 움푹 파인 눈에 창백한 얼굴을 레드릭 쪽으로 돌리고 앉아 있다. 사실 레드릭은 봤다고도 할 수 없었고 그 찰나에 세세한 걸 다 보지는 못했지만, 그래도 그게 어떤 형상일지 머릿속에 그릴 수 있었다. 그는 다시 몇 발자국 전진했고, 가슴팍에 넣어 둔 술병을 더듬어 꺼냈고, 볼에 그 따뜻한 쇠붙이를 대고 잠시 누워 있었다. 그러고 나서 손에 술병을 쥔 채로 조금 더 전진했다. 더는 귀를 기울이지도 주위를 살피지도 않았다.

울타리에는 구멍이 있었고, 그 구멍 바로 옆 납 처리가 된 망토 위에 버브리지가 누워 있었다. 그는 여전히 양손으로 스웨터의 옷깃을 잡아당겼고 등을 대고 누워서 고통스러운 듯 작은 소리로 끙끙대며, 때로는 길게 소리를 늘이며 신음했다. 레드릭은 그의 옆에 앉아 술병 마개를 돌려 열었다. 그러고선 버브리지의 이마에 조심스럽게 손을 대고 땀으로 끈적거리는 뜨거운 대머리를 온 손바닥에 느끼며 이 노인의 입술에 술병을 갖다 댔다. 어두웠지만, 레드릭은 서치라이트의 옅은 잔광에 버브리지의 초점 잃은 동공이 활짝 열린 것을, 그의 뺨을 뒤덮은 검고 뻣뻣한 수염을 봤다. 버브리지는 몇 차례 게걸스럽게 들이켠 다음, 손으로 노획물 자루를 더듬으며 경련하듯 몸을 뒤척이기 시작했다.

"돌아왔군……"그가 입을 열었다. "착한 청년인걸……빨강머리…… 늙은이가 죽도록…… 내버려 두지 말게……"

레드릭은 고개를 젖히고 크게 한 모금 넘겼다.

"두꺼비 자식이 서 있어. 땅에 달라붙은 것처럼 움직이지도 않고."그가 말했다.

"그건…… 괜히 그러고 있는 게 아니군……"버브리지가

입을 뗐다. 그가 숨을 내뱉으며 더듬더듬 말을 이었다. "누군가 찌른 거야. 저들은 우리를 기다리는 거고."

"그럴지도. 한 모금 더 줘?" 레드릭이 말했다.

"아니. 지금은 괜찮네. 날 버리지 말게. 자네가 버리지 않으면 나도 죽지 않을 테니. 그럼 후회하지 않을 걸세. 빨강머리, 날 버리지 않을 테지?"

레드릭은 대답하지 않았다. 그는 푸른 서치라이트 빛이 감도는 도로 쪽을 보고 있었다. 여기서는 대리석 오벨리스크가 보였지만 거기 **그것**이 앉아 있는지, 혹은 사라졌는지는 파악할 수 없었다.

"이봐, 빨강머리. 내가 헛소리하는 게 아니네. 후회하지 않을 거야. 어떻게 이 늙은이 버브리지가 아직 살아 있는 줄 아나? 알고 있나? 고릴라 밥은 흔적도 없이 사라졌고, 파라오 뱅커는 마치 존재한 적이 없는 것처럼 죽어 사라지고 없지. 출중한 스토커였는데! 그런데도 죽었지. 민달팽이도 마찬가질세. 안경잡이 노먼, 컬리건, 종기 피트. 다 죽었어. 나만 남았네. 왜일까? 알고 있나?"

"당신이 언제나 개자식이었기 때문이지, 대머리수리." 레드릭이 도로에서 눈을 떼지 않고 대꾸했다.

"개자식이라. 맞는 말이야. 개자식이 아니면 안 되지. 하지만 다들 개자식 아니었나. 파라오도, 민달팽이도. 그런데 나만 남았네. 왜인지 아나?"

"알아." 레드릭은 그를 조용히 시키기 위해 알았다고 했다.

"거짓말이군. 자넨 몰라. **금빛 구체**에 대해 들어 봤나?"

"들어 봤어."

"그게 지어낸 이야기라고 생각하나?"

"입 다물고 있는 게 좋을걸. 기력이 소진되잖아!" 레드릭이 충고했다.

"자네가 날 옮길 테니 괜찮아. 우리가 함께 얼마나 많이 다녔나! 설마 날 버리지는 않겠지? 난 자네가 이렇게…… 어릴 때부터 알았다고. 자네 아버지와도 아는 사이였고."

레드릭은 말이 없었다. 담배 생각이 너무나 간절해서 한 개비 꺼내 손바닥에 부수어 가루로 만들어서는 냄새를 맡아 봤다. 별 도움이 안 됐다.

"자네는 날 데리고 나가야 해." 버브리지가 말했다. "내가 불에 탄 건 자네 때문이라고. 몰타인을 데려오지 않은 게 자네잖나."

몰타인은 너무나 그들과 동행하고 싶어 했다. 저녁 내내 접대하면서 솔깃한 담보를 제안하고 특수복을 구해 오겠다 약속했고, 그의 옆에 앉아 있던 버브리지는 주름이 깊게 파인 거친 손바닥으로 그가 못 보게 가리고는 레드릭에게 명확한 신호를 보냈다. 승낙하라고. 우리가 손해 볼 일은 없을 거라고. 어쩌면 바로 그것 때문에 그때 레드릭이 '싫다'고 했는지도.

"당신은 자기 탐욕 때문에 불에 탄 거야. 난 책임 없어. 닥치고 있는 게 좋을걸." 레드릭이 차갑게 대꾸했다.

버브리지는 얼마간 신음 소리만 냈다. 그러다가 손가락으로 옷깃을 또 한 번 당기더니 머리를 완전히 젖혔다.

"노획물은 자네가 다 가져도 돼." 그가 신음했다. "날 버리지만 말게."

레드릭은 시계를 봤다. 좀 있으면 동이 틀 텐데 순찰차는 아직도 자리를 뜨지 않았다. 순찰차의 서치라이트가 계속해서 관목들을 훑었다. 저기 어디쯤 순찰차와 아주 가까운 곳에 위장한 랜드로버가 세워져 있어 언제 발각돼도 이상할 게 없었다.

"**금빛 구체**를, 그걸 내가 찾아냈네. 그 후에 **구체**에 대한 거짓 소문이 떠돌았어. 나도 여기저기 말하고 다녔지. 그게 어떤 소원이든 들어준다고. 어떤 소원이든지라니, 염병할! 어떤 소원이든 들어주는 거였으면 난 벌써 옛날에 여기를 떴을 거야. 유럽에서 살고 있었을 거라고. 돈방석에 앉아서."

레드릭이 그를 내려다봤다. 빠르게 움직이는 푸른 불빛에 비친, 뒤로 젖혀진 버브리지의 얼굴은 마치 죽은 사람의 얼굴 같았다. 하지만 초점 잃은 그의 눈동자는 눈길을 돌리지 않고 오로지 레드릭을 좇고 있었다.

"영원한 젊음이라, 들어주기는 개뿔." 그가 중얼거렸다. "돈도 개뿔이. 그래도 건강만큼은 받았지. 내 아이들도 괜찮고. 뭣보다 난 살아 있네. 내가 갔던 곳을 자네는 꿈에도 못 봤을 거야. 그리고 어쨌든 난 살아 있지." 그가 입술을 핥았다. "**구체**에게 난 그것만 비네. 살아 있게 해 달라고. 그리고 건강하게 해 달라고. 내 아이들도 건강히 살게 해 달라고."

"알았으니까 닥치고 있어." 마침내 레드릭이 말했다. "할망구 같은 소리나 하고. 가능하다면 당신을 데리고 나갈 거야. 당신 딸 지나가 안됐으니까, 지나가 몸을 팔러 나갈 테니까……"

"지나……" 버브리지가 목 쉰 소리로 말했다. "내 자식, 귀여운 딸. 내가 애들을 너무 오냐오냐 키웠다네. 빨강머리, 그 애들은 거절을 몰라. 살아남지 못할 거야. 아서, 내 아들 아티. 빨강머리, 자네도 그 애를 알지? 그런 애들이 또 어딨나?"

"말했을 텐데. 가능하면 데리고 나간다고."

"아니." 버브리지가 강경하게 말했다. "자네는 무슨 일이 있어도 날 데리고 나가야 하네. **금빛 구체**라고. 그게 어디 있는지 말해 줄까?"

"그래, 말해 봐."

버브리지가 신음 소리를 내고는 몸을 뒤척였다.

"내 다리들……" 그가 끙끙댔다. "내 다리가 어떤가 좀 봐 주게."

레드릭이 손을 뻗어 무릎부터 아래로 주무르면서 다리 상태를 살폈다.

"뼈가……" 버브리지가 목 쉰 소리를 냈다. "뼈가 아직 제대로 있나?"

"있어, 있다고. 엄살 부리지 마." 레드릭은 거짓말을 했다.

사실 무릎뼈까지만 느껴졌다. 그 아래로 발바닥까지는 다리가 마치 고무 같아서, 매듭을 묶을 수도 있을 것 같았다.

"거짓말하는군. 뭐 하러 거짓말을 하나? 내가 이 상황을 모를 것 같나? 이런 걸 한 번도 못 봤을 것 같은가?"

"무릎은 멀쩡해." 레드릭이 말했다.

"거짓말 맞군." 버브리지가 울적하게 말했다. "그래, 어쨌든. 자네는 날 데리고 나가 주기만 하게. 그럼 자네에게 모든 걸 알려 줄 테니. **금빛 구체** 말일세. 지도를 그려 주겠네. 함정도 전부 표시해 주고. 다 말해 주지……"

버브리지는 뭔가를 더 약속했지만 레드릭은 이미 버브리지가 하는 말을 듣고 있지 않았다. 그는 도로 쪽을 바라봤다. 서치라이트는 이제 더 이상 관목들을 훑지 않고 아까 그

대리석 오벨리스크에서 빛을 교차시키면서 정지해 있었으며 레드릭은 그 환한 푸른 안개 속에서 십자가 사이를 떠도는 굽은 형체를 똑똑히 봤다. 그 형체는 눈이 먼 듯 서치라이트 정면을 향해 움직였다. 레드릭은 그 형체가 거대한 십자가로 달려들었다가 비틀거리며 물러서고, 또다시 십자가에 부딪치고, 그러고 나서야 십자가를 피해 기다란 팔을 내밀고 손가락을 쫙 편 채 앞으로 나아가는 모습을 봤다. 그러더니 그 형체는 마치 땅 아래로 꺼지듯 돌연 사라졌다가 몇 초 후 다시 나타나서는 태엽 감는 인형처럼 어딘가 우스꽝스럽고 비인간적인 뻣뻣한 자세로 오른쪽으로 나아갔다.

돌연 서치라이트가 꺼졌다. 클러치가 끽끽대고 모터가 거칠게 울리고 관목 사이로 붉은색과 푸른색 사이렌 불빛이 번쩍이더니, 순찰차가 자리를 뜨기 시작함과 동시에 미친 듯이 속력을 높여 도시를 향해 벽 너머로 황급히 사라져 버렸다. 레드릭은 불안하게 침을 꿀꺽 삼키고는 슈트 '지퍼'를 내렸다.

"확실히 가 버렸군……" 버브리지가 열에 들떠 중얼거렸다. "빨강머리, 가세…… 빨리 가자고!" 그가 몸을 들썩였고, 손으로 주위를 더듬더니 노획물 자루를 쥐고서 일어나려 애썼다. "가자고! 뭐 하고 앉아 있나!"

레드릭은 계속 도로 쪽을 보고 있었다. 이제 그쪽은 어두워서 아무것도 보이지 않았지만, 어딘가에 **그것**, 태엽 인형처럼 휘청거리고 넘어지고 십자가에 들이받고 덤불 속을 헤매며 나아가는 **그것**이 있었다.

"됐어, 가지." 레드릭이 소리 내어 말했다.

그는 버브리지를 일으켰다. 노인은 진드기처럼 달라붙어 왼팔로 레드릭의 목을 감쌌고, 레드릭은 일어설 힘이 없어 무릎을 꿇고 손으로 축축한 풀을 짚으며 담장 구멍을 통과해 그를 끌고 갔다.

"조금만 더, 더……" 버브리지가 목 쉰 소리를 냈다. "노획물은 내가 쥐고 있으니 걱정 말게. 놓치지 않을 테니…… 조금만 더!"

와 본 적 있는 오솔길이었지만, 풀이 젖어서 미끄러웠고 마가목 가지가 얼굴을 때렸다. 그리고 짐짝 같은 노인이 믿을 수 없을 정도로 시체처럼 무거웠고 노획물 자루까지 짤랑짤랑 부딪치는 소리를 내며 계속 뭔가에 걸렸다. 게다가 어쩌면 이 어둠 속에서 아직도 헤매고 있을지 모를 **그것**과 마주칠까 두려웠다.

그들이 도로까지 도달했을 땐 아직 깜깜했지만 여명이 머지않았음이 느껴졌다. 도로 저편 덤불 속에서 잠에서 덜 깬 새들이 힘없이 지저귀는 소리가 들려오기 시작했고, 멀리 변두리의 검은 집들 위로 간간이 켜진 노란 등, 그 위로

2 레드릭 슈하트, 28세, 기혼.
특정 직업 없음

밤의 어둠이 벌써 푸른빛으로 변해 갔다. 그곳으로부터 냉기를 머금은 축축한 바람이 불어왔다. 레드릭은 버브리지를 길가에 누이고 뒤를 돌아보고는 커다란 검은색 거미를 연상케 하는 움직임으로 재빨리 길을 건너갔다. 그는 신속히 랜드로버를 찾아내 보닛과 차체를 덮었던 나뭇가지들을 치우고 운전석에 앉아 조심스럽게, 라이트를 켜지 않고 아스팔트 길로 나왔다. 버브리지는 한 손에 노획물 자루를 잡고, 다른 손으로는 자기 다리를 만지며 앉아 있었다.

"어서!" 그가 쇳소리를 냈다. "빨리해! 무릎들이, 내 무릎이 아직 붙어 있어…… 무릎을 살려야 한다고!"

레드릭은 그를 들어 올리고는 힘을 쓰느라 이 가는 소리를 내며 겨우 차 안으로 옮겼다. 버브리지는 둔탁한 소리를 내며 뒷좌석에 떨어져서는 신음했고 그러면서도 자루는 놓치지 않았다. 레드릭은 납 처리가 된 망토를 땅에서 집어 들어 버브리지 위로 던졌다. 버브리지는 끙끙대며 망토를 끌어다 덮었다.

레드릭은 손전등을 꺼내 길가를 앞뒤로 오가며 흔적이 남지 않았나 살폈다. 흔적은 없는 듯했다. 랜드로버가 큰길로 나오면서 무성히 높이 자란 풀들을 뭉갰지만, 이 풀들은 몇 시간 뒤면 분명 원상 복귀될 터였다. 순찰차가 서 있던 곳 주변에는 담배꽁초가 엄청나게 널려 있었다. 레드릭은 담배를 오래 참았다는 사실을 기억해 냈고 한 개비 꺼내 피우기 시작했는데, 솔직히 그는 지금 무엇보다도 당장 차에 올라타 달리고, 달리고 또 달려 한시바삐 이곳을 벗어나고 싶었다. 하지만 아직 내달려선 안 됐다. 모든 것을 천천히, 그리고 신중히 진행해야 했다.

"자네 뭐 하는 건가?" 차 안에서 버브리지가 우는소리를 냈다. "물을 끼얹어 놓지 않아서 낚시 도구는 다 말라 있고…… 뭐 하고 서 있나? 노획물을 숨겨야지!"

"닥쳐!" 레드릭이 말했다. "방해하지 말고 있어!" 그가 담배를 한 모금 길게 빨았다. "우리는 남쪽 변두리로 돌아갈 거야."

"변두리로 돌아간다고? 그게 무슨 말인가? 이 비열한 녀석, 내 무릎을 못 쓰게 하려고! 내 무릎을!"

레드릭은 마지막 한 모금을 피운 다음 담배꽁초를 성냥갑에 넣었다.

"얌전히 있어, 대머리수리. 도시를 정면으로 지날 수는 없어. 검문소가 세 군데나 있으니 적어도 한 곳에서는 우릴 멈춰 세울 거라고."

"그게 뭐 어쨌다는 건가?"

"그들이 당신의 그 두 발을 보면 끝이야."

"내 발이 뭐? 물고기를 잡다가 다리뼈가 부러졌다고 하

120

2 레드릭 슈하트, 28세, 기혼.
특정 직업 없음

면 되지!"

"그러다 누가 그 발을 만져 보기라도 하면?"

"만져 본다니…… 내가 고함치면 만져 보려다가도 그만 둘걸."

하지만 레드릭은 이미 모든 걸 정한 후였다. 그는 운전석 시트를 들어 올리고 손전등으로 비추며 위장용 덮개를 열고 이렇게 말했다.

"노획물을 이리 내."

좌석 아래 연료 탱크는 가짜였다. 레드릭은 노획물 자루를 받아, 속에서 뭔가가 쨍그랑 울리고 굴러다니는 소리를 들으며 연료 탱크 속으로 넣었다.

"난 위험을 감수할 수 없어. 그럴 권리가 없다고." 그는 중얼거렸다.

그는 덮개를 제자리에 놓고 그 위에 쓰레기를 올린 다음 헝겊 쪼가리를 얹은 뒤 좌석 시트를 내려놓았다. 버브리지는 끙끙거리며 신음했고 서두르라고 애원하더니 또다시 **금빛 구체**를 들먹이며 약속을 늘어놓기 시작했는데, 그러는 와중에도 앉은 자리에서 희미해지는 어둠을 불안한 눈빛으로 바라보면서 안절부절못하고 있었다. 레드릭은 버브리지를 신경 쓰지 않았다. 그는 물고기와 물이 담긴 비닐봉지를 찢어서 차 바닥에 널려 있는 낚시 도구에 물을 흘려 적셨고, 펄떡거리는 물고기는 방수 자루로 옮겼다. 비닐봉지는 접어서 슈트 주머니에 넣었다. 이제 다 정리됐다. 낚시꾼들이 썩 운이 좋지는 않았던 낚시를 마치고 돌아가는 길이다. 레드릭은 운전대를 잡고 차를 몰았다.

길이 꺾어지는 곳까지 레드릭은 라이트를 켜지 않고 차를 몰았다. 왼쪽으로는 **구역**을 에워싼 3미터 높이의 거대한 벽이 펼쳐져 있었으며 오른쪽으로는 관목들이 이어지다 듬성듬성 나무가 자란 숲이 나왔고 간간이 유리창이 깨지고 칠이 벗겨진 채 방치된 오두막들이 보였다. 레드릭은 어둠 속에서도 침착하게 가고 있었다. 이미 어둠이 그리 짙지는 않았던 데다 이제 뭐가 나올지 짐작하고 있었다. 그래서 앞에 박자 맞춰 걸어가는 굽은 형체가 나타났을 때도 레드릭은 속도를 줄이지 않았다. 그저 운전대 쪽으로 몸을 숙였을 뿐이다. **그것**은 도로 정중앙에서 똑바로 걷고 있었다. 그들 모두가 그러듯, 도시로 향하고 있었다. 레드릭은 도로변에 차를 바짝 붙여 **그것**을 피해 추월하고는 액셀을 더 세게 밟았다.

"성모 마리아시여!" 뒤에서 버브리지가 중얼거렸다. "빨강머리, 자네도 봤나?"

"그래." 레드릭이 말했다.

"맙소사……! 저런 걸 보게 되다니!" 버브리지는 중얼거리다가 돌연 큰 목소리로 기도문을 읊조리기 시작했다.

"입 다물어!" 레드릭이 그에게 고함쳤다.

여기 어디쯤에 모퉁이가 있어야 했다. 레드릭은 기울어진 집들과 오른편으로 이어지는 담장을 살펴보며 속력을 낮췄다. 오래된 변압기…… 지주대…… 도랑을 잇던 무너진 다리…… 레드릭은 운전대를 확 돌렸다. 차가 움푹 파인 곳에 빠졌다.

"자네 어디로 모는 건가? 내 다리를 못 쓰게 만들려고, 이 개자식!" 버브리지가 고래고래 악을 썼다.

레드릭은 순식간에 몸을 돌려 손등에 수염 난 턱이 닿는 걸 느끼면서 노인의 얼굴을 힘껏 갈겼다. 버브리지는 캑캑거리더니 조용해졌다. 차를 빼내려고 애쓰는데, 밤사이 내린 비로 갓 생긴 진흙탕에서 바퀴가 공회전만 해 댔다. 레드릭은 라이트를 켰다. 라이트가 하얗게 질주하며 잡초로 뒤덮인 오래된 바큇자국을, 거대한 웅덩이들을, 사방으로 기울어진 썩은 울타리들을 비췄다. 버브리지는 흐느끼고 코를 풀며 질질 짰다. 그는 이제 늘어놓던 약속 대신 한탄과 협박을 해 댔지만, 아주 작은 목소리로 웅얼댔기 때문에 레드릭에겐 몇몇 단어들만 파편적으로 들렸다. 다리가 어쩌고 무릎이 어쩌고, 귀여운 아티가 어쩌고…… 그러더니 조용해졌다.

도시의 서쪽 변두리를 따라 마을이 펼쳐져 있었다. 한때는 이곳에 작은 별장이, 텃밭이, 과수원이, 도시의 고위 관리층과 공장 관리자들이 여름이면 와서 머문 빌라가 있었다. 푸르르고 즐거운 곳, 깨끗한 모래사장이 있는 작은 호수들과 속이 훤히 들여다보이는 자작나무 숲, 잉어를 기르던 연못들. 공장의 악취와 자극적인 연기가 이곳까지 미치는 일은 없었고, 도시의 하수도 시설 역시 이곳엔 닿지 않았다. 이제는 이곳의 모든 것들이 황폐화하고 방치돼 있으며 그들은 그곳을 지나는 동안 사람 사는 집을 딱 한 채 봤다. 커튼에 가린 작은 창이 노란 불빛을 발했고, 빨랫줄에는 비에 젖은 요가 널려 있었다. 그 옆에서 덩치 큰 개가 맹렬히 튀어나오더니 바퀴 아래서 뿜어져 나오는 먼지바람을 맞으며 얼마간 차를 쫓아왔다.

레드릭은 오래되어 기울어진 작은 다리를 또 하나 조심스럽게 건넜고, 전방에 서부대로로 꺾어지는 길이 보이자 차를 세우고 엔진을 껐다. 차에서 내려 그는 버브리지에겐 눈길도 주지 않고 추운 듯 슈트의 축축한 주머니에 손을 넣고 앞으로 걸어갔다. 이미 완전히 날이 밝았다. 주위 모든 게 젖어 있었고, 고요했으며 잠에서 덜 깬 듯했다. 그는 큰길까지 가 관목에 숨어서는 조심스럽게 그 건너편을 바라봤다. 여기서는 경찰 초소가 아주 잘 보였다. 바퀴가 달린 작은 건물로, 세 개의 창이 환히 빛났고, 좁고 높은 파이프에선 연기가 나오고 있었다. 순찰차는 길가에 세워져 있었는데 그 안에는 아무도 없었다. 레드릭은 얼마간 가만히 서서 지켜봤다. 초소에는 아무런 기척이 없었다. 기진맥진한 순찰대원들이 이제 초소에서 밤새 언 몸을 녹이고 있을 거다. 아랫입술에 담배를 얹고 졸고 있겠지.

"두꺼비 새끼들." 레드릭이 나직이 내뱉었다.

그는 손을 더듬어 주머니 속에 든 너클을 확인하고는 손가락을 둥그런 구멍에 집어넣어 그 흉기를 쥐었고, 여전히 추운 듯 몸을 움츠리고 주머니에서 손을 빼지 않은 채 되돌아갔다. 랜드로버는 관목들 사이에 약간 기울어져 서 있었다. 멀리 떨어진, 버림받은 곳이었다. 좋이 10년은 아무도 눈길조차 주지 않았을 거다.

레드릭이 차에 다가가자 버브리지가 몸을 조금 일으키고 입을 살짝 연 채 그를 쳐다봤다. 지금 버브리지는 평소보다 더 늙어 보였다. 피부는 주름지고 머리는 벗어진 데다 더럽고 뻣뻣한 턱수염이 무성하며 치아는 썩어 있었다. 그들은 잠시 말없이 마주 봤고, 버브리지가 불쑥 알아듣기 힘든 발음으로 내뱉었다.

"지도를 주지…… 모든 함정을, 내 아는 모든 것을 알려주겠네…… 찾으면 후회 안 할 걸세……"

레드릭은 그대로 서서 그가 하는 말을 들었고, 손가락을 풀어 너클을 주머니 속에 내려놓고는 말했다.

"좋아. 당신이 할 일은 졸도해 있는 거야. 이해했지? 신음하면서 몸에 손을 대지 못하게 해."

그는 운전대 앞에 앉아서 시동을 걸고 차를 몰았다.

그렇게 다 잘 넘어갔다. 랜드로버가 조심스럽게 신호와 지시기를 따라 천천히 지나가는 동안 초소에선 아무도 나오지 않았고, 그 후에는 속력을 높이고 또 높여 서쪽 변두리를 거쳐 도시로 단숨에 진입했다. 새벽 6시 거리는 텅 비어 있었고 아스팔트는 축축하고 새까맸으며 교차로의 신호등들은 외로이, 그리고 쓸데없이 깜빡이고 있었다. 그들은 환하게 불을 밝힌 높은 창의 빵집을 지나쳤는데, 따끈한 빵의 군침 도는 향기가 흘러나와 레드릭을 덮쳤다.

"배를 좀 채우고 싶네." 레드릭은 이렇게 말하더니 운전대로 팔을 쭉 뻗어 긴장으로 굳은 근육을 풀었다.

"뭐?" 버브리지가 깜짝 놀라서는 물었다.

"배를 좀 채우고 싶다고…… 당신은 어디로 데려다주면 되지? 집? 아니면 곧장 도살자한테 데려다줘?"

"도살자, 빨리 도살자에게 데려다주게!" 버브리지가 온몸을 앞으로 내밀고 레드릭의 뒷목에 열에 들뜬 뜨거운 숨을 내뿜으며 황급히 말했다. "지금 바로 그에게 데려다줘!

지금 당장! 그는 내게 700 빚진 게 있어. 그러니까 빨리 가게. 왜 기어가는 건가, 습지를 지나가는 진드기처럼!" 그러더니 갑자기 침을 튀기고 기침을 하느라 숨을 몰아쉬며 헐떡거리면서 무력하게, 그런 중에도 악에 받쳐서 상스럽고 지저분한 욕을 내뱉기 시작했다.

레드릭은 대꾸하지 않았다. 시간도 없었고 광분한 대머리수리를 진정시킬 기력도 없었다. 이 모든 걸 어서 빨리 끝내고 '메트로폴'에서의 미팅 전에 한 시간이라도, 30분만이라도 자야 했다. 그는 16번가로 차를 돌려 두 블록을 지나 잿빛의 2층 저택 앞에 차를 세웠다.

도살자가 직접 문을 열어 줬다. 이제 막 일어나서 샤워하려던 참인 듯했다. 그는 금색 술 장식이 달린 고급스러운 가운을 걸치고 한 손에는 틀니가 든 컵을 들고 있었다. 머리는 헝클어졌고 흐리멍덩한 눈 아래 살은 거뭇하게 부풀어 있었다.

"어! 발강머리 아냐? 머슨 이리야?"

"이부터 끼우고 들어가지." 레드릭이 말했다.

"어." 도살자가 들어오라는 신호로 홀 안을 향해 고개를 까딱하며 대답하더니 페르시아풍 실내화를 끌면서 놀라운 속도로 욕실로 향했다. "누군데?" 그가 욕실에서 물었다.

"버브리지." 레드릭이 대답했다.

"어디?"

"다리."

욕실에서 물을 트는 소리, 코 푸는 소리며 물 튀기는 소리가 나더니 뭔가가 떨어져 타일 바닥을 굴렀다. 지친 레드릭은 소파에 앉아 주위를 둘러보며 담배를 꺼내 피우기 시작했다. 뭐, 나무랄 데 없는 홀이었다. 도살자가 돈을 아낌없이 쏟아부었군. 그는 매우 노련하고 아주 잘나가는 외과 의사로, 시 의학계뿐 아니라 연방 의학계에서도 알아주는 명의였다. 스토커들과도 엮여 있었는데, 물론 돈 때문은 아니었다. 그 역시 **구역**에서 자기 몫을 챙기곤 했다. **구역**에서 일어나는 이상 현상을 접하고 여러 가지 노획물을 챙겨 자기 의술에 적용했다. 불구가 된 스토커를 대상으로 이전엔 알려지지 않았던 질병, 기형, 인간의 신체 손상 등을 연구해 의료 지식을 챙겼다. 명예를, 지구에서 첫째가는 의사라는 명예, 인간이 걸리는 비인간적인 질병의 전문가라는 명예를 챙겼다. 동시에 돈은 돈대로 챙겼고.

"다리가 정확히 어떤데?" 그가 어깨에 커다란 수건을 걸치고 욕실에서 나오며 물었다. 그는 수건 가장자리에 길고 예민한 손가락을 조심스럽게 닦았다.

"'젤리'에 걸려들었어." 레드릭이 말했다.

도살자가 휘파람을 불었다.

"그러니까, 버브리지는 끝이로군. 대단한 스토커였는데, 안됐네." 그가 중얼거렸다.

"괜찮아." 레드릭이 소파에 등을 기대며 대꾸했다. "그에게 의족을 달아 줘. 그러면 그 의족으로 **구역**에 뛰어갈걸."

"뭐, 그래." 도살자가 말했다. 그의 표정이 완전히 사무적으로 바뀌었다. "기다려, 지금 옷 입고 나올 테니까."

그가 옷을 입으면서 아마도 수술 준비를 갖춰 놓으라고 자신의 병원에 전화하는 동안 레드릭은 소파에서 꿈쩍도 하지 않고 반쯤 누운 채 담배를 피웠다. 딱 한 번 술병을 꺼내려고 움직였을 뿐이다. 술이 바닥을 드러내고 있어 조금씩 마셨다. 그는 아무 생각도 하지 않으려고 애썼다. 그저 기다렸다.

그 후 그들은 함께 차로 갔다. 레드릭은 운전석에 앉았고, 도살자는 조수석에 앉자마자 좌석 뒤로 몸을 구부려 버브리지의 다리를 만져 보았다. 버브리지는 목소리를 낮추고 즉시 몸을 웅크리고는 애원조로 무슨 말인가를 중얼거리며 부자로 만들어 주겠다고 맹세하고, 아이들과 죽은 아내 얘기를 줄기차게 늘어놓고 무릎을 잘라 내지 않게 해 달라고 애원했다. 그들이 병원에 다다르자, 도살자는 입구에 간호사들이 나와 있지 않은 걸 보고 욕을 내뱉더니 차를 세우기도 전에 뛰쳐나가 정문 뒤로 사라졌다. 레드릭이 다시 담배를 피우기 시작하는데 돌연 버브리지가 완전히 진정된 듯 또박또박 분명하게 말했다.

"자네는 날 죽이려 했지. 기억해 두겠네."

"죽이진 않았잖아." 레드릭이 심드렁하게 대꾸했다.

"그래, 죽이지 않았지……" 버브리지가 잠시 입을 다물었다. "그것도 기억해 두지."

"기억해 둬, 기억해 두라고. 물론 당신이었다면 날 죽이려 들진 않았을 거야……" 레드릭이 말했다.

그는 몸을 돌려 버브리지를 응시했다. 노인은 바짝 마른 입술을 움츠리면서 이리저리 입을 씰룩거렸다.

"당신이었으면 나를 거기 그냥 버려뒀겠지. 날 **구역**에 놔두고 와선 아무 일도 없었던 것처럼 굴었을 거야. 안경잡이한테 그랬듯."

"안경잡이는 저 혼자 죽은 거야." 버브리지가 울적한 목소리로 부정했다. "나는 그 일과 전혀 관계없네. 그가 옴짝달싹 못 하게 되는 바람에 그랬던 거라고."

"대머리수리, 당신은 개자식이야." 레드릭이 되돌아 앉으며 무심히 말했다.

잠이 덜 깬 간호사들이 부스스한 몰골로 정문에서 튀어나와 들것을 펼치며 차 쪽으로 뛰어왔다. 레드릭은 이따금 담배를 빨면서 그들이 차에서 버브리지를 능숙하게 끌어

내 입구로 들고 가는 걸 지켜봤다. 버브리지는 가슴에 손을 얹은 채 해방된 듯한 표정으로 하늘을 보며 가만히 누워 있었다. '젤리'로 인해 우악스럽게 붙어 버린 그의 거대한 두 발이 이상하고 부자연스럽게 뒤틀려 있었다.

버브리지는 **방문** 발생 직후, **구역**이 아직 **구역**으로 불리지 않던 시절, 연구소도 장벽도 유엔 경찰도 없던 시절, 도시가 공포로 마비되고 온 세상이 신문쟁이들의 새로운 망상을 비웃던 그 시절에 외계 보물을 사냥하기 시작한 이전 세대의 스토커 중 마지막 생존자였다. 당시 레드릭은 열 살이었고 버브리지는 아직 건장하고 교활한 사내였다. 그는 남의 돈으로 술 마시고 싸우고 구석에서 멍하니 있는 여자한테 달려들어 껴안기를 너무도 좋아했다. 당시에는 자기 아이들한테 전혀 관심이 없었고 벌써부터 개자식의 면모를 약간 보이고 있었는데, 술을 퍼마시고는 악랄한 즐거움을 느끼며 아내를 때리곤 했다는 점에서 그랬다. 시끄럽게, 모두들으란 듯이…… 그렇게 죽기 전까지 때렸다.

레드릭은 랜드로버를 돌렸다. 신호등은 무시하고 간혹 나타나는 행인에게는 경적을 울리고 모퉁이는 가로지르며 빠르게 차를 몰아 곧장 집으로 향했다.

차고 앞에 차를 세우고 내리던 그는 작은 공원에서 자신을 향해 걸어오는 경비원을 발견했다. 경비원은 언제나처럼 기분이 좋지 않았고 눈이 부어 있는 그의 주름진 얼굴은 마치 땅이 아니라 똥오줌으로 뒤덮인 길을 걷는 양 극도의 혐오감을 표출하고 있었다.

"안녕하십니까." 레드릭이 그에게 공손히 인사했다.

경비원은 두 걸음을 남기고 멈춰 서서는 엄지로 자기 어깨 너머를 가리켰다.

"당신이 한 거요?" 그가 웅얼거리듯 물었다. 어제 이후로 처음 내뱉는 말 같았다.

"뭘 말씀하시는 거죠?"

"저 그네…… 당신이 설치한 거요?"

"네, 그런데요."

"왜 그랬소?"

레드릭은 대답하지 않고 차고로 가 자물쇠를 열기 시작했다. 경비원이 그를 따라와서는 등 뒤에서 멈춰 섰다.

"내가 지금 묻고 있지 않소. 왜 저 그네를 설치한 거요? 누가 당신에게 부탁이라도 했소?"

"딸이 부탁했습니다." 레드릭은 아주 차분히 말했다. 그가 차고 문을 밀었다.

"나는 당신 딸에 대해 묻는 게 아니오!" 경비원이 언성을 높였다. "딸 문제는 또 다른 얘기요. 나는 누가 당신한테 설치를 허락했느냐고 묻는 거요! 그러니까, 누가 당신한테 공원을 마음대로 써도 된다고 했소?"

레드릭은 경비원이 서 있는 쪽으로 몸을 돌려 얼마간 꼼짝 않고 서서 혈관이 보이는 창백한 미간을 뚫어져라 응시했다. 경비원은 한 걸음 물러서더니 목소리를 깔았다.

"베란다 칠도 새로 하지 마시오. 내가 당신에게 몇 번이나……"

"괜히 힘 빼시는 겁니다. 저는 어쨌든 이 집에서 안 나갈 거니까요." 레드릭이 말했다.

그는 차로 돌아가 시동을 걸었다. 운전대에 손을 얹은 순간 손가락 마디가 하얗게 변한 걸 알아차렸다. 그 순간 그는 다시 차에서 내려 더는 자제하지 않고 말했다.

"하지만 어쨌거나 내가 이 집에서 나가게 되면, 이 개자식아, 그때는 기도나 하는 게 좋을 거야."

그는 차고에 들어가 주차해 놓고 차고 불을 켠 다음 차고의 문을 닫았다. 그러고는 가짜 연료 탱크에서 노획물 자루를 꺼내고 차를 정리했다. 자루를 낡은 라탄 바구니에 넣고 그 위에 아직 축축하고 풀과 이파리가 묻어 있는 낚시 도구를 얹고 맨 위에는 버브리지가 어제저녁 변두리의 어느 매대에서 사 온 죽은 물고기를 올려놓았다. 그러고 나서 그는 다시 한 번, 그저 습관대로 사방에서 차를 살펴봤다. 차량 후면 오른쪽에 설치된 서치라이트에 찌그러진 담배가 붙어 있었다. 레드릭은 그 담배를 떼어 냈다. 스위스제다. 레드릭은 잠시 생각하더니 그것을 성냥갑에 넣었다. 성냥갑에는 이미 담배꽁초가 세 개 들어 있었다.

계단에서는 아무와도 마주치지 않았다. 집 앞에 멈춰 서자 열쇠를 꺼내기도 전에 문이 활짝 열렸다. 그는 겨드랑이에 무거운 바구니를 낀 채 옆으로 걸어 들어가면서 집의 익숙한 온기와 냄새를 물씬 느꼈고, 구타는 그의 목에 팔을 두르고 가슴에 얼굴을 파묻고 안겨서는 꼼짝도 하지 않았다. 그녀의 쿵쾅대는 심장 박동이 슈트와 두터운 웃옷마저 통과해 전해졌다. 그는 그녀를 가만히 뒀다. 순간 피로가 몰려왔지만, 참을성 있게 서서 그녀가 물러날 때까지 기다렸다.

"그래⋯⋯" 마침내 그녀가 허스키한 목소리로 입을 뗐는데, 그를 놓아주고 현관 불을 켜더니 정작 돌아보지도 않고 부엌으로 들어갔다. "바로 커피 끓여 줄게⋯⋯" 그녀가 부엌에서 말했다.

"내가 물고기를 좀 잡아 왔어." 그는 꾸민 듯한 씩씩한 목소리로 말했다. "당장 통째로 좀 구워 줘. 뭘 좀 먹어 줘야겠어. 힘이 하나도 없거든!"

그녀는 흐트러진 머리카락으로 얼굴을 가린 채 돌아왔다. 그는 바구니를 바닥에 내려놓고 나서 그녀가 생선이 담긴 그물망을 꺼내는 걸 도왔고, 그들은 함께 부엌으로 그물망을 옮겨 생선을 대야에 넣었다.

"가서 씻어. 씻는 동안 준비해 놓을게." 그녀가 말했다.

"몽키는 잘 있었고?" 레드릭이 앉아서 부츠를 벗겨 내며 물었다.

"저녁 내내 떠들었지, 뭐." 구타가 대답했다. "겨우 재웠어. 계속 달라붙어서 아빠는 어딨어, 아빠는 어딨냐고?, 라고 하는 거야. 당장 아빠 내놓으라고……"

그녀는 부엌에서 소리 없이 가볍게 움직였다. 탄탄하고 균형 잡힌 몸매의 그녀. 가스레인지 위 냄비에선 벌써 물이 끓고, 식칼 아래로 비늘이 날리고, 제일 큰 프라이팬에서 기름이 지글거리고, 신선한 커피 향이 황홀하게 풍겨 왔다.

레드릭은 몸을 일으켜 맨발로 현관으로 돌아가서는 바구니를 들어 창고로 옮겼다. 그러고 나서 그는 침실을 살짝 들여다봤다. 몽키가 평온히 숨 쉬고 있었다. 구겨진 이불은 바닥에 끌리고 윗도리는 위로 올라가 있고, 그 아이의 모든 것이 마치 손바닥 위에 있는 것 같았다. 색색거리며 자는 작은 동물. 레드릭은 주체 못 하고 아이의 등을, 따스한 금빛 털로 덮인 등을 쓰다듬었고, 그 털이 어찌나 부드럽고 긴지, 이번에도 놀라고 말았다. 그는 몽키를 팔에 안고 싶은 마음이 간절했지만, 아이를 깨울까 봐 무서웠다. 게다가 지금 자신은 **구역**과 죽음에 물들어 마귀처럼 더러웠다. 그는 부엌으로 돌아가 다시 식탁에 앉았다.

"커피 한 잔 따라 줘. 마시고 씻으러 갈게."

식탁에는 석간 뭉치가 있었다. 《하몬트 신문》, 잡지 《아틀렛》과 《플레이보이》. 수북이 쌓인 잡지 뭉치 중에 회색 표지의 두꺼운 《국제외계문명연구소 논문집》 56호도 있었다. 레드릭은 구타로부터 김이 피어오르는 커피를 받아 들고선 《논문집》을 끌어당겼다. 적분기호들, 표식들과 도표들…… 사진에는 낯익은 물체가 이상한 원근법으로 찍혀 있다. 키릴의 사후 논문이 또 한 편 게재됐다. 「77-B 타입 자기성 트랩의 한 경이로운 특질에 관하여」. 그의 성 '파노프'는 검은 테두리로 싸여 있었고, 그 밑에는 작은 글자로 이렇게 쓰여 있었다. '키릴 A. 파노프 박사, 소비에트연방, 19××년 4월 실험 중 비극적으로 사망'. 레드릭은 잡지를 집어 던지고 뜨거운 커피를 주욱 마시다가 입 안을 데고 말았다.

"누구 왔다 간 사람 있어?"

"구탈린이 다녀갔어." 구타가 살짝 멈칫하다가 대답했다. 그녀는 가스레인지 옆에 서서 그를 바라봤다. "심하게 취했길래 돌려보냈어."

"몽키는 어쨌는데?"

"당연히 구탈린을 놔주기 싫어했지. 울면서 떼를 쓰더라고. 그래서 몽키한테 구탈린 삼촌이 몸이 안 좋다고 했어.

그랬더니 그 애가 이해한다는 듯 '구탈린 삼촌 또 처마셨구나!'라고 하는 거야."

레드릭이 웃음을 터뜨리고는 한 모금 더 마셨다. 그러고서 물었다.

"이웃들은 어때?"

그러자 구타는 대답하기 전에 또 조금 망설였다.

"똑같지 뭐."마침내 그녀가 대답했다.

"그래, 말하지 않아도 돼."

"맞다!"그녀가 불쾌한 듯 손을 흔들며 말을 시작했다. "밤에 그 아랫집 노파가 문을 두드리더라. 눈을 이렇게 뜨고 입에 거품을 잔뜩 물고선 말이야. 우리더러 왜 한밤중에 욕실에서 톱질을 해 대느냐는 거야……!"

"노망난 할망구 같으니."레드릭이 이를 꽉 물고 말했다. "구타, 다른 데로 이사 가는 건 어때? 아무도 살지 않는 도시 외곽 어딘가에 집을 사는 거야. 버려진 작은 별장 같은 걸……"

"그럼 몽키는?"

"그걸 말이라고 해. 뭐, 우리 둘이 몽키 하나 행복하게 못 해 주겠어?"

구타가 고개를 저었다.

"그 애는 아이들을 아주 좋아해. 아이들도 몽키를 좋아하고. 애들은 잘못이 없어……"

"그래." 레드릭이 말했다. "애들한텐 물론 잘못이 없지."

"이 얘긴 그만하자! 당신한테 전화가 왔었어. 누군지는 안 밝혔고. 당신은 낚시하러 가고 없다고 해 뒀어."

레드릭이 커피 잔을 내려놓고 일어섰다.

"그렇군. 이제 씻으러 갈게. 해야 할 일이 아직 산더미거든."

그는 욕실 문을 닫고 옷을 양동이에 던져 넣고 너클과 남은 너트들, 담배, 그리고 자잘한 것들을 꺼내 선반에 늘어놓았다. 그는 끓는 듯 뜨거운 물이 나오는 샤워기 아래에서 투덜거리면서 거친 해면으로 만든 샤워장갑으로 오랫동안, 피부가 벌게질 때까지 닦고는 샤워기를 끄고 욕조 가장자리에 앉아 담배를 피우기 시작했다. 물이 배관을 타고 내려가며 꼬르륵거렸고, 구타가 부엌에서 식기를 달그락거리는 소리가 들리고 구운 생선 냄새가 흘러들었다. 문을 두드리더니 구타가 깨끗한 속옷을 넣어 줬다.

"빨리해." 그녀가 명령했다. "생선 식겠어."

어느새 완전히 기운을 차린 그녀가 예전처럼 명령조로 말하기 시작한 것이다. 레드릭은 미소 지으며 옷을 입었다. 그러니까, 그는 민소매와 트렁크에 몸을 집어넣고는 그대로 부엌으로 돌아갔다.

"이제야 좀 먹을 수 있겠네." 그가 자리에 앉으며 말했다.

"빨 옷은 양동이에 넣었어?" 구타가 물었다.

"당연하지. 이거 꽤 맛있는걸!" 그가 입에 가득 물고 말했다.

"물도 부어 놨고?"

"아니 그건…… 잘못했습니다, 각하. 앞으론 이런 일이 없도록 하겠습니다, 각하…… 됐어, 그건 나중에 하고 이리 와 앉아!"

그가 그녀의 팔을 잡아 무릎에 앉히려 했지만, 그녀는 몸을 비틀어 빠져나가서는 맞은편에 앉았다.

"남편을 뿌리친다 이거지." 레드릭이 다시 입 안에 가득 넣고 씹으며 말했다. "그러니까, 피하시겠다."

"당신이 지금 무슨 남편이라고 그래. 당신은 지금 남편이 아니라 텅 빈 부대 자루야. 일단 뭘 좀 먹여야 힘을 쓰지."

"이렇게 나오기야? 세상에는 기적이란 게 있잖아!"

"나는 당신이 그런 기적을 일으키는 걸 아직까지 본 적 없는걸. 뭐 좀 마실래?"

레드릭은 머뭇거리며 포크로 뒤적였다.

"아니, 괜찮을 거 같아." 그가 말했다. 그러고는 시계를 흘끗 보더니 일어났다. "난 지금 나가 봐야겠어. 외출용 정장 좀 준비해 줘. A급으로. 저기에 셔츠랑 넥타이를 갖다 놔주면 돼……"

깨끗이 씻은 맨발이 시원한 바닥에 닿는 감촉을 음미하며 그는 창고로 걸어가 걸쇠를 잠갔다. 고무 앞치마를 두르고 고무장갑을 팔꿈치까지 올려 끼고서 자루에 든 것들을 탁자에 꺼내 놓았다. '깡통' 두 개. '옷핀'이 든 상자. '배터리' 아홉 개. '팔찌' 세 개. 그리고 고리처럼 생긴 것. '팔찌'와 비슷한 모양인데, 백색 금속으로 되어 있고 팔찌보다 더 가벼우며 직경은 30밀리미터 더 크다. 비닐봉지에 담긴 '검은 물방울' 열여섯 개. 보존 상태가 놀라울 정도로 훌륭한, 주먹 크기의 '스펀지' 두 개. '근질이' 세 개. '탄산진흙'이 든 병. 자루에는 유리섬유로 세심하게 싸여 있는 도자기 함도 있었는데, 그건 꺼내지 않았다. 그는 탁자에 놓인 잡동사니들을 바라보며 담배를 꺼내 피우기 시작했다.

그러고 나서 서랍을 열어 종잇조각과 몽당연필, 계산서들을 꺼냈다. 입가에 담배를 물고 연기에 눈을 찌푸리며 총 세 열에 맞춰 숫자를 하나하나 써 내려간 다음 처음 두 열에 있는 것들을 더했다. 아주 큰 숫자가 나왔다. 그는 담배를 재떨이에 비벼 끄고는 조심스럽게 상자를 열고 '옷핀'들을 종이 위로 쏟았다. '옷핀'들은 전등 아래에서 푸른빛을 띠었고 아주 드물게 선명한 노랑, 빨강, 초록빛 스펙트럼을 발산했다. 그는 '옷핀' 하나를 집어 들고 찔리지 않도록 조심해서 엄지와 검지로 눌렀다. 그런 다음 불을 끄고 어둠에 적응하면서 잠시 기다렸다. 하지만 '옷핀'은 아무 변화도 없었다. 그는 그걸 한쪽에다 치워 놓고 다른 녀석을 더듬어 집어서는 역시 손가락으로 눌렀다. 아무 일도 일어나지 않았다. 레드릭이 찔릴 위험을 감수하고 좀 더 세게 누르자 '옷핀'이 반응했다. 불그스레한 섬광이 '옷핀'을 스치더니 일순간 희한한 녹색 빛깔로 바뀌었다. 몇 초간 레드릭은 이 기이한 불꽃 놀이를, 《논문집》을 통해 알게 된 바로는 어쩌면 뭔가 아주 중요하고도 아주 결정적인 것을 의미하는 게 분명한 그 불꽃 놀이를 감상했다. 그는 그 '옷핀'을 첫 번째 것과 구별해 놓고서 새것을 집어 들었다.

'옷핀'은 총 일흔세 개였는데, 그중에서 열두 개가 반응했고 나머지는 침묵했다. 사실 그것들도 반응해야 했지만, 그것들을 반응하게 만들려면 손가락만으로는 부족했고 탁자만 한 특수 기계가 있어야 했다. 레드릭은 다시 전등을 켜고 이미 쓴 숫자들에 숫자를 두 개 더 썼다. 그러고 나서야 그는 마음먹었다.

그는 숨을 참고 두 팔을 자루에 넣고선 부드러운 꾸러미를 꺼내 탁자에 놓았다. 손등으로 턱을 쓸면서 얼마간 그 꾸러미를 골똘히 응시했다. 그리고 일단 연필을 집어 들더니 고무장갑이 끼워진 손가락으로 투박하게 돌리다가 집어 던졌다. 담배를 한 개비 더 꺼내 꾸러미에서 눈을 떼지 않은 채 끝까지 피웠다.

"제기랄!"그는 크게 내지르고 결심한 듯 그 꾸러미를 도로 자루에 넣었다. 됐어. 이 정도면 충분해.

그는 재빨리 '웃핀'들을 상자에 원래대로 집어넣고는 일어섰다. 갈 시간이었다. 머리를 맑게 하고자 30분쯤 눈을 붙일 수 있겠지만, 다른 한편으로는 현장에 일찍 가서 뭐가 어떻게 되고 있는지 살펴보는 게 훨씬 유익할 수도 있다. 그는 고무장갑을 벗어 던지고 고무 앞치마를 걸어 놓은 다음 전등을 끄지 않은 채 창고를 나왔다.

침대에는 벌써 정장이 놓여 있었고 레드릭은 옷을 입기 시작했다. 거울 앞에서 넥타이를 매는데 등 뒤에서 나무 바닥이 살짝 삐걱대고 흥분한 듯한 숨소리가 들려왔다. 그는 웃음을 터뜨리지 않으려고 얼굴을 찡그렸다.

"우!"그의 옆에서 갑자기 연약한 목소리가 들리더니 작은 손이 그의 다리를 잡았다.

"악!"레드릭이 침대 위로 쓰러지며 비명을 질렀다.

몽키가 깔깔대고 소리를 지르며 재빨리 그의 몸에 올라탔다. 몽키는 그를 밟고 머리카락을 당기면서 이런저런 이야기를 쉴 새 없이 쏟아 냈다. 이웃집 윌리가 인형 다리를 뜯어 버렸어. 3층 집에서 고양이가 살기 시작했는데 온몸이 하얗고 눈이 빨개. 아마 엄마 말 안 듣고 **구역**에 갔다 왔나 봐. 저녁으로 잼 넣은 오트밀을 먹었어. 구탈린 삼촌은 또 처마셔서 몸이 안 좋아졌고 울기도 했어. 물고기들은 물속에 있는데 왜 가라앉지 않아? 엄마는 왜 밤에 잠을 안 자는 거야? 왜 손가락은 다섯 개인데 팔은 두 개고 코는 하나야……? 레드릭은 자신에게 안겨 오는 따뜻한 생명체를 조심스럽게 껴안고 흰자위 없이 온통 새까맣고 커다란 눈을 바라보며 부드러운 금빛 털로 덮인 통통한 볼에 자기 볼을 비비면서 되뇌었다.

"몽키…… 우리 몽키…… 어쩜 이렇게 사랑스러울까, 우리 몽키……"

잠시 후 귓가에 날카로운 전화벨 소리가 울렸다. 그는 팔을 뻗어 수화기를 들었다.

"네, 말씀하세요."

수화기 저편은 조용했다.

"여보세요! 여보세요!" 레드릭이 말했다.

아무런 응답이 없었다. 잠시 후 저편에서 수화기를 내려놓는 소리와 짧은 신호음이 들렸다. 그러자 레드릭은 몸을 일으키고는 몽키를 바닥에 내려놓고, 이제 더는 아이 말에 귀 기울이지 않고 바지와 재킷을 입었다. 몽키는 여전히 조잘거렸지만, 그는 정신을 딴 데 두고 입만 웃어 보였고, 그

렇게 아빠 슈하트는 갑자기 입을 다물고 입술을 깨문 채 주
변 세계를 차단해 버렸다.

그는 창고로 돌아가 탁자에 놓여 있던 것들을 서류 가방
에 넣고 너클을 가지러 욕실로 달려갔다가 다시 창고로 와
서 한 손에는 서류 가방, 다른 손에는 자루가 든 바구니를
들고 나왔다. 그는 창고 문을 꼼꼼히 잠그고는 구타에게
"나 갈게!"라고 외쳤다.

"언제 돌아올 거야?" 구타가 부엌에서 나오며 물었다. 그
녀는 벌써 머리를 매만지고 화장을 마쳤고, 가운이 아니라
실내용 원피스, 그가 가장 좋아하는 깊게 파인 밝은 하늘색
원피스를 입고 있었다.

"전화할게." 그가 그녀를 보며 말하고선 다가가 몸을 굽
히고 파인 곳에 키스했다.

"가 봐." 구타가 조용히 말했다.

"나는? 나한테는?" 몽키가 그들 사이로 끼어들며 소리쳤
다. 몸을 더 아래로 굽혀야 했다. 구타는 흔들림 없는 눈빛
으로 그를 쳐다봤다.

"별거 아냐, 걱정 마. 전화할게." 그가 말했다.

레드릭은 아래층 층계참에서 자기 집 열쇠와 씨름 중인
줄무늬 파자마 차림의 뚱뚱한 사람을 발견했다. 어두운 집
안에서는 따뜻하고 시름한 냄새가 새어 나오고 있었다. 레

드릭이 멈춰 서서 인사했다.

"안녕하세요."

뚱뚱한 사람이 우람한 어깨 너머로 그를 경계하듯 쳐다
보더니 뭐라고 투덜거렸다.

"간밤에 댁의 안주인이 우리 집에 왔었어요. 우리가 무슨
톱질을 하고 있다면서요. 뭔가 오해가 있었나 봅니다." 레
드릭이 말했다.

"나더러 어쩌란 거요." 파자마 차림의 사람이 대꾸했다.

"어젯밤에 제 아내는 빨래를 한 거거든요." 레드릭이 말
을 이었다. "불편을 끼쳤다면 죄송합니다."

"나는 아무 말도 안 했소. 신경 쓰지 마시오……" 파자마
차림의 사람이 말했다.

"그럼 다행이고요." 레드릭이 말했다.

그는 차고로 내려가서는 자루가 든 바구니를 구석에 놓
고 그 위에 낡은 좌석 시트를 얹었고, 끝으로 주위를 둘러
본 후에 밖으로 나왔다.

조금만 걸어가면 됐다. 광장까지 두 블록 가서 공원을 지
나면 중앙대로까지 한 블록이다. 메트로폴 앞에는 언제나
처럼 온갖 색깔의 자동차 행렬이 니켈 도금과 래커 칠로 반
짝였고, 진홍색 제복을 입은 호텔 직원들이 입구로 짐을 끌
었다. 또 어딘가 외국인으로 보이는 부유한 사람들이 삼삼

오오 모여 대리석 계단에 서서 담배를 피우며 이야기를 나누고 있었다. 레드릭은 아직 들어가지 않기로 했다. 그는 호텔 맞은편 작은 카페의 차양 아래 자리를 잡고 커피를 시킨 후 담배를 피우기 시작했다. 그로부터 두 발자국 떨어진 테이블에는 국제경찰 관료 셋이 민간인 복장으로 앉아 말도 없이 하몬트식 소시지볶음을 급히 욱여넣으며 긴 유리잔에 짙은 색 맥주를 마시고 있었다. 다른 쪽으로 열 발자국 떨어진 곳에는 웬 중사가 주먹에 포크를 쥐고는 우울하게 감자볶음을 우물거리고 있었다. 하늘색 철모가 그가 앉은 의자 옆 바닥에 거꾸로 놓여 있고, 총집이 달린 혁대는 의자 뒤에 걸려 있었다. 카페 손님은 이들이 전부였다. 처음 보는 중년 여종업원이 조금 비켜나 서 있었는데, 이따금 빨간 루주를 바른 입을 손바닥으로 우아하게 가리며 하품을 했다. 9시 20분 전이었다.

레드릭은 리처드 누넌이 입에 뭔가를 씹으며 머리에 부드러운 모자를 눌러쓰면서 호텔 입구에서 나오는 모습을 발견했다. 그는 미끄러지듯 경쾌하게 계단을 내려왔다. 작고 통통하며 순수한 얼굴, 선하고 친절한 느낌을 주고 이제막 씻고 나온 티가 났으며 오늘 하루 그에게 그 어떤 불쾌한 일도 일어나지 않으리라 굳게 확신하는 모습이었다. 그는 누군가에게 손을 흔들더니 트렌치코트를 말아 오른쪽 어깨에 걸치고 자기 푸조로 갔다. 딕의 푸조 역시 둥글둥글하고 낮고, 세차한 지 얼마 안 된 티가 났으며 어떤 불행도 자신을 위협하지 않을 거란 확신에 차 있는 듯했다.

레드릭은 손바닥으로 얼굴을 가리고서, 누넌이 분주하고 능숙하게 운전석에 자리를 잡고 앞 좌석에서 뒷좌석으로 뭔가를 옮기더니 이번에는 뭔가를 주우려고 몸을 굽혔다가 일어나 백미러를 조절하는 모습들을 지켜봤다. 푸조는 하늘색 연기를 뿜고 두건 달린 겉옷을 입은 웬 아프리카인에게 경적을 울리고는 기세등등하게 거리로 나섰다. 보아하니 누넌은 연구소에 나가는 길이니, 분수를 돌아 카페 앞을 지나갈 게 분명했다. 일어나서 카페를 나가기에는 이미 늦었기에 레드릭은 그저 손으로 얼굴을 다 가리고 찻잔 위로 몸을 숙였다. 그러나 소용없었다. 푸조가 귓전에서 경적을 울리며 끼익하고 멈춰 섰고, 누넌의 활기찬 목소리가 들려왔다.

"어이! 슈하트! 레드!"

레드릭은 속으로 욕을 하며 고개를 들었다. 누넌은 벌써 그에게 손을 내밀면서 걸어오고 있었다. 누넌은 환하게 웃는 얼굴로 반가운 표정을 지었다.

"이렇게 이른 시간에 여기서 뭐 하는 거야?" 그가 다가오면서 물었다. "고마워요, 이모." 그가 종업원에게 말했다.

"아무것도 안 시킬 거예요……" 그리고 다시 레드릭에게 말했다. "백 년 만에 보는 것 같은데. 어디 다니는 거야? 뭐 하고 지내?"

"뭐 그냥…… 시시한 일들이지." 레드릭이 마지못해 중얼거렸다.

레드릭은 누넌이 당당한 태도로 맞은편에 앉아 통통한 손으로 평소처럼 분주하게 냅킨이 든 컵은 이리로, 샌드위치용 접시는 저리로 치우는 모습을 봤고, 그가 친근하게 얘기하는 걸 들었다.

"너 좀 피곤해 보이는데, 잠을 충분히 못 자는 거야? 실은 나도 최근에 그 새 로봇 때문에 애먹느라 잠을 못 자. 친구, 나에겐 잠이 제일 중요한데, 그게 고장 난 거야, 그 로봇이……" 그가 갑자기 주위를 살폈다. "아, 미안. 근데 혹시 누구 기다리는 중이야? 내가 방해하는 건 아니지?"

"아니…… 그냥 시간이 좀 나서 커피라도 마실까 한 거야." 레드릭이 내키지 않아 하며 말했다.

"그래, 오래 붙잡진 않을게." 덕은 이렇게 말하더니 시계를 봤다. "이봐, 레드, 그 시시한 일들은 집어치우고 연구소로 돌아와. 알다시피 언제든 너를 받아 줄 거라고. 러시아인과 다시 일해 보는 건 어때? 얼마 전에 들어온 사람이거든?"

레드릭이 고개를 저었다.

"아니, 싫어. 제2의 키릴이 아직 세상에 태어나지도 않았어…… 그리고 나는 당신네 연구소에서 할 일도 없어. 거긴 이제 다 자동화 기술을 쓰고, 로봇들이 **구역**에 가고, 그러니 특별수당도 당연히 로봇이 받을 거 아냐…… 게다가 연구원이 받는 푼돈은 담배 사기에도 모자라."

"됐어, 그런 조건이라면 다 맞춰 줄 수 있어." 누넌이 반박했다.

"그런데 난 누가 날 위해 조건을 맞춰 주는 걸 좋아하지 않아. 난 태어날 때부터 스스로 맞췄고, 앞으로도 그럴 생각이라서." 레드릭이 말했다.

"너 거만해졌구나." 누넌이 나무라듯 말했다.

"거만하다니. 돈을 한 장 한 장 세고 있는 게 싫을 뿐이지."

"그래그래. 네 말이 맞아." 누넌이 정신을 딴 데 두고 대꾸했다. 그는 옆 의자에 놓인 레드릭의 서류 가방을 무심히 보더니 슬라브 문자가 새겨진 은판을 손가락으로 문질렀다. "다 맞는 말이야. 사람에게 돈이 필요한 이유는 돈에 대해 생각하지 않기 위해서지…… 키릴이 준 거야?" 그가 고갯짓으로 서류 가방을 가리키며 물었다.

"유품으로 받았지." 레드릭이 말했다. "당신 요즘 왜 이렇게 보르시치에서 보기 힘들어?"

"보기 힘든 건 너 아닐까." 누넌이 반박했다. "난 거기서 거의 매일 점심을 먹는걸. 여기 메트로폴에서는 커틀릿 하나도 엄청 비싸니까……" 그리고 그가 불쑥 말을 꺼냈다. "이봐, 그런데 주머니 사정은 어때?"

"빌리려고?" 레드릭이 말했다.

"아니, 그 반대야."

"그럼 빌려주겠다는 거군……"

"일이 있어." 누넌이 말했다.

"이런! 당신마저 화제를 그리로 끌고 가다니!"

"또 누가 그러는데?" 누넌이 바로 물었다.

"뭐 당신 같은 사람 많지…… 고용주들."

누넌이 그제야 레드릭의 말을 이해했다는 듯 웃었다.

"아니야. 네가 주로 하는 그 일은."

"그럼 무슨 일인데?"

누넌이 다시 한 번 시계를 봤다.

"이렇게 하자." 그가 일어서며 말했다. "오늘 점심 즈음해서 2시까지 보르시치로 와. 얘기를 좀 해 보자고."

"2시까지 못 갈 수도 있어."

"그럼 저녁에 봐, 6시까지로 해. 어때?"

"봐서." 레드릭이 말하고는 자신도 손목시계를 봤다. 9시 5분 전이었다.

누넌은 손을 흔들고 자기 푸조로 굴러갔다. 레드릭은 눈짓으로 그를 배웅하고 종업원을 불러서는 럭키스트라이크 한 갑을 주문하고 돈을 지불한 후 서류 가방을 챙겨 여유 있게 호텔 방향으로 길을 건너기 시작했다. 벌써 태양이 작열해 거리는 금방 후덥지근한 공기로 가득 찼고, 레드릭은 눈꺼풀 밑에서 찌르는 듯한 통증을 느꼈다. 그는 중요한 일을 앞두고 한 시간도 자지 못한 것을 후회하며 얼굴을 힘껏 찡그렸다. 바로 그때 그를 엄습했다.

구역 밖에서는 이런 일이 한 번도 없었고, **구역**에서도 고작 두 번인가 세 번 일어난 일이었다. 그는 갑자기 다른 세계에 떨어진 것 같았다. 수백만 가지 냄새가 단숨에 그를 덮쳤다. 매운 냄새, 달콤한 냄새, 철 냄새, 부드러운 냄새, 위험한 냄새, 불안한 냄새, 집처럼 거대한 냄새, 먼지처럼 미세한 냄새, 자갈처럼 거친 냄새, 시계의 메커니즘처럼 섬세하고도 복잡한 냄새. 공기가 팽팽해지더니 커다랗고 표면이 거친 구체들과 매끈한 피라미드, 거대하고 뾰족한 크리스털로 채워진 것처럼 공간에 선, 면, 그리고 각이 생겨났고, 마치 꿈속에서 오래되고 이상한 가구가 가득 들어찬 어두운 고물 상점을 지나가듯 이 모든 것을 비집고 나아가야 했다…… 그건 어느 찰나에 지속됐다. 눈을 뜨자 모두 사라졌다. 그건 다른 세계가 아니었다. 그가 알던 세계가 그에게 또 다른 측면으로, 알려지지 않은 측면으로 드러난 것이고, 그 측면이 일순간 그에게 열리더니 그가 미처 파악하기도 전에 다시 완전히 닫혀 버린 것이다.

귓가에서 짜증스러운 경적이 시끄럽게 울렸고 레드릭은 발걸음을 재촉해 달려가 메트로폴 옆에 멈춰 섰다. 심장이 미친 듯이 뛰었다. 그는 서류 가방을 아스팔트에 내려놓고 서둘러 담뱃갑을 꺼내 담배를 피우기 시작했다. 한바탕 싸우고 난 사람처럼 숨을 깊게 들이마시며 헐떡대는 호흡을 진정시켰다. 당직 경찰이 옆에 와 서더니 염려된다는 듯 물었다.

"선생님, 좀 도와 드릴까요?"

"아닙니다." 레드릭이 가까스로 말을 하고는 기침을 했다. "후덥지근하네요……"

"바래다 드릴까요?"

레드릭은 몸을 굽혀 서류 가방을 집었다.

"전혀, 아무 문제 없습니다. 고마워요."

그는 빠른 걸음으로 입구로 가서는 계단을 올라 로비로 들어섰다. 공기는 서늘하고 조명은 어둡고 소리가 울리는 곳이었다. 그곳에 놓여 있는 커다란 가죽 소파들 중 하나에 앉아 정신을 가다듬고 좀 쉬었어야 했지만, 이미 지각이었다. 그는 반쯤 처진 눈꺼풀 아래로 로비를 돌아다니는 사람들을 쳐다보며 피우던 담배만 마저 피우기로 했다. 뼈가죽이 벌써 어디선가 나타나 있었다. 그는 초조한 듯 신문 진열대 옆에 놓인 잡지들을 뒤적였다. 레드릭은 담배꽁초를 쓰레기통에 던져 넣고 곧장 엘리베이터를 탔다.

제때 엘리베이터 문을 닫지 못하는 바람에 그는 사람들 틈에 껴 있게 됐다. 천식으로 색색거리는 터질 듯한 뚱보와 초콜릿을 먹는 우울한 소년을 데리고 탄, 향수를 심히 짙게 뿌린 부인, 그리고 턱수염을 잘못 깎은 몸집 큰 노파가 함께 탔다. 레드릭은 구석에 비좁게 섰다. 그는 턱으로 초콜릿 침이 흘러내리는, 그럼에도 얼굴은 산뜻하고 털 한 가닥 없이 깨끗한 소년을 보지 않으려고…… '검은 물방울'에 은테를 둘러 만든 목걸이가 빈약한 가슴을 장식하고 있는 그 애 엄마를 보고 있지 않으려고…… 뚱보의 툭 튀어나와 굳어 버린 듯한 흰자위며 노파의 부어오른 면상에 난 무시무시한 사마귀들을 보지 않으려고 눈을 감았다. 뚱보가 담배를 피우려고 하자 노파가 그를 비난했는데 5층에서 내릴 때까지 멈추지 않았다. 뚱보는 노파가 내리자마자 마치 시민으로서의 자유를 수호한다는 듯 담배를 피우기 시작했는데, 들이마시자마자 기침을 해 댔고 색색거리며 목 쉰 소리를 내면서 낙타처럼 입술을 내밀고는, 튀어나온 팔꿈치로 레드릭의 옆구리를 성가시게 치면서 숨을 몰아쉬었다……

8층에서 내린 레드릭은 짜증을 조금이나마 털어 내고자 온 힘을 다해 큰 소리로 내뱉었다.

"털도 안 깎고 다니는 마녀 같은 할망구. 늙은 개구리년. 기침 냄새나 풍기고 다니는 시체 같은 새끼. 초콜릿 침이나 질질 흘리는 그 덜떨어진 놈. 죄다 지옥에나 떨어져 버려라……"

그러고 나서 그는 갓등에서 흘러나온 아늑한 불빛이 비추고 있는 복도의 부드러운 카펫 위를 걸었다. 이곳에서는 비싼 담배, 파리의 향수, 지폐가 가득 채워진 번쩍거리는 천연 가죽 지갑 냄새, 하룻밤에 500을 부르는 비싼 여인들 냄새, 묵직한 금으로 된 담뱃갑 냄새가 났다. 전부 싸구려 냄새다. **구역**에서 자라고 **구역**을 빨아먹고 배불리 먹고 탈취한, **구역** 덕에 살찌운 역한 곰팡이의 냄새. 이 곰팡이에겐 다 상관없었다. 특히 **구역**에 있던 모든 것을 배불리 먹고 실컷 훔친 다음에 벌어질 일, 그리고 **구역**의 것들이 밖으로 나가 세상에 뿌리를 내린 후의 일은 더더욱. 레드릭은 노크 없이 874호 문을 밀었다.

쉰목소리가 창가 책상에 앉아 시가에 열중하고 있었다. 그는 아직 파자마 차림이었으며 몇 가닥 남지 않은 젖은 머리카락은 그 와중에도 가르마를 따라 섬세하게 빗어 넘겨져 있었고 병색이 있는 부은 얼굴은 매끈하게 면도한 상태

154

였다.

"아하—그는 눈을 들지 않고 말했다—시간 엄수는 군주의 예라고 하더군요. 잘 지냈습니까, 우리 귀염둥이!"

그는 시가 끄트머리를 잘라 내고 양손으로 시가를 잡아 콧수염 쪽으로 가져가서 코를 앞뒤로 움직이며 음미했다.

"그런데 우리의 늙고 마음씨 고운 버브리지는 어딨지요?" 그가 묻고는 눈을 들었다. 투명하고 푸른, 천사의 눈이었다.

레드릭은 소파에 서류 가방을 놓고 앉아서 담배를 꺼냈다.

"버브리지는 오지 않을 겁니다." 그가 말했다.

"늙고 마음씨 고운 버브리지." 쉰 목소리가 이렇게 말하더니 두 손가락으로 시가를 잡고 조심스럽게 입으로 가져와 물었다. "늙은 버브리지의 신경이 못 견뎠나 보군……"

그는 청량한 푸른 눈을 깜빡이지도 않고 레드릭을 빤히 응시했다. 그는 결코 눈을 깜빡이지 않는다. 문이 조금 열리더니 뼈가죽이 살며시 들어왔다.

"당신과 얘기하던 사람은 누굽니까?" 그가 문턱서부터 물었다.

"아, 안녕하세요." 레드릭이 바닥에 재를 떨구며 반갑게 인사했다.

뼈가죽은 양손을 주머니에 넣고 안으로 굽은 거대한 발로 성큼성큼 걸어오더니 레드릭 앞에 멈춰 섰다.

"우리가 당신한테 수도 없이 말하지 않았습니까." 힐난하는 투였다. "우리와 만나기 전에는 아무하고도 절대 접촉하지 말라고. 그런데도 뭐 하는 겁니까?"

"인사하는 중이지요." 레드릭이 말했다. "잘 지내셨죠?"

쉰목소리는 웃음을 터뜨렸지만, 뼈가죽은 짜증스레 대꾸했다.

"그래요, 안녕하세요, 안녕하십니까……" 그는 비난하는 눈빛을 거두고는 소파 옆에 털썩 앉았다. "그러면 안 됩니다. 알겠습니까? 안 된다고요!"

"그럼 우리가 만나는 장소를 제가 아는 사람이 없는 곳으로 정해 주시든가." 레드릭이 말했다.

"귀염둥이 말이 맞아." 쉰목소리가 지적했다. "우리 불찰이지…… 그런데 그 사람은 누구였죠?"

"리처드 누넌이란 사람입니다. 연구소에 장비를 납품하는 회사들을 대리하고 있습니다. 여기, 이 호텔에서 살고요." 레드릭이 말했다.

"봐, 이렇게 별일 아닌 걸 갖고!" 쉰목소리가 뼈가죽에게 말하더니 책상에서 자유의 여신상을 본떠 만든 거대한 라이터를 집어 들고 미심쩍은 눈으로 쳐다보다가 다시 내려놓았다.

"그런데 버브리지는 어디 있습니까?" 뼈가죽이 벌써 완전히 친근한 목소리로 돌아와 물었다.

"버브리지는 사고를 당해서요." 레드릭이 말했다.

뼈가죽과 쉰목소리가 빠르게 눈빛을 교환했다.

"평안히 잠들기를, 아니면 혹시 체포된 건가요?" 쉰목소리가 조심스레 물었다.

레드릭은 얼마간 묵묵히 느릿하게 담배를 빨며 끝까지 피웠다. 그리고 바닥에 꽁초를 버리고는 이렇게 말했다.

"걱정 마세요, 다 말끔히 처리했으니. 병원에 있습니다."

"나 원 참, 말끔히라니!" 뼈가죽이 신경질적으로 내뱉고는 벌떡 일어서서 창가로 갔다. "어떤 병원입니까?"

"걱정 마세요." 레드릭이 같은 말을 반복했다. "그는 있어야 할 곳에 있으니까. 전 이제 잠을 좀 자고 싶으니 본론으로 들어가죠."

"대체 어떤 병원이냐고 묻지 않습니까?" 뼈가죽이 이미 화를 내며 물었다.

"제가 말씀드린 대롭니다." 레드릭이 대답하고선 서류 가방을 집었다. "오늘 거래는 할 겁니까, 말 겁니까?"

"할 거예요, 할 겁니다, 우리 귀염둥이." 쉰목소리가 호탕하게 말했다. 그는 의외로 가볍게 바닥으로 뛰어내려서는 빠른 동작으로 커피 탁자를 레드릭 쪽으로 밀고 한 번 손을 휘둘러 잡지와 신문 더미를 카펫에 떨어뜨려 버리더니, 털이 무성한 분홍빛 손으로 무릎을 짚고 맞은편에 앉았다. "꺼내 봐요."

레드릭은 가방을 열고 가격이 적힌 목록을 쉰목소리 앞에 꺼내 놓았다. 쉰목소리가 흘끗 보더니 손톱으로 목록을 밀었다. 뼈가죽은 쉰목소리의 뒤로 다가가 그의 어깨 너머로 목록을 바라봤다.

"가격표입니다." 레드릭이 말했다.

"알고 있어요. 꺼내 보시죠, 꺼내 봐요!" 쉰목소리가 말했다.

"돈이 먼저죠." 레드릭이 말했다.

"이 '반지'는 대체 뭐요?" 뼈가죽이 쉰목소리의 어깨 너머에서 손가락으로 목록을 가리키며 의심스러운 듯 물었다.

레드릭은 침묵했다. 그는 열린 가방을 무릎 위에 올려놓은 채 움직이지 않고 푸른 천사의 눈동자를 응시했다. 쉰목소리가 마침내 미소 지었다.

"나는 왜 이렇게 당신이 마음에 들까요, 귀염둥이?" 그가 다정하게 말했다. "첫눈에 반하는 일은 없다고 하는데들 말이죠!" 그가 연극적으로 한숨을 내쉬었다. "필, 이 바닥 규칙 알잖나? 이이에게 돈을 줘야지, 돈을 갖고 와 세 보

게…… 그리고 나한테는 성냥 좀 갖다 주고! 자네도 보고
있다시피……" 그러고서 그는 그때까지도 두 손가락 사이
에 끼우고만 있던 시가를 흔들어 보였다.

뼈가죽 필은 뭔가 알아들을 수 없는 말을 중얼거리더니
쉰목소리에게 성냥갑을 던져 주고 두터운 커튼으로 가려
진 문을 통해 옆방으로 갔다. 그가 저쪽에서 누군가와 흥분
해서 대화하는 소리가 불분명하게 들렸는데, 뭔가 예상치
못한 물건을 입수했다는 얘기였다. 드디어 들고 있던 시가
를 피우게 된 쉰목소리는 뭔가를 생각하는 듯 얇고 창백한
입술에 서늘한 미소를 띠고 레드릭을 빤히 응시했다. 레드
릭은 서류 가방에 턱을 괴고 마찬가지로 그의 얼굴을 응시
했고 눈꺼풀이 불타오르듯 뜨겁고 눈물이 어른거렸음에도
눈을 깜빡이지 않으려 애썼다. 조금 뒤 뼈가죽이 돌아와 탁
자에 띠지가 붙은 수표 두 다발을 던지고서 불만스러운 표
정으로 레드릭 옆에 앉았다. 레드릭이 느릿느릿 돈 쪽으로
손을 뻗는데, 쉰목소리가 손짓으로 제지하더니 수표 다발
의 띠지를 풀어 자기 주머니에 넣었다.

"그럼 볼까요." 그가 말했다.

레드릭은 돈을 세지 않고 다발째 재킷 안주머니에 쑤셔
넣고는 노획물을 늘어놓기 시작했다. 두 사람이 검토하고
목록과 대조하며 물건을 하나하나 확인할 수 있도록 천천

히 늘어놓았다. 방 안은 고요했고, 그저 쉰목소리가 힘겹게 숨을 쉬었으며, 두터운 커튼 뒤에서도 희미하게 쨍그랑 소리가, 마치 티스푼이 컵 가장자리를 치는 듯한 소리가 났다.

레드릭이 마침내 서류 가방을 닫고 찰칵 소리를 내며 잠갔을 때, 쉰목소리가 눈을 들어 레드릭을 바라보더니 이렇게 물었다.

"그래서, 그 일은 어떻게 되고 있죠?"

"안 됐습니다." 레드릭이 대답했다. 그는 잠시 아무 말 없이 있다가 이렇게 덧붙였다. "아직."

"그 '아직'이란 말이 마음에 드는군요." 쉰목소리가 상냥하게 말했다. "필, 자네는 어떤가?"

"슈하트 씨, 뭔가 감추는 게 있군요. 대체 뭐 때문에 감추는 겁니까?" 뼈가죽 필이 불만스러운 듯 말했다.

"전문 분야가 그거거든요. 숨겨야 할 일들. 저희 일이 좀 복잡하죠." 레드가 말했다.

"뭐, 좋습니다. 그런데 사진기는 어땠나요?" 쉰목소리가 물었다.

"이런, 젠장!" 레드릭이 웅얼거렸다. 그는 얼굴이 빨갛게 물드는 것을 느끼며 손가락으로 뺨을 문질렀다. "죄송합니다. 까맣게 잊어버렸어요."

"거기에?" 쉰목소리가 시가로 애매한 방향을 가리켰다.

"기억이 안 납니다…… 아마도 거기 두고 온 것 같습니다……" 레드릭이 눈을 감고는 소파에 등을 기댔다. "아뇨, 전혀 기억이 나지 않습니다."

"유감이군요. 하지만 당신은 그래도 그걸 보긴 봤죠?" 쉰 목소리가 말했다.

"음, 아뇨." 레드릭이 곤혹스러운 듯 대답했다. "그게 문젭니다. 우리는 용광로까지도 못 갔어요. 버브리지가 '젤리'에 말려드는 바람에 바로 방향을 틀어야 해서…… 제가 그걸 봤으면 잊었을 리 없지 않겠습니까……"

"잠깐, 휴, 이것 봐!" 갑자기 뼈가죽이 겁먹은 듯 속삭였다. "이게 뭡니까? 예?"

그는 오른손 검지를 꼿꼿이 내밀고 앉아 있었다. 손가락 주위로는 바로 그 하얀 철제 고리가 돌아가고 있었고, 뼈가죽은 눈이 커다래져서는 그 고리를 보고 있었다.

"이게 멈추지 않아!" 뼈가죽이 둥그런 눈으로 쉰목소리와 고리를 번갈아 보면서 큰 소리로 말했다.

"멈추지 않는다니, 그게 무슨 말이지?" 쉰목소리가 조심스럽게 묻고는 약간 뒤로 물러났다.

"나는 이걸 손가락에 끼우고 한 번 돌렸어. 그냥 이렇게…… 그런데 벌써 1분 내내 멈추지를 않고 있다고!"

뼈가죽은 벌떡 일어나더니 앞으로 내뻗은 손가락을 부

여잡고 커튼 뒤로 뛰어갔다. 고리는 은빛을 반짝거리며 그의 앞에서 규칙적으로, 마치 비행기 프로펠러처럼 돌고 있었다.

"대체 우리에게 뭘 가져온 거죠?" 쉰목소리가 물었다.

"누가 알겠습니까? 저도 저런 건 줄 몰랐어요…… 알았으면 더 비싸게 매겼을 겁니다." 레드릭이 말했다.

쉰목소리가 잠시 그를 쳐다보더니 몸을 일으켜 역시 커튼 너머로 사라졌다. 저쪽에서는 이제 목소리들이 수군거렸다. 레드릭은 담배를 꺼내 불을 붙이고 바닥에서 잡지를 하나 집어 들어 정신없이 넘기기 시작했다. 잡지는 엉덩이가 빵빵한 여자들로 가득했는데, 왠지 지금은 보기 거북했다. 레드릭은 잡지를 던져 버리고 방 안을 훑어보며 뭔가 마실 것을 찾았다. 그리고 안주머니에서 수표 다발을 꺼내 세어 봤다. 셈은 맞았지만 잠들지 않기 위해 두 번째 다발도 세기 시작했다. 그가 수표 다발을 주머니에 넣자 쉰목소리가 돌아왔다.

"운이 좋군요, 귀염둥이." 그가 다시 레드릭 앞에 앉으며 선언하듯 말했다. "영구기관*이 뭔지 아나요?"

"아니요. 들어 본 적 없습니다." 레드릭이 말했다.

"그럴 필요도 없고요." 쉰목소리가 덧붙였다.

그는 수표 다발을 하나 더 꺼냈다.

"첫 표본에 대한 대가예요." 그가 다발에서 띠지를 떼어내며 말을 이었다. "당신이 가져온 그 '반지' 표본 하나에 이런 걸로 두 다발씩 받게 될 겁니다. 이해했나요, 귀염둥이? 두 다발. 그런데 이 고리들에 대해선 앞으로도 우리 외에는 아무도, 아무것도 모른다는 조건에서 그렇습니다. 약속한 겁니다?"

레드릭은 말없이 수표 다발을 주머니에 넣고 일어섰다.

"가 보겠습니다. 다음번 장소와 시간은?"

쉰목소리도 일어섰다.

"전화가 갈 겁니다. 매주 금요일 아침 9시부터 9시 반 사이 전화를 기다리세요. 필과 휴의 안부를 전하고 미팅을 잡을 거예요."

레드릭은 고개를 끄덕이고 문으로 향했다. 쉰목소리가 그의 어깨에 손을 얹으며 따라갔다.

"당신이 이해했기를 바랍니다." 그가 말을 이었다. "이 모든 게 다 좋고, 아주 사랑스럽고, 뭐 그렇지만, '반지'는 기적이군요. 하지만 일단 우리에게는 두 가지가 필요해요. 사진과 내용물이 든 도자기 함. 우리 사진기를 돌려주되 필름엔 사진이 찍혀 있어야 하고, 우리의 도자기 함에는 내용물

* 에너지를 소비하지 않고 영구히 움직일 수 있는 가상의 기관.

이 들어 있어야 하고요. 그것들만 돌려주면 당신은 앞으로 다시는 **구역**에 가지 않아도 됩니다……"

레드릭은 어깨를 살짝 흔들어 쉰목소리의 팔을 떨쳐 내고는 문을 열고 나갔다. 그는 뒤돌아보지 않고 부드러운 카펫을 따라 걸었고, 걷는 내내 뒤통수에 깜빡이지 않는, 천사 같은 푸른빛 시선을 느꼈다. 그는 엘리베이터를 기다리지 않고 8층부터 걸어 내려갔다.

그는 메트로폴에서 나와 택시를 잡아타고 도시의 정반대편으로 갔다. 처음 보는 택시 기사였다. 하몬트에 온 지 얼마 안 된, 코가 크고 여드름이 많은 젊은이로 자극적인 모험과 헤아릴 수 없을 정도의 부, 세계적인 영광, 뭔가 특별한 종교를 찾아 최근 하몬트로 쏟아져 들어온 이들 가운데 하나였다. 이런 자들은 택시 기사로, 종업원으로, 건설 현장 인부로, 매음굴 경비원으로 하몬트에 눌러앉았다. 탐욕스러운데 재능은 없고, 불분명한 희망에 사로잡혀 시달리느라 세상 모든 일에 불만을 갖고 있으며, 끔찍한 절망 속에서 이번에도 자신들이 속았다고 믿는 자들이다. 이들 중 절반은 한두 달 버티고는 자신의 그 대단한 절망을 거의 전 세계에 퍼뜨리면서 저주를 퍼부으며 집으로 돌아갔고, 극히 소수는 스토커가 되어 무슨 일이 일어나는 건지 파악할 새도 없이 금방 죽어 버려 사후에 전설 속 영웅이 되었고, 이들 중 일부, 이들 중 가장 똑똑하고 학식 있는 이들, 연구실 조수로라도 쓸모 있는 이들은 연구소에 취직하는 데 성공했지만, 나머지는 정당과 교단, 상호조합 같은 모임을 마구잡이로 만들어 저녁마다 술집에 죽치고 앉아 의견 차이나 여자 문제로, 아니면 그냥 취해서 별 이유 없이 싸우곤 했다. 이들은 때때로 소리 높여 탄원하며 행진이나 이런저런 시위, 또는 이런저런 파업을, 농성을, 공성을 벌여 도시 경찰과 사령부, 원래 하몬트에 살고 있던 이들을 열받게 했지만, 갈수록 타성에 젖어 타협하게 되어서 자신들이 무엇을 하러 이곳에 와 있는지 점점 신경 쓰지 않았다.

여드름투성이 택시 기사의 술 냄새가 뒷좌석까지 풍겨 왔다. 그의 눈은 산토끼처럼 빨갰다. 그는 잔뜩 흥분해서는 레드릭에게 오늘 아침 묘지에 묻혀 있던 죽은 자가 그들의 길가에 출몰한 일을 단숨에 떠벌리기 시작했다. 그러니까, 그 죽은 자가 자기 집에 왔는데, 집은 이미 몇 년째 못까지 박혀 폐쇄돼 있고 모두—그의 미망인 노파며 딸과 사위, 그리고 손주들까지—그곳을 떠나 버린 후였어요. 이웃 사람들이 말하길, 그 죽은 자는 30년 전, **방문**이 있기도 전에 죽었는데 이제 와서 잘 있었소!, 라며 용케 찾아온 거죠. 죽은 자는 몇 번이고 집 주위를 서성이며 문을 긁더니 울타리 옆에 주저앉더라고요. 온 블록 사람들이 다 몰려와 그를 보면서도, 물론 다가가기는 두려워하고요. 조금 뒤 한 사람이 묘안을 냈어요. 집 문을 부숴서, 그러니까 그에게 입구를 열어 주자는 거죠. 죽은 자가 어떻게 했을 것 같으세요? 그는 일어나서 안으로 들어갔고 사람들은 문을 닫아 버렸어요. 나는 서둘러 출근해야 했기에 그 일이 어떻게 끝났는지 모르지만, 그를 여기서 끌어내 망할 노파에게 보내 버리라고 사람들이 연구소로 전화하려고 했다는 건 알아요. 뭐라고들 하는지 아세요? 사람들 말로는, 사령부가 죽은 자의 친지들이 이사한 경우 죽은 자를 그들에게, 즉 그들의 새로운 거주지로 보내 버린다는 내용의 명령서를 준비 중이라는 거죠. 친지들이 퍽이나 기뻐하겠죠! 그런데 그 죽은 자에게서는 벌써 악취가 나더라고요…… 죽은 자니까 당연하지만……

"세워. 지금 여기서 내려 줘." 레드릭이 말했다.

그는 주머니를 뒤적거렸다. 잔돈이 없어 새 수표를 내야 했다. 그리고 나서 그는 문 앞에서 택시가 떠날 때까지 서 있었다. 대머리수리의 별장은 훌륭했다. 2층 건물이며, 당구대가 있는 유리 별채와 잘 관리된 정원과 온실이 있고 사과나무들 사이에는 정자가 있었다. 그리고 이 모든 것을 밝은 녹색 페인트로 칠한 격자무늬 철 울타리가 둘러싸고 있었다. 레드릭이 벨을 몇 번 누르자 쪽문이 끼익 소리를 내며 열렸고, 그는 서두르지 않으면서 양옆으로 장미 관목이 심긴 모랫길을 따라갔다. 별장의 현관 계단에는 벌써 땅다람쥐가 나와 있었다. 등이 굽고 피부가 검붉은 그 사내는 빨리 시중을 들고 싶은 열망으로 전율했다. 그는 참을성 없이 몸을 옆으로 틀어 불안하게 한쪽 발로 지탱할 곳을 더듬으며 한 칸 내려놓고 확인하고선 다른 쪽 발도 한 칸 내리고, 그러는 와중에도 레드릭을 향해 건장한 팔을 뻗고 있었다. 지금, 지금 가고 있다고……

"이봐, 빨강머리!" 정원에서 여자 목소리가 들렸다.

레드릭은 고개를 돌렸고 수풀 사이 하얗고 고급스러운 정자의 지붕 옆으로 맨살이 드러난 그을린 어깨와 새빨간 입, 흔들리는 팔을 봤다. 그는 땅다람쥐에게 고개를 끄덕여 보이고는 모랫길을 벗어나 장미 관목을 헤치고 부드러운 초록빛 풀밭을 가로질러 정자로 갔다.

풀밭에는 커다랗고 빨간 돗자리가 깔려 있고, 그 위에는 손에 잔을 든 지나 버브리지가 주요 부위만 간신히 가린 수영복을 입고 드러누워 있다. 그녀 옆에는 화려한 표지의 책 한 권이 널브러져 있고, 바로 옆, 관목 아래 그늘에는 빛나는 작은 양동이에 얼음이 채워져 있고 거기에선 목이 좁고 기다란 병이 튀어나와 있었다.

"안녕, 빨강머리!" 지나 버브리지가 잔으로 반갑다는 몸짓을 취하며 말했다. "그런데 아빠는 어딨어? 설마 또 붙잡힌 건 아니지?"

레드릭은 다가가서 서류 가방을 든 손을 등 뒤로 하고 그녀를 위에서 내려다보며 멈춰 섰다. 그렇다. 대머리수리가 **구역**의 누군가에게 자기 아이들을 건강히 자라게 해 달라고 아주 제대로 부탁했던 거다. 그녀는 보드라웠으며 건강미를 발산하고 있었다. 불구인 곳도, 쓸데없는 주름살도 없다. 68킬로그램짜리 탐스러운 스무 살의 몸에 눈은 안에서부터 발산하는 에메랄드빛인 데다 입술은 크고 윤기 있고 하얀 치아는 가지런하며 태양 아래 반짝이는 흑발은 무심한 듯 한쪽 어깨로 흘러 걸쳐 있었다. 태양 빛이 어깨에서 배로, 또 허벅지로 넘어가면서 거의 다 드러난 가슴골에 그늘을 드리우며 그녀를 훑었다. 레드릭은 그녀를 빤히 훑으면서 내려다봤고, 그녀는 다 안다는 듯 웃으며 그를 올려다보더니 잔을 입술로 가져가 몇 모금 넘겼다.

"원해?" 그녀가 입술을 할짝거리며, 그가 자기 말의 중의성을 알아차릴 정도만 정확히 기다렸다가 잔을 내밀었다.

그는 고개를 돌렸고, 그늘 아래 있는 긴 선탠 의자를 발견하고는 거기 앉아서 다리를 폈다.

"버브리지는 병원에 있어. 다리를 절단할 거야." 레드릭이 말했다.

그녀는 여전히 미소 지으며 한쪽 눈으로 그를 보았고 다른 쪽 눈은 어깨에 내려앉은 풍성한 머리카락에 가려 있었다. 그을린 얼굴에 달콤하게 벌린 입은 부동의 미소를 짓고 있었다. 조금 뒤 그녀는 잔에 얼음 부딪치는 소리를 감상하는 듯 기계적으로 잔을 흔들더니 이렇게 물었다.

"두 다리 다?"

"둘 다. 무릎까지일 수도 있고, 어쩌면 그보다 더 자를 수도."

그녀는 잔을 내려놓고 머리카락을 넘겼다. 더 이상 웃고 있지 않았다.

"안됐네." 그녀가 입을 열었다. "그렇다는 건 네가……"

그는 바로 그녀에게, 지나 버브리지에게 그 모든 일이 어떻게 일어났고, 그 모든 상황이 어땠는지 자세히 말해 줄 수도 있었다. 어쩌면, 자신이 너클을 쥐고서 차로 돌아왔다는 것과 버브리지가 어떻게 애원했는지까지도. 그가 자신을 위해서가 아니라 자식들, 그녀와 아티를 들먹이며 애원했다고, 그리고 **금빛 구체**를 약속했다는 것도 말해 줄 수 있었다. 하지만 그렇게 하지 않았다. 그는 입을 다물고 가슴팍에 손을 넣어 수표 다발을 꺼내서 빨간 돗자리 위로, 그녀에게, 지나의 긴 맨다리로 던졌다. 수표가 부채꼴로 펼쳐졌다. 지나는 멍하니 몇 장 집어 들어 마치 처음 보는 양 살펴보기 시작했지만, 큰 흥미를 보이지는 않았다.

"마지막 봉급이라는 거네." 그녀가 말했다.

선탠 의자에 앉아 있던 레드릭은 몸을 틀어 양동이로 손을 뻗어서 병을 꺼내 레이블을 살폈다. 어두운 유리병 표면을 따라 물이 흘렀고 레드릭은 바지에 물이 떨어지지 않게 병을 옆으로 가져갔다. 그는 비싼 위스키를 좋아하지 않았지만, 지금은 그거라도 마셔 버릴 수 있었다. 막 병째로 들이켜려는데 등 뒤에서 들려오는 확실히 알아들을 수 없는, 제지하는 듯한 소리에 동작을 멈췄다. 뒤를 돌아보자 땅다람쥐가 양손에 투명한 칵테일이 담긴 긴 잔을 들고 온 힘을 다해 휜 두 다리를 고통스러운 듯 휘적대며 풀밭을 급히 가로질러 오는 모습이 보였다. 힘에 부쳤는지 검붉은 얼굴엔 땀이 줄줄 흘러내렸고 충혈된 눈은 완전히 초점을 잃었다. 레드릭이 자신을 보고 있다는 걸 알아챈 그는 거의 필사적으로 잔을 앞으로 내밀더니 이가 빠진 입을 크고 힘없이 벌리면서 또다시 웅얼거리는 것도 흐느끼는 것도 아닌 소리를 냈다.

"천천히 와, 천천히." 레드릭이 그에게 말하고는 병을 다시 얼음 양동이에 넣었다.

땅다람쥐가 마침내 절뚝거리며 다가와서는 레드릭에게 잔을 건네고 소심하게 친근함을 드러내면서 집게발 같은 손으로 레드릭의 어깨를 두드렸다.

"고마워, 딕슨." 레드릭이 진지한 표정으로 말했다. "바로 이게 나에게 딱 필요한 거였어. 언제나처럼 훌륭하군, 딕슨."

기분이 좋아진 땅다람쥐가 부끄러운지 머리를 흔들고 경련하듯 자기의 건장한 손으로 허벅지를 치는 동안 레드릭은 축배를 들듯 잔을 들어 올리고 그에게 고개를 끄덕이고 나서 단숨에 반을 마셨다. 이번에는 지나를 쳐다봤다.

"원해?" 그가 그녀에게 잔을 들어 보이며 말했다.

그녀는 대답하지 않았다. 그녀는 수표들을 반으로 접고, 또 그걸 반으로 접고, 또 반으로 접었다.

"집어치워." 그가 말했다. "너희가 망하는 일은 없을 거야. 너희 아빠에겐……"

그녀가 그의 말을 끊었다.

"그러니까, 네가 아빠를 데려온 거구나." 그녀가 말했다. 그녀는 묻는 게 아니라 확신하고 있었다. "이 멍청이, 그를 끌고 왔어. 머저리 같은 빨강머리, 네가 그 개자식을 등에 지고 왔다니. 등신같이 그런 기회를 놓치다니……"

그는 손에 든 잔은 잊고서 그녀를 쳐다봤고, 그녀는 일어나 흩어진 수표들을 밟으며 그에게 다가와서는 꽉 쥔 주먹을 매끈한 허리에 대고 향수와 달콤한 땀 냄새를 풍기는 자신의 훌륭한 육체로 온 세상을 가로막고 그의 앞에 섰다.

"바로 그렇게 그는 너희 바보들을 다 속여 먹는다고……
너희 뼈를, 뇌가 없는 너희 대가리를 밟고 지나가지…… 잠
깐, 잠깐만…… 목발을 짚고서도 너희의 해골을 짓밟을걸.
그러고 나서는 너희에게 형제애와 자비도 베풀 거라고!" 그
녀는 이미 악을 쓰고 있었다. "너에게 **금빛 구체**를 약속했겠
지, 그렇지? 지도와 함정도 말했고? 멍청한 자식! 얼간이!
너의 그 주근깨투성이 추한 얼굴을 보니 뭘 약속했는지 알
겠어…… 그래, 너한테 지도도 주겠지. 신이시여, 바보 같은
빨강머리 레드릭 슈하트의 어리석은 영혼에 안식을 주소
서……"

그때 레드릭이 천천히 몸을 일으켜 그녀의 뺨을 후려쳤
다. 그녀는 말을 끝맺지 못하고 풀밭에 털썩 주저앉아 손바
닥에 얼굴을 파묻었다.

"멍청한…… 빨강머리……" 그녀가 웅얼거렸다. "그런
기회를 놓치다니…… 그런 기회를……"

레드릭은 그녀를 내려다보면서 잔을 들어 끝까지 마시
고는 고개를 돌리지 않고 땅다람쥐에게 잔을 내밀었다. 여
기서 더 할 얘기는 없었다. 대머리수리 버브리지가 **구역**에
서 참 착한 애들의 안녕을 자기 소원으로 빌었군. 아버지를
아끼고 존경하는 애들을 위해.

그는 거리로 나와 택시를 잡았고 보르시치로 가 달라고

했다. 이 모든 것을 끝내야 했다. 그런데 참을 수 없을 정도로 잠이 밀려와 눈앞이 완전히 흐릿해지더니 서류 가방 위로 엎어져 순식간에 잠이 들어서 택시 기사가 그의 어깨를 흔들었을 때에야 깨어났다.

"손님, 도착했습니다."

"여기가 어디죠? 은행에 데려다 달라고 했는데……" 그가 잠이 덜 깨 주위를 둘러보며 말했다.

"절대 아닙니다. 손님." 기사가 이를 드러내고 히죽댔다. "보르시치라고 하셨습니다. 여기는 보르시치 앞이고요."

"그렇군요. 꿈을 꿨나 보네요……" 레드릭이 말했다.

그는 돈을 지불하고 굳은 다리를 힘겹게 움직여 차에서 내렸다. 이미 태양에 달궈진 아스팔트가 매우 뜨거웠다. 레드릭은 자신이 흠뻑 젖은 걸, 입 속은 텁텁하고 눈에는 눈물이 고이는 걸 느꼈다. 그는 안으로 들어가기 전에 주위를 살폈다. 보르시치 앞길은, 이 시간이면 언제나 그렇듯 텅비어 있었다. 맞은편 가게들도 아직 문을 열지 않았고 사실 보르시치도 개점한 건 아니었지만, 어니스트가 벌써 나와 있었다. 어니스트는 구석 테이블에서 맥주를 홀짝이는 웬 후줄근한 놈들 셋을 우울한 눈길로 바라보며 바 뒤에서 술잔을 닦고 있었다. 나머지 테이블에는 의자들이 아직 뒤집혀 올라가 있었고, 하얀 점퍼를 입은 처음 보는 흑인은 대걸레로 바닥을 박박 닦고, 또 다른 흑인은 어니스트의 등 뒤에서 맥주 상자들을 낑낑대며 옮기는 중이었다. 레드릭은 바에 서류 가방을 올려놓고 인사했다. 어니스트는 무뚝뚝하게 뭐라 중얼거리며 대답했다.

"맥주 좀 따라 줘." 레드릭은 이렇게 말하고는 경련하듯 하품했다.

어니스트는 바에 빈 잔을 소리 내어 내려놓더니 냉장고에서 병을 꺼내 열고 잔 위로 기울였다. 레드릭은 손바닥으로 입을 가리면서 어니스트의 손을 바라봤다. 그의 손이 떨리고 있었다. 병목이 몇 차례 잔 가장자리에 부딪치며 소리를 냈다. 레드릭은 어니스트의 얼굴을 봤다. 어니스트의 두꺼운 눈꺼풀은 그의 눈을 푹 덮고 작은 입은 비뚤어지고 두툼한 볼살은 처져 있었다. 흑인이 대걸레로 레드릭의 다리 바로 아래를 훑었고, 구석의 후줄근한 놈들은 잔뜩 흥분해서, 그리고 악을 쓰며 달리기에 대한 논쟁을 했고, 어니스트는 상자를 옮기던 흑인이 뒤에서 밀치는 바람에 휘청거렸다. 그 흑인이 사과의 말을 웅얼거렸다. 그때 어니스트가 목소리를 내리깔고 물었다.

"가져왔어?"

"뭘 가져와?" 레드릭이 어깨 너머를 돌아봤다.

후줄근한 놈 중 하나가 느릿느릿 테이블에서 일어나 입

구로 가더니 담배를 피우며 그 앞에 멈춰 섰다.

"가서 얘기 좀 하지." 어니스트가 말했다.

대걸레를 잡고 있던 흑인도 이제는 레드릭과 입구 사이에 서 있었다. 그 흑인은 구탈린처럼 아주 건장했다. 그저 체격이 구탈린의 두 배였을 뿐.

"그러지." 레드릭은 이렇게 말하고는 서류 가방을 집어들었다. 이제 졸린 기색은 어느 쪽 눈에도 없었다.

그는 바 뒤로 가서 맥주 상자를 든 흑인을 지나쳤다. 흑인은 손가락을 찧었는지 손톱을 빨며 눈을 치켜뜨고선 레드릭을 노려봤다. 그 역시 체격이 좋았으며, 코는 주저앉았고 귀는 하도 맞아서 납작하게 붙어 있었다. 어니스트가 뒷방으로 향했고 레드릭도 그를 뒤따랐는데, 언제부터인지 후줄근한 놈들 셋이 모두 입구에 가 섰고, 대걸레를 든 흑인은 창고로 통하는 커튼 앞에 있었기 때문이다.

뒷방에 들어서자 어니스트는 한쪽으로 물러나 몸을 구부려 벽 옆의 의자에 앉았고, 탁자 뒤에서 누렇게 뜬 우울한 쿼터블래드 대위가 일어섰고, 왼쪽 어딘가에서 철모를 눈까지 깊게 눌러쓴 몸집이 큰 유엔 평화유지군이 나타나 재빨리 레드릭의 허리를 잡더니 커다란 손으로 주머니를 확인했다. 그는 오른쪽 옆 주머니에서 잠시 멈칫하더니 너클을 꺼낸 후 레드릭을 대위 쪽으로 살짝 떠밀었다. 레드릭은 탁자로 가서 쿼터블래드 대위 앞에 서류 가방을 세워 놓았다.

"더러운 새끼!" 레드릭이 어니스트에게 내뱉었다.

어니스트는 음울하게 눈썹을 움찔거리고는 한쪽 어깨를 으쓱했다. 모든 게 분명했다. 문 쪽에는 이미 흑인 둘이 히죽거리며 서 있었고, 그 외에 다른 문은 없었으며 창문은 닫혀 있을 뿐만 아니라 바깥쪽에 견고한 철창이 달려 있었다.

쿼터블래드 대위는 혐오스럽다는 듯 얼굴을 찡그리며 양손으로 서류 가방을 뒤적여 물체들을 탁자에 꺼내 놓았다. 소형 '깡통' 두 개, '배터리' 아홉 개, 비닐봉지에 담긴 다양한 크기의 '검은 물방울' 열여섯 개, 보존 상태가 훌륭한 '스펀지' 두 개, '탄산진흙' 한 병……

"주머니엔 뭐 들어 있나?" 쿼터블래드 대위가 조용히 말했다. "꺼내 보게……"

"나쁜 새끼들. 더-러운 새끼들." 레드릭이 말했다.

그는 가슴팍에서 수표 다발을 꺼내 탁자 위에 내팽개쳤다. 수표들이 사방으로 날렸다.

"오호!" 쿼터블래드 대위가 말했다. "그리고?"

"악취 나는 두꺼비 자식들!" 레드릭은 이렇게 소리치고는 주머니에서 두 번째 다발을 꺼내 온 힘을 다해 바닥에 내동댕이쳤다. "처먹어! 먹고 뒈져 버려!"

"이것 참 재미있군. 이제 모두 줍게." 쿼터블래드 대위가 침착하게 말했다.

"내가 주울 것 같아!" 레드릭이 양손을 등 뒤로 하며 그에게 말했다. "네 아랫것들이 챙기겠지. 너나 주워!"

"돈을 줍게, 스토커." 쿼터블래드 대위가 언성을 높이지 않은 채 주먹으로 탁자를 짚고 온몸을 앞으로 숙이면서 응수했다.

몇 초간 그들은 말없이 서로의 눈을 노려봤고, 조금 후 레드릭은 욕설을 중얼거리며 쭈그리고 앉아 내키지 않는 듯 돈을 챙기기 시작했다. 흑인들이 등 뒤에서 킥킥댔고 유엔 평화유지군은 심술궂은 코웃음을 쳤다.

"코웃음 치지 마! 콧물 튀니까!" 레드릭이 그에게 말했다.

그는 무릎을 꿇고 기어 다니면서 수표를 하나하나 주웠고, 나무 바닥의 먼지 구덩이 틈새에 태평하게 놓여 있는 짙은 동색 고리 쪽으로 방향을 바꿔 가며 천천히 다가갔다. 그는 떠올릴 수 있는 욕이란 욕과 급히 지어낸 욕설을 되는 대로 내뱉고 또 내뱉다가 기회가 오자 입을 다물고 온 신경을 집중해 고리를 잡아채서는 위로 힘껏 올렸다. 트랩도어가 떨어져 닫히기 전에 그는 잽싸게 그 안으로 머리를 집어넣고 양팔을 힘껏 뻗어 눅눅하고 서늘한 와인 저장고의 심연으로 몸을 날렸다.

그는 떨어지면서 팔로 바닥을 짚으며 앞으로 굴렀고, 벌떡 일어서서는 몸을 굽히고 아무것도 보지 않고, 그저 기억과 운에만 의지해 쌓여 있는 상자 더미 사이의 좁은 통로로 뛰어들었다. 상자 더미를 정신없이 넘어뜨리고 흩어 놓고 그들이 벨을 울리고 고함치며 뒤쫓아 오는 소리를 들으면서 미끄러지듯 비밀 계단을 달려 내려가 녹슨 철문을 온몸으로 부딪쳐 열고선 어니스트의 차고로 뛰어들었다. 온몸이 떨리고 숨이 가쁘고 눈앞에는 핏빛 점들이 떠다니고 심장은 힘에 겨워 목까지 튀어 오르면서 쿵쾅댔지만, 한 순간도 멈추지 않았다. 그는 지체하지 않고 멀리 떨어져 있는 구석으로 달려가 소매를 걷어붙이고 쓰레기 더미를 파헤치기 시작했다. 쓰레기 더미 아랫부분에 벽 판자가 몇 개 부서져 있었다. 그는 재킷 어딘가가 찢겨 나가는 소리를 들으면서 그 부서진 틈새로 기어 나가 우물처럼 비좁은 마당에 도착했다. 쓰레기 컨테이너 사이에 잠시 앉았다가 재킷을 벗고 넥타이를 풀어 던지고 재빨리 자신을 한 번 훑어보고 나서 바지를 털고 일어서 마당을 가로질러 뛰어가 좀 전과 똑같이 생긴 이웃 마당으로 이어지는 낮고 악취 나는 구멍 통로로 기어 들어갔다. 달리면서 귀를 기울였지만, 순찰차 사이렌 소리는 아직이었다. 그는 놀란 아이들을 밀치며 널린 요 아래로 들어가 썩은 울타리에 난 구멍으로 들어가면서 쿼터블래드 대위가 길을 봉쇄하기 전에 한시바삐 그 블록에서 벗어나야 한다는 일념으로 내달렸다. 그는 그곳을 아주 잘 알았다. 어린 시절 이곳의 마당이란 모든 마당과 지하실, 버려진 세탁소, 석탄 저장고에서 놀곤 했기에 여기엔 그가 아는 사람들, 심지어 친구들이 어디든 있었고 다른 상황이었다면 여기 숨어 일주일쯤 죽치는 것은 일도 아니었겠지만, 그러자고 '체포를 피해 대담한 탈출'을 감행한 게 아니었다. 괜히 수감 기간을 12개월 연장해 가며 쿼터블래드 대위의 코앞에서 도망친 게 아니었다.

레드릭은 아주 운이 좋았다. 마침 어떤 연맹이 행진을 하느라 7번가가 아우성과 먼지로 가득 찬 것이다. 우스꽝스러운 플래카드를 흔들어 대는, 머리를 기른 멍청한 놈들과 머리를 짧게 자른 멍청한 여자들, 그리고 레드릭처럼, 아니 레드릭보다도 몰골이 말이 아닌 이들, 다들 방금 울타리의 개구멍에서 기어 나온 듯, 쓰레기 더미에서 뒹군 듯, 구석진 창고에서 험난한 밤을 보내고 오기라도 한 듯 더러운 옷을 걸친 지저분한 이들 200명이었다. 그는 판자 틈새에서 나와 재빨리 이 인파에 섞여서 슬쩍 밀치고 발을 밟고 한 방 맞고 또 되돌려 주면서 사람들을 헤치고 맞은편 길가로 가 또다시 판자 틈새로 들어갔다. 마침 앞에서 익숙하고도 불쾌한 순찰차 사이렌 소리가 울리고 행진하는 군중의 행렬이 아코디언 접히듯 멈춰 설 때였다. 그러나 이제 그는 이미 다른 블록에 있었고, 쿼터블래드 대위는 그가 도대체 어떤 블록에 있는지 알 수 없을 터였다.

그는 라디오 제품 창고에서 자기 집 차고 쪽으로 나왔는데, 일꾼들이 텔레비전이 든 거대한 종이 상자를 운반차에 싣는 동안 잠시 기다려야 했다. 그는 이웃한 집의 창문 없는 벽 앞에 서 있는 연약한 라일락 아래에서 숨을 고르며 담배를 피웠다. 쭈그리고 앉아 거칠게 회반죽 한 방화벽에 등을 기댄 채, 이따금 나타나는 경련 증상을 완화시키려고 손을 뺨에 갖다 대면서 게걸스레 담배를 피웠고, 생각에 생각을 거듭하고, 또 생각했다. 일꾼들을 태운 운반차가 저음을 내면서 출구로 나가자 레드릭은 비웃으며 작은 목소리로 혼잣말을 했다. "바보를 잠깐 멈춰 줘서 고마운걸…… 생각할 틈을 줬군." 그때부터 그는 마치 **구역**에서 작업하듯 신속하되 서두르지 않고, 능숙하고 신중하게 움직이기 시작했다.

그는 비밀 틈새 구멍을 통해 자신의 차고로 들어가 소리 없이 낡은 시트를 치우고는 바구니 속에 넣어 둔 자루에서 꾸러미를 조심스럽게 꺼내 품속에 집어넣었다. 그러고 나서 못에 걸려 있던 오래되어 해진 가죽 재킷을 내렸고 구석에서 기름때 묻은 모자를 찾아내 양손으로 이마 깊숙이 눌러썼다. 어둑한 차고 문 틈새들로 반짝이는 먼지를 가득 품

2 레드릭 슈하트, 28세, 기혼.
특정 직업 없음

은 가느다란 태양의 빛줄기가 쏟아졌고, 마당에서는 아이들이 정신없이 즐겁게 웃어 댔다. 막 나가려는데 갑자기 딸의 목소리가 들렸다. 그러자 그는 가장 큰 틈새 구멍에 눈을 갖다 대고 몽키가 풍선 두 개를 흔들면서 새로 만든 그네 주위를 뛰어다니는 모습을, 세 명의 이웃집 노파들이 뜨개질감을 무릎에 놓고 저쪽 벤치에 앉아 심술궂게 입술을 오므리고 몽키를 쳐다보고 있는 모습을 얼마간 지켜봤다. 늙은 할망구들이 추잡한 생각을 주고받고 있다. 그러나 아이들은 신경 쓰지 않고 아무 일 없는 듯 몽키와 노는 걸 보니 아이들 비위를 맞추려고 애쓴 게 헛된 짓은 아니었나 보다. 그는 그 아이들을 위해 나무로 미끄럼틀과 인형의 집, 그리고 그네를 만들어 줬다…… 게다가 늙은 할망구들이 앉아 있는 벤치도 그가 만든 것이었다. 됐네, 그는 입술을 움직여 소리 없이 말했고, 틈새에서 물러나 마지막으로 차고를 살펴보고선 비밀 구멍으로 들어갔다.

도시의 서남부 외곽 지역, 광산거리 끝 주유소 옆에 공중전화 부스가 있다. 지금 여기서 누가 그걸 사용하는지는 신만이 아실 일이다. 주변엔 온통 폐쇄된 집들뿐이고, 남쪽으로 더 가면 예전에는 도시의 쓰레기장이었던 공터가 끝없이 펼쳐져 있었다. 레드릭은 공중전화 부스 옆 그늘진 땅바닥에 앉아 부스 아래에 있는 구멍으로 손을 집어넣었다. 그

는 먼지가 묻은 기름 먹인 종이와 그 종이에 싸인 권총 손
잡이를 손으로 더듬어 확인했고, 총탄이 든 아연 도금 박스
도 제자리에 있는 것을 확인했다. '팔찌'가 든 작은 주머니
도, 위조문서가 든 오래된 종이봉투도 그대로였다. 비밀 창
고는 무사했다. 그는 가죽 재킷과 모자를 벗고 가슴팍에 손
을 넣었다. 그는 피할 수도, 돌이킬 수도 없는 죽음이 담긴
작은 도자기 함을 손바닥에 올려놓고 잠시 앉아 있었다. 그
리고 그때 또다시 볼에 경련이 느껴졌다.

"슈하트, 이 더러운 자식, 지금 이게 무슨 짓이지? 죽은
짐승만도 못한 놈, 그들은 이걸로 우리 모두의 목을 조를
거야……" 그는 자기 목소리는 듣지 않으면서 중얼거렸다.
손가락으로 경련이 이는 볼을 눌러 봤지만, 나아지지 않았
다. "더러운 자식들." 그가 운반차에 텔레비전을 싣던 일꾼
들을 떠올리며 말했다. "내 앞을 가로막다니…… 이걸, 이
저주받을 것을 마치 가져온 적 없었던 것처럼 다시 **구역**에
갖다 버릴 수도 있었는데……"

그는 애수에 젖어 뒤를 돌아보았다. 갈라진 아스팔트 위에
서 더운 공기가 떨렸다. 못질한 창들이 무섭게 쳐다보고 있
었고, 공터에는 먼지의 악령들이 배회했다. 그는 혼자였다.

"그렇다면야. 모두들 저만 위하고, 신 혼자서 모두를 위
하지. 그런 건 우리가 살고 있는 세기만으로 충분하지 않

나……"그가 결심한 듯 말했다.

그는 다시 생각이 바뀔까 서둘러 도자기 함을 모자에 넣고 가죽 재킷으로 모자를 감쌌다. 그런 다음 무릎을 꿇고 몸으로 밀어 전화 부스를 살짝 기울여서 구멍 바닥에 두툼해진 꾸러미를 놓았다. 아직 빈자리는 많았다. 그는 조심스레 부스를 내려놓고 그걸 양손으로 흔들어 자리를 잡아 준 후 손바닥을 털며 일어났다.

"이걸로 됐어. 전부 끝난 거야."

그는 숨 막힐 듯 달아오른 부스로 들어가 동전을 넣고 번호를 눌렀다.

"구타, 당신은 걱정 말고 있어. 나 또 발각됐어." 그가 말했다.

그녀가 불안하게 숨을 내쉬는 소리가 들리자 그는 급히 덧붙였다.

"별일 아니야, 6개월이나 8개월이야…… 면회도 되고…… 우리는 견딜 수 있을 거야. 집에 돈도 떨어지지 않을 거야. 그들이 당신에게 돈을 부칠 테니……" 그녀는 아무 말도 하지 않았다. "내일 아침 당신을 사령부로 소환할 테니, 거기서 보자고. 몽키도 데려와."

"가택수색은 하지 않을까?" 그녀가 공허하게 말했다.

"해도 괜찮아. 집에는 걸릴 게 없어. 괜찮으니까 기운

내…… 귀는 쫑긋, 꼬리는 빳빳하게. 스토커를 남편으로 맞
았으니 이제 마음 단단히 먹어야지. 그럼 내일 봐…… 내가
당신한테 전화한 기색은 내지 말고. 사랑해."

그는 단호히 전화를 끊고는 있는 힘껏 얼굴을 찌푸리고
귀가 먹먹할 정도로 이를 꽉 물고 몇 초간 서 있었다. 그러
고 나서 다시 동전을 집어넣고 다른 번호를 눌렀다.

"네, 말씀하세요." 쉰목소리가 말했다.

"슈하트입니다. 주의 깊게 듣고 중간에 끊지 마세요……"

"슈하트요?" 쉰목소리가 능청맞게 놀라는 척했다. "어떤
슈하트 말씀이시죠?"

"말 끊지 말란 말입니다! 저는 발각되어 도망치다가 이
제 자수하러 갑니다. 2년 6개월, 혹은 3년형을 선고받을 거
예요. 아내가 생활비 없이 남게 됐습니다. 그러니 당신이 그
녀를 돌봐 주십시오. 부족함 없게요. 알아들으셨습니까? 알
아들으셨느냐고 물었습니다만?"

"계속해 보시죠." 쉰목소리가 말했다.

"제가 당신들과 처음 만난 데서 멀지 않은 곳에 공중전화
부스가 있습니다. 부스는 하나뿐이니 헷갈리지 않을 겁니
다. 도자기 함은 그 아래 있어요. 원하면 가져가고 원치 않
으면 그냥 둬도 되지만, 제 아내는 부족함 없이 지내게 해
주셔야 합니다. 우리 사이에 아직 끝맺지 않은 일이 있다는

건 아시지요. 제가 나왔을 때 당신의 조처가 부적절했다는 걸 알게 되면…… 부적절하게 하지 않으시는 게 좋을 겁니다. 아시겠습니까?"

"다 알아들었습니다." 쉰목소리가 말했다. "고맙군요." 그러고 나서 잠시 사이를 두고 그가 물었다. "혹시 변호사라도?"

"아뇨, 줄 수 있는 돈은 모두 아내에게 보내 주십시오. 제 안부도 전해 주시고요." 레드릭이 말했다.

그는 수화기를 내려놓고 뒤를 돌아본 다음 바지 주머니 깊숙이 손을 찔러 넣고서 텅 빈, 못질로 폐쇄된 집들 사이로 천천히 광산거리를 올라갔다.

3 리처드 H. 누넌, 51세,
국제 외계문명연구소 하몬트 지부 전자 장비 공급처 대리인

리처드 H. 누넌은 자기 사무실 책상에 앉아 커다란 노트에 가위표를 치며 표시를 하고 있었다. 그러면서 공감한다는 듯 미소 지으며 대머리를 끄덕였지만, 정작 방문객이 하는 말은 듣고 있지 않았다. 그는 그저 전화벨을 기다리는 중이었고, 방문객 필먼 박사는 그에게 느긋이 잔소리를 늘어놓고 있었다. 혹은 그에게 잔소리하는 척하고 있었다. 아니면 그에게 잔소리를 하고 있다고 스스로를 믿게 하고 싶었던 것인지도.

"저희가 모든 사안을 고려할게요, 밸런타인 박사님." 누넌은 오차 없는 장부를 완성시켜 줄 열 번째 가위표를 치고 노트를 거칠게 덮으며 마침내 입을 열었다. "사실, 말도 안 되는 일이죠……"

밸런타인은 가느다란 손을 뻗어 재떨이에 담뱃재를 조심스레 떨었다.

"그래 정확히 뭘 고려할 겁니까?" 그가 우아한 목소리로 질문했다.

"박사님이 얘기하신 것 전부요. 토씨 하나 빼놓지 않고 말이죠." 누넌이 의자 깊숙이 앉으며 쾌활하게 대답했다.

"내가 무슨 말을 했길래?"

"그건 중요하지 않아요." 누넌이 덧붙였다. "박사님이 하신 말씀은 무엇이든 전부 반영될 겁니다."

밸런타인(밸런타인 필먼 박사, 노벨상 등 수상)은 누넌 앞에 놓인 소파에 앉아 있었다. 그는 작은 키에 말쑥하고 단정했으며, 그가 입은 스웨이드 점퍼엔 얼룩 하나 없고, 꽉 끼는 바지엔 주름 하나 없었다. 광택 나는 셔츠에 딱 떨어지는 단색 넥타이, 반짝거리는 구두 차림에 얇고 창백한 입술에는 냉소가 서려 있었고 커다란 선글라스가 넓고 낮은 이마와, 삐죽삐죽 짧게 솟은 검은 머리카락 아래에 있는 눈을 가리고 있었다.

"내 생각엔, 터무니없게 높은 봉급을 당신에게 주는 것 같습니다. 게다가 딕, 내 생각에 당신은 근무 태만자예요."

"쉬이이잇! 제발 그렇게 큰 소리로 말하지 마세요." 누넌이 속삭였다.

"사실, 나는 꽤 오래전부터 당신을 지켜봤습니다." 밸런타인이 말을 이었다. "내 생각에 당신은 일을 전혀 안 하는 것 같······"

"뭐라고요!" 누넌이 그의 말을 끊고 항변하듯 통통한 분홍빛 손가락을 가로저었다. "제가 일을 안 한다니요? 처리되지 않은 클레임이 하나라도 있습니까?"

"모르는 일이지요." 밸런타인이 말하고는 다시 한 번 재를 떨었다. "좋은 장비도 들어오고 나쁜 장비도 들어오지. 주로 좋은 장비들이 들어오는데, 그럴 때 당신이 무슨 일을 하는지는, 글쎄, 모르겠군요."

"제가 없었더라면, 좋은 장비가 덜 들어왔을 거예요. 게다가 당신네 학자들은 항상 좋은 장비를 망가뜨리고서 클레임을 거는데, 그때 누가 당신들을 감싸 줍니까? 보세요, 일례로, 박사님은 '사냥개'를 어떻게 했죠? 지질조사에 뛰어나고 견고할 뿐만 아니라 자동식으로 작동하는 아주 탁월한 장비였는데······ 박사님은 그걸 완전히 비정상적인 모드에서 혹사시키고는 경주마 다루듯 해서 시스템을 과열시켰잖아요······" 누넌이 반박했다.

"당신이 제때 물도 먹이지 않고 귀리도 주지 않았잖습니까······ 딕, 당신은 마구간지기지 개발자가 아닙니다!" 밸런타인이 지적했다.

"마구간지기라, 훨씬 나은데요." 누넌은 골똘히 곱씹었다. "몇 년 전 여기서 파노프 박사가, 박사님도 아마 그를 아실 텐데, 근무 중에 죽었죠…… 어쨌든 그는 제 소명이 악어 사육이라 했어요."

"그의 논문을 읽어 봤습니다. 아주 진중하고 통찰력 있는 사람이더군요. 내가 당신이었다면 그가 한 말을 새겨들었을 겁니다." 밸런타인이 말했다.

"알았어요. 시간이 나면 생각해 보죠…… 어제 실시한 방랑-3의 시범 운행이 어땠는지나 좀 말씀해 주시죠."

"방랑-3?" 밸런타인이 창백한 이마에 잔주름을 지으며 되물었다. "아…… '방랑음악가' 말이군! 특별할 것 없었습니다. 노선대로 잘 갔고, '팔찌' 몇 개와 용도를 알 수 없는 판때기를 가져왔지……" 그는 잠시 입을 다물었다. "그리고 럭스사의 멜빵 버클도."

"그 판때기는 뭐죠?"

"바나듐 합성 물질인데, 더 자세한 건 아직 말하기 어렵군요. 움직임이 전혀 없어서."

"그렇다면 방랑은 그걸 왜 가져온 거죠?"

"공급 업체에 한번 물어보시죠. 그게 당신 일이니까."

누넌이 곰곰이 생각하며 몽당연필로 노트를 두드렸다.

"어쨌든, 시범 운행이었잖아요." 그가 입을 열었다. "아니면 판때기가 방전된 것일지도요…… 제가 조언 좀 해 드릴까요? 그걸 다시 **구역**에 갖다 놓고, 하루 이틀 후에 '사냥개'를 보내 찾아오게 하세요. 제가 기억하기로는 재작년에……"

전화벨이 울리자 누넌은 밸런타인의 존재는 그 즉시 머릿속에서 지워 버리고 수화기를 들었다.

"누넌 씨? 미스터 렘천이 또 찾으시는데요?" 여비서가 물었다.

"연결해 줘요."

밸런타인이 몸을 일으키더니 불 꺼진 담배를 재떨이에 내려놓고 작별의 표시로 두 손가락을 관자놀이 언저리에서 흔들고는 나갔다. 작고 꼿꼿하고 군더더기 없는 모습으로.

"누넌 씨?" 수화기에서 느릿한 낯익은 목소리가 들려왔다.

"네, 듣고 있습니다."

"직장에 있는 당신과는 통화하는 게 쉽지 않군요."

"새 장비들이 들어왔거든요……"

"네, 이미 알고 있소. 누넌 씨, 나는 짧은 일정으로 왔습니다. 직접 만나서 의논해야 할 문제가 몇 가지 있어요. 미쓰비시전기의 최근 계약서들과 관련해서 말이오. 법적 측면을요."

"그렇게 하시죠."

"그럼, 괜찮으면 30분 후 우리 부서의 출장소에서 만나지요. 어떻습니까?"

"좋습니다. 30분 후요."

리처드 누넌은 수화기를 내려놓고 일어나 통통한 손을 비비며 사무실을 서성였다. 무슨 유행가를 흥얼거리기도 했는데, 고음부에서 새된 소리가 나오자 그런 자기 자신을 두고 호탕하게 웃었다. 그러다가 모자를 집어 들고 트렌치코트를 팔에 걸치고는 응접실로 나갔다.

"이봐, 의뢰인들을 보고 와야겠어." 그가 여비서에게 말했다. "남아서 경비대를 지휘해 줘. 그러니까, 요새를 잘 지키고 있으라고. 올 때 초콜릿을 사다 줄 테니."

여비서의 얼굴이 활짝 폈다. 누넌은 그녀에게 키스를 날리고는 연구소 복도를 굴러갔다. 그를 불러 세우려는 시도가 몇 번 있었으나 그는 몸을 돌려 피하고 농담을 던지며 자기가 없어도 요새를 잘 지키고 있으라고, 너무 애쓰거나 긴장하지 말라고 충고했고, 끝내 아무에게도 잡히지 않고 건물에서 굴러 나와 습관대로 펴지도 않은 통행증을 당직 중위의 코앞에 내밀었다.

도시 위로 먹구름이 낮게 떠 있었고 증기가 피어올랐으며 머뭇거리던 첫 빗방울들이 아스팔트에 떨어져 까만 별처럼 흩어졌다. 누넌은 트렌치코트를 머리에 뒤집어쓰고서 주차된 자동차 대열을 따라 자기 푸조로 서둘러 뛰어가 탔고 머리를 가리던 트렌치코트를 걷어 뒷좌석에 던져 놓았다. 그는 재킷 옆 주머니에서 검고 뭉툭한 막대기 '바로 그'를 꺼내 충전기에 꽂고 엄지손가락으로 찰칵 소리가 날 때까지 밀어 넣었다. 그러고 나서 엉덩이를 들썩대며 운전석을 더 편하게 조정하고는 페달을 밟았다. 푸조가 소리 없이 도로 중앙으로 진입해 **구역** 앞 제한구역에서 벗어났다.

하늘에서 마치 양동이로 퍼붓듯이 난데없이, 순식간에 비가 쏟아졌다. 포장도로는 미끄러워졌고 차가 모퉁이에서 휘청했다. 누넌은 와이퍼를 작동시키고 속도를 줄였다. 그러니까 보고서를 받았단 말이지, 그는 생각했다. 이제 우리를 칭찬해 줄 테다. 뭐, 나야 좋지. 나는 칭찬받는 걸 좋아하니. 특히 미스터 렘천이 마지못해 하는 칭찬을. 이상하다. 어째서 우리는 칭찬받는 걸 좋아하나? 그런다고 돈이 붙어나는 것도 아닌데. 명예? 우리가 명예로울 수 있단 말인가? '그는 명예로웠다. 이제 세 명이 그를 알게 됐으니.' 뭐, 베일리스까지 치면 넷이라 하자. 인간이란 얼마나 우스운 존재인지……! 우리는 애들이 아이스크림을 좋아하듯 칭찬을 좋아하는 것 아닐까. 요컨대 열등감, 콤플렉스가 문제다. 칭찬은 우리의 콤플렉스를 보듬어 준다. 정말이지 바보 같다. 나는 어떻게 해야 나 자신을 볼 수 있는가? 나는 내가 누군지, 자기 자신이 누군지 모르는 건가? 나이 들고 뚱뚱한 리처드 H. 누넌을? 그런데 이 H는 또 뭔가? 무슨 상관인가! 물어볼 데도 없고…… 미스터 렘천에게 물어볼 수도 없지 않은가…… 아, 생각났다! 허버트다. 리처드 허버트 누넌. 계속 퍼붓는군……

중앙대로로 접어들며 그는 불현듯 생각했다. 최근 몇 년간 이 작은 도시가 어찌나 가열하게 성장했는지……! 저따위 마천루가 지어졌고…… 여기 또 하나가 세워지는 중이다. 대체 뭐가 세워지려고? 어쨌든 루나콤플렉스는 세계에서 가장 훌륭한 재즈, 버라이어티쇼, 그리고 1,000개의 방이 있는 윤락업소로 유명한데, 이 모든 게 우리의 용맹한 순찰대와 우리의 용감한 여행객, 그중에서도 특히 중년의 여행객들과 고귀한 과학의 기사騎士들을 위한 것이다…… 도시 외곽은 점점 더 황폐해지고 있다. 그리고 무덤에서 일어난 죽은 자들은 이제 돌아갈 곳이 없다.

"무덤에서 일어난 죽은 자들이 집으로 가는 길이 막혔지." 그가 소리 내어 말했다. "그래서 그들은 우울하고 화가 나 있어……"

그렇다, 나는 이 모든 게 어떻게 끝날지 알고 싶었던 걸지도. 그건 그렇고, 10년 전 나는 이 모든 것이 어떻게 끝날지 정말 정확히 알고 있었다. 넘을 수 없는 통제선들. 너비 50킬로미터의 황무지. 연구자와 군인. 그 외에는 아무도 없다. 끔찍한 균이 우리 지구에 굳건히 뿌리를 내린 것이다…… 그리고 놀랍게도, 나뿐만 아니라 모두가 그렇게 생각한 듯했다. 어떤 연설이 나오고 어떤 법안들이 상정됐던가……! 그런데 지금은 보다시피 모두의 그 굳건한 결의가 어떻게 일순간에 증발해 버렸는지 이미 기억도 못 하지 않나. '한편으로는 인정하지 않을 수 없고, 또 다른 한편으로는 동의하지 않을 수 없다.'* 스토커들이 **구역**에서 처음 '바로 그'를 가져왔을 때부터였다. '배터리'…… 그래, 그게 시작이었던 것 같다. 특히 '바로 그'들이 증식한다는 사실이 밝혀졌을 때부터였다. 균은 이미 평범한 균은 아닌 것으로, 심지어 균이 아니라 오히려 보물인 걸로 밝혀졌다…… 또한 지금에 와서는 그게 뭔지, 균인지, 보물인지, 지옥의 유혹인지, 판도라의 상자인지, 마귀인지, 악마인지 그 누구

• 러시아의 풍자 작가 미하일 예브그라포비치 살티코프셰드린의 작품들에 나오는 구절.『페테르부르크 자유주의자의 일기*Дневник провинциала в Петербурге*』(1872)에서 처음 쓰였으며, 러시아 자유주의자들의 소심하고 줏대 없는 태도를 단적으로 드러낸 표현이다. 이후 자신의 입장을 분명하게 밝히기 주저하는 태도를 가리키는 구절로 쓰인다. 표도르 미하일로비치 도스토옙스키의『카라마조프가의 형제들*Братья Карамазовы*』(1879~1889) 중 라키친의 말에도 나온다.

도 모른다…… 우리는 조금씩 그것들을 활용하고 있다. 그리고 20년간 힘에 부치는 일을 해 가면서 수십억을 날렸지만, 조직적으로 물체들을 빼돌리는 건 막지 못했다. 다들 물체로 작은 사업을 하고, 학자들은 자못 심각하다는 표정을 짓는다. 한편으로는 인정하지 않을 수 없고 다른 한편으로는 동의하지 않을 수도 없는 것이, 저런 물체에 18도 각도에서 엑스선을 쏘이면 22도 각도로 열전자 같은 걸 방출하니…… 이런 빌어먹을! 어쨌든, 나는 이 모든 게 끝날 때까지 살지는 못하겠지……

차가 대머리수리 버브리지의 별장을 지났다. 비가 심하게 퍼부어서인지 온 집 안에 불이 켜져 있었다. 2층 창문들에서, 아리따운 지나의 방들에서 춤추는 커플들이 보였다. 일찍 시작된 파티도, 어제부터 계속되는 아직 끝나지 않은 파티도 아니었다. 도시에서는 저런 게 유행이었다. 몇 날 며칠을 밤새도록 노는 것. 우리가 활기차고 끈기 있고 의지가 굳은 젊은이*들을 길러 낸 것이다……

누년은 「코시, 코시와 시맥 법률사무소」라는 볼품없는 간판이 달린 흉물스러운 건물 앞에 차를 세웠다. 그는 '바로 그'를 빼 주머니에 넣고 다시 트렌치코트로 머리를 가리고 모자를 쥐고는 현관으로 빠르게 뛰어갔다. 신문 보느라 여념이 없는 수위와 해진 카펫이 깔린 계단을 지나 언젠가

3 리처드 H. 누년, 51세.
국제외계문명연구소 하몬트 지부 전자 장비 공급처 대리인

성분을 밝혀 보겠다고 괜한 노력을 했던 특이한 향이 나는 2층 복도를 굽 소리를 울리며 걸어가 복도 끝에 있는 문을 열어젖히고 응접실로 들어갔다. 여비서 자리에 처음 보는 사람이, 꽤 거뭇한 피부의 젊은이가 앉아 있었다. 재킷도 입지 않은 채 셔츠 소매를 걷어 올리고 있었다. 그는 작은 책상 위 타자기가 있던 자리에 놓인 복잡한 전자 기기 내부를 살펴보는 중이었다. 리처드 누넌은 못에 트렌치코트와 모자를 걸고 양손으로 잔머리를 귀 뒤로 넘기고는 묻는 듯한 눈빛으로 젊은이를 쳐다봤다. 젊은이가 고개를 끄덕였고 누넌은 집무실 문을 열었다.

미스터 렘천이 두툼한 커튼이 쳐진 창가 가죽 소파에서 누넌을 향해 굼뜨게 일어섰다. 그의 각진 얼굴이 구겨졌는데, 환영하는 미소도 아니고, 불쾌한 날씨로 인한 울적한 표정도 아니다. 어쩌면 재채기를 간신히 참는 듯한 표정이었을지도.

"왔군." 그가 느릿느릿 말했다. "들어와서 앉으시오."

누넌은 어디에 앉을지 훑어봤지만 등받이가 직각인 딱딱한 의자만 책상 아래에 들어가 있을 뿐이었다. 그래서 책

- 호라티우스의 『송가*Carmina*』(기원전 23, 기원전 13)에 나오는 구절 '올바르고 의지가 굳은 인간(은 흔들리는 일이 없다)'을 빗댄 것.

상 가장자리에 걸터앉았다. 왠지 들뜬 기분이 증발하기 시작했다. 이유는 그 자신도 아직 몰랐다. 순간 지금 여기서 그가 칭찬을 받게 되진 않으리라는 게 분명해졌다. 오히려 그 반대일 가능성이 컸다. 진노의 날이로군, 그는 철학적인 구절을 떠올리고는 최악의 사태를 각오했다.

"한 대 피우시지요." 미스터 렘천이 다시 소파에 깊숙이 앉으며 권했다.

"감사합니다만, 괜찮습니다."

미스터 렘천은 가장 불쾌한 추측이 맞아떨어졌다는 듯한 표정으로 고개를 끄덕이더니 눈앞에서 양손의 손가락 끝을 마주 댄 채 얼마간 자신이 만든 손 모양을 응시했다.

"미쓰비시전기의 법적 사안을 당신과는 의논하지 않을 것 같소." 마침내 그가 입을 열었다.

어이없는 일이다. 리처드 누넌은 마음의 준비를 하고 미소를 짓고서 이렇게 말했다.

"원하는 대로 하시죠!"

책상에 앉아 있기는 몹시 불편했다. 발이 바닥에 닿지 않았고 엉덩이가 쑤셨다.

"리처드, 유감스럽게도 당신에게 전할 말이 있소. 당신의 보고서가 상부에 지나치게 좋은 인상을 줬다는 걸 말이오." 미스터 렘천이 말했다.

3 리처드 H. 누넌, 51세,
국제외계문명연구소 하몬트 지부 전자 장비 공급처 대리인

"음……" 누넌이 입을 뗐다. 시작이로군, 이라고 생각했다.

"당신에게 훈장을 주려고까지 했소이다." 미스터 렘천이 말을 이었다. "하지만 내가 연기하자고 했지. 그리고 그건 잘한 일이었소." 그가 마침내 열 손가락으로 만든 형상을 바라보던 짓을 멈추고 미심쩍다는 듯 누넌을 쳐다보았다. "당신은 내가 왜 그렇게, 아마 지나쳐 보일 정도로 조심하는지 물어보고 싶겠지."

"그러실 만한 근거가 있었겠죠." 누넌이 따분하다는 듯 대꾸했다.

"그래요, 근거가 있었지. 리처드, 당신이 쓴 보고서의 결론이 뭐였소? '메트로폴' 조직이 무너졌소. 당신의 노력 덕분에. '녹색 꽃' 조직은 모두 현장에서 붙잡혔소. 훌륭하오. 역시 당신 공이지. '바르' '카지모도' '떠돌이 악사들' 등 이름은 다 기억 못 하겠지만, 이 조직들 모두 붙잡히는 게 시간문제라는 걸 깨닫고 저절로 무너졌소. 이 모든 게 실제로 일어난 일이고, 모두 교차 점검한 정보로 확인됐소. 전쟁터가 깨끗해졌지. 그건 리처드, 당신이 한 일이오. 적이 큰 손실을 입으며 정신없이 물러났고. 내가 제대로 상황을 정리한 게 맞소?"

"적어도 최근 3개월간은 **구역**의 물체가 하몬트를 통해 유출된 적이 없어요……" 누넌이 조심스럽게 말했다. "적어도

제 정보로는요." 그가 덧붙였다.

"적이 물러선 거요?"

"뭐, 굳이 그 표현을 쓰셔야겠다면…… 그렇죠."

"그렇죠가 아니오! 문제는 그 적은 절대 물러서지 않는다는 거요. 난 그 점을 분명히 알고 있고. 리처드, 당신은 그 승전 보고서를 급히 쓰느라 미숙함을 드러냈소. 바로 그 때문에 당신에게 당장 훈장을 주자는 걸 내가 유보하자고 한 거고."

발을 흔들며 눈앞을 오가는 구두코를 음울하게 바라보면서 누넌은 그까짓 당신네 포상이야, 라고 생각했다. 나는 당신네 그따위 훈장들은 화장실에나 걸어 뒀다고. 자기가 무슨 현자인 줄 아나, 상대가 어리면 가르칠 수 있다고 생각하나 본데, 네놈이 말 안 해도 난 여기서 내가 누구를 상대하고 있는지 잘 아니까 내 적에 대해 설교하지 않아도 된다. 그러니 간단하고 명료하게 말하란 말이다. 내가 언제 어떻게, 뭘 망친 건지…… 그 개자식들이 또 무슨 짓을 한 건지…… 어디서 어떻게, 대체 무슨 빈틈을 찾아낸 건지…… 그리고 두말할 것도 없다. 난 뭣 모르는 애가 아니란 말이다. 벌써 반백 년을 살았고, 그따위 훈장이나 받자고 여기 앉아 있는 것도 아니다……

"**금빛 구체**에 대해 뭐 들은 것 있소?" 돌연 미스터 렘천이 물었다.

맙소사, 여기서 **금빛 구체** 얘기는 왜 나오나? 누넌은 짜증이 났다. 네놈과 네놈의 그 화법을 감당하기란……

"**금빛 구체**는 전설이죠. 전설에 따르면 **구역**에 있다고 전해지는 장치로, 금색으로 된 구체 비슷한 형태이며 인간의 소망을 들어준다고 해요." 누넌은 따분하다는 듯한 목소리로 대답했다.

"어떤 소원이든?"

"전설에 따르면, 어떤 소원이든지요. 하지만 선택지들이 있다고 하죠……"

"그렇다면, '죽음램프'에 대해서 들은 바는?"

"8년 전이었습니다." 누넌이 따분한 듯 질질 끌며 말을 이었다. "안경잡이란 별명을 쓰는 스토커 스테펀 노먼이 **구역**에서 지구 생명체의 신체 기관에 치명적인 영향을 끼치는 방사선 방출 시스템으로 추정되는 어떤 장치를 갖고 왔어요. 안경잡이는 그걸 연구소에 팔고 싶어 흥정을 했죠. 그들은 가격을 합의하지 못했고, 안경잡이는 **구역**으로 간 뒤 다시 돌아오지 않았습니다. 현재 그 장치가 어디 있는지는 알려진 바 없고요. 연구소에서는 아직까지도 그 일로 머리를 쥐어뜯고 있어요. 잘 아시는 메트로폴의 휴는 그 장치의 대가로 백지수표를 내놓겠다고 했었죠."

"그게 다입니까?" 미스터 렘천이 물었다.

"다입니다." 누넌이 대답했다. 그는 대놓고 집무실을 훑어봤다. 방 안은 볼 것 하나 없이 단조로웠다.

"그렇다면, '가재의 눈'에 대해선 무슨 얘기를 들었소?"

"무슨 눈요?"

"가재 말입니다. 가재." 미스터 렘천은 두 손가락으로 공기를 자르는 시늉을 했다. "집게발이 달린 가재 말이오."

"처음 듣는데요." 누넌이 얼굴을 찌푸리고는 말했다.

"그럼 '포효하는 냅킨'에 대해서는?"

누넌은 책상에서 내려와 손을 주머니에 넣고 렘천 앞에 섰다.

"전혀 모르겠는데요." 누넌이 말했다. "회장님께선?"

"유감스럽게도 나 역시 아는 바 없소. '가재의 눈'에 대해서도, '포효하는 냅킨'에 대해서도. 그런데 그것들은 존재합니다."

"제 **구역**에요?" 누넌이 물었다.

"앉으시오, 앉아." 미스터 렘천이 손을 저으며 말했다. "우리 대화는 이제 시작이니까. 자, 앉아요."

누넌은 책상을 돌아 등받이가 직각인 딱딱한 의자에 앉았다. 무슨 암시지? 그는 불안에 떨며 생각했다. 이건 또 무슨 말인가? 다른 **구역**에서 뭔가가 발견됐고, 그는, 이 짐승 같은 놈은 나를 떠보는 것일 테다. 그래 보라지. 이 늙은 악마 자식은 언제나 날 좋아하지 않았고, 내가 친 장난을 못 잊는다……

"우리의 간단한 시험을 계속 진행해 볼까요." 렘천이 선언하고는 커튼을 올리고 창밖을 내다봤다. "쏟아붓는군. 나는 비를 좋아하지." 그는 다시 커튼을 내리고 소파에 앉아 천장을 올려다보며 이렇게 물었다. "늙은 버브리지는 어떻게 지내오?"

"버브리지요? 대머리수리 버브리지는 감시하에 있습니다. 불구자고, 돈은 충분하고요. **구역**에는 관여하지 않고 있습니다. 바 네 곳과 춤 교습소 하나를 갖고 있으며 순찰대장교나 관광객을 대상으로 피크닉을 운영하고 있어요. 딸 지나는 방탕한 삶을 살고 있습니다. 아들 아서는 얼마 전에 법과대학을 졸업했고요."

미스터 렘천은 만족스러운 듯 고개를 끄덕였다.

"정확하군." 그가 칭찬했다. "몰타인 크레온은 뭘 하고?"

"몇 안 되는 현역 스토커 중 한 명이죠. 카지모도 조직과 연결되어 있었고, 지금은 저를 거쳐서 연구소에 노획물을 팔고 있습니다. 저는 그를 자유롭게 놔두고 있어요. 언젠가 누군가가 걸려들 겁니다. 사실, 최근 들어 술을 과도하게 마셔서 오래가지는 못할 것 같아 걱정이에요."

"버브리지와의 연결 고리는?"

"지나한테 추근대고 있어요. 잘 풀리지는 않지만."

"아주 잘했소. 빨강머리 슈하트는?"

"한 달 전 출소했습니다. 돈은 부족하지 않고요. 이민을 가려고 했으나 그에겐……" 누년이 잠시 말을 끊었다. "그러니까, 집안 사정이 있습니다. 지금 그는 **구역**에 신경 쓸 겨를이 없어요."

"그게 다입니까?"

"그게 답니다."

"정보가 많지 않군." 미스터 렘천이 말했다. "행운아 카터의 상황은?"

"스토커를 관둔 지 벌써 수년째예요. 중고차 거래를 하고, 또 '바로 그'로 충전이 가능한 자동차 개조 센터를 소유하고 있습니다. 애는 넷이고 아내는 1년 전에 죽었어요. 장모와 같이 삽니다."

렘천이 고개를 끄덕였다.

"위 세대 스토커들 중 내가 빼먹은 사람이 있나?" 그가 부드럽게 물었다.

"선인장이라는 별명을 쓰는 조너선 마일스를 빠뜨리셨습니다. 그는 현재 병원에서 암으로 죽어 가고 있어요. 구탈린도 잊으셨고요……"

"아, 그렇지. 구탈린은 어떻게 지내오?"

"구탈린은 여전합니다. 세 명으로 된 조직을 거느리고 있어요. 몇 주씩 **구역**에서 자취를 감추곤 합니다. 찾는 건 모두 그 자리에서 없애 버려요. 그의 '싸우는 천사' 협회는 해체됐고요."

"어째서?"

"기억하시겠지만, 그 사람들이 노획물을 매입하면 구탈린은 그걸 도로 **구역**에 가져다 놨었죠. 악마의 것은 악마에게 돌려 놓아야 한다면서요. 그런데 이제 사들일 게 없어진 데다 연구소 지부에 새로 부임한 소장이 그들을 경찰에 신고했거든요."

"그렇군. 젊은 친구들은?"

"글쎄요, 젊은이들은…… 들락날락해요. 어느 정도 경험이 쌓인 스토커가 대여섯 명 있지만, 최근에는 노획물을 팔데가 아무 데도 없어서 어쩔 줄을 모르고 있었습니다. 제가 그들을 조금씩 길들이고는 있는 중입니다만…… 회장님, 제 **구역**에서 밀렵은 사실상 끝난 것 같습니다. 위 세대는 떠났고, 젊은 세대는 아무것도 할 줄 모르고, 게다가 수작업의 이점도 예전만 못하죠. 기술이, 스토커 로봇이 도입되고 있어요."

"그래요, 그래. 나도 그런 얘기를 들어 봤소." 미스터 렘천이 말했다. "하지만 그 로봇들은 아직 소비하는 에너지만큼의 값어치는 못 하고 있다던데. 아니면 내가 잘못 알고 있나?"

"그건 시간문제예요. 곧 쓸 만해질 겁니다."

"얼마나 빨리 말이오?"

"5~6년만 지나면……"

렘천이 또 한 번 고개를 끄덕였다.

"그런데, 당신은 상대방도 스토커 로봇을 도입하기 시작했다는 사실은 아직 모르는 것 같군."

"제 **구역**에요?" 누넌이 긴장해서는 되물었다.

"당신 **구역**에도. 당신 **구역**에서는 그들이 렉소폴리스에 근거지를 두고 헬기로 언덕들과 뱀협곡, 검은호수, 바위산구릉으로 장비를 옮기고 있소."

"그런데 지금 말씀하신 곳들 모두 경계 지역 아닙니까." 누넌이 이상하다는 듯 말했다. "그 지역엔 아무것도 없는데, 거기서 뭘 찾을 수 있죠?"

"적지요. 아주 적어요. 하지만 찾아내고 있소. 뭐 그건 참고 자료 같은 거고, 당신과는 관계없지…… 정리해 봅시다. 하몬트에 전문 스토커는 거의 남지 않았다. 살아남은 자들도 **구역**과는 이제 관련이 없다. 젊은이들은 우왕좌왕하고 있고 길들여지는 중이다. 적은 해체됐고 만신창이가 되어

3 리처드 H. 누넌, 51세.
국제외계문명연구소 하몬트 지부 전자 장비 공급처 대리인

어딘가 숨어들어 가 상처를 회복하고 있다. 노획물은 없고, 있어도 팔 곳이 없다. 하몬트를 거친 **구역** 물체의 불법 유출은 최근 3개월 동안 중단 상태다. 맞소?"

누넌은 입을 다물었다. 그는 지금 나를 궁지에 몰려는 거다, 라고 누넌은 생각했다. 그런데 내 어디에 빈틈이 있단 말인가? 커다란 빈틈인 것 같은데. 뭐, 해 보라지, 그래, 해봐라, 한물간 늙은이! 뜸 들이지 말고……

"대답이 없군." 미스터 렘천은 이렇게 말하고는 주름지고 털로 뒤덮인 귀에 손바닥을 갖다 댔다.

"됐어요, 회장님." 누넌이 우울하게 말했다. "이제 충분해요. 이미 저를 충분히 괴롭히고 못살게 구셨으니 이제 본론으로 들어가죠."

미스터 렘천이 애매한 흠 소리를 냈다.

"내게 변명할 말조차 없다는 거군." 그가 의외로 울적해하며 말했다. "당신은 상사 앞에서 말귀도 못 알아듣고. 내가 그저께 어떤 기분이었는지……" 그는 갑자기 말을 멈추고 일어나서는 집무실을 가로질러 금고 쪽으로 갔다. "간략히 말하면, 내가 갖고 있는 정보만 봐도 지난 2개월간 적들이 여러 **구역**에서 확보한 물체가 6,000개를 넘소……" 그는 금고 옆에 멈춰 서서 색을 입힌 금고 옆면을 손으로 쓸어내리더니 누넌 쪽으로 획 돌아섰다. "당신은 완전히 환상 속에 살고 있다고!" 그가 소리쳤다. "버브리지의 지문이었소! 몰타인의 지문! 당신이 내게 상기시키지조차 않은 매부리코 벤 할레비의 지문! 코맹맹이 헤레시와 난쟁이 츠미그의 지문! 그런데 당신은 젊은이들을 길들이고 있다고! '팔찌'! '바늘'! '하얀 물맴이'! 그걸로도 모자라서 웬 '가재의 눈'에 '암캐의 딸랑이' '포효하는 냅킨'이라니, 이런 빌어먹을!"

그는 말을 뚝 끊고는 소파로 돌아갔고, 다시 손가락 끝을 맞대고 정중히 물었다.

"이 일에 대해 어떻게 생각하오, 리처드?"

누넌은 손수건을 꺼내 목과 뒷목을 훔쳤다.

"아무 생각도 없습니다." 그가 씩씩 숨을 몰아쉬며 솔직하게 말했다. "죄송합니다, 회장님, 저는 지금 전혀…… 잠깐 숨 좀 돌릴게요…… 버브리지라니요! 제가 장담하는데, 버브리지는 **구역**과 조금도 얽혀 있지 않습니다! 저는 그의 행동을 모두 꿰고 있다고요! 그는 호수에서 술판과 피크닉을 열면서 돈을 긁어모으고 있어서 굳이 그럴 이유가…… 죄송합니다. 물론 전부 쓸모없는 말로 들리시겠지만, 분명히 말씀드리는데, 저는 버브리지가 퇴원한 순간부터 한 순간도 감시를 소홀히 한 적이 없습니다……"

"이제 더 붙잡고 있지 않겠소." 미스터 렘천이 말했다. "일주일이오. 당신 **구역**의 물체들이 어떻게 버브리지의 수

중에 들어가게 되는지…… 어떻게 다른 놈들의 손으로 들어가는지 알아내시오. 나가 보시오!"

누년은 몸을 일으켜 미스터 렘천의 옆얼굴에 대고 어정쩡하게 고개를 숙인 후 손수건으로 땀에 흠뻑 젖은 목덜미를 훔치며 얼른 응접실로 나왔다. 우울한 표정의 청년이 분해된 전자 기기의 내부를 골똘히 쳐다보며 담배를 피우고 있었다. 그가 누년 쪽을 흘끗 봤다. 그의 눈빛은 공허하고 탁했다.

리처드 누년은 모자를 대충 푹 눌러쓰고는 트렌치코트를 옆구리에 끼고 밖으로 나왔다. 나한테 이 무슨, 이런 일은 한 번도 당해 본 적 없는 것 같은데, 그는 두서없이 생각했다. 이럴 수가. 매부리코 벤 할레비라니! 그새 별명도 생겼단 말이지…… 언제지? 그깟 왜소한, 한 대 치면 날아갈 것 같은 그 빈약한 놈이…… 아니다, 그게 아니다…… 제길, 대머리수리, 이 다리 없는 개자식! 네놈이 날 이렇게 성가시게 하다니! 내 체면을 구기고 날 곤경에 빠뜨리다니…… 어떻게 이런 일이 있을 수 있지? 이게 말이 되는가! 싱가포르에서 겪었던 그대로군. 면상이 탁자에 처박히고 뒤통수는 벽에 처박혔던……

그는 얼마간 멍하니 차에 앉아 있다가 계기판 아래를 뒤적거리며 차 키를 찾았다. 모자에서 무릎까지 빗물이 흘러

내렸고, 그는 모자를 벗어서 보지도 않고 뒷좌석으로 던져 버렸다. 빗물이 전면 유리를 뒤덮었고, 리처드 누넌은 왠지 뭘 해야 할지 갈피를 잡지 못하는 게 다름 아닌 이 비 때문이라고 생각하고 있었다. 그걸 깨닫고는 자신의 벗어진 이마를 주먹으로 세게 쳤다. 좀 나아졌다. 차 키가 없고, 있을 수도 없으며 대신 주머니에 '바로 그'가 있다는 사실이 즉시 기억났다. 영구 축전기. 그리고 그걸, 그 빌어먹을 것을 주머니에서 꺼내 충전기에 꽂아야, 그래야 적어도 어디론가 갈 수 있다. 저 말라비틀어진 늙은이가 아마 창문에 붙어서 지켜보고 있을 이곳으로부터 멀리……

'바로 그'를 쥔 누넌의 손이 멈칫했다. 그렇군. 최소한 누구부터 시작해야 할지는 알겠다. 그 녀석부터 시작해 보지. 아주 죽도록 족쳐 주겠다! 그 누구도 내가 하려는 방식으로 누군가를 추궁하지는 않았을 거다. 그것도 지금의 나처럼 기꺼이…… 그는 와이퍼를 켜고선 앞을 거의 살피지 않고, 하지만 조금씩 마음을 가라앉히며 가로수 길을 따라 차를 몰았다. 상관없다. 싱가포르에서처럼 되라지. 결국 싱가포르에서도 다 잘 끝나지 않았는가…… 생각해 보면 면상이 탁자에 한 번 처박힌 것뿐이다! 더 안 좋은 상황일 수도 있었다. 면상이 아니었을 수도 있고, 탁자가 아니라 못이 박힌 뭔가에 처박혔을 수도 있다. 맙소사, 이 모든 일은 정말 간

210

3 리처드 H. 누넌, 51세,
국제외계문명연구소 하몬트 지부 전자 장비 공급처 대리인

단히 해결할 수도 있었다! 이 개자식들을 한 번에 모두 쓸어 담아 15년씩 감옥에 처넣거나…… 지옥으로 보내면 되는데! 러시아에서는 스토커라는 단어를 들은 적도 없다. 거기는 **구역** 주위로 100킬로미터가 말 그대로 황무지이며 쓸데없는 인간들, 여행객이든 그 냄새나는 놈들이든 버브리지 같은 놈이든 간에, 아무도 없다…… 더 단순한 방식으로 해결해야 한다. 신사 여러분, 더 단순하게! 정말, 복잡할 것 하나 없다. 당신이 **구역**에서 할 일은 없으니 잘 가시라, 100킬로미터 이내로는 접근 금지다, 라고 하면 그만인데…… 뭐, 다른 길로 새지 않기로 하자. 그런데 내 업소가 어딨지? 눈앞이 하나도 보이지 않으니…… 아, 저기 보이는군.

'파이브 미니츠'는 아직 영업 전이었지만, 메트로폴처럼 환하게 불을 밝히고 있었다. 리처드 누넌은 물가의 개처럼 몸을 덜덜 떨면서 담배와 향수, 퀴퀴한 샴페인 향이 진동하는 밝은 홀로 들어섰다. 늙은 베니가 아직 제복을 입지 않은 채 입구에서 대각선 방향 바에 앉아 주먹에 포크를 쥐고 뭔가를 씹어 대고 있었다. 그 앞에 마담이 빈 잔들 사이에 못생긴 가슴을 내려놓고 기대앉아서는 베니가 먹는 모습을 애처롭게 지켜보고 있었다. 홀은 어제 영업 이후로 아직 청소를 하지 않은 상태였다. 누넌이 들어서자마자 마담이 그를 향해 화장으로 떡칠한 넙적한 얼굴을 돌렸고, 처음에는 불만스러운 표정이더니 바로 만면에 영업용 미소를 띠었다.

"오호라!" 그녀가 낮은 음조로 말했다. "누넌 씨가 몸소 오시다니! 아가씨들이 그리워진 거예요?"

베니는 계속 먹고 있었다. 그는 귀가 멀어 아무것도 듣지 못했다.

"안녕한가, 마담!" 누넌이 다가가며 대꾸했다. "내 앞에 진짜 여자가 있는데 뭐 하러 아가씨들이 필요하겠어?"

마침내 베니가 누넌이 온 걸 알아챘다. 온통 시퍼렇고 빨간 흉터가 진 흉악한 얼굴이 긴장하여 반가운 듯한 웃음으로 일그러졌다.

"안녕하십니까, 사장님! 옷 말리러 들르신 겁니까?" 그가 갈라지는 목소리로 말했다.

누넌은 그의 말에 미소를 띠며 악수했다. 그는 베니와 대화하는 것을 좋아하지 않았다. 베니와 얘기하려면 계속 소리를 질러 대야 했으니.

"이봐, 내 관리인은 어딨나?" 그가 물었다.

"자기 방에요. 내일 세금을 낸대요." 마담이 대답했다.

"아, 지긋지긋한 세금! 뭐, 좋아. 마담, 내가 가장 좋아하는 메뉴 좀 만들어 줘. 곧 돌아올게." 누넌이 말했다.

그는 두터운 인조 카펫을 따라 소리 내지 않고 발을 내디

디며 커튼이 쳐진 칸막이들을 지나 복도를 걸어갔다. 방 옆의 벽마다 갖가지 꽃 모양이 그려져 있다. 그는 눈에 띄지 않는 모퉁이로 꺾어져 노크 없이 가죽 문을 열어젖혔다.

뼈주먹 카튜샤가 책상에 앉아 손거울로 코에 난 흉물스러운 종기를 보고 있었다. 내일 낼 세금 따위는 안중에도 없다. 그의 앞에 놓인 완전히 텅 빈 책상 위에는 수은 연고가 든 병과 투명한 액체가 담긴 컵이 있었다. 뼈주먹 카튜샤는 핏발이 선 눈을 들어 누넌을 보더니 손거울을 떨구며 벌떡 일어섰다. 누넌은 한 마디도 하지 않으면서 맞은편 소파에 앉았고, 얼마간 아무 말 없이 그 망할 자식을 빤히 쳐다보면서 염병할 비와 류머티즘에 대해 그 인간이 알아들을 수 없는 말로 웅얼대는 걸 듣고 있었다. 조금 뒤 누넌이 말했다.

"문 닫고 잠가 줘, 자기."

뼈주먹은 평발을 쿵쿵 울리며 문으로 달려가 철컥하고 문을 걸어 잠그고는 책상으로 돌아왔다. 그는 충성스러운 눈빛으로 누넌의 입을 바라보며 누넌 위로 마치 털로 뒤덮인 언덕같이 우뚝 섰다. 누넌은 실눈을 뜨고 그를 관찰했다. 왜인지 뼈주먹 카튜샤의 본명이 라파엘이라는 사실이 퍼뜩 떠올랐다. 뼈주먹이란 별명은 소매에서 삐져나온 것처럼 무성한 팔의 털들 사이로 툭 튀어나온, 뼈가 보기 흉하게 드러난 칙칙한 붉은빛 주먹 때문에 붙었다. '카튜샤'는 위대한 몽골 황제들이 전통적으로 쓰던 이름이라고 굳게 믿고 제 스스로 붙인 이름이고, 본명은 라파엘이다. 어쩌겠나, 라파엘. 시작해 보지.

"어떻게 지내나?" 그가 부드럽게 물었다.

"별일 없습니다, 보스." 뼈주먹 라파엘이 황급히 대답했다.

"그 스캔들은 사령부에서 잘 처리했나?"

"150을 내놨습니다. 모두 만족하고 있습니다."

"150은 네 봉급에서 까는 거야. 네 잘못이잖아, 자기. 제대로 감시했어야지."

뼈주먹은 울적한 표정을 짓고는 알았다는 듯 거대한 손바닥을 위로 하고 으쓱해 보였다.

"홀에 바닥을 다시 깔아야 하겠던데."

"그렇게 하겠습니다."

누넌은 잠시 말을 멈추고 입술을 오므렸다.

"노획물은?" 그가 목소리를 낮추고 물었다.

"약간 있습니다." 뼈주먹 역시 목소리를 낮추고 말했다.

"꺼내 봐."

뼈주먹은 재빨리 금고로 가서 꾸러미를 탁자로 가져와 누넌 앞에 놓고 펼쳤다. 누넌은 한 손가락으로 '검은 물방울' 더미를 휘적거리고 '팔찌'를 들어 이리저리 훑어보고는 다시 돌려 놓았다.

"이게 끝?"

"갖고 오는 게 없어서요." 뼈주먹이 죄라도 지은 듯 말했다.

"갖고 오는 게 없다……" 누넌이 뼈주먹의 말을 되풀이했다.

그는 구두코를 정확히 조준하고서 온 힘을 다해 뼈주먹의 정강이를 걷어찼다. 뼈주먹이 외마디 비명을 내질렀고, 차인 부위를 부여잡으려고 굽혔다가 바로 다시 차렷 자세로 몸을 일으켜 세웠다. 그때 누넌이 엉덩이를 걷어차이기라도 한 듯 벌떡 일어서서 소파를 쓰러뜨리며 뼈주먹의 멱살을 잡고 힘차게 발길질을 날렸고, 눈을 부라리고 나지막이 욕설을 읊조리며 다가갔다. 뼈주먹은 신음하고 비명을 지르며 놀란 암말처럼 고개를 쳐들면서 소파 위로 자빠질 때까지 뒷걸음질 쳤다.

"망할 새끼, 양다리를 걸쳐?" 누넌은 공포로 새하얘진 뼈주먹의 눈을 똑바로 노려봤다. "대머리수리는 노획물 방석에 앉았다는데, 네놈은 나한테 종이 쪼가리에 싸인 구슬을 가져와……?" 그는 다시 몸을 돌려 종기가 난 코를 겨냥해 뼈주먹의 얼굴을 갈겼다. "감옥에 처넣겠어! 넌 이제 내 밑에서, 오물 구덩이 속에서 살게 될 거다…… 오물을 먹게 될 거야…… 세상에 태어난 걸 후회하게 해 주지!" 그는 다시 한 번 팔을 크게 휘둘러 주먹으로 종기를 쳤다. "버브리지는 어디서 노획물이 난 거지? 왜 그에게는 갖다 주고, 네 놈한테는 안 갖다 주지? 누가 가져오는 거지? 왜 나는 아무 것도 모르고 있지? 이 털북숭이 돼지 새끼, 넌 누구 밑에서 일하는 거야? 말해!"

뼈주먹은 아무 소리도 못 내고 입을 뻐끔거렸다. 누넌은 그를 놔주고는 의자로 돌아가 앉아 책상에 발을 올렸다.

"대답은?" 누넌이 말했다.

뼈주먹은 코피를 쓰읍 하고 들이마시고서 말했다.

"정말이에요, 보스…… 왜 이러세요? 대머리수리한테 노획물이 어딨습니까? 그가 노획물을 갖고 있을 리 없어요. 지금은 그 누구도 노획물을 갖고 있지 않다고요……"

"뭐야, 지금 나한테 따져 보겠다는 건가 보지?" 누넌이 책상에서 다리를 내리며 부드럽게 물었다.

"아닙니다, 보스…… 정말이에요……" 뼈주먹이 황급히 말했다. "이런 젠장할! 제가 따지다니요! 그럴 리가요……"

"널 내쫓아야겠어." 누넌이 음산하게 말했다. "넌 일을 망쳐 놨거나, 일을 할 줄 모르니까. 대체 무슨 거지 같은 심산으로 내 밑에 들어온 거지? 나는 너 같은 놈은 얼마든지 고용할 수 있다고. 나한텐 일을 제대로 할 놈이 필요하건만, 네 녀석은 여기서 아가씨들이나 망쳐 놓고, 맥주만 처마시고."

"잠시만요, 보스." 뼈주먹이 얼굴에 흐른 피를 문지르며 조심스럽게 말했다. "이렇게 갑자기, 말할 틈도 안 주고 그러시다니요……? 어쨌든 상황을 정리해 보자고요……" 그가 조심스럽게 손가락 끝으로 종기를 건드렸다. "버브리지한테 노획물이 많다고요? 글쎄요. 물론 죄송한 일입니다만, 누군가 보스에게 헛소리를 하는 거예요. 지금은 아무도 노획물을 갖고 있지 않다고요. **구역**에는 풋내기들만 들어가고, 그들 대부분이 다시는 돌아오지 못하지 않습니까. 그럴 리가 없어요, 보스. 분명히 누군가가 보스에게 헛소리를 지껄이는 거예요……"

누넌은 곁눈으로 그를 지켜봤다. 뼈주먹은 정말 아무것도 모르는 것 같았다. 사실 그가 거짓말을 해서 얻을 게 없었다. 대머리수리 밑에서 많이 벌 리 없다.

"그가 운영한다는 그 피크닉은 수익이 나는 일인가?" 누넌이 물었다.

"피크닉요? 글쎄 그렇게 대단치는 않아요. 긁어모으는 정도는 아니죠…… 사실 지금 도시에 돈 되는 일이라곤 없지 않습니까……"

"피크닉들은 어디서 열리지?"

"어디서 열리느냐고요? 뭐, 다양해요. 백색산, 온천에서도 열리고 무지개호수에서도 열리고……"

"주요 고객층은?"

"주요 고객층요?" 뼈주먹은 또 종기를 건드렸고, 손가락을 쳐다보고는 장담하듯 말했다. "보스, 혹시 그 사업을 해보려고 하시는 거라면, 전 추천하지 않아요. 그 바닥에서는 대머리수리에 맞서서 승산이 없어요."

"그건 왜지?"

"대머리수리의 고객이 첫째, 하늘색 철모들이고─뼈주먹이 손가락을 꼽으면서 말했다─둘째, 사령부의 장교들이고, 셋째, '메트로폴' '하얀 백합' '방문자'에서 온 관광객들이에요…… 게다가 광고가 잘돼 있어서 하몬트 사람들도 그에게 가고요…… 정말이에요, 보스. 그 일에 손댈 필요없어요. 대머리수리는 우리 아가씨들을 데려다 쓰고 돈을 낸다고요. 뭐 많이 지불하는 건 아니지만……"

"하몬트 사람들도 그에게 간다고?"

"대부분 젊은이들이에요."

"거기, 그러니까 피크닉에서 뭘 하길래?"

"뭘 하느냐고요? 일단 버스를 타고 피크닉 장소로 가겠죠? 이미 그곳에는 텐트와 뷔페, 음악이 준비돼 있어요…… 그러니까 각자 원하는 대로 즐기는 거예요. 장교들은 주로 아가씨들과 시간을 보내고 관광객들은 열심히 **구역**을 보러

3 리처드 H. 누넌, 51세.
국제외계문명연구소 하몬트 지부 전자 장비 공급처 대리인

가요. 거의 온천까지. 거기서 **구역**은 엎어지면 코 닿을 데잖 아요. 유황협곡을 넘자마자…… 대머리수리가 그리로 말 뼈를 던지는 걸 사람들에게 보여 주면, 그들은 그걸 오페라 글라스로 봐요……"

"하몬트 사람들은?"

"하몬트 사람들요? 물론 하몬트 사람들한테 그런 건 재 미없죠…… 그러니까, 각자 알아서 노는 거예요……"

"그럼 버브리지는?"

"버브리지요? 버브리지도 다른 사람들처럼 시간을 보내 죠……"

"그럼 자네는?"

"저요? 저도 다른 사람처럼 시간을 보내죠, 뭐. 아가씨들 이 기분 상하지 않도록 상황을 살피고…… 그리고…… 그 러니까 거기서는…… 글쎄, 거의 다른 사람들처럼 있어요."

"그렇게 며칠이나 열리지?"

"때에 따라 달라요. 사흘일 때도 있고 일주일 내내 열 때 도 있어요."

"참가비는?" 누넌은 전혀 다른 것에 대해 생각하면서 물 었다.

뼈주먹이 뭐라고 대답했지만, 누넌은 듣고 있지 않았 다. 이거군, 이게 내 빈틈이었어, 그는 생각했다. 며칠씩이라…… 그러니까 며칠 밤이다. 그런 조건이라면 버브리지를 감시하는 게 말 그대로 불가능하고, 신경 써서 감시를 하려고 해도 그렇다. 여기 이 몽골 황제 놈처럼 아가씨들과 뒹굴거나 맥주를 빨지 않았다 해도…… 그래도 여전히 이해가 가지 않는다. 그는 다리가 없는데, 거기는 협곡이 아닌가…… 아니, 뭔가 다른 게 있다……

"하몬트 사람들 중에 항상 가는 사람이 누가 있지?"

"하몬트 사람들 중에서요? 아까 말씀드렸듯 대부분 젊은 사람들이에요. 도시에서 가장 거친 패들이죠. 할레비랑 라지바…… 병아리 참파…… 그…… 츠미그랑…… 몰타인도 가곤 해요. 자기들끼리 아주 친해요. 놈들은 그 모임을 '주일학교'라고 불러요. 자기들끼리 '주일학교'나 갈까?, 하는 거죠. 놈들은 거기서 주로 중년 여성 관광객을 상대하면서 돈벌이도 쏠쏠히 해요. 유럽에서 어떤 나이 든 여자가 왔는데……"

"'주일학교'라." 누년이 되뇌었다.

뭔가 이상한 생각이 갑자기 그의 머릿속에 떠올랐다. 학교라니. 그가 몸을 일으켰다.

"좋아. 신이 그들과, 그들의 피크닉과 함께하기를. 그건 우리가 할 만한 사업이 아니군. 그건 됐고 넌 이걸 알아봐 줬으면 해. 대머리수리에게 노획물이 있는지. 있다면 그거야말로 우리가 신경 쓸 일이잖아, 자기. 우리가 그걸 그냥 방치할 수는 없지. 그러니 알아봐. 잘 알아보라고, 뼈주먹. 못 알아 오면 지옥으로 보내 주겠어. 대머리수리가 어디서 노획물을 가져오는지, 누가 그놈에게 공급하는지 전부 알아내서 그놈보다 20퍼센트 더 얹어 주라고. 알겠어?"

"알겠습니다, 보스." 뼈주먹은 어느새 일어나 차렷 자세를 하고 있었고, 피범벅 된 얼굴에는 충성심이 어려 있다.

"그리고 아가씨들 좀 그만 건드려, 이 짐승 새끼!" 누넌은 꽥 소리를 내지르고 나갔다.

홀로 나온 그는 바에서 아페리티프를 찬찬히 끝까지 마셨고, 마담과 도덕성이 하락하는 세태에 대해 이야기했고, 곧 사업을 확대할 계획임을 암시했으며, 효과적으로 말하기 위해 목소리를 확 낮추고는 베니의 상태를 상의했다. 베니는 노쇠하고 있다. 듣지도 못하고, 완전히 엉뚱한 반응을 보이고 일 처리도 예전 같지 않다…… 벌써 6시였고 뭘 좀 먹고 싶었지만, 예기치 못한 실마리가, 뭐라고 할 수는 없지만 많은 걸 설명해 주는 어떤 실마리가 머릿속에서 계속 머물며 맴돌았다. 그래도, 이미 뭔가는 설명됐고, 짜증스럽고 위협적이던 미스터리들이 해소됐고, 그저 그런 가능성을 진작 생각하지 못한 스스로에 대한 실망만 남았지만, 중요한 건 그게 아니라 계속 맴돌고 맴돌면서 자신을 성가시게 하는 그 실마리였다.

누넌은 마담에게 인사하고 베니와 악수하고 나서 바로 보르시치로 향했다. 모든 불행은 한 해 한 해가 어떻게 흘러가는지 모르는 데 있다, 라고 누넌은 생각했다. 한 해 한 해가 문제가 아니다. 우리는 모든 것이 어떻게 변해 가는지 알아채지 못한다. 우리는 모든 게 변한다는 걸 알고, 모든 것이 변한다고 어릴 적부터 배웠고, 모든 게 어떻게 변하는지 우리 눈으로 여러 번 봐 왔는데, 그런데도 변화가 일어나는 그 순간을 전혀 포착하지 못하고 엉뚱한 곳에서 변화를 찾는다. 이제 벌써 새로운 스토커들, 사이버네틱스로 무장한 스토커들이 등장했다. 과거의 스토커는 동물적인 집요함을 갖춘 지저분하고 음침한 인간으로, **구역**을 조심조심 기어가 큰돈을 벌어들이곤 했다. 신세대 스토커는 넥타이를 맨 멋쟁이 엔지니어로, **구역**에서 1킬로미터 정도 떨어진 어딘가에 앉아 입에는 담배를 물고 팔꿈치 옆에는 에너지 음료가 든 잔을 두고 편안히 앉아서 화면들을 본다. 샐러리맨인 것이다. 상당히 합리적인 장면이다. 다른 가능성은 떠오르지 않을 정도로 논리적이다. 그런데 또 다른 가능성이 있었던 것 아닌가. '주일학교'라든가.

그리고 그는 갑자기 무슨 이유에서인지 절망감을 느꼈다. 다 부질없다. 다 괜한 짓이었다. 맙소사, 그는 생각했다.

우리는 아무것도 얻지 못할 게 아닌가! 억제하지도, 멈추지도 못한다! 어떻게 해도 악의 씨앗이 자라는 걸 막을 수 없다, 고 그는 공포에 질려 생각했다. 우리가 제대로 못해서가 아니다. 그들이 우리보다 교활하고 영리해서도 아니다. 그저 세상이 이렇기 때문이다. 인간이 이렇기 때문이다. **방문**이 일어나지 않았더라도 뭔가 다른 일이 있었을 거다. 돼지는 어떤 상황에서든 진흙탕을 찾아낼 테니⋯⋯

보르시치 내부는 밝았고 꽤 먹음직스러운 냄새가 났다. 보르시치도 변했다. 주정뱅이도 없고, 유쾌함도 없다. 구탈린은 이곳에 오는 것을 꺼려 더는 찾지 않고, 레드릭 슈하트는 아마 여기에 여드름투성이 코를 내밀었다가 얼굴을 찌푸리고는 가 버렸을 거다. 어니스트는 아직 감옥에 있고, 가게 일은 그의 아내가 넘겨받아 잘 운영하고 있다. 연구소전체가 이리로 점심 식사를 하러 오는 데다 고위 장교들도있어 단골 고객층이 탄탄하다. 아늑한 칸막이 좌석에 음식은 맛있고 비싸지 않으며 맥주는 언제나 신선하다. 낡고 정겨운 가게랄까.

누넌은 칸막이 좌석에 앉아 있는 밸런타인 필먼을 발견했다. 노벨상 수상자는 커피 한 잔을 앞에 두고 앉아서는 잡지를 반으로 접어 읽고 있었다. 누넌이 다가갔다.

"합석해도 될까요?" 그가 물었다.

밸런타인이 검은 안경알을 들어 그를 봤다.

"아, 그러시지요."

"잠시, 손 좀 닦고 올게요." 문득 종기를 떠올린 누넌이 말했다.

이 가게는 그를 잘 알았다. 그가 돌아와서 밸런타인 맞은편에 앉았을 때 테이블에는 김이 피어오르는 슈하스코가 놓인 작은 화로와 그가 좋아하는 온도의, 차갑지도 미지근하지도 않은 맥주가 큰 잔으로 놓여 있었다. 밸런타인은 잡지를 옆으로 밀어 두고 커피를 홀짝였다.

"저기, 밸런타인 박사님." 누넌이 고기를 썰어 소스에 찍으며 말했다. "이 모든 게 어떻게 끝날 거라 생각하세요?"

"무슨 말입니까?"

"**방문**, **구역**, 스토커, 방위산업체, 이 모든 것들…… 이 모든 게 어떻게 끝날 수 있을까요?"

밸런타인은 새까만 유리알을 통해 그를 오랫동안 응시했다. 그러고 나서 담배에 불을 붙이더니 이렇게 말했다.

"누구 관점에서 말입니까? 구체적으로 말해 보시지요."

"그러니까, 말하자면 인류 전반요."

"그건 우리에게 운이 따를지, 따르지 않을지에 달려 있습니다." 밸런타인이 말했다. "인류 전반의 관점에서 **방문**은 흔적도 거의 남기지 않고 지나간 일이라는 걸 이제 우리는

224
3 리처드 H. 누넌, 51세,
국제외계문명연구소 하몬트 지부 전자 장비 공급처 대리인

알고 있습니다. 인류의 관점에서는 모든 것이 흔적 없이 지나가지. 물론, 이 불구덩이에서 괜히 군밤들을 꺼내다가, 끝내는 우리가 지구에서 삶을 영위하는 것을 말 그대로 불가능하게 만들 무언가를 꺼내게 될 수도 있습니다. 그렇게 되면 운이 없는 거지. 하지만 인류에게 그런 위협은 늘 있어 왔다는 것에는 동의하겠지요." 그는 손바닥으로 담배 연기를 흐트러뜨리고는 웃었다. "아는지 모르겠지만, 나는 이미 오래전에 인류 전반에 대해 논하는 걸 관뒀습니다. 인류는 너무나 정적인 시스템이어서 뭘 해도 영향을 받지 않으니."

"그렇게 생각하세요? 글쎄요, 그럴지도 모르죠……" 누넌이 실망한 듯 말했다.

"솔직히 말해 주시지요, 리처드." 밸런타인은 누가 봐도 이 상황을 즐기는 듯했다. "당신 같은 사업가 입장에선 **방문**으로 인해 뭔가 바뀌었습니까? 당신은 이제 우주에 인류 말고도 다른 이성이 적어도 하나는 더 있다는 사실을 알게 됐습니다. 그런데 그게 뭐 어쨌단 겁니까?"

"글쎄, 어떻게 말해야 될까요?" 누넌이 우물거렸다. 그는 이 이야기를 꺼낸 걸 벌써 후회하고 있었다. 이 대목에서는 할 말이 하나도 없었다. "제가 어떤 변화를 느꼈느냐고요……? 예를 들어 보자면, 벌써 여러 해 동안 저는 어떤 불편함을, 어떤 불안함을 느끼고 있어요. 그들이 오자마자 가 버린 것은 그렇다 쳐요. 그런데 다시 와서 머무르기로 결정한다면요? 저한테, 사업가한테 그건, 아시는지 모르겠지만 그리 반길 일이 아니죠. 그들이 누구고, 그들이 어떻게 살고, 그들에게 무엇이 필요한지를 알아봐야 하니까요…… 뭣보다도 저는 사업을 어떻게 바꿀지 생각해야만 해요. 저는 준비돼 있어야 하죠. 그런데 그들의 시스템에서 제가 전혀 쓸모없다고 밝혀진다면요?" 그가 다시 생기를 띠며 덧붙였다. "그리고 우리 모두가 쓸모없다고 밝혀진다면요? 들어 보세요, 밸런타인 박사님. 이왕 얘기를 시작했으니. 이런 질문들에 답이 있을까요? 그들은 누구고, 그들에게 무엇이 필요했으며, 그들이 다시 돌아올지 아닐지 말예요……?"

"답이 없는 건 아니지." 밸런타인이 웃으며 말했다. "아주 많다고도 할 수 있으니 아무거나 골라 보시지요."

"박사님은 어떻게 생각하시는데요?"

"솔직히, 나는 그 문제를 진지하게 생각해 본 적이 한 번도 없습니다. 내게 있어 **방문**은 무엇보다도 인식의 여러 단계를 단숨에 건너뛸 수 있게 해 주는 가능성을 지닌 특별한 사건이었지. 기술의 미래로 떠나는 여행이랄까. 그러니까, 현대의 양자발전기가 아이작 뉴턴의 연구실에 떨어졌다면 어땠을까 같은……"

"뉴턴은 아무것도 이해하지 못했겠죠."

"그럴 리가요! 뉴턴은 통찰력이 매우 뛰어난 사람이었습니다."

"그래요? 뭐, 신이 그 사람, 뉴턴과 함께하시길. 그런데 어쨌든 박사님은 **방문**을 어떻게 해석하시죠? 너무 진지하게 말씀하지 않으셔도 되니까……"

"좋아요, 말해 드리지. 다만 리처드, 당신의 질문이 외계인학이라는 유사과학에 속한다는 사실을 우선 말해 둬야겠습니다. 외계인학이란 공상과학과 형식적 논리를 부자연스레 섞어 놓은 거라 할 수 있지요. 외계의 이성에 인간의 심리를 갖다 붙이는 잘못된 접근 방식이 그 연구법의 근본에 있으니."

"그게 왜 잘못된 거죠?"

"언젠가 생물학자들이 인간 심리를 동물에게 대입하려 했을 때 이미 실패했기 때문입니다. 지구의 동물이었는데도."

"잠시만요. 그건 전혀 다른 이야기잖아요. 우리는 **이성**을 지닌 생명체의 심리에 대해 말하고 있는 거 아닌가요……"

"그렇습니다. 다만 우리가 이성이란 게 도대체 뭔지 알았더라면 아주 좋았겠지요."

"그럼 우리가 모르고 있다는 말씀인가요?" 누넌은 놀랐다.

"당연히 모르지요. 대개는 아주 평면적인 정의만을 얘기합니다. 이성은 인간의 행동을 동물의 행동과 구분 짓는 인간만의 특징이라고. 아는지 모르겠지만, 이런 정의는 모든 것을 분명히 이해하면서도 말을 못할 뿐인 개와 그 개의 주인을 구분 짓는 시도에 불과합니다. 그런데 이런 평면적인 정의에서 좀 더 예리한 고찰이 파생하기도 하지요. 위에서 언급한 인간의 활동에 대한 우울한 관찰에 기반 해서 말입니다. 예를 들면 이런 겁니다. 이성이란 살아 있는 생명체가 비합리적이거나 부자연스러운 행동을 하도록 하는 능력이다."

"그러네요, 우리 이야기네요." 누년이 동의했다.

"안타깝게도 그렇습니다. 혹은, 이런 가설적 정의도 있어요. 이성이란 아직 완성되지 못한 복잡한 본능이다. 요컨대 본능적 행위는 언제나 합리적이고 이치에 맞는다는 얘기지요. 백만 년이 흐르면 본능이 완성될 테고, 그렇게 되면 우리는 이성과는 분명 불가분인 실수란 것을 하지 않게 될 겁니다. 그리고 그때, 우주에 뭔가 변화가 생긴다면, 감사하게도 우리 인류는 멸망할 테지. 다시 한 번 말하자면, 그때는 실수를 하지 않게 될 것이기 때문, 즉, 엄격한 프로그램으로 검토된 선택지 외에 다양한 선택지를 시험해 보지 않게 될 것이기 때문입니다."

"박사님께서 말씀하시는 건 모두…… 뭐랄까, 좀 굴욕적이군요."

"그럼 또 다른 정의, 아주 원대하고 고귀한 정의를 말해 보지요. 이성이란 주변 세계를 해치지 않으면서 그 세계의 힘을 이용하는 능력이다."

누넌은 얼굴을 찌푸리고는 고개를 흔들었다.

"아니요. 그건 너무 과한데요…… 그건 우리 이야기가 아니잖아요…… 그럼 이건 어떨까요? 인간이란 동물과는 달리 앎에 대한 억누를 수 없는 열망에 사로잡힌 존재다. 어디선가 그런 글을 읽었는데요."

"나도 읽었습니다." 밸런타인이 말했다. "하지만 모든 불행은 인간, 적어도 집단으로서의 인간은 그 알고자 하는 열망을 쉬이 극복한다는 데 있어요. 내가 봤을 땐, 인간에겐 그러한 열망 자체가 아예 없는 것 같고. 이해하려는 열망은 있지만, 이해하는 데 지식이 꼭 필요한 건 아니지요. 예를 들어 **신**에 대한 가설은 완벽하게 아무것도 몰라도 완벽하게 모든 것을 이해할 수 있는, 그 무엇과도 비교할 수 없는 가능성을 줍니다…… 인간에게 극도로 단순화한 세계 시스템을 제시하고 그 단순화한 모델을 토대로 어떤 사건이든 해석하도록 하는 겁니다. 이러한 접근 방식에는 어떠한 지식도 필요 없지. 외운 형식 몇 개에 직관이라 불리는 것을, 실용적인 사고와 상식이라 불리는 것을 더하면 될 뿐."

"잠깐만요." 누넌이 말했다. 그는 맥주를 마저 마시고 빈 잔을 테이블에 탁 하고 내려놓았다. "말 돌리지 마세요. 그럼 이렇게 여쭤볼게요. 인간이 외계 생명체와 만났어요. 그들은 서로가 이성적 존재라는 걸 어떻게 알 수 있죠?"

"나는 모르겠소." 밸런타인이 즐거워하며 대답했다. "내가 그것에 관해 읽었던 글은 모두 자가당착에 빠졌습니다. 그들이 우리와 접촉할 수 있다면 그건 그들이 이성적이란 의미다. 혹은 뒤집어서, 그들이 이성적이라면 우리와 접촉할 수 있을 것이다. 다시 말해, 인간의 심리를 지닐 영광을 누리는 외계 생명체면 이성적이라는 겁니다. 뭐 그런 거지." 리처드, 보니것 읽어 봤습니까?"

"관심 없어요. 전 박사님이라면 모든 것을 이미 체계적으로 정리해 뒀을 거라 생각했는데요." 누넌이 말했다.

"체계적으로 정리하는 건 원숭이도 할 수 있지요." 밸런타인이 지적했다.

"아니요, 잠시만요." 누넌이 말했다. 왠지 그는 속은 기분이었다. "하지만 박사님께서 그렇게 간단한 걸 모르신다면…… 됐습니다. 그게, 이성이야 어떻든 상관없습니다. 도저히 이해가 불가능한 영역인 것 같군요. 하지만 **방문**은요? 어쨌든, **방문**에 대해서는 어떻게 생각하시죠?"

"피크닉을 한번 떠올려 보시지요……" 밸런타인이 대답

3 리처드 H. 누넌, 51세.
국제외계문명연구소 하몬트 지부 전자 장비 공급처 대리인

했다.

누넌은 전율했다.

"뭐라고 하셨죠?"

"피크닉 말입니다. 숲, 시골길, 풀밭을 떠올려 봐요. 차가 시골길에서 풀밭으로 들어가고, 차에서 젊은이들이 내리고 술병들, 음식이 담긴 바구니들, 아가씨들, 트랜지스터라디오, 카메라들이 나옵니다…… 장작불이 타오르고 텐트가 세워지고 음악이 흐르지요. 그러다 아침이 되면 이들은 떠납니다. 밤새 공포에 떨며 벌어지는 일을 지켜보던 동물과 새, 벌레들이 자기 피난처에서 기어 나옵니다. 그때 이들이 보게 되는 건 뭐겠습니까? 풀밭에는 자동차 엔진오일이 흐르고 벤진으로 흥건하며 쓸모없는 양초와 오일 필터가 사방에 버려져 있겠지요. 헌 옷이 널브러져 있고, 수명을 다한 전구가 뒹굴고 누군가는 렌치를 버리고 갔고. 어떻게 생겨났는지 모르겠는 늪지에는 타이어 자국이 새겨졌고…… 그러니까, 불 피운 흔적이며 사과 찌꺼기, 사탕 껍질, 통조림 캔, 빈 병, 누군가의 손수건, 누군가의 주머니칼, 오래되어 찢어진 신문, 동전들, 다른 들판에서 온 시든 꽃 같은 것들을……"

• So it goes. 커트 보니것의 『제5도살장*Slaughterhouse-Five*』(1969)에 자주 나오는 어구이다.

"압니다, 노변의 피크닉이죠." 누넌이 말했다.

"바로 그겁니다. 우주의 노변에서 열린 피크닉. 그런데 당신은 그들이 돌아올지 아닐지를 나에게 묻는군요."

"잠시 담배 좀 피울게요. 당신들의 그 유사과학은 지옥에나 떨어지라죠! 저는 그 모든 것들을 도저히 상상하지 못하겠는데요."

"그건 당신이 알아서 할 일이지요." 밸런타인이 짚었다.

"그러니까, 뭐죠. 그들은 우리를 알아채지도 못했다는 건가요?"

"왜 그렇게 생각하십니까?"

"그러니까, 적어도 우리에게 관심이 없었다는 얘기잖아요……"

"이보시오, 내가 당신이라면 흥분하지 않을 겁니다." 밸런타인이 충고했다.

누넌은 한 모금 깊이 빨더니 기침을 하고선 담배를 던져버렸다.

"어쨌든요." 누넌은 고집스레 말을 이었다. "그럴 리가 없어요…… 당신네 학자들이란, 젠장할! 당신들은 어디서 인간을 무시하는 것만 배운 거죠? 왜 당신들은 언제나 무시하지 못해 안달인 겁니까……?"

"잠깐만, 좀 들어 보십시오. '그대는 나에게 이렇게 물을 것이다. 인간은 왜 위대한가?'" 밸런타인이 인용구를 읊었다. "두 번째 자연을 창조해서? 우주의 에너지라 할 수 있는 것들을 동력으로 이용해서? 아주 짧은 기간에 지구란 행성을 장악하고 천체로 통하는 창*을 내서? 아니다! 이 모든 것에도 불구하고 자신을 보전했고 앞으로도 보전할 생각이기에 위대하다.'"

침묵이 찾아왔다. 누넌은 생각했다.

"그럴지도요…… 물론, 그런 관점에서라면……" 그는 자신 없이 말했다.

"그러니 흥분하지 마십시오." 밸런타인이 관대하게 말했다. "피크닉은 그저 나의 가설일 뿐이니. 그리고 가설이라고 할 수도 없고, 요컨대 이미지 같은 겁니다…… 진지한 외계인학자라 하는 자들은 훨씬 더 탄탄하고, 인류의 자기애에 걸맞은 가설을 세우려 하고 있습니다. 예를 들면 이런 겁니다. 어떠한 **방문**도 일어나지 않았고, **방문**은 일어나는 것만이 가능하다. 어떤 우월한 이성이 지구에 있는 우리에게 자신의 물질문명의 견본이 들어 있는 컨테이너를 던졌다. 그들은 우리가 그 견본들을 연구해 비약적인 기술 발전을 이

---

* 알렉산드르 세르게예비치 푸시킨의 서사시 「청동 기마상Медный всадник」(집필 1833)에 나오는 구절 '유럽을 향한 창'을 연상시킨다.

뤄 진정으로 그들과 접촉할 준비가 되면 답신을 보내리라 기대하고 있다. 이 가설은 어떻습니까?"

"훨씬 나은데요. 학자 중에도 제정신인 사람이 있기는 한 것 같군요." 누넌이 대꾸했다.

"아니면 이런 가설도 있습니다. **방문**은 실제로 일어났지만 아직 완결되지 않았다. 사실상 현재 우리는 접촉 상태지만, 우리가 그걸 상상하지 못하고 있을 뿐이다. 방문자들은 **구역**에 자리를 잡고 우리를 소상히 연구하면서 '미래에 닥칠 잔혹한 기적*들'을 준비 중이다."

"그것도 이해되는데요! 그럼 적어도 공장 폐허에서 일어나는 불가사의한 소란이 뭔지는 알겠으니까요. 그렇지만 박사님의 피크닉 가설로는 그 소동을 설명할 수 없죠."

"왜 설명이 안 됩니까?" 밸런타인이 반박했다. "한 꼬마 숙녀가 아끼는 태엽 곰 인형을 풀밭에 깜빡 두고 갔을 수도 있지 않습니까……"

"글쎄, 그런 설명은 관두세요." 누넌이 단호하게 말했다. "곰 인형이라니요…… 땅이 흔들리는데…… 하지만 물론 곰 인형일 수도 있겠죠. 맥주 한잔 하시겠어요? 로절리! 이봐, 이모! 여기 외계인학자들에게 맥주 두 잔……! 그래도 어쨌든 박사님과 얘기하니 좋네요. 엡섬 소금**을 대갈통에 뿌리는 것처럼, 일종의 뇌 세척이죠. 안 그러면 일만 하는 거죠. 왜, 뭣 하러, 앞으로 어떻게 되는 건지, 무슨 일이 일어 날지, 어떻게 해야 평안을 얻을지도 모르면서……"

맥주가 나왔다. 누넌은 맥주 거품 너머로 밸런타인이 찝 찝한 표정으로 자기 잔을 보는 걸 지켜보며 홀짝였다.

"왜, 마음에 안 드세요?" 그가 입술을 핥으며 물었다.

"글쎄 나는 원래 술을 마시지 않습니다." 밸런타인이 주 저하며 대답했다.

"아, 정말요?" 누넌이 놀라워했다.

"제기랄! 이 세상에 술을 안 마시는 사람이 한 명은 있어 야 한단 말입니다." 밸런타인이 단호히 잔을 옆으로 치웠 다. "그러니까 차라리 코냑을 시켜 주시오."

"로절리!" 한껏 들뜬 누넌이 즉시 크게 소리쳤다.

코냑을 가져오자 그가 말했다.

"그런데 어쨌든 그건 아니에요. 박사님이 말한 피크닉, 그건 정말이지 이상한데, 그것에 대해 말하려는 건 아니고 요. 그런데 그게 말하자면 접촉의 전조라는 가설을 받아들 인다고 해도 여전히 이상해요. '팔찌' '깡통'은 그렇다 쳐

- 스타니스와프 렘의 『솔라리스*Solaris*』(1961) 마지막 문장에 나오는 표현 이다.
- 영국 엡섬 지역의 연못에서 발견된 소금. 황산마그네슘, 사리염이라고도 하며 설사제나 몸을 씻어 내는 데 쓰인다.

요…… 하지만 '마녀의 젤리'는요? '모기지옥', 그 혐오스러운 솜털은……"

"미안하지만—밸런타인이 레몬 조각을 집으며 말했다—당신이 말하는 용어를 난 하나도 못 알아듣겠습니다. 미안한데, 무슨 지옥이라고 했습니까?"

누넌이 웃었다.

"그렇게들 불러요. 스토커들이 일할 때 쓰는 은어죠. '모기지옥'은 중력의 세기가 큰 지역이에요." 그가 설명했다.

"아, 중력농축지대…… 유도된 중력 말이군. 그에 관해서라면 기꺼이 대화할 용의가 있지만, 당신은 아무것도 이해하지 못할 겁니다."

"왜 제가 그걸 하나도 이해 못 할 거라 생각하시죠? 저도 어쨌든 엔지니어인데……"

"나 자신도 이해하지 못하기 때문이지요." 밸런타인이 말했다. "내가 사용하는 방정식들이 있는데, 그걸 어떻게 설명해야 할지 모르겠습니다…… 그런데 '마녀의 젤리'는 아마도 콜로이드*겠지요?"

"바로 그거예요. 카리가눕스키 연구소의 참극은 들어 보셨어요?"

"들어 본 것 같습니다." 밸런타인이 내키지 않는 듯 대답했다.

3 리처드 H. 누넌, 51세,
국제외계문명연구소 하몬트 지부 전자 장비 공급처 대리인

"그 바보들이 '젤리'가 든 도자기 함을 완전히 격리된 특별 저장고에 놔뒀었죠…… 그러니까, 그들 생각에 그 정도면 최대한 차단한 거였는데, 조종 장치로 도자기 함을 열자마자 '젤리'가 마치 물이 흡수지에 스며들듯 철과 플라스틱을 통과해 밖으로 퍼져 나갔고, 그것에 닿은 것은 모두 '젤리'로 변해 버렸죠. 서른다섯 명이 사망, 100명 넘게 불구자가 됐고 연구소 건물 전체가 완전히 못 쓰게 돼 버렸어요. 거기 가 본 적 있으세요? 대단한 시설물이죠! 그런데 이제는 온통 '젤리'가 지하실과 낮은 층들에 스며들어서…… 이게 박사님이 말씀하신 접촉의 전조예요."

밸런타인은 얼굴을 심하게 찌푸렸다.

"그래요, 나도 그 일은 다 알고 있어요. 하지만 리처드, 방문자들이 그 일과 무관하다는 것에는 동의하겠지요. 우리에게 방위산업체가 있다는 걸 방문자들이 어떻게 알 수 있었겠습니까?"

"알았을걸요!" 누넌이 가르치듯 말대답했다.

"그럼 그들은 그 문제에 있어 당신에게 이렇게 말했을 겁니다. 있는 줄 알았다면 진작 방위산업체를 제거했을 거라

• 미립자가 액체 또는 기체에 분산된 상태의 것을 이른다. 젤라틴과 같은 비결정성 물질이다.

고."

"그것도 그러네요. 그들이 그렇게 강하다면 제거해 버렸겠네요." 누넌은 수긍했다.

"그러니까 당신은 그들이 인간사에 개입한다는 겁니까?"

"음, 글쎄 물론, 우리가 이 대화를 아주 멀리 끌고 갈 수도 있어요. 하지만 그러지 말자고요. 대화의 시작점으로 돌아오는 게 낫겠어요. 이 모든 게 어떻게 끝날까요? 그러니까, 예를 들어, 박사님은 학자잖아요. 박사님은 **구역**에서 뭔가 근본적인 것, 이를테면 과학과 기술이랄까, 삶의 방식을 근본적으로 전환할 뭔가를 얻어 내길 바라는 건가요……?"

밸런타인은 잔을 비우고 어깨를 으쓱했다.

"당신의 질문은 번지수를 잘못짚었습니다, 리처드. 나는 괜한 공상을 좋아하지 않아요. 그렇게 진지한 이야기가 오갈 때면 나는 조심스러운 회의론을 택하지요. 우리가 이미 알아낸 것들에 근거한다면, 미래엔 엄청난 가능성의 스펙트럼이 펼쳐져 있으므로 아무것도 단정적으로 말할 수 없습니다."

"로절리! 코냑 한 잔 더!" 누넌이 소리쳤다. "뭐, 좋아요. 반대로 접근해 볼까요. 박사님은, 그러니까 박사님이 생각하시기에 우리가 이미 알아낸 건 뭐죠?"

"우습게도, 상당히 적어요. 우리는 많은 기적들을 밝혀

3 리처드 H. 누넌, 51세.
국제외계문명연구소 하몬트 지부 전자 장비 공급처 대리인

냈습니다. 때로는 그 기적을 우리의 필요에 따라 사용하는 법까지도 익혔지요. 심지어 그것들에 익숙해지기까지 했고…… 실험실의 원숭이는 빨간 버튼을 누르면 바나나를 받고 하얀 버튼을 누르면 오렌지를 받으면서도, 버튼을 누르지 않고서는 어떻게 해야 바나나와 오렌지를 얻어 낼 수 있는지 모릅니다. 버튼과 바나나와 오렌지가 어떤 관계인지도 이해하지 못하지요. 그러니까, '바로 그'를 예로 들어 봅시다. 우리는 그걸 사용하는 법을 터득했습니다. 심지어 그것들이 분열 증식하는 조건도 알아냈어요. 하지만 우리는 아직까지 단 하나의 '바로 그'도 만들어 내지 못하며 그것들이 어떻게 구성되었는지도 이해 못 할뿐더러, 보아하니, 그 모든 것들을 곧 알아낼 것 같지도 않아요…… 나라면 이렇게 말할 겁니다. 우리가 사용처를 찾은 물체들이 있습니다. 방문자들이 사용하는 방식으로는 아마 절대 아닐지라도, 어쨌든 우리는 그걸 사용하고 있지요. 내가 확신하건대, 대부분의 경우 우리는 현미경으로 못을 박고 있는 꼴일 겁니다. 그래도 어쨌든 우리는 뭔가를 사용하고는 있어요. '바로 그', 신체 작용을 활성화하는 '팔찌'…… 의학계에 엄청난 전환을 불러일으킨 다양한 형태의 유사생물학적 집합체들…… 우리는 새로운 안정제와 새로운 비료들을 얻었고, 농업의 혁신을 이뤘습니다…… 아니, 내가 당신에게 이런 걸 왜 하나하나 얘기하고 있는 건지! 당신이 이 모든 것들을 나보다 모르지는 않을 겁니다. 당신도 '팔찌'를 끼고 있군요…… 이 물체군을 유용 물체군이라고 합시다. 어느 정도는 인류가 그 덕을 봤다고 할 수 있지요. 우리 유클리드의 세계에서는 모든 막대기에 양 끝이 있다는 걸 잊어서는 절대 안 되겠지만……"

"악용 말씀이신가요?" 누넌이 끼어들었다.

"바로 그렇습니다. '바로 그'를 방위산업체가 이용한다는…… 그런 걸 말하려는 건 아닙니다. 모든 유용한 물체의 작동 원리는 어느 정도는 연구됐고, 어느 정도는 설명됐습니다. 지금은 기술력이 우리 발목을 잡고 있지만, 50년 후에는 그런 왕의 인장들을 만드는 법을 스스로 터득해 그걸로 호두를 마음껏 부술 수 있게 되겠지.* 다른 물체군 상황은 더 복잡합니다. 우리는 그 쓰임새를 짐작도 못 하고, 현재 우리가 상상할 수 있는 범위에서는 그것들의 성질이 전혀 설명되지 않기 때문에 더 복잡하다는 겁니다. 예를 들어 다양한 타입의 자기성 트랩이 있어요. 우리는 그게 자기성 트랩이라는 걸 알고, 키릴 파노프가 그걸 아주 예리하게 밝혀냈지요. 하지만 우리는 그토록 강력한 자장의 근원이 어디에 있는지, 어떻게 그토록 안정적일 수 있는지는 모릅니다…… 전혀 이해하지 못하고 있지. 우리는 그저 공간의 그러한 성질, 예전에는 알아채지도 못했던 그 성질들에 대해 환상의 가설만 세울 수 있을 뿐입니다. 혹은 K-23······ 당신네들은 그걸 뭐라고 부릅니까? 장신구에 쓰이는 그 검고 아름다운 구슬들 말입니다."

"'검은 물방울'요." 누넌이 말했다.

"그래, '검은 물방울'······ 좋은 이름이군요. 그러니까, 당신들은 그것의 성질을 알고 있지요. 그런 구슬에 빛을 쏘면 그 빛은 구슬에서 조금 머무르다가 통과해 나오는데, 이때 그 시차는 구슬의 무게, 크기, 그리고 또 다른 몇몇 요소에 따라 달라지고 통과해 나오는 빛의 주파수는 언제나 들어가는 빛의 주파수보다 낮습니다······ 이게 대체 뭡니까? 왜 그렇게 되는 걸까요? 당신들이 '검은 물방울'이라 부르는 것이 우리의 공간과는 다른 성질을 지닌 공간이라는, 우리 공간의 영향하에서는 그렇게 동그랗게 말린 형태가 되는 거대한 공간의 핵이라는 정신 나간 발상도 있습니다······" 밸런타인이 담배를 꺼내 피우기 시작했다. "간단히 말하면, 이 군의 물체들은 현재 인간의 경험 세계에서는 전혀 쓸모가 없어요. 순수하게 과학적인 관점에서는 그것들이 근원

• 마크 트웨인의 『왕자와 거지*The Prince and the Pauper*』(1881)에서 왕자로 변장한 거지가 커다란 왕의 인장으로 호두를 부수는 장면이 나온다.

적 의미를 지닌다 해도 말입니다. 그건 우리가 아직 제기할 수 없는 질문에 대한 답이 하늘에서 떨어진 꼴이지요. 아까 언급한 아이작 뉴턴 경은 어쩌면 레이저는 파악하지 못했을지언정 적어도 그런 것이 가능하다는 것은 이해했을 거고, 그것은 그의 과학적 세계관에 어마어마한 영향을 줬을 겁니다. 더 이상 자세히 파고들지는 않겠지만, 자기성 트랩이나 K-23, '하얀 반지' 같은 물체들의 존재는 얼마 전까지만 해도 공유되던 이론 자체를 단번에 지워 버렸고, 완전히 새로운 발상을 불러일으켰습니다. 그런데 세 번째 군이 있지 않습니까……"

"그렇죠. '마녀의 젤리' 같은 빌어먹을 것들이 있죠……" 누넌이 말했다.

"아니, 아니요. 그것들은 모두 첫 번째나 두 번째 군에 넣어야 합니다. 나는 우리가 전혀 모르거나, 한 번도 손에 쥐어 본 적 없는, 그저 풍문으로만 알고 있는 물체들을 말한 겁니다. 스토커들이 우리 코앞에서 훔쳐 가 누군가에게 팔아넘기거나 숨긴 것들. 그들이 침묵하고 있는 것들. 전설이거나 전설을 가장한 헛소리지. '소원기계' '부랑자 딕' '즐거운 유령들'……"

"잠깐만요, 잠깐만요." 누넌이 말했다. "그게 대체 뭐죠? '소원기계'는 알겠는데……"

밸런타인이 웃었다.

"보시다시피 우리에게도 직업상 은어가 있지요. '부랑자 딕'이 바로 공장 폐허에서 난동을 피우는 가상의 태엽 달린 곰 인형입니다. '즐거운 유령들'은 **구역**의 몇몇 장소에 나타나는 위험한 난류고."

"처음 듣는데요."

"리처드, 아시겠습니까. 우리는 **구역**을 20년 동안 들쑤시고 다녔지만, **구역**이 품고 있는 것의 1,000분의 1도 알지 못합니다. 게다가 **구역**이 인간에게 미치는 영향에 대해 이야기하자면…… 그런데 잠깐, 또 하나의 군, 네 번째 군을 만들어야겠군. 이건 이미 물체가 아니라 영향입니다. 이 네 번째 군은 말도 안 될 정도로 연구가 안 되어 있어요. 내가 볼 때 데이터는 충분하고도 넘칠 정도로 쌓여 있는데도. 그리고 리처드, 당신이 아시다시피 나는 물리학자입니다. 그러니 회의론자지요. 하지만 이 데이터를 생각할 때면 나조차 오싹해집니다."

"살아 돌아온 죽은 자들……" 누넌이 중얼거렸다.

"뭐요? 아…… 아닙니다. 그건 불가사의하긴 하지만, 그 이상은 아니지요. 어떻게 말해야 할지…… 그건 상상할 수 있는 일이랄까. 하지만 이렇게 인간 주위에 원인을 전혀 알 수 없는 초물리학적이고 초생물학적인 현상이 일어나기 시작하면……"

"아, 이민자들 말씀이시군요……"

"바로 그겁니다. 아는지 모르겠지만, 수학적 통계는, 그건 아주 정확한 과학이지요. 우연히 일어난 일도 수치에 포함시키긴 하지만. 설득력 있는 과학이기도 하고, 아주 명료하지요……"

밸런타인은 살짝 취한 것 같았다. 목소리가 커졌고 볼은 발그레해졌으며 눈썹은 검은 안경알 위로 높이 올라가 이마에 주름살을 만들었다.

"로절리!" 갑자기 그가 크게 외쳤다. "코냑 한 잔 더! 큰 잔으로!"

"술 안 마시는 사람이 정말 좋다니까요." 누넌이 존경을 담아 말했다.

"말 돌리지 마시오!" 밸런타인이 정색을 하고 대꾸했다. "사람들이 하는 말을 생각해 보십시오. 아주 이상한 내용이지."

그는 잔을 들어 단숨에 절반을 들이켜고는 말을 이어 갔다.

"**방문**이 있었던 바로 그때 가여운 하몬트인들이 무슨 일을 겪었는지 우리는 모릅니다. 그런데 어떤 하몬트인이 이민을 가기로 했어요. 더할 나위 없이 평범한 사람이었습니다. 이발사였지요. 이발사의 아들이자 이발사의 손자였고.

3 리처드 H. 누넌, 51세,
국제외계문명연구소 하몬트 지부 전자 장비 공급처 대리인

그러니까, 그는 디트로이트로 이민을 갑니다. 거기서 이발소를 열었는데 저주스러운 불행이 시작되지요. 그의 고객 중 90퍼센트 이상이 1년 안에 죽었습니다. 자동차 사고로 죽고, 창문에서 떨어져 죽고, 갱과 깡패에게 칼 맞아 죽고, 수심 얕은 곳에서 익사하는 등 이런저런 사인으로. 그게 다가 아닙니다. 디트로이트에서 갑자기 공공시설 사고가 급증합니다. 가스통이 터지는 횟수가 배로 증가하고. 전기선 불량으로 발생하는 화재는 3.5배 증가하지요. 자동차 사고 건수는 세 배 늘어납니다. 독감으로 인한 사망률은 두 배 늘고. 여기서 끝이 아닙니다. 디트로이트와 그 주변 지역에서 자연재해 건수가 증가합니다. 지난 1,700년 동안 이 지역에서 단 한 번도 관측된 적이 없는 회오리바람과 태풍이 어디선가 날아옵니다. 하늘에 구멍이 뻥 뚫려 온타리오호湖, 혹은 미시간호, 디트로이트와 닿아 있는 곳은 어디든 물이 범람하고…… 그러니까 다 이런 식이지요. 이런 참사는 어느 도시에서든, 어느 곳에서든, **방문** 지역의 이민자가 정착한 곳이라면 어디든 일어날 수 있으며 참사의 수치는 해당 지역에 정착한 이민자들의 수와 정확히 비례합니다. 그리고 덧붙이자면, 오로지 **방문** 자체를 직접 겪은 이민자만이 그런 영향을 끼치지요. **방문** 후에 태어난 자들은 재해의 통계 수치에 어떠한 영향도 주고 있지 않습니다. 당신은 하몬트에서 10년을 살았지만, **방문** 이후에 왔으니 당신이라면 아무 걱정 없이 바티칸까지도 보낼 수 있다는 겁니다. 이걸 어떻게 설명할 수 있겠습니까? 우리는 뭘 믿지 말아야 할까요. 통계? 아니면 상식?" 밸런타인은 술잔을 들더니 단번에 끝까지 삼켰다.

리처드 누년이 귀 뒤를 긁적였다.

"음, 그러네요. 그런 얘기를 지겹도록 들었습니다만, 솔직히 전 언제나 그게 다, 순화해 표현하자면, 좀 과장된 거라고 생각했어요…… 그저 이민을 금지하기 위한 구실이 필요했던 거라고요."

밸런타인이 쓴웃음을 지었다.

"그게 퍽이나 구실이 되겠군! 누가 그런 헛소리를 믿겠습니까? 글쎄, 전염병을 거짓으로 만들어 낼 수야 있었겠지만…… 헛소리가 위협이 될까…… 그럴 리 없잖습니까!"

그는 팔꿈치를 테이블에 대고 손바닥에 얼굴을 묻은 채 탄식했다.

"맞아요." 누년이 말했다. "확실히, 우리의 전능하고도 낙천적인 과학의 관점에서는……"

"혹은 **구역**의 돌연변이 작용이라 할 수 있습니다." 밸런타인이 누년의 말을 잘랐다. 그는 안경을 벗고 잘 보이지 않는 검은 눈으로 누년을 바라봤다. "**구역**과 상당히 오랜 시간

3 리처드 H. 누년, 51세,
국제외계문명연구소 하몬트 지부 전자 장비 공급처 대리인

접촉한 사람은 모두 변형을 겪습니다. 표현적으로도, 유전적으로도. 당신도 스토커들이 어떤 자식들을 갖게 되는지, 스토커에게 어떤 일이 일어나는지도 잘 알지요. 어째서일까요? 돌연변이 요소가 어디 있는 겁니까? **구역**에는 방사능도 전혀 없습니다. **구역** 내 공기와 토양의 화학적 구조는 특이하기는 해도 돌연변이를 일으킬 위험성은 전혀 없습니다. 이런 상황에서 내가 어찌해야 될지. 마법이라도 믿어야겠습니까? 미신을 믿어야겠습니까……? 이보시오, 리처드. 우리 한 잔 더 합시다. 내가 지금 뭔가 나사가 풀린 것 같군. 제기랄……"

리처드 누넌은 히죽거리며 노벨상 수상자에게는 코냑을 한 잔 더, 자신을 위해서는 맥주를 한 잔 더 시켰다. 그러고 나서 이렇게 말했다.

"그러니까, 보세요. 박사님이 얼마나 혼란스러운지 알겠어요. 하지만 솔직히, 전 개인적으로는 통계보다도 살아 돌아온 죽은 자들이 훨씬 더 골치 아프다고요. 게다가 그런 통계는 본 적도 없지만, 그런 죽은 자들은 실제로 본 적도 있고 냄새도 꽤 자주 맡았고……"

밸런타인이 듣다 말고 손을 휘저었다.

"그런데 당신이 말한 죽은 자들은…… 이봐요, 리처드. 당신은 부끄럽지도 않습니까? 당신은 어쨌든 배운 사람인데…… 기본적인 원칙이라는 관점에서 당신이 말한 죽은 자들은 영구 축전기보다 더도 덜도 놀라운 게 아니란 걸 정말 이해하지 못하는군. '바로 그'는 그저 열역학 제1법칙을 거스르는 거고, 죽은 자들은 그저 열역학 제2법칙에서 어긋날 뿐, 차이는 그것밖에 없습니다. 우리 모두는 어떤 의미에서 혈거인들이지. 유령이나 흡혈귀보다 두려운 걸 상상 못 합니다. 그런데 인과관계에 반하는 것은 유령이 무더기로 오는 것보다도 무서운 일이지…… 루빈슈타인 같은 괴물보다도…… 아니 발렌슈타인이던가?"

"프랑켄슈타인요."

"아, 그렇지, 프랑켄슈타인. 마담 셸리. 시인의 아내. 아니 딸이던가." 밸런타인이 갑자기 웃음을 터뜨렸다. "당신이 말한 죽은 자들에겐 흥미로운 특징이 하나 있어요. 독자적인 생명력. 예를 들어 그들의 다리 하나를 자르면, 그 다리가 걸어 다닐 겁니다…… 물론, 그걸 걷는다고 할 순 없겠지만…… 어쨌든 살아 움직인다는 거지요. 몸과 분리된 채로. 생리작용에 필요한 액체가 조금도 없는데도…… 그런데 얼마 전에 누가 연구실에 그런 죽은 자를…… 아무도 필요로 하지 않는 자를 이송해 왔습니다. 그래서 그를 자세히 분석했지…… 보이드 교수의 연구원이 나에게 얘기해 줬어요. 어떤 피치 못할 상황이라 오른쪽 팔을 잘라 냈는데,

다음 날 아침에 나와 보니 그 팔이 엿이나 먹으라는 손짓을 하고 있더라는 겁니다⋯⋯" 밸런타인이 호탕하게 웃었다. "그렇지 뭡니까? 지금까지도 그러고 있어요! 손가락을 폈다가 다시 오므렸다가. 당신은 그 팔이 뭘 말하려는 것 같습니까?"

"제가 봤을 땐 꽤나 뻔한 메시지 같은데요⋯⋯ 그런데 우리 이제 집에 갈 시간 아닌가요, 밸런타인?" 누넌이 시계를 보며 말했다. "저는 중요한 일이 하나 더 있어서요."

"그럽시다." 밸런타인이 안경테에 얼굴을 밀어 넣으려는 헛된 시도를 하며 흔쾌히 동의했다. "이런, 당신 날 너무 많이 마시게 했군, 리처드⋯⋯" 그는 양손으로 안경을 들고선 열심히 원래 위치에 얹어 놓았다. "차 갖고 왔습니까?"

"네. 제가 태워다 드릴게요."

그들은 계산을 마치고 출구로 갔다. 밸런타인은 평소보다도 훨씬 똑바로 걸었고, 큰 동작으로 팔을 들어 손가락을 관자놀이에 댄 채 호기심에 찬 눈빛과 놀란 기색으로 세계 물리학계의 거성을 쳐다보는, 알고 지내는 연구원들에게 인사했다. 출구에서는 늘 웃는 얼굴의 문지기에게 인사를 하다 자기 안경을 쳐서 떨어뜨렸는데, 세 명이 동시에 안경을 잡으려고 달려들었다.

"이런, 리처드⋯⋯" 밸런타인이 푸조에 타면서 말을 시작했다. "당신 나를 불-가-할 정도로 취하게 했군. 그러면 안 되오, 제기랄…… 불편하잖습니까. 나는 내일 아침에 실험이 있어요. 당신이 아는지 모르겠지만, 흥미로운……"

그러더니 내일 있을 실험 이야기를 늘어놓다가 말고 옆길로 새 농담을 하며 이렇게 말하기도 했다. "취하게 만들었어…… 맙소사! 이런 염병할……" 누넌은 그를 과학의 거리로 데려다주면서 갑자기 감정에 복받쳐 한마디 덧붙이려는 노벨상 수상자의 욕구를 단호히 제지했고("……그리고 그 저주할 실험이 다 무슨 소용인가? 내가 당신네 그 실험으로 뭘 할 줄 알아? 내가 그걸 미뤄 버릴 거라고……!") 남편의 상태를 보고 엄청난 분노에 휩싸인 아내의 손에 그를 넘겨줬다.

"……소온님들?" 남편이 시끄럽게 굴었다. "누구? 아, 보이드 교수? 그거 잘됐군! 이제 우리는 그와 마셔야지. 하지만 술잔은 안 쓸 거야. 제기랄, 물컵으로 마실 거라고…… 리처드! 어딨습니까, 리처드……!"

누넌은 이미 계단을 뛰어 내려가면서 그 소리를 들었다. 그는 다시 푸조에 올라타면서 그런데 그들 역시 두려워하고 있는 게 아닌가 생각했다. 그들은 두려워하고, 또 두려워한다. 콧대만 높아서는…… 사실 그래야 마땅하다. 그들은 심지어 우리 모두를, 평범한 사람들을 다 합친 것보다도 더 두려워해야 한다. 우리는 그저 아무것도 이해하지 못하는 거지만, 그들은 적어도 무엇을 얼마만큼 모르는지는 이해한다. 그 헤아릴 길 없는 심연을 보면서도 그리로 내려갈 수밖에 없음을 안다.* 울렁거리지만, 내려가야만 하는데, 어떻게 내려가야 할지, 심연의 끝에는 무엇이 있을지, 그리고 무엇보다도, 나중에 거기서 다시 나올 수 있을지 생각한다…… 그런데 우리 죄인들은, 그러니까, 다른 측면을 본다. 그런데 정말 내려가야 하는 것인가, 라고. 순리대로 흘러가게 내버려 두고 우리는 어떻게든 살아가자는 거다. 밸런타인의 말이 맞는다. 인류의 가장 영웅적인 행동은…… 살아남았다는 것, 그리고 앞으로도 살아 낼 생각이라는 거다…… 그래도 어쨌거나 빌어먹을 놈들이다, 그가 방문자들을 두고 말했다. 피크닉을 다른 데서 열 수는 없었나. 달이라든가. 예를 들면 그렇다는 거다. 아니면 화성이라든가. 너희는 공간을 접는 법은 배웠지만, 다른 모든 놈들과 다를 바 없는, 인정머리 없는 깡패들이다…… 보다시피 피크닉을, 그걸 여기 우리 땅에서 열다니…… 피크닉을……

그는 비에 젖어 환히 빛나는 길을 따라 천천히 푸조를 몰

---

* 프리드리히 니체의 『선악의 저편_Jenseits von Gut und Böse_』(1886)에 나오는 구절 '괴물과 싸우는 사람은 자신이 이 과정에서 괴물이 되지 않도록 조심해야 한다. 만일 네가 오랫동안 심연을 들여다보고 있으면, 심연도 네 안으로 들어가 너를 들여다본다'를 암시한다.

며 어떻게 하면 자신의 그 피크닉 문제를 더 잘 처리할 수 있을까 생각했다. 어떻게 해야 이 모든 걸 더 수월하게 해결할 수 있을까? 최소한의 행동이라는 원칙으로. 기계 작동의 원리처럼 말이다. 어떻게 해야 그 다리 없는 더러운 새끼의 수를 더 잘 파악할 수 있을지 모른다면, 내가 받은 공학 학위 따위가 다 무슨 소용인가……

그는 레드릭 슈하트가 사는 아파트 앞에 차를 세우고는 어떻게 대화의 실마리를 풀어 나갈지 생각하며 잠시 운전대 앞에 앉아 있었다. 잠시 후 그는 '바로 그'를 뽑고 차에서 내렸고, 그제야 그 아파트가 사람 사는 곳 같지 않다는 걸 알아차렸다. 거의 모든 창문이 깜깜했고, 마당에는 아무도 없었으며 가로등마저 꺼져 있었다. 이건 지금부터 그가 보게 될 것에 대한 경고였다. 그는 오한을 느끼며 몸을 움츠렸다. 전화로 레드릭을 불러내 차 안이나 조용한 술집에서 이야기를 나누는 게 어떨까 하는 생각마저 들었지만, 그는 그 생각을 떨쳐 버렸다. 그래선 안 될 여러 이유가 있었다. 무엇보다도, 여기에 왔다가 뜨거운 물을 맞은 바퀴벌레처럼 혼비백산하여 도망간 그 가여운 개자식들처럼 굴지 말자고 자기 자신에게 말했다.

그는 입구로 들어가 오랫동안 비질하지 않은 계단을 천천히 올라갔다. 주위에는 인기척이라곤 없는 고요가 깔려 있었고, 층계참으로 난 문들은 살짝 열려 있거나 심지어는 활짝 열려 있기도 했다. 어두운 현관들에서 습한 냄새와 썩은 먼지 냄새가 흘러나왔다. 그는 레드릭의 집 앞에 멈춰 섰고, 머리카락을 귀 뒤로 넘기고 깊은숨을 내쉰 후 벨을 눌렀다. 얼마간 문 건너편이 조용하다가 마루가 삐걱거리더니 자물쇠가 덜컹거리는 소리가 났고, 문이 살며시 열렸다. 발소리는 듣지 못했다.

문간에는 몽키가, 레드릭 슈하트의 딸이 서 있었고 눈부신 빛이 현관에서 어둑어둑한 층계참으로 쏟아졌다. 처음에 누넌은 그저 소녀의 어두운 실루엣만 보고는 지난 몇 개월 새 참 많이 컸다고 생각했는데, 그 애가 현관 안쪽으로 깊숙이 들어가자 얼굴이 보였다. 순간 그의 목이 바짝 말랐다.

"안녕, 마리아." 그는 최대한 부드럽게 말하려고 노력하며 인사했다. "잘 지냈어, 몽키?"*

아이는 대답하지 않았다. 입을 꼭 다물고 그를 곁눈질로 보면서 소리 없이 거실로 난 문 뒤로 갔다. 그를 알아보지 못한 것 같다. 그리고 그도 솔직히 그 애를 알아보지 못했다. **구역**이다, 그는 생각했다. 빌어먹을 **구역**이······

"누구세요?" 구타가 부엌에서 내다보며 물었다. "어머,

---

* 마리아의 애칭 마르티시카는 작은 원숭이란 의미도 있다.

딕! 왜 이렇게 오랜만이에요? 레드릭이 돌아온 거 들었어요?"

그녀는 어깨에 걸친 행주에 손을 닦으며 서둘러 다가왔다. 여전히 아름답고 활기차고 씩씩했지만, 어딘가 초췌했다. 얼굴이 수척했고 눈은 뭐랄까…… 열에 들뜬 것 같달까?

그는 그녀의 볼에 키스하고 트렌치코트와 모자를 넘겨주며 말했다.

"들었어요, 여기저기서 들었죠…… 아무리 해도 시간을 내기가 힘들었어요. 레드릭은 집에 있어요?"

"안에 있어요. 손님이 한 분 와 있긴 한데…… 온 지 꽤 오래됐으니 아마 곧 갈 거예요. 들어와요, 딕……" 구타가 말했다.

그는 복도를 따라 몇 걸음 걸어가 거실로 난 문 앞에 멈춰 섰다. 탁자에 한 노인이 앉아 있었다. 홀로. 움직임도 없이 비스듬히. 전등갓에서 스며 나온 분홍빛이 오래된 나무에서 잘라 낸 것 같은 넙적하고 어두운 얼굴과 쪼그라들어 입술이 안 보이는 입, 생기 잃은 눈을 비추고 있었다. 그리고 바로 그때 누넌은 냄새를 느꼈다. 그는 그럴 리 없다는 걸, 냄새는 첫 며칠만 나고 그 후로는 완전히 없어진다는 걸 알고 있었지만, 마치 기억으로 그 냄새를 맡는 기분이었다. 방금 파헤쳐진 흙에서 나는 습하고 무거운 냄새.

"부엌으로 가요." 구타가 서둘러 말했다. "저녁 준비 중인데, 거기서 얘기 나눠요."

"그래요, 가요. 정말 오랜만이죠……! 제가 식사 전에 술 마시기를 좋아한다는 거, 아직 잊지 않았죠?" 누넌이 힘차게 말했다.

그들은 부엌으로 들어섰다. 구타는 바로 냉장고를 열었고 누넌은 식탁에 앉아 주위를 살폈다. 늘 그랬듯 모든 게 깨끗하고 반짝였으며 냄비에서는 김이 피어오르고 있었다. 가스레인지가 새것이고 반자동식인 걸 보니 집에 돈이 있었다는 얘기다.

"레드릭은 좀 어때요?" 누넌이 물었다.

"그대로죠, 뭐. 감옥에 있는 동안 살이 빠졌는데, 많이 먹어서 이제는 원래대로 돌아왔어요."

"여전히 빨강 머리고요?"

"당연하죠!"

"사납고?"

"안 그럼 레드릭이 아니죠! 죽는 날까지 그럴걸요."

구타가 잔에 블러디 메리를 따라 그의 앞에 놓았다. 토마토 주스 층 위에 투명한 러시아 보드카 층이 떠 있는 것 같다.

"너무 많이 따른 거 아니죠?" 그녀가 물었다.

"딱 좋아요." 누넌은 숨을 깊이 들이마시고는 얼굴을 찡 그리고 나서 그 칵테일을 입에 털어 넣었다. 맛있었다. 오늘 처음 마시는 제대로 된 술이라는 생각이 들었다. "아주 맛 있는데요. 이제 좀 살겠네요."

"무슨 일 있는 거 아니죠? 왜 이렇게 오랫동안 연락이 없 었어요?" 구타가 물었다.

"저주스러운 업무 때문이죠." 누넌이 말했다. "매주 들르 거나 여의치 않으면 전화라도 하려고 했는데, 처음에는 렉 소폴리스에 가야 했고, 그다음에는 문제가 하나 터졌고, 그 러고 나니 '레드릭이 돌아왔다'고들 하더군요. 됐어, 뭐 하 러 레드릭 식구를 귀찮게 구나 했죠…… 한마디로, 정신없 이 바빴어요, 구타. 때때로 전 이렇게 자문하곤 해요. 우리 는 왜 이토록 젠장맞게 아등바등하나? 돈을 벌려고? 하지 만 아등바등 살기 바쁜데 돈이 다 무슨 소용인가……?"

구타는 달그락거리며 냄비 뚜껑을 열어 보고는 선반에 서 담뱃갑을 꺼내 누넌의 맞은편에 앉았다. 그녀는 눈을 아 래로 떨궜다. 누넌이 재빨리 라이터를 꺼내 불을 붙여 줬 다. 그는 레드릭이 형을 선고받은 직후 그녀에게 돈을 주기 위해 왔을 때처럼 그녀의 손가락이 떨리는 걸 다시 한 번, 그러니까 살면서 두 번째로 봤다. 처음에 그녀는 땡전 한 푼 없이 남겨졌고, 집에는 저당 잡힐 물건 하나 없었다. 그러더니 집에 돈이, 보아하니 적지 않은 돈이 생겼는데, 누넌은 그 돈이 어디서 난 건지 짐작했다. 하지만 그는 계속 이 집에 드나들며 몽키에게 과자와 장난감을 선물했고, 저녁 내내 구타와 커피를 마시며 레드릭의 밝은 미래를 함께 계획하고, 그녀의 얘기를 한참 듣다가 이웃들에게 가서 어떻게든 그들을 타이르고 설명하고 설득하다 결국엔 인내심을 잃고 "빨강머리가 돌아오면 너희 모두의 뼈를 으스러뜨려 줄 거다……"라고 협박하곤 했다. 소용은 없었지만.

"여자 친구는 어떻게 지내요?" 구타가 물었다.

"여자 친구라뇨?"

"그때 같이 다니던 여자요…… 피부가 하얗던……"

"그녀가 제 여자 친구라고요? 제 속기사예요. 결혼하더니 퇴직했어요."

"딕, 당신도 결혼해야죠." 구타가 말했다. "제가 신붓감 좀 찾아볼까요?"

누넌은 평소처럼 대답하고 싶었다. '몽키가 이만큼 크거든……' 하지만 제때 멈췄다. 이제 그런 말은 통하지 않을 터였다.

"저한테 필요한 건 아내가 아니라 속기사예요." 그가 웅얼거렸다. "당신이 빨강 머리 악마를 버리고 제게 와서 속기사로 일해 줘요. 당신은 훌륭한 속기사였잖아요. 해리스

영감이 아직도 당신 얘기를 한다니까요."

"어렵하겠어요. 그때 그 사람을 떼어 놓느라 고생한 생각만 해도 진절머리가 나요."

"아, 그 정도였어요?" 누넌은 놀라는 척했다. "불쌍한 해리스!"

"맙소사! 그가 얼마나 성가시게 굴며 절 항상 쫓아다녔는데요! 전 레드가 알게 되면 어쩌나 그 걱정만 했다고요." 구타가 말했다.

몽키가 기척도 없이 들어왔다. 문에 나타나서는 냄비를, 그리고 리처드를 응시하더니 엄마에게 다가가 얼굴을 돌리며 안겼다.

"저기, 몽키, 초콜릿 먹을래?" 리처드 누넌이 쾌활하게 말을 걸었다.

그는 재킷 주머니에 손을 넣더니 투명한 비닐에 싸인 초콜릿 자동차를 꺼내 소녀에게 내밀었다. 아이는 꿈쩍도 하지 않았다. 구타가 그에게서 초콜릿을 받아 들어 식탁에 놓았다. 그녀의 입술이 갑자기 창백해졌다.

"그래요, 구타." 누넌이 힘차게 말했다. "알다시피 전 이사할 생각이었어요. 호텔에서 지내는 데 질렸거든요. 무엇보다도 어쨌든 연구소에서 멀고……"

"이제 이 애는 거의 아무것도 이해하지 못해요." 구타가 조용히 말했고, 그는 하던 말을 멈추고는 양손으로 잔을 들어 의미 없이 돌렸다. "우리가 어떻게 살고 있는지는 안 물어보는군요." 그녀가 말을 이었다. "사려 깊은 행동이에요. 하지만 딕, 당신은 우리의 오랜 친구니 숨길 게 하나도 없어요. 숨길 수도 없고요!"

"의사한테 가 봤어요?" 누넌은 눈을 들지 않은 채 물었다.

"네. 그들이 할 수 있는 건 아무것도 없어요. 그리고 어떤 의사는……"

그녀는 입을 다물었다. 그도 입을 다물었다. 그것에 관해서는 이야기할 것도 없었고 생각하기도 싫었지만, 갑자기 소름 끼치는 생각이 그를 내리쳤다. 이건 침략이다. 노변의 피크닉도 아니고 접촉을 하자는 신호도 아니다. 침략이다. 그들은 우리를 바꿀 수는 없지만, 우리 아이들의 몸에 침투해 그들을 자기네 형상으로, 자신들과 비슷하게 변형시키는 것이다. 그는 오한을 느꼈으나, 화려하게 번쩍이는 표지의 문고본에서 이미 뭔가 비슷한 얘기를 읽었던 게 기억났고, 그 기억을 떠올리자 마음이 편해졌다. 상상으로는 뭐든 가능하다. 실제가 상상한 대로인 경우는 절대 없고.

"어떤 의사는 이 애가 이미 인간이 아니라고 했어요." 구타가 입을 열었다.

"멍청한 소리예요." 누넌이 공허하게 말했다. "제대로 된 전문가한테 가 봐요. 제임스 커터필드 같은. 제가 그와 얘기 해 볼까요? 진료 약속을 잡아 줄게요……"

"도살자 말인가요?" 그녀는 신경질적인 웃음을 터뜨렸 다. "그럴 필요 없어요, 딕. 고마워요. 그 말을 한 사람이 도 살자인걸요. 운명인가 봐요."

누넌이 용기를 내 다시 눈을 들어 보니 몽키는 이미 없었 고, 구타는 움직이지 않고 앉아 있었다. 그녀의 입은 살짝 열려 있고 눈은 공허했으며 손가락 사이에 낀 담배의 회색 재 부분이 길게 구부러져 있었다. 그는 식탁 위로 그녀에게 잔을 내밀며 이렇게 말했다.

"한 잔 더 만들어 줘요, 구타…… 당신 것도 만들고요. 건 배하고 같이 마셔요."

그녀는 재를 떨고 꽁초를 어디에 버려야 할지 찾다가 싱 크대로 던졌다.

"뭘 위해 건배하죠?" 그녀가 말했다. "하나도 이해가 안 가요! 우리가 뭘 어쨌다고요? 어쨌든 이 도시에서 우리가 가장 나쁜 사람들은 아니잖아요……"

누넌은 이제 그녀가 울겠구나 했지만, 울지 않았다. 그녀 는 냉장고를 열어 보드카와 주스를 꺼내고는 선반에서 잔 을 하나 더 내렸다.

"어쨌든 낙담하지 말아요. 세상에 해결할 수 없는 일 따

3 리처드 H. 누넌, 51세,
국제외계문명연구소 하몬트 지부 전자 장비 공급처 대리인

원 없어요. 제 말 믿어요, 구타. 제 인맥은 아주 넓어요. 할 수 있는 건 다 해 볼 테니까……"누넌이 말했다.

그는 진심으로 그럴 생각이었고 머릿속으로는 벌써 의사 이름과 병원, 도시를 추렸다. 비슷한 경우를 예전에 들은 적이 있는데, 다 잘 해결됐다고 한 것 같았으니 그저 그게 어디서 일어났던 일인지, 누가 치료했는지를 기억해 내야 했는데, 순간 그는 뭣 때문에 자기가 여기에 왔는지가 떠올랐다. 미스터 렘천이 떠올랐고, 무슨 목적으로 구타와 친하게 지냈는지 떠올랐고, 그 뒤로는 더는 아무 생각도 하고 싶지 않아져서 관련된 모든 생각들을 몰아냈다. 그는 더 편안히 자세를 잡고 앉아 긴장을 풀고 마실 것을 기다리기로 했다.

이때 현관에서 바닥에 끌리는 발소리와 막대기가 바닥에 부딪치는 소리, 그리고 오늘따라 특히 귀에 거슬리는 대머리수리 버브리지의 목소리가 들려왔다.

"이봐, 빨강머리! 네 여편네한테 누군가 들른 거 같은데. 남성용 모자가 있어…… 나라면 그냥 두지 않을걸……"

이어지는 레드릭의 목소리.

"의족 조심해, 대머리수리. 그 입 닥치고. 문은 저쪽이니 빨리 꺼지라고. 나는 이제 저녁 먹을 시간이라."

그리고 버브리지의 목소리.

"이런, 맙소사. 이제 농담도 못 하겠네!"

그리고 레드릭의 목소리.

"농담은 이미 할 만큼 했잖아. 이제 그만하고 어서 나가. 꾸물거리지 말고!"

자물쇠가 덜컹거렸고 목소리가 잦아들었다. 둘 다 층계참으로 나간 게 분명했다. 버브리지가 목소리를 낮추고 뭔가 말했고, 레드릭은 그에게 "그래, 알았다니까. 다 얘기했잖아!"라고 대답했다. 그러고는 버브리지의 웅얼거림과 레드릭의 곤두선 목소리가 이어졌다. "알았다고 했잖아!" 문이 쾅 닫히고 복도에 빠른 발걸음 소리가 울리더니 부엌 문턱에 레드릭 슈하트가 나타났다. 누넌은 그를 보고 일어섰고, 그들은 손을 꽉 잡고 악수했다.

"당신일 줄 알았지." 레드릭이 누넌을 초록빛 눈으로 빠르게 훑어보며 말했다. "와, 더 쪘는데, 뚱보! 바에 놀러 다니면서 엉덩이 살을 찌웠군그래…… 아니! 뭐야, 둘이서 즐거운 시간을 보내고 있었잖아! 여보, 나도 한 잔 만들어 줘. 따라잡아야지……"

"우리 아직 시작도 안 했어. 이제 막 시작하려던 참이었지. 너보다 많이 마시는 게 가능하겠어!" 누넌이 말했다.

레드릭은 날카롭게 웃고는 주먹으로 누넌의 어깨를 건드렸다.

"누가 누구를 따라잡는지, 누가 누구를 앞지를지 이제 어디 보자고! 형씨, 난 2년을 금주했으니 따라잡으려면 통으로 들이부어야 해…… 가자, 나가자. 뭐 하러 부엌에서 이러고 있어! 구타, 저녁 좀 갖다 줘……"

그는 냉장고에 몸을 집어넣더니 양손에 각기 다른 상표가 붙어 있는 병을 두 개씩 들고 몸을 일으켰다.

"놀아 보자고!" 그가 선포했다. "자기 사람이 곤경에 처했을 때 외면하지 않는 최고의 친구 리처드 누넌을 위하여! 그런다고 이득 볼 것도 없었는데 말이지. 이런, 구탈린이 없는 게 아쉽네……"

"그럼 전화해 봐." 누넌이 권했다.

레드릭은 밝은 주홍빛 머리를 저었다.

"그가 지금 있는 곳에는 아직 전화기가 없어. 자, 가자. 가자고……"

레드릭이 앞장서 거실로 들어가서는 술병들을 탁자에 소리 나게 내려놓았다.

"아빠, 오늘 달려 보려고요!" 그가 움직이지 않는 노인에게 말했다. "여기는 리처드 누넌, 우리 친구예요! 딕, 이쪽은 우리 아빠, 슈하트 시니어……"

리처드 누넌은 그 불투명한 덩어리에 정신을 집중하고는 입을 귀까지 끌어 올려 미소를 띠고 허공에 손바닥을 흔들며 죽은 자에게 이렇게 말했다.

"정말 반갑습니다, 슈하트 씨. 어떻게 지내세요……? 우리는 아는 사이야, 레드." 그가 바에서 뭔가를 하고 있는 슈하트 주니어에게 말했다. "잠깐이지만, 사실 이미 한 번 뵌 적이 있습니다……"

"앉아." 레드릭이 노인 맞은편에 놓인 의자를 고개로 가리키며 말했다. "아빠와 얘기할 거면 더 크게 말해. 아빠는 전혀 듣지를 못해."

그는 술잔을 늘어놓고 빠르게 병을 딴 다음 누넌에게 말했다.

"따라 줘. 아빠한테는 조금만, 바닥이 잠기지 않을 정도로……"

누넌은 천천히 따르기 시작했다. 노인은 아까와 같은 자세로 벽을 쳐다보며 앉아 있었다. 누넌이 술잔을 밀어 줬을 때도 아무 반응을 보이지 않았다. 누넌은 벌써 이 새로운 상황에 적응했다. 이건 무섭고도 애처로운 게임이었다. 레드릭이 판을 벌였고, 그가 그 게임에 참가하게 된 것이다. 살면서 늘 타인의 게임에, 두렵고, 애처롭고, 부끄럽고, 야만스러운, 그리고 이보다 훨씬 더 위험한 게임에 참가해 왔듯이. 레드릭이 자기 잔을 들더니 "어때, 그럼 달려 볼까?"라며 운을 뗐고, 누넌은 흠잡을 데 없이 자연스러운 태도로 노인을 쳐다봤다. 그러자 레드릭은 참지 못하고 자기 잔을 누년의 잔에 부딪쳐 건배하고는 이렇게 말했다. "달려 보자고, 달려 봐. 이 사람 걱정은 안 해도 돼. 자기 잔은 알아서 챙길 거야……" 이에 누년은 너무나 자연스럽게 고개를 끄덕였고, 둘은 술을 마셨다.

레드릭이 크으 소리를 내고는, 눈을 빛내며 여전히 흥분이 가시지 않은 약간은 인위적인 톤으로 말을 쏟아 냈다.

"형씨, 다 끝났어! 이제 다시는 감옥에 갈 일 없을 거야. 순진한 당신은 집에 있는 게 얼마나 좋은 건지 알까! 나한테 돈이 좀 있어서 멋진 별장을 봐 뒀는데, 정원도 있고 대머리수리네 별장 못지않을 거야…… 당신도 알다시피, 나 이민 가려고 했잖아. 감옥에서 그렇게 마음먹었었지. 내가 도대체 무슨 영광을 보자고 이 지저분한 도시에 처박혀 있어야 하나? 다 망해 버리라지, 라고 생각하면서. 그런데 돌아왔더니 안녕, 이민은 금지됐어!, 라는 거야. 뭐야, 그 2년 새 우리가 역병에라도 걸렸단 건가……?"

그는 말을 연거푸 쏟아 냈고, 누년은 위스키를 홀짝이면서 고개를 끄덕이거나 욕설과 형식적인 질문으로 추임새를 넣으며 들어 주고 나서 별장에 대해 묻기 시작했다. 어떤 별장인데, 어디 있는데, 얼마야? 그러더니 레드릭과 입씨름했다. 누년은 불편한 지역에 있는 별장도 비싸다는 걸 증명하고는 메모장을 꺼내 한 장 한 장 넘기며 거저 팔아넘기는 방치된 별장들의 주소를 알려 줬고, 별장 수리비, 특히나 이민 신청서를 제출했는데도 정부가 불허한 데 대한 보상 금을 청구하면 그 돈으로 거의 충당될 거라고 일러 줬다.

"그러니까 당신은 벌써 부동산 사업도 하고 있네." 레드릭이 말했다.

"나는 모든 일에 조금씩 손대잖아." 누넌이 대답하고 눈을 찡긋했다.

"알아, 알아. 당신이 하는 그 지저분한 사업에 대해서는 질릴 정도로 들었지!"

누넌이 눈을 크게 뜨더니 입술에 손가락을 대고 부엌 쪽으로 고갯짓을 했다.

"됐어, 다들 아는 얘기야. 돈은 냄새를 풍기지 않는다고. 난 이제야 그걸 확실히 이해했어…… 그런데 뼈주먹을 관리자 자리에 앉혔다며? 내가 그 얘기를 듣고는 배꼽 빠져라 웃었다니까! 딱 염소를 텃밭에 풀어놓은 꼴이야…… 걔는 완전히 사이코잖아. 내가 걜 어릴 적부터 봐서 알지!" 레드릭이 말했다.

이때 노인이 천천히, 마치 나무가 움직이듯, 거대한 인형처럼 무릎에 놓여 있던 손을 들더니 탁자의 자기 잔 옆에 쿵 하고 내려놓았다. 손은 거뭇하면서 푸르뎅뎅했으며 안으로 굽은 손가락이 손을 꼭 닭발처럼 보이게 했다. 레드릭은 잠시 입을 다물더니 노인을 쳐다봤다. 그의 얼굴에 약간의 떨림이 스쳤고, 누넌은 놀랍게도 그 여드름투성이 맹수의 얼굴에서 가장 진실한, 가장 거짓 없는 사랑과 상냥함을 목격했다.

"마셔요, 아빠. 마셔 봐요." 레드릭이 친절하게 말했다. "조금은 마실 수 있어요. 몸에 좋으니 마셔 봐요…… 괜찮아요." 그가 누넌에게 모의하는 듯한 눈짓을 하며 작은 목소리로 덧붙였다. "아빠가 이 잔까지는 손을 뻗을 수 있을 거야. 걱정 마……"

그를 바라보면서 누넌은 언젠가 보이드 교수의 연구원들이 여기 이 죽은 자를 데리러 왔던 일을 떠올렸다. 연구원은 두 명이었고, 둘 다 몸이 탄탄한 신세대 청년들로 운동으로 다져진 이들이었다. 그 외에도 시립 병원에서 나온의사가 들것을 나르고 흥분한 사람을 제압하는 데 익숙한, 거칠고 건장한 조수 둘을 대동하고 왔다. 나중에 연구원 중한 명이 말하길, '그 빨강머리'가 처음에는 무슨 말인지 이해를 못 했는지 자신들을 집에 들여보내 줬고, 아버지를 보도록 허락했다. 아마 레드릭은 그들이 아빠를 데려다가 병원에서 예방접종이라도 하려는 줄 알았나 보다. 그래서 그들이 노인을 데려갈 뻔했던 것이다. 그런데 의사가 설명하는 동안 현관에 들어서서 구타가 부엌 창 닦는 모습을 훔쳐 보던 얼간이 같은 조수들이 자기들을 부르자 그제야 나타 나서는 노인을 마치 통나무 옮기듯 끌다가 바닥에 떨어뜨리고 말았다. 레드릭은 분노했고, 그때 얼간이 의사가 앞으로 나와서는 이게 무슨 상황이고, 그를 어디로 왜 옮기는지 자세히 설명하기 시작했다. 레드릭은 의사의 말을 1분, 아니 2분 정도 듣다가 아무런 경고도 없이 갑자기 수소폭탄처럼 폭발했다. 이 모든 얘기를 들려준 연구원조차 자기가 어떻게 해서 거리로 쫓겨 나왔는지 기억하지 못한다. 빨강 머리 악마가 다섯 명 전부를 계단으로 내몰았는데, 이때 그는 단 한 명도 스스로, 제 발로 나가게 두지 않았다. 연구원의 말에 따르면, 이들 모두 대포에서 탄환이 발사되듯 입구에서 날아갔다. 둘은 의식을 잃은 채 인도에 널브러졌고, 레드릭은 나머지 셋을 쫓아 네 블록을 뛰어갔다. 그리고 조금 뒤 연구소의 시신 운구차로 돌아와서는 유리창을 전부 박살 냈다. 운전사는 반대 방향으로 달아난 뒤라 이미 차 안에 없었고……

  "……어떤 바에서 내게 새로운 칵테일을 만들어 주더라고." 그때 레드릭이 위스키를 따르며 말했다. "'마녀의 젤리'란 이름이던데, 이따가 뭘 좀 먹을 때 당신한테도 만들어 줄게. 형씨, 그 술은 빈속에 마시기엔 생명이 위험할 정

3 리처드 H. 누넌, 51세,
국제외계문명연구소 하몬트 지부 전자 장비 공급처 대리인

도로 센, 그런 거야. 한 잔만 마셔도 팔다리가 마비될지도…… 딕, 당신은 내키면 마셔. 그런데 오늘은 당신을 많이 마시게 할 거야. 당신도 보내 버리고 나도 취해 버려야지…… 정다운 옛 시절을, 보르시치를 회상해 보자고…… 불쌍한 어니는 아직도 감옥에 있는 거 알아?" 그는 술을 마시고 손목으로 입술을 훔치더니 무심하게 물었다. "연구소는 좀 어때. '마녀의 젤리' 연구는 아직 착수 안 했어? 알다시피 내가 과학계 소식은 좀 뒤처졌잖아……"

누넌은 레드릭이 화제를 그리로 돌리는 이유를 바로 알아챘다. 그는 놀랍다는 듯 두 손을 올리고 대꾸했다.

"무슨 소리야, 친구! 그 '젤리' 때문에 얼마나 큰일이 일어났는데? 카리가놉스키 연구소라고 들어 봤어? 그런 사설 연구 시설이 있어…… 그러니까 거기 연구원들이 '젤리'를 겨우 구했는데……"

그는 그 비극에 대해, 스캔들에 대해, 경위도 파악되지 않았고 어디서 '젤리'를 구했는지도 밝혀지지 않았다는 얘기를 해 줬고, 레드릭은 멍하니 듣다가 혀를 끌끌 차고 머리를 젓더니 단호한 동작으로 잔에 위스키를 더 따르고는 이렇게 말했다.

"그 빈대 같은 것들은 다 뒈졌어야지……"

그들은 술을 마셨다. 레드릭이 부친을 쳐다봤다. 레드릭의 얼굴에 또 한 번 어떤 떨림이 스쳐 지나갔다. 그는 손을 뻗어 술이 든 잔을 구부러진 손가락 가까이로 밀었고, 그 손가락들은 갑자기 펴지더니 잔 아랫부분을 잡으며 다시 오므라들었다.

"이렇게 하면 진행이 좀 더 빨라지지. 구타!" 그가 소리쳤다. "얼마나 더 우리를 배고프게 할 셈이야……? 구타가 당신 때문에 애쓰는 거야." 그가 누넌에게 설명했다. "틀림없이 당신이 제일 좋아하는 조개 샐러드를 만드는 중일걸. 조개를 오래전부터 쟁여 두는 걸 내가 봤지…… 그러니까, 연구소 일은 전반적으로 어때? 뭔가 새로운 건 찾아냈고? 당신네 연구소에선 이제 로봇이 다 작업한다던데, 그런데 가져오는 건 적다고……"

누넌은 연구소 사정에 대해 이야기해 주기 시작했고, 그가 말하는 동안 노인 곁으로 몽키가 소리 없이 다가가 탁자에 털이 무성한 앞발을 내려놓고 잠시 서 있다가 갑자기 영락없는 어린아이처럼 죽은 자에게 안겨 어깨에 머리를 기댔다. 누넌은 계속 지껄이면서, **구역**이 낳은 그 끔찍한 두 사람을 쳐다보며 생각했다. 맙소사. 대체 이 이상 무슨 일이 일어날 수 있단 말인가? 우리에게 침투하기 위해 또 무슨 짓을 할 것인가? 이걸로도 부족하단 말인가……? 이 정도로는 부족하다는 걸 그는 알고 있었다. 수십억 하고도 수

270

3 리처드 H. 누넌, 51세,
국제외계문명연구소 하몬트 지부 전자 장비 공급처 대리인

십억 명은 아무것도 모르며 아무것도 알고 싶어 하지 않고, 알게 되더라도 10분쯤 두려움에 떨다가 다시 일상으로 돌아가리란 걸 그는 알고 있었다. 취해 버려야지, 라고 그는 분노하며 생각했다. 버브리지가 지옥에나 떨어지길, 렘천도 지옥에 떨어지길…… 신의 저주를 받은 이 가족도 지옥에 떨어지길. 취해야겠다.

"저 둘은 뭐 하러 쳐다보고 있어?" 레드릭이 조용히 물었다. "걱정 마, 아이에게 해롭지 않으니까. 오히려 반대야. 그들에게선 건강한 기운이 나온다고들 해."

"그래, 나도 알아." 누넌이 말하고서 단숨에 잔을 비웠다.

구타가 들어와서 레드릭에게 접시 좀 놓으라고 사무적으로 지시하고는 누넌이 가장 좋아하는 샐러드가 담긴 커다란 은색 볼을 탁자에 놨다. 그리고 이때 노인이 누군가 퍼뜩 정신을 차리고 줄을 당겨 움직인 마리오네트처럼, 단번에 술잔을 열린 입으로 들어 올렸다.

"자, 여러분." 레드릭이 감격 어린 목소리로 말했다. "그럼 이제부터 영광의 주연을 시작하겠습니다!"

밤사이 협곡이 식더니 새벽에는 완전히 추워졌다. 그들은 둑을 따라서 녹슨 철로 사이 썩은 침목들 위로 걸어갔고, 레드릭은 아서 버브리지의 가죽점퍼 표면에 짙어진 안개의 물방울이 맺혀 반짝이는 걸 봤다. 청년은 지루했던 밤이, 혈관 하나하나의 떨림이 아직 남아 있을 정도로 신경이 긴장했던 일이, 언덕 주위로 흘러든 '녹색'이 골짜기에서 사라지기를 기다리면서 체온을 유지하기 위해 서로 등을 맞대고 괴롭게 반쯤 잠든 상태로 머물렀던 축축한 민둥 언덕 꼭대기에서의 지독했던 두 시간이 마치 없었던 일인 양 가볍고 경쾌하게 걸었다.

둑길 주위로는 온통 짙은 안개가 끼어 있었다. 안개의 잿빛 기류가 때때로 철로에 둔탁하게 부딪쳤고, 안개가 무릎까지 올라오는 그곳에서 그들은 서서히 주위를 둘러싸는 어둠 속을 걸어가고 있었다. 눅눅한 녹 냄새가 풍겼고 둑 오른편의 늪에서는 썩은 고기 냄새가 올라왔다. 주위에는 안개 말고 아무것도 보이지 않았지만, 레드릭은 돌무더기가 쌓여 있고 군데군데 언덕이 솟은 평원이 양옆으로 펼쳐져 있다는 걸, 평원 뒤 안개 속에는 산이 숨어 있다는 걸 알고 있었다. 태양이 뜨고 안개가 이슬이 되어 내릴 때면 분명 왼편 어디선가 부서진 헬리콥터의 골조가 보일 것이고, 눈앞에 광차*들이 나타나면 바로 그때부터가 진짜 시작이라는 것도 알고 있었다.

레드릭은 헬륨 통 모서리가 등을 찌르지 않도록 때때로 등과 배낭 사이에 손바닥을 밀어 넣어 배낭을 들어 올렸다. 대체 내가 어떻게 이토록 무거운 걸 지고 간단 말인가? 1.5킬로미터를 기어서…… 그래, 우는소리 말자, 스토커. 뭘 위해 가는지 알지 않나. 이 길 끝에 현금 50만이 기다리고 있으니, 땀 좀 빼도 된다. 50만은 무시 못 할 액수지. 그렇지 않은가? 미치지 않고서는 그놈들에게 50만보다 적게 받고 넘기지 않을 거다. 미치지 않고서는 대머리수리한테도 3만 넘게 주지 않겠다. 그리고 이 애송이에게는…… 애송이에게는 아무것도 없다. 늙은 얼간이가 조금이라도 거짓말을 했다는 게 밝혀지면 이 애송이에게는 아무것도 주지 않겠다……

레드릭은 다시 아서의 등을 쳐다봤고, 얼마간 얼굴을 찌푸리다가 그가 철도 침목 두 칸을 한 번에 가벼이 넘어가는 모습을, 넓은 어깨와 좁은 골반, 그리고 자기 누이처럼 긴 먹색 머리카락이 발걸음에 맞춰 흔들리는 모습을 응시했다. 자기가 애원했어, 레드릭은 음울하게 생각했다. 자기 스스로. 그런데 그는 왜 그렇게 필사적으로 애원했던 걸까? 온몸을 떨며 눈물을 글썽이면서까지…… "절 데려가 줘요, 슈하트 씨! 여러 사람들이 제게 가자고 했지만, 저는 당신하고만 가고 싶었어요. 그들은 아무짝에도 쓸모가 없잖아요! 아버지는…… 그치만 아버지는 이제 갈 수 없잖아요!" 레드릭은 애써 그 기억을 떨쳐 냈다. 그것에 관해 생각하고 싶지 않았고, 어쩌면 그래서 아서의 누이를 생각하기 시작했을지도 모른다. 그의 누이 지나와 잤던 일에 대해. 맑은 정신에 자고, 술에 취해 자고. 그리고 매번 절망스러웠다. 이성적으로는 그냥 납득이 안 된다. 그렇게나 근사한데, 백 년이고 사랑할 수 있을 것 같은데 실제로는 텅 비어 있다니, 거짓이라니, 살아 있지 않은 인형이라니. 여자가 아니라

• 광산에서 캐낸 광석을 실어 나르는 뚜껑 없는 화물열차.

니. 기억을 되짚어 보면, 어머니의 카디건에는 반투명 호박색 단추들이 달려 있었는데, 금색으로 빛나서 뭔가 각별한 달콤한 맛이 날 거란 기대를 불러일으켰고 자신은 그걸 너무나 입에 넣고 빨고 싶어 했다. 하지만 막상 그것들을 입으로 가져가 빨면 언제나 끔찍할 정도로 절망했는데, 그 절망의 경험을 매번 잊곤 했다. 심지어는 잊는 게 아니라 그저 자기 기억을 믿을 수가 없어서 다시 확인해야만 했다.

그런데 어쩌면 이 녀석의 아빠가 내게 이 녀석을 밀파한 것일지도. 레드릭은 이제 아서에 대해 생각했다. 지금 그의 뒷주머니에는 웬 총이 꽂혀 있다…… 아니, 그럴 리 없지. 대머리수리는 나를 안다. 대머리수리는 나에게 장난질해도 좋을 게 없다는 걸 안다. 내가 **구역**에서 어떤지도 안다. 아니, 다 상관없다. 아서가 처음으로 나에게 부탁한 사람도 아니었고, 처음 눈물을 흘린 사람도 아니었다. 다른 이들도 무릎을 꿇었었다…… 그런데 그런 이들은 다들 처음에 총을 가져온다. 처음이자 마지막으로. 정말 마지막일까? 그렇다, 마지막이다, 젊은이! 대머리수리, 결국 이렇게 되는 거다. 그래, 아빠인 당신이 아들의 꿍꿍이를 알았더라면 그를, 자기 아들을 두 목발로 때렸겠지. **구역**에 부탁했던 자기 아들을…… 레드릭은 불현듯 앞에 뭔가가 있다는 느낌을 받았다. 멀지 않은 곳, 30~40미터 거리였다.

"정지." 그가 아서에게 말했다.

젊은이가 바로 그 자리에서 멈췄다. 그의 반응속도는 나쁘지 않았다. 한쪽 발을 든 채 정지했다가 천천히, 조심스럽게 발을 땅에 내려놓았다. 레드릭은 그의 옆에 멈춰 섰다. 여기서부터는 바큇자국이 눈에 띄게 아래로 향하다가 안개 속으로 완전히 자취를 감췄다. 그리고 그곳, 안개 속에 뭔가가 있었다. 거대하고 움직이지 않는 무언가가. 그러나 위험해 보이지는 않는다. 레드릭은 조심스럽게 코로 공기를 들이마셨다. 그렇다. 위험하지 않다.

"앞으로." 그가 속삭이는 목소리로 말하고는 아서가 한 발 내디딜 때까지 기다렸다가 뒤를 따랐다.

레드릭은 곁눈질로 아서의 얼굴을, 그의 조각 같은 옆얼굴을, 피부가 깨끗한 볼과 얄팍한 턱수염 위로 굳게 다문 입술을 바라봤다.

그들의 허리까지, 그다음에는 목까지 안개 속에 파묻혔고, 몇 초 지나자 앞에 구부러진 광차들의 무더기가 나타났다.

"좋아, 지금 서 있는 곳에 앉아. 잠깐 담배라도 피우지." 레드릭은 이렇게 말하고 배낭을 벗기 시작했다.

아서는 레드릭이 배낭 벗는 걸 도왔고, 그들은 녹슨 철로 위에 서로 가까이 앉았다. 레드릭은 배낭 주머니 하나를 열어 먹을거리와 커피가 든 보온병을 꺼냈다. 아서가 꾸러미를 풀어 배낭 위에 샌드위치를 꺼내 놓는 동안 레드릭은 가슴팍에서 술병을 꺼내 뚜껑을 돌려 열고선 눈을 살짝 감고 찬찬히 몇 모금 넘겼다.

"마시겠어?" 그가 손바닥으로 술병 입구를 닦으며 권했다. "용기를 내려면……"

아서는 불쾌하다는 듯 고개를 저었다.

"용감해지려고라면 마시지 않아도 돼요, 슈하트 씨. 거슬리지 않으신다면, 전 커피를 마실게요. 여기 엄청 습하네요, 그렇죠?"

"습하지." 레드릭이 동의했다. 그는 술병을 넣고는 샌드위치를 집어 들어 먹기 시작했다. "이제 안개가 옅어지면 이 주위로 온통 늪이 나타나는 걸 보게 될 거야. 예전엔 여기 모기 지대가 있었어. 무시무시했지……"

그는 입을 다물고 자기가 마실 커피를 따랐다. 커피는 뜨겁고 진하고 달아서, 지금은 술보다 그걸 마시는 게 더 좋았다. 커피에서 집 냄새가 풍겨 왔다. 구타의 체취. 그냥 구타가 아니라, 가운을 입은 구타, 이제 막 잠에서 깨어나 아직 볼에 베개 자국이 남아 있는 구타. 내가 괜히 이 일에 말려들었군, 그가 생각했다. 50만…… 그런데 나한테 그 50만이 대체 무슨 필요가 있단 말인가? 그 돈으로 술집이라도 차리려는 건가? 돈은 돈 생각을 하지 않기 위해 필요한 거다. 맞는 말이다. 딕이 맞는 말을 했다. 그런데 요즘 난 돈 생각은 조금도 안 하지 않나. 그 돈이 내게 대체 왜 필요한가? 집도 있고, 정원도 있고, 하몬트에서는 직장을 잃을 일도 없을 거고⋯⋯ 대머리수리가 나를 꾀어낸 거다. 더러운 기생충 같은 놈이 어린애 꾀어내듯 날 꾀어낸 것이다⋯⋯

"슈하트 씨." 갑자기 아서가 옆을 보며 말했다. "그런데 그게 정말로 소원을 이뤄 줄 거라고 믿으세요?"

"헛소리야!" 레드릭이 무심코 말하고는 입에 컵을 댄 채 그대로 멈췄다. "그런데 넌 우리가 지금 그걸 가지러 가는 중이란 걸 어떻게 아는 거지?"

아서는 수줍게 웃더니 손가락을 펼쳐 새까만 머리카락에 손을 집어넣어 잡아당기면서 이렇게 말했다.

"추측이죠⋯⋯! 정확히 무슨 계기로 그렇게 생각하게 된 건지는 이제 기억 안 나요⋯⋯ 어쨌든, 일단 예전에는 아버지가 그 **금빛 구체**에 대해 자주 말씀하시곤 했는데 최근 들어 갑자기 그 얘기를 하지 않으시더라고요. 대신 당신에게 자주 들르기 시작했죠. 그런데 전 아버지가 뭐라 하셔도 당신과 아버지가 친구 사이는 아니란 걸 알고 있거든요⋯⋯ 그리고 아버지가 최근에 좀 이상해지셨고요⋯⋯" 아서는 다시 한 번 웃더니 뭔가를 떠올리며 고개를 저었다. "그리고 결정적으로 당신이 아버지와 황무지에서 이 비행선을 시험해 볼 때 다 알게 됐죠……" 그가 손바닥으로 열기구 구피가 단단히 말려 있는 배낭 표면을 쳤다. "솔직히 저 그 때 당신을 미행했어요. 그리고 슈하트 씨가 돌이 든 자루를 땅에 닿지 않게 들어 옮기는 것을 봤을 때는 이미 더 볼 것 도 없이 확실해졌죠. 제가 볼 때 이제 **구역**에는 **금빛 구체**보다 무거운 건 남아 있지 않거든요." 그는 샌드위치를 베어 물 어 입에 가득 넣고 씹으며 생각에 잠겨 말했다. "전 슈하트 씨가 그걸 어떻게 잡으실지가 의문이에요. 아마 미끄러울 텐데……"

레드릭은 컵 너머로 아서를 계속 응시하면서 그들이, 아 버지와 아들이 정말 안 닮았다고 생각했다. 그들에겐 공통 점이 하나도 없었다. 얼굴도, 목소리도, 영혼도. 대머리수 리의 목소리는 갈라지고 아첨하는 듯한, 뭔가 거짓된 목소 리였지만, 그것에 대해서 말할 때만큼은 정말로 거슬리지 않고 귀에 들어왔다. 그의 말을 듣고 있지 않을 수 없었다. "빨강머리, 우리 둘만 남았지." 그는 그때 탁자 너머에서 몸 을 구부리고 말했다. "두 명에 다리는 둘. 두 다리는 모두 자 네 것이고…… 자네가 아니면 누구한테 말해 주겠나? 그건 아마도 **구역**에 있는 것 중 가장 값나가는 걸 거야! 그게 누 구 손에 들어가겠나, 응? 설마 저 계집애 같은 것들이 자기

네 로봇들을 이용해 차지하게 되는 걸까? 그런데 그걸 찾은 건 나 아닌가, 나! 그 길에 우리 동료들이 얼마나 많이 죽었나! 그리고 그건 내가 찾았어! 나 혼자만 알고 있었네. 지금도 아무에게도 안 알려 줬을 건데 보다시피 힘도 없어졌고…… 자네 말고는 아무에게도 안 넘겼을 거야. 내가 얼마나 많은 풋내기들을 가르쳤는지, 완전히 학교를 열어 준 거나 다름없었건만, 못하더군. 그 뼈가 아니야…… 뭐 어쨌든 자네는 믿지 않는군. 못 믿겠으면 안 해도 돼. 자네에겐 돈이 생길 걸세. 나한테는 내키는 만큼만 주게. 자네가 날 실망시키지 않으리란 걸 알지…… 어쩌면 난 다리를 되찾게 될 거야. 다리를 되찾는다고. 자네 이해하겠나? 내 다리를 가져간 게 **구역**이니까 어쩌면 **구역**이 돌려줄지 누가 아나……?"

"뭐?" 레드릭이 퍼뜩 정신을 차리며 물었다.

"담배 피워도 되느냐고 물었어요, 슈하트 씨."

"그래, 피워, 피우라고…… 나도 피울 테니." 레드릭이 말했다.

그는 단숨에 남은 커피를 들이켜고 담배를 꺼내 탁탁 치고는 멍하니 바라봤다. 미친놈. 그가 생각했다. 미친 거다. 그에게 다리를 돌려준다니. 그 망할 자식에게…… 더러운 유충 같은 놈에게……

대머리수리와 나눈 모든 대화가 가슴속에 뭔가 알 수 없는 찌꺼기를 남겼다. 그 찝찝한 기분은 시간이 흐른다고 희석되지 않았으며, 반대로 계속 쌓여 커져만 갔다. 그게 대체 뭔지는 모르겠지만, 마치 대머리수리한테 전염된 것만 같이 성가셨는데, 뭔가 더러운 것에 전염되었다기보다 오히려…… 에너지가 전염된 것 같았달까? 아니, 에너지는 아니다. 그럼 뭐란 말인가? 뭐, 됐다. 그는 스스로에게 말했다. 이렇게 하자. 내가 여기까지 오지 못했다고 치자. 모든 준비를 마치고 배낭도 다 챙겼는데 무슨 일이 생긴 거다…… 예를 들어, 내가 체포됐다고 치자. 그게 나쁜 일이었을까? 분명 좋지 않은 상황이다. 왜 좋지 않은가? 돈을 놓쳐서? 아니다, 돈이 문제가 아니다…… 그 선한 물체가 그 추악한 놈들, 쉰목소리와 뼈가죽 손에 들어가는 게 문제인가? 그것도 분명 마음에 걸린다. 열받는 일이다. 하지만 내가 그들을 신경 쓸 이유가 뭔가? 어차피 결국에는 모든 것이 그들 손으로 들어갈 것을……

　"으……" 아서가 어깨를 움츠리며 떨었다. "뼛속까지 춥네요. 슈하트 씨, 지금 한 모금 주시겠어요?"

　레드릭은 말없이 술병을 꺼내 그에게 내밀었다. 그런데 내가 바로 수락한 건 아니지 않나, 하는 생각이 불현듯 들었다. 나는 그 후로도 스무 번이나 대머리수리를 완고히 쫓아 보냈는데, 결국 스물한 번째에 수락했다. 어쩐지 전혀 버틸 수 없게 됐다. 우리의 마지막 대화는 짧았고 순전히 사무적이었다. "안녕한가, 빨강머리. 내가 지도를 가져왔네. 그래도 한 번 보는 게 어떤가?" 나는 그의 눈을 봤다. 그의 눈은 누레 갖고는 부스럼처럼 검은 점이 박혀 있었고, 나는 이렇게 말했다. "그러지." 그게 다였다. 그때 일주일 내내 마셔서 취해 있던 기억이 난다. 지긋지긋했다…… 제기랄, 상관없지 않은가! 그렇게 시작해서 여기까지 왔다. 그런데 나뭇가지로 똥 무더기를 들쑤시듯 뭘 계속 파헤치는 건가! 뭔가 두려워하는 걸까……?

그는 몸을 떨었다. 갑자기 안개 저편에서 길고 울적한 끼이익 소리가 들려왔다. 레드릭이 튀어오르듯 벌떡 일어났고, 동시에 튕겨 오르듯 아서가 일어섰다. 하지만 그새 다시 고요해졌고, 그들의 발아래서 자잘한 조약돌이 둑을 따라 끌리는 소리만 날 뿐이었다.

"아마 광물이 주저앉는 소리였나 봐요." 아서가 확신 없이, 힘겹게 속삭였다. "광차들이 광물이랑…… 오래전부터서 있어서……"

레드릭은 정면으로 앞을 바라봤지만 아무것도 보지 못했다. 그는 회상했다. 때는 밤이었다. 레드릭은 바로 그 소리에, 음울하고 길게 늘어지는 소리에 꿈을 꾸는 듯 몽롱한 상태로 깨어났다. 그런데 꿈이 아니었다. 그건 몽키가 창가의 자기 침대에 앉아 내지르는 소리였고, 집의 다른 쪽 끝에서 아빠가 응답하며 내는, 가래 끓는 듯한 소리가 더해졌을 뿐 역시 길고 찢어지는 듯한 비슷한 소리였다. 그렇게 그들은 암흑 속에서 교신하고 또 교신했다. 한 세기, 100년 그리고 또다시 100년을. 구타도 잠에서 깨 레드릭의 팔을 잡았고, 레드릭은 순식간에 땀범벅이 된 그녀의 어깨를 느꼈으며, 그 상태로 그들은 그 100년을, 그리고 또 100년을 누워 있었다. 몽키가 입을 다물고 자리에 눕자 그는 조금 더 기다렸다가 일어나서 부엌으로 내려가 정신없이 코냑반 병을 들이켰다. 그날 밤부터 그는 술을 마셔 댔다.

"……광물 말이에요." 아서가 말했다. "아시다시피, 광물은 시간이 지나면 내려앉아요. 습기와 침식, 그런 여러 요인들 때문에요……"

레드릭은 창백해진 그의 얼굴을 보고는 다시 앉았다. 손가락 사이에 있던 담배가 어딘가로 떨어져 버려 새 담배를 꺼내 물었다. 아서는 경계하듯 고개를 돌리며 잠시 더 서 있다가 앉더니 작은 목소리로 이렇게 말을 이었다.

"사람들이 **구역**에 누군가 살고 있다는 듯 말하는 걸 들었어요. 인간들요. 방문자들이 아니라 인간들 말이에요. **방문**으로 인해 그들이 이곳에 묶였고, 유전적으로 변형됐다는 거예요······ 새로운 환경에 적응한 거죠. 그런 얘기 들어 보셨어요, 슈하트 씨?"

"그래, 그런데 그건 여기 얘기가 아니야. 산속 얘기지. 북서쪽에 있는 산. 목동들이라던데." 레드릭이 말했다.

······그가 전염시킨 게 바로 이거로군, 레드릭이 생각했다. 그는 나에게 자기의 광기를 전염시킨 것이었다. 그러니까, 그게 내가 여기로 온 이유다. 그게 내가 여기서 해야 할 일이다······ 뭔가 어색하면서도 아주 새로운 감각이 레드릭을 느릿느릿 잠식했다. 그는 그 감각이 사실은 전혀 새롭지 않다는 것을 알았다. 오래전부터 이미 가슴 깊숙한 곳 어디엔가 내려앉아 있었지만, 이제야 그걸 알아챘고, 그러자 모든 것이 제자리를 찾았다. 과거에는 어리석음이라고, 이성을 잃은 노인의 정신 나간 헛소리라고 여겼던 것이 이제는 유일한 희망으로, 삶의 유일한 의미로 되돌아왔다. 이세상에서 아직 그에게 남아 있는 유일한 것이, 최근 몇 달간 그가 살아온 유일한 이유가 기적에 대한 희망임을 이제야 깨달았다. 바보에 머저리인 그는 그 희망이란 걸 밀어내고, 짓밟고, 비웃고, 날려 버리곤 했다. 그러는 데 익숙했으니까. 살면서, 아주 어릴 적부터 단 한 번도 자기 자신 말고는 아무에게도 의지하지 않았으니까. 아주 어릴 적부터 자신을 둘러싼 무정한 혼돈으로부터 돈을 강탈하고 뜯어내

고 갉아먹었고, 그만큼 더 자신에게만 의지했다. 언제나 그래 왔고, 어떠한 돈으로도 구원받을 수 없는, 자신에게 의지하는 게 아무런 의미도 없는 수렁에 빠지지 않았더라면 언제까지고 그럴 것이었다. 그런데 지금은 이미 그 희망이란 것이—이제는 희망이라기보다는 기적에 대한 확신이었는데—그의 정수리까지 가득 차올라서 이전에는 어떻게 그런 우울하고 출구도 없는 암흑 속에서 살 수 있었는지 스스로 놀라는 것이었다…… 그는 웃음을 터뜨리고 나서 아서의 어깨를 툭 쳤다.

"뭐야, 스토커, 속바지에 지렸어? 익숙해지게, 형씨. 부끄러워할 거 없어. 집에서 빨아 주겠지." 그가 말했다.

아서는 어정쩡하게 웃으며 놀란 듯 그를 쳐다봤다. 그리고 레드릭은 샌드위치를 쌌던 기름종이를 구겨 광차 위로 힘껏 던지고는 팔꿈치로 몸을 지탱하며 배낭에 기댔다.

"뭐, 좋아." 그가 말했다. "그런데 그 **금빛 구체**가 진짜라면…… 그럼 넌 뭘 빌 거지?"

"그러니까, 당신은 어쨌든 믿으시는군요?" 아서가 재빨리 질문했다.

"그건 중요하지 않아. 내가 믿든 안 믿든. 넌 내 질문에 대답이나 해."

그는 얼마 전까지만 해도 학생이었던 이 앳된 청년이 **금**

빛 구체에 어떤 소원을 빌지 돌연 진심으로 궁금해졌고, 아서가 얼굴을 찌푸리고 짧은 턱수염을 움찔하더니 그를 쳐다보다가 다시 시선을 돌리는 모습을 들뜬 호기심을 갖고 지켜봤다.

"글쎄요, 당연히 아버지의 다리를 돌려 달라고 해야겠죠······." 아서가 마침내 입을 열었다. "집안의 모든 일이 잘 풀리도록······."

"거짓말하는군, 그건 거짓말이야." 레드릭이 온화하게 말했다. "형씨, 생각해 봐. **금빛 구체**는 간절한 소원들만 들어준다고. 이뤄 주지 않으면 죽음도 불사할 그런 소원들!"

아서 버브리지는 얼굴이 빨개졌고 다시 레드릭을 쳐다보다가 바로 눈길을 떨구더니 완전히 새빨개져서는 눈물까지 글썽였다. 레드릭은 그를 보면서 코웃음을 쳤다.

"다 이해해." 그가 친절에 가까운 목소리로 말했다. "됐어, 내가 참견할 일이 아니지. 소원은 자기 마음속에 담아 두라고······." 그때 그는 갑자기 권총을 떠올렸고, 시간이 있을 때 고려할 수 있는 모든 걸 고려해야겠다고 생각했다. "뒷주머니에 넣고 온 건 뭐지?" 그가 태연하게 물었다.

"권총요." 아서가 날카롭게 대꾸하곤 입술을 깨물었다.

"그게 왜 필요한데?"

"쏘려고요!" 아서가 도전적으로 말했다.

"관둬, 관두라고." 레드릭이 엄하게 말하고는 똑바로 앉았다. "그거 이리 내놔. **구역**에서는 쓸 상대가 없으니. 이리 내."

아서는 뭔가 말하고 싶어 했지만 입을 다물었고, 등 뒤로 손을 뻗어 군용 콜트 권총을 꺼내 총열을 쥐고 레드릭에게 내밀었다. 레드릭은 빗살무늬가 새겨진 따뜻한 총 손잡이를 잡고 위로 던졌다가 받고선 이렇게 물었다.

"손수건 같은 거 갖고 있어? 줘 봐. 감싸야 하니까……"

그는 아서에게서 향수 향이 풍기는 깨끗한 새 손수건을 받아 권총을 감싸서는 철도 침목에 놓았다.

"우선 여기 두도록 하지. 신의 가호로 이리로 다시 돌아오거든 되찾아 가자고. 어쩌면 순찰대원들을 향해 실제로 대응사격을 해야 할지도 모르고…… 순찰대원에게 하는 대응사격이긴 하지만 말이지, 형씨……"

아서는 단호히 고개를 저었다.

"저는 그러려고 가져온 게 아니에요." 그가 지친 듯 말했다. "거기 총알은 단 한 발 들어 있어요. 제가 만약 아버지처럼 되면……"

"그으런 거였군……" 레드릭이 그를 뚫어져라 쳐다보며 느릿느릿 말했다. "그런데 그 걱정은 안 해도 돼. 아버지 꼴이 나면 내가 거기까지 끌고 가 줄 테니. 약속하지…… 봐,

해가 뜨는군!"

눈앞에서 안개가 걷히고 있었다. 둑에는 이미 안개가 완전히 사라졌고, 아래쪽과 멀리에서는 우윳빛 아지랑이가 옅어지면서 내려앉았으며, 아지랑이 너머로 둥글고 거친 산등성이가 솟아나면서 벌써 언덕들 사이 어딘가에서는 드문드문 수척한 버드나무가 드리운, 썩은 늪의 얼룩덜룩한 표면이 보였다. 언덕 너머 지평선에는 산봉우리들이 환한 노란색으로 타올랐으며 산 위로 보이는 하늘은 맑고 푸르렀다. 아서는 어깨 너머로 돌아보고는 감격에 젖어 탄성을 질렀다. 레드릭도 뒤를 돌아봤다. 동쪽 산들은 검은빛이었고 그 위로 낯익은 에메랄드빛 불꽃이 활활 타오르며 넘실거리고 있었다. **구역**의 녹색 서광이다. 레드릭이 일어나 벨트를 풀고는 말했다.

"일을 봐 두는 게 좋지 않겠어? 잘 생각해. 이제부터는 그럴 여유가 없을 테니……"

그는 광차 뒤로 돌아가 둑에 앉아서 탄식을 내뱉으며 빛이 아주 빠르게 사그라지는 것을, 녹색 서광이 분홍빛으로 물드는 것을, 주홍빛 태양 덩어리가 산등성이 아래에서 기어 나오는 것을, 그러자 언덕들에 옅은 보라색 그늘이 드리워지는 것을 바라봤다. 모든 것이 선명하고 분명해졌으며 모든 것이 손바닥 안에 있는 듯 보이기 시작했고, 레드릭은 바로 앞, 200미터 거리에 있는 헬리콥터를 발견했다. 헬리콥터는 '모기지옥'의 정중앙으로 추락했는지 몸체는 양철로 된 팬케이크처럼 납작해졌고 꼬리 부분만 살짝 꺾인 채온전히 남아서 검은 부리처럼 언덕 사이로 삐쭉 솟아 있었다. 꼬리날개도 그대로 남아 가벼운 바람에 회전하면서 귓가에 쟁쟁하게 끽끽댔다. 얼마나 지독한 '지옥'이었는지 불도 나지 않았던 듯했다. 납작해진 양철에는 레드릭이 벌써 몇 년간 직접 본 적이 없어 어떻게 생겼는지 잊어버린 줄 알았던 국왕 공군의 붉고 푸른 라운들*이 또렷이 남아 있었다.

레드릭은 욕구를 해결하고 나서 배낭으로 가 지도를 꺼내 광차 안, 녹아내린 광물 덩어리 위에 펼쳤다. 언덕 정상의 까맣게 불에 그슬린 나무가 가리고 있어 채석장 자체는 여기서 보이지 않았다. 지도에 따르면 이 언덕을 오른쪽으로 돌아가야 했다. 이 언덕과 역시 여기서 보이는, 경사면 전체가 갈색 암석 퇴적층으로 된, 완전히 헐벗은 또 다른 언덕 사이의 협곡으로 가야 했다.

모든 지표가 맞아떨어졌지만, 레드릭은 뭔가 석연치 않았다. 수년간 축적된 스토커의 직감이 인접한 두 언덕 사이로 오솔길이 나 있다는, 말도 안 되고 이치에도 맞지 않는 그 지도의 정보를 단호히 부정했다. 뭐, 됐다고 레드릭은 생각했다. 두고 볼 일이다. 직접 가 보면 더 분명해질 테니. 그

4 레드릭 슈하트, 31세

협곡에 이르는 오솔길은 늪을 따라, 여기서는 안전해 보이는 평평하고 탁 트인 곳을 따라 이어졌는데, 레드릭은 주위를 살피다가 건조한 돌출부들 사이에 뭔가 어두운 잿빛 얼룩이 보이는 것을 알아차렸다. 지도를 봤다. 지도에는 × 표시가 되어 있었는데 비뚤비뚤한 글씨로 '철면피'라고 쓰여 있었고, × 표시 오른쪽으로는 오솔길을 의미하는 빨간 점선이 그려져 있었다. 들어 본 별명인 듯한데, 레드릭은 철면피가 누구인지, 어떻게 생겼고 언제 적 사람인지 도무지 기억해 낼 수 없었다. 왜인지 그저 보르시치의 연기 자욱한 홀과 술에 취한 험악한 면상들, 잔을 움켜쥔 거대하고 빨간 앞발, 우레 같은 웃음소리, 누런 이를 활짝 드러낸 아가리, 웅달샘에 모여든 비현실적인 티탄과 거인 무리, 어린 시절의 가장 선명한 기억 중 하나인 보르시치 첫 방문만 떠올랐다. 그때 내가 뭘 가져왔었지? '깡통'이었던 것 같다. **구역**에서 돌아온 직후, 젖고 굶주려 힘이 풀린 표정으로 어깨에 자루를 멘 채 그 술집으로 들어갔고, 사납게 경계하고 주위를 살피며 자루를 바 위 어니스트 앞에 소리 내어 내려놓았다. 그러고는 주위에서 비아냥대는 말을 꾹 참으며 어니스트가—그때는 아직 젊고 언제나 나비넥타이를 매고 있던

● 　군용기 옆에 붙는 국적 표시 마크.

어니스트가—초록색 지폐를…… 아니, 그때는 아직 초록 지폐가 아니라 거의 다 벗은 여자가 망토를 걸치고 화관을 쓴 그림이 그려진 직사각형의 왕국 지폐였는데, 그걸 셀 때까지 기다렸고…… 다 기다린 다음 돈을 주머니에 숨기고는 스스로도 예상치 못한 행동을 했다. 바에 놓여 있던 무거운 맥주잔을 잡아채 가장 가까이에서 호탕하게 웃던 아가리를 힘차게 내갈겼던 것이다…… 레드릭은 피식 웃었다. 혹시 그가 철면피였을까?

"그런데 슈하트 씨, 언덕 사이로 가도 괜찮은 건가요?" 귓가에서 아서가 속삭였다. 아서가 어느새 옆에 와서는 자기도 지도를 보고 있었다.

"저기 가서 생각해 보지." 레드릭이 말했다. 그는 계속 지도를 보고 있었다. 지도에는 × 표시가 두 개 더 있었다. 하나는 나무가 있는 언덕 경사면에, 다른 하나는 돌 퇴적층에. 푸들과 안경잡이다. 오솔길은 그 둘 사이의 아래로 나 있었다. "저기 가서 생각해 보지." 그는 같은 말을 반복하고 지도를 접어 주머니에 넣었다.

그가 아서를 유심히 보더니 이렇게 물었다.

"일은 봤어?" 그러더니 대답을 기다리지 않고 명령했다. "배낭 메는 것 좀 거들어…… 아까처럼 가지." 그가 배낭을 흔들어 끈을 더 편하게 조절하면서 말했다. "내가 계속 널

볼 수 있게 네가 앞장서. 뒤돌아보지는 말고, 귀는 활짝 열어 두고. 내 명령은 법이야. 오래 기어가야 한다는 걸 명심하고, 진흙이 묻으면 어쩌나 하는 걱정 같은 건 할 생각도 말고, 내가 명령하면 군말 없이 진흙에 면상을 처박는 거야…… 점퍼 단추도 잠그고. 준비됐나?"

"준비됐어요." 아서가 넋이 나간 듯 대답했다. 그는 완전히 긴장했다. 그의 볼이 그토록 상기된 적은 없었다.

"첫 방향은 이쪽이다." 레드릭이 획 하고 손바닥을 휘둘러 둑에서 100보 떨어진 곳에 위치한 가까운 언덕을 가리켰다. "알았나? 그럼 가지."

아서는 경련하듯 한숨을 내쉬고는 철로를 넘어가 옆 걸음으로 둑을 내려갔다. 그의 뒤로 조약돌이 요란한 소리를 내며 굴러 내렸다.

"천천히 가, 천천히. 서두를 거 없어." 레드릭이 말했다.

그는 다리 근육으로 무거운 배낭의 관성을 능숙하게 조절하며 아서의 뒤에서 조심스럽게 내려가기 시작했다. 그는 계속 곁눈질로 아서를 주시했다. 젊은 녀석이 겁먹었군, 그는 생각했다. 겁먹는 게 맞는다. 아마 예감하고 있을 것이다. 자기 아빠처럼 감이 있다면 분명 느낄 것이다…… 대머리수리, 네 녀석이 일이 어떻게 흘러갈지 알았더라면. 대머리수리, 이번에는 내가 네 말을 따르리란 걸 네놈이 알았더라면……"……그런데 여기는, 빨강머리, 자네 혼자는 지나갈 수 없어. 원하든 원치 않든 누군가를 데려가야만 할 거야. 내 풋내기들 중 아깝지 않은 애를 하나 내줄 수도 있지……" 대머리수리는 날 설득하는 데 성공했다. 살면서 처음으로 내가 그런 짓에 동의했다. 뭐 괜찮다, 그는 생각했었다. 어쩌면 어떻게 별 탈 없이 지나갈 수도, 어쨌든, 나는 대머리수리가 아니니 어쩌면 잘 넘어갈 수 있을지도……

"정지!" 그가 아서에게 명령했다.

청년이 녹슨 물에 복사뼈를 넣은 그대로 동작을 멈췄다. 레드릭이 아서에게 내려가는 동안 습지가 그를 무릎까지 잡아당겼다.

"바위가 보이나?" 레드릭이 물었다. "저기 언덕 아래에 있어. 저기로 가지."

아서가 앞으로 움직였다. 레드릭은 그가 열 걸음 앞서기를 기다렸다가 그 뒤를 따랐다. 습지가 발아래에서 질척거리며 악취를 뿜어 댔다. 그건 죽은 늪이었다. 날벌레나 개구리 한 마리 없었고 버드나무마저 바싹 말라 부패해 있었다. 레드릭은 습관처럼 주위를 살폈는데 아직은 모두 고요한 듯했다. 언덕이 차츰 가까워져서 아직 높이 뜨지 않은 태양과 마주치더니 동쪽 하늘 전체를 가려 버렸다. 그는 바위 옆에 도착해서 둑 쪽을 돌아봤다. 둑은 태양 빛에 환하게 드러났고 그 위에는 량 열 개가 달린 광차가 서 있었는데, 일부는 철로에서 이탈해 옆으로 쓰러져 있었고, 광차 아래는 광물이 흘러나와 생긴 주홍빛 반점으로 덮여 있었다. 그 뒤로 채석장 쪽, 광차 북쪽으로 공기가 희미하게 떨리며 넘쳐흘렀고 공중에 이따금 작은 무지개가 생겼다 사라졌다. 그 떨림을 본 레드릭은 거의 바짝 마른 가래를 뱉고 몸을 돌렸다.

"계속 가지." 그가 말하자 아서는 긴장한 얼굴로 그를 돌아봤다. "저기 누더기 보여? 그쪽 보지 말고! 저기 말야, 더 오른쪽……"

"네." 아서가 말했다.

"그래, 거기. 저건 철면피라는 인간이었어. 오래전 일이지. 그는 선배들 말을 듣지 않았고 지금은 저기 저렇게 일부러 누워서 영리한 이들에게 길을 안내해 주는 거야. 그 철면피에서 조금만 더 오른쪽 위치로 잡아 봐…… 됐나? 위치 기억했지? 뭐, 거의 그쯤에, 버드나무가 좀 더 무성한 곳…… 그쪽으로 움직이지. 출발!"

이제 그들은 둑과 평행하게 가고 있었다. 한 발자국 내디딜 때마다 발아래의 물이 점점 줄었고 얼마 지나지 않아 그들은 벌써 건조하고 탄탄한 구릉지대를 걷고 있었다. 그런데 지도에 표시된 대로라면 여긴 전부 늪이어야 하는데, 레드릭은 생각했다. 지도가 뒤처진 거다. 버브리지가 꽤 오랫동안 이곳에 오지 못했으니 지도도 뒤처진 것이다. 나쁘군. 물론 건조한 길로 가는 게 더 쉽긴 하지만, 여기에 늪이 있는 편이 더 좋을 뻔했다…… 태평하게 걷는군, 그가 아서를 보며 생각했다. 시내 중심가를 걷는 양……

아서는 용감해진 건지 이제 성큼성큼 걷고 있었다. 그는 한 손을 주머니에 넣고 다른 손은 산책이라도 하는 듯 경쾌하게 흔들었다. 그때 레드릭이 주머니에서 20그램짜리 너트를 꺼내서는 아서의 뒤통수를 조준하고 던졌다. 너트는 정확히 아서의 뒤통수에 명중했다. 청년은 소리를 지르며 양손으로 머리를 감싸 쥐더니 몸을 꼬면서 마른 풀 위로 고꾸라졌다. 레드릭이 그를 내려다보며 멈춰 섰다.

"여기서는 이런 일도 일어난다고, 아티. 여기는 가로수 길도 아니고, 넌 나랑 여기 놀러 나온 것도 아니지." 그가 설교하듯 말했다.

아서는 천천히 일어섰다. 그의 얼굴이 새하얬다.

"이해했어?" 레드릭이 물었다.

아서가 침을 한 번 삼키고는 고개를 끄덕였다.

"그래야지. 다음번에는 그 면상을 박살 내 주겠어. 그것도 살아 있을 때 얘기지만. 출발!"

이 청년은 스토커가 됐을지도 몰라, 레드릭은 생각했다.

아마 '미남'이라고 불렸겠지. 미남 아티. 우리 중에 이미 미남으로 불리던 이가 하나 있었는데, 딕슨이란 자로 지금은 땅다람쥐라고 불린다. '고기분쇄기'에 갔다가 어쨌든 살아남은 유일한 스토커다. 운이 좋았던 거다. 그런데 그 괴짜는 아직도 버브리지가 자신을 '고기분쇄기'에서 끌어냈다고 생각한다. 그럴 리가! '고기분쇄기'에서 누군가를 데리고 나온다는 것은 있을 수 없는 일이다…… 버브리지가 **구역**에서 딕슨을, 그를 데리고 나온 건 맞다. 버브리지가 그런 영웅적인 행동을 했다! 데리고 나오지 않으면 안 됐으니까! 그때는 이미 다들 그의 그런 못된 짓에 질려서는 그에게 직설적으로 이렇게 말했던 것이다. 혼자서는 돌아올 생각도 말라고. 그리고 바로 그때부터 그 전까지는 우리에게 주먹꾼으로 통하던 버브리지를 대머리수리라고 부르기 시작하지 않았던가……

레드릭은 갑자기 왼쪽 뺨에 겨우 감지될 만한 공기의 전류를 느꼈고, 그 즉시, 뭔가를 생각할 겨를도 없이 외쳤다.

"멈춰!"

그가 팔을 왼쪽으로 뻗었다. 공기 전류가 그쪽에서 더 강하게 느껴졌다. 그들과 둑 사이 어딘가 '모기지옥'이 있고, 어쩌면 그 둑을 따라 그것이 이어지는 것일 수도 있다. 광차들이 이유 없이 넘어진 건 아닐 테니. 아서는 못 박힌 듯

서서는 몸을 돌리지도 않았다.

"조금 오른쪽으로 이동해. 출발한다." 레드릭이 말했다.

그래, 꽤 괜찮은 스토커가 됐을 거다…… 이런 제기랄, 내가 아서에게 미안해하는 건가? 뭐가 미안하단 말인가. 언제 다른 누가 내게 미안해한 적이 있던가……? 사실 그랬다. 미안해했다. 키릴이 나에게 미안해했다. 딕 누넌이 나에게 미안해한다. 그러니까 어쩌면, 구타에게 마음을 주는 만큼 미안해하는 건 아니지만, 그래도 아마 미안해하고 있을 거다. 반듯한 인간들은 미안해하면서 친구의 아내에게 그런 마음을 품지…… 그저 나는 그 누구를 걱정할 수 있는 상황이 아니다. 나는 선택해야 한다. 이렇게 하거나, 저렇게 하거나…… 그는 처음으로 선택지들을 아주 분명하게 머릿속에 떠올렸다. 이 청년, 아니면 나의 몽키. 이런 선택지라면 결정하고 말고 할 것도 없이 모든 게 분명하다. 그것도 기적이 있을 때 얘기지. 내면에서 이런 회의적인 목소리가 들려왔고, 두려움에 휩싸인 그는 그 목소리를 무자비하게 억눌렀다.

그들은 잿빛 누더기 덩어리를 지나쳐 갔다. 철면피의 흔적은 아무것도 남지 않았고, 멀리 바싹 마른 풀 속에 기다랗고 완전히 녹슬어 버린 막대기—지뢰탐지기—만 있었다. 많은 이들이 지뢰탐지기를 사용하던 때가, 군 보급병에게서 몰래 구한 그 물건을 신이라도 되는 양 의지하던 때가 있었는데, 그 후에 지뢰탐지기를 든 스토커 두 명이 며칠 사이에 연속해 죽어 나갔다. 지하 폭발로 죽은 것이다. 그 뒤로 지뢰탐지기는 사용되지 않았다…… 어쨌든 그중 누군가가 철면피였을까? 대머리수리가 그를 이리 데려왔거나, 그가 스스로 여기에 온 건가? 그렇다면 왜 이들 모두가 채석장 쪽으로 이끌렸지? 왜 나는 그것에 대해 아무것도 듣지 못했지……? 제기랄, 정말 찌는 날씨군! 아침부터 이러면 앞으로 얼마나 더 더워지려고?

다섯 보 앞서가던 아서가 손을 들어 이마에 흐르는 땀을 훔쳤다. 레드릭은 곁눈질로 태양을 봤다. 태양은 아직 높이 뜨지 않았다. 그리고 이때 그는 불현듯 발밑의 마른 풀이 조금 전처럼 바스락거리지 않고, 마치 녹말처럼 뽀드득거린다는 걸, 그리고 그 풀은 이미 아까처럼 가시 돋치거나 뻣뻣한 풀이 아니라 부드럽고 하늘거린다는 것을 알아차렸다. 풀은 부츠 아래 그을음 조각들처럼 흩어져 있었다. 그리고 그는 분명하게 움푹 파인 아서의 발자국을 보자 "엎드려!"라고 소리치고서 땅으로 몸을 던졌다.

그는 풀에 얼굴을 묻었고, 풀은 그의 볼 아래에서 부서져 가루가 되어 날렸다. 그는 이토록 운이 따르지 않는 데 화가 나 이를 갈았다. 움직이지 않으려 애쓰면서, 자신들이 걸려들었다는 걸 알긴 했지만, 어쩌면 위험을 넘길 수 있으리라는 기대를 놓지 않으며 엎드려 있었다. 더위가 심해지면서 뜨거운 물에 적신 시트처럼 몸 전체를 감싸며 습격했고, 눈으로 땀이 흘러들었고, 레드릭은 뒤늦게 아서에게 소리쳤다. "꼼짝하지 마! 참아 내!" 그리고 그 자신도 버티기 시작했다.

그라면 버텨 낼 수 있었고, 땀만 좀 흘리고 모든 게 별 탈 없이 지나갈 수 있었겠지만, 아서가 견뎌 내질 못했다. 자신에게 소리친 걸 못 들었거나, 너무나 놀랐거나, 혹은 레드릭보다 더 뜨거운 열에 당했을지도. 어쨌든 아서는 자신을 제어하지 못하고 목구멍에서 절규를 내뱉으며, 눈먼 듯 의미 없는 본능이 이끄는 쪽으로, 앞으로, 하필 절대 달려가서는 안 되었던 바로 그곳으로 웅크린 몸을 내던졌다. 레드릭은 겨우 몸을 반쯤 일으켜 두 손으로 아서의 다리 한쪽을 잡았다. 아서는 먼지를 심하게 일으키며 온몸으로 땅에 곤두박질치면서 부자연스럽게 높은 톤으로 비명을 질렀고 움직일 수 있는 다리로 레드릭의 얼굴을 걷어차고 몸부림치며 경련했다. 레드릭도 이미 고통으로 상황 파악을 제대로 할 수 없었다. 그는 아서에게 달려들어 화상 입은 얼굴을 가죽점퍼에 밀착시키고, 그를 제압해 땅바닥으로 누르려 하면서 양손으로는 그의 긴 머리카락을 쥐며 경련하는 머리를 잡고, 구두코와 무릎으로는 그의 다리며 땅, 그리고 엉덩이를 미친 듯이 걷어찼다. 레드릭은 아서에게서 나오는 신음과 웅얼거림, 자신이 "엎드려, 이 머저리, 엎드리라고, 죽여 버리겠어……"라고 갈라지는 목소리로 절규하는 걸 어렴풋이 들었다. 레드릭 위로 불에 탄 석탄 더미가 끊임없이 떨어져 그가 입은 옷에 벌써 불이 붙었고, 다리와 옆구리 살갗이 부풀어 올라 터지며 부지직 소리가 났다. 그는 회색 재에 이마를 파묻고는 부들부들 떨며 그 저주받을 애송이의 머리를 자기 가슴에 파묻어 누르면서 견디지 못하고 온 힘을 다해 비명을 질렀다……

그는 언제 이 모든 것이 끝났는지 기억하지 못했다. 그저 다시 숨을 쉴 수 있다는 것, 식도를 태우던 뜨거운 증기가 다시 공기가 됐다는 것만을 이해했고, 서둘러야 한다고, 또다시 그들을 덮치기 전에 될 수 있는 한 서둘러 이 악마의 불구덩이에서 나가야 한다고 생각했다. 레드릭은 움직임이라곤 없이 누워 있는 아서 위에서 기어 내려와 그의 두 다리를 겨드랑이에 끼고 움직일 수 있는 손으로 거들면서 풀—생기 없고, 마르고 가시가 돋아났지만 진짜 풀인 그것—이 다시 시작되는 경계선에 눈을 고정하고 앞으로 나아갔다. 지금 그에게는 그것이 가장 중요한 삶과 죽음의 경계로 여겨졌다. 잇새에 재가 지근거렸고, 화상 입은 얼굴엔 여전히 열기의 잔상이 느껴졌으며 땀은 눈으로 바로 흘러들었다. 아마 눈썹도 속눈썹도 남아 있지 않아서일 것이다. 아서가 마치 일부러 그러는 것처럼 자신의 그 망할 점퍼를 여기저기 걸려 가며 끌려오고 있는 데다 레드릭은 덴 엉덩이가 타오르는 듯했고, 배낭은 움직일 때마다 화상을 입은 그의 뒷덜미를 쓸었다. 통증과 숨 가쁨으로 공포에 질린 레드릭은 자신이 온몸에 화상을 입었으며 이제는 그곳에 도달하지 못할 거라고 생각했다. 그 공포로 인해 그는 바짝 마른 목구멍으로 가장 더러운 욕지기를 생각나는 대로 뱉어내면서 움직일 수 있는 팔꿈치와 양 무릎을 더 힘껏 움직였고, 그러다가 가슴팍에 아직 거의 가득 찬 술병이 있다는 사실을 불현듯 떠올리고는 광기 어린 기쁨에 휩싸였다. 귀여운 것, 내 사랑. 포기하지 않고 끝까지 기어가기만 한다면. 이제 조금 남았다. 가자고 레드, 빨강머리. 그렇지, 그렇게. 이제 조금 남았어. 신이고 천사들이고 나발이고. 늪지와 천사장들, 방문자들, 그리고 대머리수리의 영혼 전부 지옥에나 처박히길……

그 후 그는 썩은 내가 진동하는 선선한 공기를 기쁨에 겨워 들이마시며 얼굴과 손을 차가운 녹물에 집어넣고 오랫동안 엎드려 있었다. 백 년이고 그렇게 있을 수 있었겠지만, 그는 자신을 다그쳐 몸을 일으켰고, 무릎을 꿇은 채 배낭을 던져 놓고 늪에서 30보 떨어진 곳에 아직도 미동조차 없이 쓰러져 있는 아서에게 기어가 그를 돌아눕게 해 위를 보게 했다. 그래, 그는 잘생겼었지. 이제 그 예쁘장한 면상은 불에 그슨 피와 재가 섞여 검회색 가면을 쓴 것처럼 보였고, 몇 초 후 레드릭은 한심한 호기심으로 그 가면의 튀어나온 부분들을 유심히 봤다. 흙덩이와 돌 조각의 흔적들을. 그러고는 두 다리로 일어서서 아서를 겨드랑이에 끼고 물가로 끌고 갔다. 아서는 간간이 신음 소리를 내면서 숨을 몰아쉬었다. 레드릭은 그의 얼굴을 가장 큰 웅덩이에 밀어 넣고 다시 축축하고 차가운 애무를 즐기며 아서 옆에 엎어졌다. 아서는 꾸르륵거리더니 부스럭거리며 손으로 땅을 짚고 고개를 들었다. 그의 동공은 활짝 열려 있었다. 그는 상황 파악을 전혀 못 한 채 침을 뱉고 기침을 해 대면서 입으로 게걸스럽게 공기를 마셨다. 그러더니 그의 눈빛이 의식을 찾은 듯 레드릭에게서 멈췄다.

"후⋯⋯" 그는 입을 열더니 더러운 물을 털어 내며 머리를 흔들었다. "뭐였죠, 슈하트 씨?"

"죽음이었지." 레드릭이 알아듣기 힘들게 말하고는 기침을 하기 시작했다. 그는 얼굴을 더듬었다. 아팠다. 코가 부풀어 올라 있었는데, 이상하게도 눈썹과 속눈썹이 제자리에 있었다. 그리고 팔의 피부도 그저 조금 벌게졌을 뿐

온전했다. 생각해야 한다, 엉덩이도 뼛속까지 타지 않았
나…… 그는 엉덩이를 만져 봤다. 아니, 분명 뼈까지 타들어
가지 않았다. 바지마저 멀쩡하다. 그저 뜨거운 물에 뎄을 뿐
이라는 듯……

아서 역시 조심스럽게 손가락으로 자기 얼굴을 더듬었
다. 무시무시한 가면을 물로 씻어 내고 나니 이제 그의 용
모가 드러났는데, 역시 예상과 달리 거의 정상이다. 상처 몇
군데에 이마에 긁힌 자국, 아랫입술이 갈라진 것 외에는 전
반적으로 괜찮았다.

"이런 건 한 번도 못 들어 봤는데요." 아서가 이렇게 말하
더니 뒤를 돌아봤다.

레드릭도 뒤를 돌아봤다. 재로 뒤덮여 회색빛이 감도는
풀밭에는 무수히 많은 흔적이 남아 있었고, 레드릭은 죽음
을 피해 기어 온 그 무시무시하고 끝없는 길이 사실 꽤 짧
다는 것에 충격받았다. 불에 타 버린 길의 한쪽 끝에서 다
른 쪽 끝까지 20~30미터 정도였지 그 이상은 아니었는데,
그는 겁에 질려 앞을 보지 않고 달궈진 프라이팬 위의 바퀴
벌레처럼 지그재그로 기어 왔던 것이다. 그래도 왼쪽 '모기
지옥'으로 가거나 아니면 정반대로 돌아갈 수도 있었을 텐
데 대강 맞는 방향으로 기었다는 게 다행이었다…… 아니,
내가 반대로 갔을 리 없지. 그가 이를 악물고 생각했다. 웬

풋내기였다면 그랬을 수 있지만, 나는 풋내기가 아니고, 이 멍청한 놈만 아니었으면 이런 일 자체도, 엉덩이를 데는 이 모든 불쾌한 일도 없었을 것이다.

그는 아서를 응시했다. 아서는 푸르르거리며 얼굴을 씻었고 아픈 부위를 건드릴 때마다 신음했다. 레드릭은 일어섰고 열기로 빳빳해진 옷이 화상 입은 피부에 닿자 인상을 쓰며 메마른 지대로 나와 배낭 위로 몸을 굽혔다. 배낭은 완전히 망가져 있었다. 덮개들은 형체를 알아볼 수 없을 정도로 타 버렸고, 구급함의 약병들도 빌어먹을 열기 때문에 모두 터져 버렸으며 약이 흘러나와 생긴 빛바랜 얼룩에서는 고약한 냄새가 났다. 레드릭이 덮개를 끌러 유리와 플라스틱 조각을 긁어내기 시작했을 때 아서가 그의 등 뒤에서 이렇게 말했다.

"감사해요, 슈하트 씨! 당신이 저를 끌어내 주셨군요."

레드릭은 침묵했다. 이건 또 무슨 거지 같은 말인가. 감사하다니! 너는 나의 인질이 된 거다. 내가 널 구함으로써.

"제 잘못이에요. 엎드리라고 지시하신 걸 듣기는 했는데, 너무나 놀란 상태였는 데다 열기가 덮쳤을 땐 완전히 제정신이 아니었어요. 제가 아픈 걸 정말 무서워하거든요, 슈하트 씨……" 아서가 말했다.

"일어나." 레드릭이 고개를 돌리지 않고 말했다. "별일 아니었어…… 일어나. 뭐 하고 누워 있어!"

그는 화상 입은 어깨의 통증으로 절로 신음 소리를 내면서 등 뒤로 배낭을 메며 어깨끈에 팔을 넣었다. 화상 부위의 피부가 수축해 고통스러운 주름으로 쭈그러든 것 같은 느낌이었다. 아픈 걸 두려워한다고…… 네 녀석이 그 아픔을 겪든 말든 내버려 뒀어야 했는데……! 그는 뒤를 돌아봤다. 괜찮다. 길에서 벗어나지 않았다. 이제는 죽은 이들이 누워 있는 이 작은 언덕들을 지나가야 한다. 빌어먹을 언덕들. 이 더러운 언덕들이 대머리수리의 엉덩이처럼 볼록 튀어나와 있었고, 그것들 사이로 그 작은 협곡이 있었다…… 그는 어쩔 수 없이 코로 공기를 들이마셨다. 아, 더러운 협곡 같으니. 이 협곡이 바로 쓰레기 그 자체다. 두꺼비 자식 같으니.

"언덕들 사이로 협곡 보이지?" 그가 아서에게 물었다.

"보여요."

"그쪽으로 직진한다. 출발!"

아서는 손등으로 코 밑을 닦고는 철벅대며 물웅덩이를 지나 앞으로 움직였다. 그는 절뚝거렸고, 이미 전처럼 꼿꼿하고 늘씬하지도 않았다. 구부정해서는 이제 조심스럽게, 아주 경계하면서 걸었다. 이렇게 내가 또 한 명을 구해 냈군, 레드릭은 생각했다. 이게 몇 번째지? 다섯 번? 여섯 번?

4 레드릭 슈하트, 31세

이제는 이런 의문이 든다. 뭐 하러? 그가 나에게 뭔가. 피붙이라도 되나? 내가 그를 책임지겠다고 하기라도 했나? 자, 빨강머리, 그런데 너는 왜 그를 구했지? 자기 자신도 그 때문에 죽을 뻔했는데…… 정신이 맑아진 지금은 안다. 내가 그를 구한 건 잘한 일이다. 그 없이는 그곳을 지나갈 수 없으니, 나에게 그는 몽키를 위한 인질 같은 거다. 나는 인간을 구한 게 아니라 내 지뢰탐지기를 구해 낸 거다. 내 어뢰탐지선을. 내 만능열쇠를 구한 거다. 그런데 아까 그곳, 열기가 끓어오르던 곳에서는 이런 생각이 들지도 않았다. 나는 그가 마치 나의 가족인 양 구해 냈고, 이 모든 것을 잊고 있었다. 만능열쇠에 대해서도 잊고 몽키에 대해서도 잊었는데, 그를 버리고 갈 생각은 떠오르지도 않았다…… 그게 도대체 무슨 의미인가? 그러니까, 사실은 나도 선한 사람이라는 말이다. 구타도 확신에 차 내게 그렇게 말하고, 죽은 키릴도 내가 선한 사람이라고 주장했으며, 리처드도 언제나 그렇게 말한다…… 선한 사람 다 죽었다! 그따위 생각은 집어치워. 레드릭이 스스로에게 말했다. 여기서 그 선한 심성은 네게 아무짝에도 쓸모없다고! 생각을 해야 하고, 그런 다음에는 벌써 팔다리를 움직이고 있어야 한다. 처음이자 마지막이려면. 알겠나? 선한 사람이라…… 나는 '고기분쇄기'에 대비해 그를 지켜야 한다, 레드릭은 냉정하고 분명하

307

게 생각했다. 여기서 '고기분쇄기'만 빼면 모든 곳을 통과할 수 있다.

"정지!" 그가 아서에게 말했다.

협곡이 그들 앞에 있었고, 아서는 얼이 빠진 듯 레드릭을 보면서 이미 멈춰 서 있었다. 협곡의 바닥은 태양 빛을 받아 기름져 보이는 썩은 녹색 액체로 뒤덮여 있었다. 표면 위에 피어오른 옅은 증기가 언덕들 사이에서 짙어져 30보 앞부터는 이미 아무것도 보이지 않았다. 그리고 악취. 저기 저 진창에서 뭐가 썩은 건지 그 누구도 모르겠지만, 레드릭은 깨져서 썩은 달걀 10만 개, 썩은 생선 대가리 10만 개에 죽은 고양이 10만 마리를 한데 모아도 여기서 풍기는 악취를 낼 수 없을 것 같다고 생각했다. '저기도 냄새는 좀 날 거야, 빨강머리. 그러니까 저것에…… 겁먹을 것 없어.'

아서는 덜덜 떨더니 뒷걸음질 쳤다. 그때 레드릭은 정신을 차리고 서둘러 주머니에서 방취제를 먹인 솜뭉치를 꺼내 콧구멍을 틀어막고는 아서에게도 솜을 내밀었다.

"감사합니다. 슈하트 씨." 아서가 힘없는 목소리로 말했다. "그런데 어떻게든 위로 갈 방법은 없을까요……?"

레드릭은 말없이 그의 머리카락을 쥐어 잡고선 돌 퇴적층에 놓인 넝마 더미 쪽으로 그의 고개를 돌렸다.

"저건 안경잡이였지. 그리고 왼쪽 언덕에는, 여기서는 안

　　　　　　　　　　　　4 레드릭 슈하트, 31세

보이지만 푸들이 누워 있어. 딱 저런 모습으로. 알겠어? 앞으로 가지."

액체는 고름처럼 뜨뜻하고 끈적였다. 우선 그들은 허리 높이까지 액체 속으로 들어가 전진했고, 다행히 발밑의 바닥은 돌이고 꽤 평평했는데, 얼마 지나지 않아 레드릭은 양쪽에서 귀에 익은 지지직 소리를 들었다. 태양 빛을 받는 왼쪽 언덕에는 아무것도 보이지 않았지만, 오른쪽 경사면의 그늘진 부분에서는 창백한 보라색 빛이 튀고 있었다.

"몸을 숙여!" 그가 이를 악물고 명령하고는 자신도 몸을 굽혔다. "더 아래로 하라고, 이 머저리 자식!" 그가 소리를 질렀다.

아서는 놀라서 몸을 굽혔고, 바로 그 찰나 굉음 다발이 공기를 가르며 울렸다. 그들의 머리 바로 위 하늘에 보일 듯 말 듯한 번개 가닥이 광란의 춤을 추듯 흔들리고 있었다. 아서는 주저앉으며 어깨까지 액체에 몸을 넣었다. 레드릭은 굉음으로 귀가 먹먹해지는 걸 느끼며 고개를 돌렸고 그늘의 돌무더기 사이에서 빠르게 녹아내리는 환한 선홍색 얼룩을 봤다. 바로 거기로 두 번째 번개가 내리꽂혔다.

"앞으로! 앞으로!" 그가 자기 소리를 듣지도 못하며 소리쳤다.

이제 이들은 쭈그려 앉아서, 머리만 밖에 내놓고 오리걸음으로 걸어갔다. 굉음이 울릴 때마다 레드릭은 아서의 긴 머리카락이 곤두서는 걸 봤고, 얼굴 살갗에는 수천 개의 바늘이 꽂히는 느낌이었다. "앞으로!" 그가 단조로운 톤으로 반복했다. "앞으로!" 그는 이미 아무 소리도 듣지 못하고 있었다. 한 번 아서가 고개를 돌려 그에게 옆모습을 보였는데, 그는 자신을 곁눈질하는, 공포에 질려 확장된 동공을, 파르르 떨리는 창백한 입술을, 풀잎이 들러붙고 땀으로 범벅된 볼을 봤다. 그 뒤로는 번개가 낮게 치기 시작해 그들은 머리까지 집어넣어야 했다. 녹색 액체가 입에 들러붙어 숨을 쉬기가 힘들어졌다. 레드릭은 입으로 공기를 마시면서 콧구멍에서 숨을 빼냈고, 불현듯 악취가 사라진 것을, 공기가 신선하고 자극적인 오존 냄새로 진동하는 것을 알아차렸다. 주위의 증기가 점점 짙어졌다. 아니면 눈이 침침해진 건지 오른쪽에 있는 언덕도, 왼쪽에 있는 언덕도 이미 보이지 않았다. 녹색 흙탕물이 온통 들러붙은 아서의 머리와 주위에서 일렁이는 누런 증기 말고는 아무것도 안 보였다.

지나갈 거다, 지나갈 거야, 레드릭은 생각했다. 처음 있는 일도 아니고 내 일생이 이러했다. 몸은 똥통에 박혀 있고, 머리 위로는 번개가 치고. 그렇지 않은 적이 한 번도 없었다…… 그리고 여기에 있는 똥은 대체 어디서 온 건가? 어찌나 많은지…… 미쳐 버리겠다. 한곳에 어찌나 많이 있는지, 온 세상의 똥이 다 여기로 모인 건지…… 대머리수리 때문이다. 그가 분개하며 생각했다. 대머리수리가 이곳을 지나갔기 때문에, 이건 그의 뒤에 남은 것이다…… 안경잡이는 오른쪽에 누워 있고 푸들은 왼쪽에 누워 있는데, 그게 다 대머리수리가 그들 사이로 지나가기 위해서, 지나간 자리에 자신이 싼 똥을 모두 남기고 가기 위해서였다…… 너도 그래야 해, 그가 자기 자신에게 말했다. 대머리수리를 뒤쫓아 가는 자는 언제나 똥을 먹게 돼 있다. 네가 설마 그걸 몰랐단 말인가? 온 세상이 그런데. 그들이, 대머리수리들이 너무나 많아서, 그래서 청정한 곳이 남아나지 않고 다 더럽혀졌다…… 누넌은 바보다. 빨강머리, 너는 균형을 파괴하는 자라고, 질서를 파괴하는 자라고. 빨강머리, 너는 어떠한 질서 속에서도 불행할 거라고, 악한 질서 속에서도 불행하고 선한 질서 속에서도 불행하다고. 너 같은 사람들 때문에 이 땅에 지상낙원이 절대 도래하지 않을 거라고 했지…… 네가 뭘 알지, 뚱보? 내가 언제 그 선한 질서라는 걸 본 적이 있기나 했나? 네가 언제 선한 질서 속에 있는 나를 봤느냐고……? 나는 일생 동안 키릴들과 안경잡이들이 어떻게 죽어 가는지, 대머리수리들이 그들의 시체 사이로, 그들의 시체를 따라 벌레처럼 지나가며 똥을 싸고, 싸고 또 싸는 것만을 목격하고 있는데……

발밑의 돌이 구르는 바람에 그는 미끄러져서 얼굴이 빠졌다가 다시 고개를 내밀었고, 바로 옆에서 아서의 휘둥그레진 눈과 뒤틀린 표정을 본 순간 갑작스러운 한기를 느꼈다. 그는 자신이 방향을 잃었다고 생각했다. 하지만 그는 방향을 잃지 않았다. 그는 이제 저쪽으로, 액체에서 검은색 돌의 윗부분이 돌출한 곳으로 가야 한다는 걸 알았다. 돌의 윗부분 말고는 누런 안개 속에서 보이는 게 아무것도 없다는 것도 알았지만.

　"멈춰! 더 오른쪽으로 가! 암석 오른편으로!" 레드릭이 소리쳤다.

　그는 이번에도 자신의 목소리를 듣지 못했고, 아서를 따라잡아 어깨를 잡고는 손짓으로 방향을 가리켰다. 고개는 아래로 하고 암석의 오른쪽으로 가라고. 당신들은 이 대가를 치르게 될 거야, 그는 생각했다. 아서는 암석 옆에서 물속으로 들어갔고, 그때 번개가 갈라지면서 검은 암석 꼭대기를 내리쳤고, 온통 파편들이 부서져 흩날렸다. 당신들은 나한테 이 대가를 치르게 될 거야, 그는 물속으로 머리를 넣고 온 힘을 다해 팔다리를 휘저으며 되뇌었다. 귓가에 또 한 번의 번개 소리가 울렸다. 그 대가로 당신들을 절대 가만두지 않겠어! 순간 그는 생각했다. 내가 누구에게 말하는 거지? 모르겠다. 하지만 누군가는 이 일에 반드시 대가를 치러야, 누군가는 나에게 이 대가를 치러야 한다! 잠깐, 일단 **구체**까지만 가 보자. **구체**까지 가기만 하면, 나는 이 똥을 당신들 입에 처넣어 주겠다. 나는 당신들의 대머리수리가 아니다. 나는 내 방식대로 당신들을 신문할 것이다……

그들이 정신없이 혼미해져서는 넘어지지 않도록 서로를 붙들고 휘청거리면서 물 바깥으로, 벌써 태양에 달궈진 돌무더기로 나왔을 때, 레드릭은 칠이 벗겨지고 차체가 찌그러진 광차를 발견했고, 여기, 이 광차 옆 그늘에서는 숨을 고를 수 있다는 걸 어렴풋이 기억해 냈다. 그들은 그늘로 들어갔다. 아서는 등을 대고 누워 힘이 빠진 손가락으로 점퍼 단추를 끌렀고, 레드릭은 배낭을 차체에 대고 기대 자갈에 손바닥을 문질러 닦고는 가슴팍으로 손을 넣었다.

"저도…… 저도 주세요, 슈하트 씨." 아서가 입을 열었다.

이 아이의 목소리가 어찌나 컸던지 레드릭은 깜짝 놀랐고, 술을 들이켜고는 모든 것을 정화하는 뜨거운 물줄기가 목구멍을 따라 가슴으로 흘러들어 가는 소리를 들으며 눈을 감았다. 한 번 더 들이켠 후에 그는 아서에게 술병을 내밀었다. 됐다, 그가 무기력하게 생각했다. 우리는 통과했다. 그걸 통과한 것이다. 이제는 지불할 대가를 말해 보겠다. 당신은 내가 잊었다고 생각하나? 아니, 나는 전부 기억한다. 당신들에게 내가 살려 줘서, 저 똥통에 빠뜨려 죽이지 않아 줘서 고맙다고 할 줄 알았나? 감사가 아니라 저주를 해 주지. 이제 당신들 모두 끝이다, 알겠나? 나는 이런 걸 하나도 남겨 두지 않겠다. 이제는 내가 결정한다. 나, 레드릭 슈하트가 상식에 맞게, 멀쩡한 기억력을 발휘해 모든 이에 대한 모든 걸 결정할 것이다. 그리고 나머지 당신들, 대머리수리들, 두꺼비 자식들, 방문자들, 뼈가죽들, 쿼터블래드들, 기생충들, 돈들, 쉰목소리들, 넥타이를 맨 놈들, 제복을 입은 놈들, 말끔한 놈들, 서류 가방을 들고 다니는 놈들, 연설하는 놈들, 자선사업 하는 놈들, 고용주들, 영구 축전기를 가진 놈들, 영구기관을 가진 놈들, '모기지옥'들을 갖고 있는 놈들, 장밋빛 미래가 보장된 놈들을. 됐다, 당신들은 내가 장단 맞추게 만들었고, 일생 동안 나를 질질 끌고 다녔는데, 나란 머저리는 내 의지대로 살고 있다며 우쭐해했다. 당신들은 맞장구쳐 줬고, 추잡한 당신들은 신호를 주고받으며 내가 똥통에서, 감옥에서, 술집에서 춤추게 하고, 끌어내고, 끌고 다녔지…… 이젠 충분하다! 그는 배낭 벨트를 풀고 아서의 손에서 술병을 건네받았다.

"……전 이럴 거라고는 생각하지 못했어요." 아서가 이해가 안 된다는 듯이 말했다. "상상도 못 했어요…… 저도 물론 모르는 건 아니었어요. 죽음, 불…… 그래도 이런 건……! 저희는 어떻게 되돌아가죠?"

레드릭은 그의 말을 듣고 있지 않았다. 이 인간이 말하는 것은 이제 아무런 의미가 없다. 전에도 의미가 없었지만, 그 래도 이전에 그는 인간이었다. 그런데 지금 이건…… 그러 니까, 말하는 만능열쇠. 지껄이고 있으라지.

"씻으면…… 얼굴이라도 좀 씻었더라면 좋았을 텐데요." 아서가 걱정스럽게 주위를 둘러봤다.

레드릭은 멍하니 그를 바라봤다. 달라붙어 한데 엉킨 머리카락과 손자국이 남은 찐득한 액체가 말라붙고 쩍쩍 갈라진 진흙으로 뒤덮인 그의 얼굴을 봤는데 불쌍함도, 짜증도, 아무런 감정도 느껴지지 않았다. 말하는 만능열쇠. 레드릭은 몸을 돌렸다. 앞에는 버려진 공사판같이 음울한 분위기에 날카로운 자갈들이 흩어져 있고 하얀 먼지로 뒤덮인 공간이, 눈을 멀게 할 것 같은 태양 빛에 잠겨 아찔할 정도로 하얗고 뜨겁고 악한 죽음의 기운이 감도는 공간이 펼쳐져 있었다. 여기서도 벌써 멀리 채석장 경계가 보였다. 역시 눈이 멀 정도로 하얬으며 이 거리에서는 완전히 고르고 가파른 것처럼 보였다. 가까운 경계는 큰 돌무더기로 알 수 있었고, 채석장으로 내려가는 곳은 저쪽, 돌들 사이 빨간색 점으로 보이는 굴착기의 운전실이 있는 곳이었다. 그게 유일한 지표였다. 그저 운에 맡기고 직진하여 그리로 가야 했다.

아서가 갑자기 몸을 일으켜 차체 아래에 손을 넣더니 거기서 녹슨 통조림 캔을 꺼냈다.

"이것 보세요, 슈하트 씨, 이건 아마 아버지가 남겨 놓은 걸 거예요…… 저기 더 있어요." 그가 생기를 되찾고 말했다.

레드릭은 대답하지 않았다. 괜한 짓을 하는군. 그가 냉혹하게 생각했다. 너는 지금 아버지를 상기시키지 않는 편이, 지금은 그냥 닥치고 있는 편이 좋을 텐데. 그런데, 상관없다…… 그는 몸을 일으키면서 통증으로 신음했다. 옷이 몸에, 화상 입은 피부에 완전히 들러붙어 이제는 그 안에서 뭔가가 아프게 터졌고, 마른 붕대가 상처에서 떨어져 나가듯 뭔가가 떨어져 나갔기 때문이다. 아서도 일어났고, 마찬가지로 스읍 하며 신음 소리를 내고는 고통스러운 눈빛으로 레드릭을 쳐다봤다. 아서는 너무도 고통을 호소하고 싶지만, 그렇게 하지 않기로 결심한 듯했다. 억누르는 듯한 목소리로 이렇게만 말했다.

"한 모금만 더 주시면 안 될까요, 슈하트 씨?"

레드릭은 손에 쥐고 있던 술병을 가슴팍으로 집어넣어 버리고선 말했다.

"암석들 사이에 빨간 것 보이지?"

"보여요." 아서가 말하고는 불안한 듯 깊이 심호흡했다.

"그리로 직진한다. 출발."

아서는 끙끙대며 어깨를 펴고 몸을 뻗었고 얼굴을 완전

히 찡그리고는 주위를 살피며 말했다.

"조금이라도 씻을 걸 그랬어요…… 다 들러붙었어요."

레드릭은 말없이 기다렸다. 아서는 절망적으로 그를 쳐다보더니 고개를 끄덕였고, 움직이는가 싶더니 그 자리에서 멈춰 섰다.

"배낭, 배낭을 두고 왔어요, 슈하트 씨."

"전진!" 레드릭이 명령했다.

그는 설명하기도, 거짓말하기도 싫었으니, 그 모든 게 소용이 없기 때문이었다. 이대로 가야 했다. 그가 달아날 곳은 없다. 갈 것이다. 아서가 출발했다. 구부정하게 몸을 굽히고 발을 질질 끌며, 얼굴에 단단히 말라붙은 오물을 떼어 내려 애를 쓰며, 흠뻑 젖은 떠돌이 고양이처럼 작고 불쌍하고 연약한 모습으로 걸어가기 시작했다. 레드릭은 그 뒤를 따라 움직였고, 그늘에서 벗어나자마자 태양이 불타오르듯 내리쬐면서 눈을 멀게 했다. 그는 선글라스를 챙겨 오지 않은 걸 후회하며 손바닥으로 눈을 가렸다.

한 발자국 내디딜 때마다 하얀 먼지가 구름처럼 피어오르며 날렸다가 구두에 내려앉으면서 악취를 풍겼다. 악취는 분명 아서에게서 나는 거였고, 그의 뒤를 따라가는 건 불가능할 지경이었는데, 얼마 후 레드릭은 누구보다도 그 자신이 악취를 풍기고 있다는 사실을 깨달았다. 냄새는 구역질 나긴 했지만 어딘가 익숙했다. 북풍이 공장 연기를 거리로 날려 올 적 도시에서도 그런 악취가 났다. 그리고 덩치 크고 음울한, 광기 어린 붉은 눈을 한 아버지가 집에 돌아왔을 때 그에게서도 딱 그 악취가 풍겼는데, 레드릭은 그때마다 서둘러 멀리 구석진 어딘가로 가서 아버지가 작업용 점퍼를 벗어 어머니에게 내던지고 발에서 닳고 휘어 버린 커다란 구두를 벗겨 내는 모습을, 그것들을 발로 차 옷걸이 밑으로 처넣고서 양말만 신은 채 찰박거리며 욕실 샤워기 아래로 들어가 오랫동안 탄식을 내뱉으면서 젖은 몸뚱이를 철썩철썩 때리고 대야로 시끄럽게 소리를 내며 혼잣말을 중얼거리다가 온 집안이 울리도록 "마리아! 잠들었어?"라고 소리치는 모습을 지켜봤다. 레드릭은 그가 다 씻을 때까지, 그가 보드카 병과 걸쭉한 수프가 담긴 그릇, 케첩 병이 놓인 식탁에 앉을 때까지, 그가 보드카 병을 비우고 수프를 다 먹고 트림을 하고 콩을 곁들인 고기 요리를 먹기 시작할 때까지 기다린 다음에야 밝은 곳으로 나와 그의 무릎 위로 올라가서 그날은 어떤 감독관과 기술자를 황산에 처넣어 버렸는지 물어볼 수 있었다……

주위의 모든 것이 새하얗게 타 버렸다. 레드릭은 건조한 공기, 혹독한 더위, 악취와 피로로 속이 메스꺼웠으며 몸을 구부릴 땐 화상을 입은 피부가 터져 심하게 쓰라렸다. 그의 피부가 의식을 잃게 만드는 뜨거운 안개를 뚫고서 그에게 안식을, 물을, 선선함을 소리쳐 애원하는 것 같았다. 못 알아볼 정도로 해진 추억들이 부풀어 오른 뇌에 쌓였고, 반쯤 감긴 눈앞에서 아른거리는 하얀 폭염의 세상에 섞여 들어가면서 서로 뒤집히고, 서로를 가리고, 서로 치환되었는데, 이 모든 기억들이 씁쓸했고, 이 모든 기억들이 악취를 풍겼고, 이 모든 기억들이 사무치는 애환과 증오를 불러일으켰다. 그는 그 혼돈 속으로 비집고 들어가려 했고, 과거로부터 뭔가 달콤한 신기루를, 부드럽거나 상쾌한 느낌을 되살리려 노력했다. 기억 깊숙한 곳에서 화사하게 웃는 구타의 얼굴을, 아직 젊었을 적, 너무도 그리운 그 때 묻지 않은 얼굴을 쥐어짜 냈다. 그녀의 얼굴이 나타났지만, 바로 녹슬어 버리고 비틀렸으며 거친 밤색 털로 뒤덮인 음울한 몽키의 얼굴로 변했다. 그는 키릴을, 성자 키릴을, 그의 신속하고 확신에 찬 움직임을, 그의 웃음을, 유례없이 아름다운 공간과 시간을 약속하는 그의 목소리를 기억해 내려 애썼고, 키릴이 그의 앞에 나타났는데, 햇빛에 은빛 거미줄이 환하게 타오르더니 키릴은 어느새 사라진 후였고, 쉰목소리 휴가 등장해 깜빡이지 않는 천사의 눈으로 레드릭의 얼굴을 응시하며 커다랗고 하얀 손바닥에 도자기 함을 올려놓고 저울질한다…… 그의 의식에 어떤 어두운 기운들이 침투하더니 순식간에 그의 의지를 제압했고, 그의 기억이 아직 보존하고 있던 얼마 안 되는 좋은 것들을 태워 버렸다. 그리하여 좋은 기억이라곤 하나도 없는 것처럼 느껴졌고, 낯짝들, 낯짝들, 낯짝들만 남았다……

그러는 동안에도 그는 계속 스토커였다. 그는 생각하거나, 의식하거나, 심지어 기억하지 않아도 본능적으로 알 수 있었다. 여기 왼쪽 안전한 거리에 떨어져 있는 오래된 판자 더미 위에 '즐거운 유령들'이 맴돌고 있다. 조용하고 기력 없는 상태이니 무시해도 된다. 오른쪽에서는 어렴풋이 바람이 불어왔고, 몇 걸음 거리에 거울처럼 평평하고 불가사리처럼 사방으로 뻗은 '모기지옥'이 있었다. 멀리 있어서 겁낼 필요는 없다. 그 중앙에는 새가 그림자처럼 납작하게 찌부러져 있었는데, 드문 일이다. 새들이 **구역** 상공을 날아다니는 일은 거의 없으니. 그리고 여기 오솔길 옆에는 버려진 '깡통'이 두 개 있었는데 보아하니 대머리수리가 돌아가는 길에 버린 거다. 욕심보다 두려움이 앞서서…… 레드릭은 이 모든 것을 봤고, 모든 것을 고려했다. 구부정하게 걷는 아서가 한 걸음이라도 가야 할 방향에서 벗어나면 레드릭의 입이 자동으로 열리고 목구멍에서 경고하는 갈라진 목소리가 저절로 튀어나왔다. 기계로, 당신들이 나를 기계로 만들었군, 그는 생각했다…… 그때 채석장 언저리의 돌

파편들이 가까워졌고, 벌써 굴착기 운전실의 붉은 덮개 위에 녹이 뒤엉켜 있는 것이 보였다.

당신은 어리석은 놈이야, 버브리지, 레드릭은 생각했다. 교활하지만 어리석지. 도대체 어떻게 당신이 나를 믿을 수 있지? 당신은 나를 아주 어릴 적부터 알았으니, 나보다도 더 나를 잘 알아야 한다. 당신은 늙었어, 그게 문제야. 둔해진 거지. 평생 바보들과 일했으니 뻔하지…… 그리고 그때 그는 대머리수리가 아서, 아티, 귀염둥이, 자기 핏줄이…… **구역**에, 빨강머리와 함께 자신의, 대머리수리의 다리를 찾으러, 쓸모없는 풋내기가 아니라 그의 친아들이, 그의 목숨과도 같은 자식이, 그의 자랑이 갔다는 걸 알게 되면 어떤 낯짝을 할지 상상해 보았다…… 그 낯짝을 떠올리고서 레드릭은 큰 웃음을 터뜨렸고, 아서가 깜짝 놀라 쳐다봤을 때도 계속 소리 내어 웃으며 그에게 손짓했다. 전진, 전진! 그리고 또다시 화면을 보듯 의식 속으로 빠져들었고, 낯짝들, 낯짝들, 수많은 낯짝들을 봤다…… 모든 것을 바꿀 필요가 있었다. 한 사람의 인생, 두 사람의 인생이 아니라, 한 사람의 운명, 두 사람의 운명이 아니라, 이 악취 나는 세상의 모든 나사를 바꿀 필요가 있었다……

아서는 채석장으로 향하는 가파른 내리막 앞에 섰고, 긴 목을 뻗어 멀리 내려다보더니 그대로 얼어 있었다. 레드릭은 다가가서 옆에 멈춰 섰다. 하지만 아서가 응시하는 쪽을 보지는 않았다.

벌써 수년 전에 무한궤도와 무거운 광차 바퀴로 짓눌려서 생긴 길이 바로 발밑에서부터 채석장 깊숙한 곳으로 이어져 있었다. 길 오른쪽 하얀 경사면은 열기로 갈라졌고, 왼쪽 경사면은 반쯤 무너져 있었으며 암석들과 자갈 더미 사이 저쪽에 굴착기가 기울어져 서 있었는데, 아래로 내린 굴착기 버킷이 길가에 맥없이 파묻혀 있었다. 그리고 예상할 수 있었듯이 길 위엔 이제 아무것도 보이지 않았고, 굴착기 버킷 옆 경사면의 거친 돌출부에 매달려 있는, 굵은 나선형 양초 같은 검고 비틀린 고드름과 마치 타르를 흩뿌려 놓은 듯한 다량의 검은 반점들만이 먼지 사이로 보였다. 그들이 남기고 간 흔적은 이게 전부인데, 그것들이 여기 얼마나 많이 있었는지도 알 수 없다. 어쩌면 각 반점이 한 사람이거나 대머리수리의 소원 하나일지도. 여기 이 반점은 대머리수리가 제7동 지하에서 죽지 않고 살아 다친 곳 없이 귀환했을 때. 여기 이 반점은 조금 더 큰데, 이건 대머리수리가 **구역**에서 문제없이 '움직이는 자석'을 갖고 나왔을 때. 그리고 여기 이 고드름은, 그건 사치스러운, 모친도 부친도 닮지 않은, 모두가 욕망하는 창녀 지나 버브리지다. 그리고 여기 이 점은 모친도 부친도 닮지 않은 아서 버브리지, 아티, 잘 생긴 아들, 그의 자랑이다……

"다 왔네요!" 아서가 극도로 흥분해 갈라지는 목소리로 말했다. "슈하트 씨, 어쨌든 다 온 거잖아요, 그죠?"

그는 행복에 겨운 웃음을 터뜨리더니 쭈그려 앉아 온 힘을 다해 두 주먹으로 땅바닥을 쳤다. 그의 머리카락이 정수리에서 떨리면서 우습고 이상한 모양새로 휘날렸고, 바짝 마른 먼지 가루가 사방으로 날렸다. 레드릭은 그제야 눈을 들어 구체를 바라봤다. 조심스럽게. 경계하면서. 그게 기대와 다르면 어쩌나, 자신을 실망시키고 의심을 일으켜서 기껏 똥물을 먹어 가며 기어오른 하늘에서 추락하는 기분을 느끼게 되면 어쩌나 하는 두려움을 억누르고.

그것은 금빛이라기보다는 차라리 구릿빛에 가까워 살짝 붉은 기를 띠었으며 아주 매끈했고 태양 빛에 흐릿하게 빛났다. 그것은 멀리 있는 채석장 벽 위의 굳은 광물 더미 사이에 편안히 자리 잡고 있었는데, 여기서도 그것이 얼마나 큰지, 얼마나 엄청난 무게로 자기 자리를 짓누르고 있는지 보였다.

그것이 자신을 실망시키거나 의심을 일으킨 건 아니지만, 그렇다고 희망을 불어넣어 준 것도 아니었다. 왜인지는 모르겠지만, 그것은 분명 충만할 것이며 만지면 아주 뜨거우리라는 생각이 들었다. 태양에 달궈져 있을 테니. 전설들에서 자주 묘사된 바와는 달리, 자신의 광채로 빛나고 있지도 않았으며 공중으로 날아올라 춤출 수도 없는 게 분명했다. 그것은 떨어진 자리에 그대로 있는 것이었다. 어쩌면 어떤 거대한 주머니에서 빠졌거나, 어떤 거인들이 갖고 놀다가 잃어버려 굴러온 것일지도. 그것은 이곳에 놓인 게 아니라 방치된 거였다. **방문**이 남긴 그 모든 '깡통' '팔찌' '배터리', 그리고 그와 같은 쓰레기들이 그렇듯, 딱 그렇게 방치되어 있었다.

　그렇지만 어쨌든 그것은 뭔가를 지니고 있어서 레드릭은 보고 있을수록 그걸 보고 있으면 기분이 좋다는 것을, 다가가고 싶고, 그걸 만지고 쓰다듬고 싶어진다는 것을 점점 분명하게 알게 됐고, 어째서인지 불현듯 그것 옆에 앉으면 기분이 좋을 거라고, 그것에 등을 대고 고개를 떨구고서 눈을 감고 잠시 생각하거나, 회상하거나, 어쩌면 그저 쉬면서 눈을 붙인다면 더 좋을 거라는 생각이 들었다.

　아서가 벌떡 일어서서 '지퍼'들을 전부 내리더니 점퍼를 벗어 발밑에 내던졌고, 바닥에서는 하얀 먼지가 피어올랐다. 그는 인상을 쓰고 손을 흔들며 뭐라고 소리쳤고, 뒷짐을 지고는 춤추듯 현란한 스텝을 밟으면서 깡충대며 아래로 내려갔다. 이제 그는 레드릭을 보지 않았고, 레드릭을 잊었고, 모든 것을 잊었다. 그는 자신의 소원을, 대학생의, 살면서 용돈 말고 돈이라고는 한 번도 본 적 없는 남자애의, 집에 술 냄새를 조금만 풍기며 돌아와도 가차 없이 혼나던 애송이, 유명한 변호사, 그리고 미래에는 장관이 됐을, 그리고 더 먼 미래에는 당연히 대통령으로 컸을 애송이의 작고 소중한 꿈을 이루기 위해 갔다…… 레드릭은 눈을 멀게 할 것 같은 환한 빛에 핏발이 선 눈을 찡그리고는 조용히 아서의 뒷모습을 바라봤다. 그는 냉정하고 차분했다. 이제부터 어떤 일이 벌어질지 알고 있었고 자신이 그 장면을 보지 않으리라는 것을 알았지만, 아직은 보고 있을 수 있었기에 어딘가 가슴속 아주 깊숙한 곳에서 웬 조그만 벌레가 갑자기 불안하게 뒤척이며 오톨도톨한 머리를 돌리는 것 같은 느낌을 덮어 두고 특별한 감정 없이 바라보고 있었다.

청년은 계속 춤추며, 성큼성큼 기괴한 리듬의 스텝을 밟으면서 내려갔고, 그의 구두 굽에서 하얀 먼지가 피어올랐다. 그는 뭐라고 고래고래 외쳤다. 마치 노래나 주문처럼 아주 쟁쟁하게, 아주 즐겁게, 그리고 아주 복받쳐 올라. 레드릭은 저렇게 경사라도 난 듯 이 길을 내려가는 건 채석장이 생긴 이래 최초일 거라고 생각했다. 처음에 그는 저 말하는 만능열쇠가 뭐라고 소리치는 건지 듣지 않았는데, 조금 뒤 그의 내면에서 뭔가 켜진 듯 이런 소리가 들렸다.

"모두에게 행복을 드려요……! 공짜로 드려요……! 얼

마든지 드려요……! 다들 여기로 오세요……! 모두가 누릴 만큼 있어요……! 기분 상한 채로 돌아가는 사람은 아무도 없을 거예요……! 공짜로 드려요……! 행복을 드려요! 공짜로 드려요……!"

그러더니 어떤 거대한 손이 그의 입에 걸레를 박아 넣기라도 한 듯 갑자기 조용해졌다. 그리고 레드릭은 굴착기 버킷 그림자에 숨어 있던 어떤 투명한 진공이 그를 낚아채 공중으로 끌어 올려 천천히, 마치 주부들이 물기를 빼려고 세탁물을 쥐어짜듯 온 힘을 다해 그를 쥐어짜는 걸 봤다. 레드릭은 먼지 묻은 구두 한 짝이 경련하는 다리에서 벗겨져 채석장 위로 높이 날아가는 걸 봤다. 그때 그는 몸을 돌리고 앉았다. 머릿속에는 아무 생각도 없었고, 어쩐지 자기 자신을 느낄 수 없게 됐다. 주위에는 정적이 감돌았고, 특히 등 뒤, 저쪽, 내리막길이 고요했다. 그때 그는 술병을 떠올렸다. 평소처럼 들떠서가 아니라, 그저 복용할 때가 된 약을 떠올리듯이. 그는 뚜껑을 열고 아주 조금씩 넘기기 시작했고, 생애 처음으로 병 속에 든 게 술이 아니라 그냥 냉수였으면 좋겠다고 생각했다.

얼마간 시간이 흘렀고 이제야 머리가 좀 돌아가기 시작했다. 무의식중에 이제 다 됐다는 생각이 들었다. 길이 열린 것이다. 지금쯤이면 지나갈 수 있겠지만, 물론 조금 더 기다리는 게 좋겠다. '고기분쇄기'는 속임수를 쓰기도 한다. 어쨌든 생각해야 하지 않겠는가. 생각하는 게 익숙지 않다는 것, 그게 문제다. '생각하다'라는 게 대체 뭔가? 생각한다는 것은 추측하고, 사기 치고, 과장하고, 속이는 건데, 그런데 여기서는 다 소용이 없지 않은가……

뭐, 됐다. 몽키, 아버지…… 모든 것에 대가를 치르게 해 주고 더러운 놈들의 영혼을 도려내 주마. 내가 먹었듯 똥을 처먹게 해 주고…… 아니, 그게 아니다, 빨강머리…… 물론 그것도 그거지만, 이 모든 게 무슨 의미인가? 내가 뭘 어째야 하나? 이건 욕설이지 생각이 아니다. 그는 두려운 예감 같은 것을 느끼면서 소름이 돋았고, 여러 가지 생각해야 할 것들을 바로 건너뛰고는 자신을 사납게 다그쳤다. 너 이 자식, 빨강 늑대, 결정을 내리지 못하면 여기서 나가지 못할 거다. 여기서 저 구체 옆에서 죽고, 타 버리고, 썩고, 짐승 시체가 되어 어디로도 나가지 못할 것이다……

맙소사, 나의 말은, 나의 생각은 대체 어디 있단 말인가? 그는 반쯤 쥔 주먹을 휘둘러 자기 얼굴을 쳤다. 일생 동안 내 생각이라곤 하나도 없지 않았던가! 잠깐, 키릴이 뭔가 비슷한 얘기를 했었는데…… 키릴! 그는 열에 들떠 기억을 뒤졌고, 익숙하거나 익숙한 듯한 말들이 떠올랐지만, 모두 그가 찾던 게 아니었다. 키릴이 남긴 건 말이 아니었으니까. 키릴이 남긴 것은 뭔가 흐릿한 인상들, 아주 상냥하지만 절대 진실은 아닌 인상들이었으니……

비열하다, 비열해…… 그리고 여기서 그들은 나를 속이고, 혀를 앗아 갔다, 더러운 놈들…… 쓰레기. 쓰레기였고, 그렇게 쓰레기로 늙었다…… 이래선 안 된다! 당신, 듣고 있나? 미래에는 이런 게 금지돼야 한다! 사람은 생각하기 위해 태어난다.* (이게 키릴이 말한 거였구나, 드디어 생각났다……!) 그런데 나는 그 말을 믿지 않는다. 전에도 믿지 않았고 지금도 믿지 않는다. 사람이 뭐 하러 태어나는지는 나도 모르겠다. 태어났으면 태어난 거다. 그냥 살아가는 거다. 우리 모두는 건강하게 살고 그들은 모두 뒈지라지. 우리라니, 누굴 말하는가? 그들이라니, 누굴 말하나? 정말 아무것도 이해가 안 된다. 나한테 좋으면 버브리지한테는 나쁘고, 버브리지한테 좋으면 안경잡이한테 나쁘고, 쉰목소리한테 좋으면 모두한테 나쁘고, 사실 쉰목소리 자신한테도 나쁘지만, 그저 그 멍청한 놈은 어떻게든 제때 발을 뺄 수 있을 거라 착각한다…… 맙소사, 완전히 뒤죽박죽이다, 뒤죽박죽! 나는 일생을 쿼터블래드 대위와 싸웠는데, 그는 일생을 쉰목소리와 싸웠고, 나라는 지진아한테는 오로지 한 가지만 바랐다. 내가 스토커 짓을 그만두기만을. 하지만 가족을 먹여 살려야 하는데 어떻게 내가 스토커 짓을 그만둘 수 있었겠는가? 직장에라도 나가란 건가? 하지만 나는 당신들을 위해 노동하고 싶지 않으며 당신들이 하는 일은 내게 구역질을 일으키는데, 당신들은 그걸 이해할 수 있나? 사람이 직장을 다니면, 언제나 다른 누군가를 위해 일하는 거다. 그는 노예지 그 이상 아무것도 아닌데, 나는 언제나 나 자신이고 싶었고, 나 자신이길 원했다. 모두를, 그들의 애환이나 권태를 신경 쓰지 않고 싶었으니까……

　　그는 남은 코냑을 다 마시고는 땅바닥에 빈 술병을 있는 힘껏 내팽개쳤다. 술병이 태양 빛에 빛나며 튀어 오르더니 어딘가로 굴러갔고 그는 술병은 바로 잊어버렸다. 이제 그는 양손으로 눈을 가린 채 앉아 더는 이해하지도, 생각해 내지도 않으려고 노력했지만, 그래도 뭐라도, 그것이 어떤 모습이어야 하는지라도 좀 볼 수 있으면 좋겠는데, 또다시 그저 낯짝, 낯짝, 또 낯짝들…… 그리고 돈다발과 술병들, 언젠가는 사람이었을 넝마 더미들, 열에 맞춰 쓰인 숫자들

---

* 　블레즈 파스칼의 『팡세*Pensées*』(1670)에 나오는 문장이다. 파스칼은 인간의 특징으로 사고하는 능력을 꼽았다. 그에 따르면 인간은 생각을 할 수 있어 위대하지만, 생각을 할 수 있기에 필연적으로 광대한 우주 속 보잘것없는 자신의 비참함을 깨닫는다. 그런데 이 모순은 신이면서 인간이기도 한 예수 그리스도를 매개로 해결할 수 있다. 예수가 실천한 사랑을 자신도 실천함으로써 가능하다. 다시 말해, 생각하는 이성의 차원이 아니라 '사랑'을 할 수 있는 심정의 차원에 들어서야 인간은 신을 직관할 수 있다.

만 보였다…… 그는 이 모든 것을 지워 버려야 한다는 것을 알았다. 그는 그것들을 지우고 싶었다. 하지만 이 모든 게 지워지면, 아무것도 남지 않으리라는 걸 깨달았다. 그저 평평하고 헐벗은 땅만 남을 것이다. 무력감과 절망감에 그는 또다시 등을 기대고 머리를 떨구고 싶어졌으나 일어났고 기계적으로 바지의 먼지를 털고선 채석장으로 내려가기 시작했다.

태양이 뜨겁게 타올랐고 눈앞에는 빨간 얼룩들이 떠다녔다. 채석장 바닥의 공기가 떨렸는데, 그 공기의 떨림 속에 있는 구체가 마치 파도에 부표가 흔들리듯 제자리에서 춤을 추는 것만 같았다. 그는 미신을 믿는 사람처럼 발을 높이 들어 검은 반점들을 밟지 않도록 주의하며 굴착기 버킷을 지나갔고, 진창에 빠졌다가 비스듬하게 몸을 끌며 채석장을 가로질러서, 춤을 추는 아른거리는 구체를 향해 나아갔다. 그는 땀범벅이었고, 더위로 숨이 막혔지만 동시에 얼어붙을 듯한 오한이 엄습해 숙취인 것처럼 몸을 심하게 떨었으며 잇새에서는 압축된 분필 같은 먼지가 으적댔다. 그리고 그는 이제 더는 생각하려 하지 않고 있었다. 그는 기도를 하듯 그저 절망적으로 스스로에게 되뇔 뿐이었다. "나는 짐승이다. 당신이 보다시피, 나는 짐승이다. 나는 말을 모르고, 나에게 말을 가르치지 않았고, 나는 생각할 줄 모르고, 그 더러운 놈들이 나에게 생각하는 법을 가르치지 않았다. 하지만 당신이 실제로 그렇게…… 대단하고 전지전능하다면…… 해결하란 말이다! 내 영혼을 들여다보라. 거기에는 당신에게 필요한 모든 것이 있을 거라는 걸 난 안다. 그래야만 한다. 나는 내 영혼을 그 누구에게도 팔아넘긴 적이 없으니까! 그건 내 것, 한 인간의 것이다! 당신 스스로 내 안에서 내 소원을 꺼내 보라. 내가 나쁜 것을 원할 리는 없지 않은가……! 이 모든 게 아무래도 좋지만, 그 녀석이 했던 말 외에는 아무것도 생각나지 않으니—**모두에게 행복을 드려요! 공짜로 드려요! 기분 상한 채로 돌아가는 사람은 아무도 없을 거예요!**"

추천사

이 「추천사」의 일부는 『노변의 피크닉』 영역판이 처음 출간된 1977년 필자가 작성했던 서평*의 일부를 발췌한 것이다. 소비에트 검열이 최고조에 달한 날들의 기억이 생생하던 시절, 지적으로나 도덕적으로나 흥미로운 러시아 소설을 논하려면 아직은 위험을 무릅쓰고 용기를 내야 했을 시절의 한 독자가 느낀 감상을 조금이나마 기록해 두고 싶었기 때문이다. 당시 미국에서는 소련 SF 작품에 대한 우호적인 평을 쓰는 것 역시 직접적이지는 않지만 분명 정치적

* SF 전문 학술지 《사이언스픽션스터디즈》 12호(1977년 7월 발행, 제4권 2부) 수록.

인 발언이었다. 미국 SF계 일부 작가들은 철의 장막 저편에 사는 모든 작가를 적 이념에 종사하는 이념가로 간주하고 냉전을 이어 가고 있었으니 말이다. 그러한 미국 작가들은 (반동분자들이 자주 그렇듯) 상대방의 글을 읽지 않음으로써 자신들의 도덕적 순결을 지켰기에 소련 작가들이 정치, 사회, 인류의 미래에 대한 당의 이념에서 벗어나 비교적 자유롭게 글을 쓰기 위한 방책으로 수년간 SF를 써 왔다는 사실 역시 모르고 있을 수 있었다.

SF는 모든 지배적 현실을 상상력으로 전복할 수 있는 장을 제공한다. 상상력을 배양하는 능력이 떨어지는 관료나 정치인은 SF 소설이 광선총이나 나오는 허황된 것, 애들이나 보는 것이라 치부하는 경향이 있다. 하지만 SF 작가는 자먀틴이 『우리들*Mы*』(영역판 1924)에서 그랬듯, 주제넘게 유토피아를 비판했다가 검열을 당하기도 한다. 그러나 스트루가츠키 형제는 주제넘지 않았으며 (필자가 아는 한) 정부의 정책을 직접적으로 비판한 적도 없다. 예나 지금이나 필자가 가장 높이 평가하는 스트루가츠키 형제의 업적은 그들이 이념에서 벗어난 듯 글을 썼다는 점—서방 민주주의 국가에서 활동하는 많은 작가들에게도 어려웠던 일—이다. 그들은 자유인이 글을 쓰듯 썼다.

◆ ◆ ◆

『노변의 피크닉』은 '퍼스트 콘택트'를 다룬 기존의 소설들과는 조금 다르다. 지구를 방문한 외계인들이 몇 군데 착륙 지역들(이하, **구역**이라 함)에 쓰레기를 버리고 떠난다. 외계인들은 피크닉을 즐기다가 떠났고, '넝마주이'[*]들은 경계를 늦추지 않으면서도 호기심에 외계인들이 버리고 간 구겨진 셀로판지라든가 반짝이는 맥주 캔 뚜껑에 접근하여 그것들을 집으로, 그들의 구멍으로 갖고 오려 한다.

이 수수께끼의 쓰레기들은 대부분 매우 위험하다. 그중 일부는 유용한 것—자동차에 동력을 공급하는 영구 축전기—으로 밝혀졌으나, 과학자들은 자신들이 그 물체를 원래 용도대로 쓰고 있는지, 혹은 (마치) 가이거 계수기를 손도끼처럼 쓰거나 전자 부품을 코걸이처럼 쓰고 있는 건 아닌지 확신하지 못한다. 과학자들은 그 피조물의 원리를, 그 물체들 이면에 있는 과학을 밝혀내지 못한다. 국제연구소가 관련 연구를 지원한다. 암거래가 성행한다. '스토커'는 접근이 금지된 **구역**에 들어가 무서운 부상과 죽음 등의 위

---

[*] pack rat. 일차적인 의미는 숲쥐이며, 잡동사니를 모으는 사람이란 의미로도 쓰인다.

험을 무릅쓰고 외계인이 남기고 간 쓰레기를 훔쳐 나와 팔아넘긴다. 때로는 연구소에도.

전통적인 '퍼스트 콘택트' 소설에서는 용맹하고 헌신적인 우주비행사가 소통을 하면서 지성체 간 교류를 하거나, 군사적 승리를 거두거나, 혹은 큰 규모의 사업 거래를 성사시킨다. 그러나 『노변의 피크닉』에서 우주로부터 온 방문자들은 우리 존재를 알았을지언정 우리와 소통할 생각은 없었던 게 분명하다. 아마 그들에게 우리는 야만인이거나, 혹은 넝마주이였을 것이다. 소통은 없다. 그러니 이해도 있을 수 없다.

하지만 이해가 필요하다. **구역**이 **구역**과 엮인 모든 인간에게 영향을 미치기 때문이다. 외계인의 방문은 부패와 범죄를 초래했다. 자연재해가 **방문 구역**을 떠난 이들을 말 그대로 쫓아다닌다. 스토커의 자식들은 유전적으로 변형되어 인간으로 보기 어려울 지경이다.

이처럼 어두운 배경에서 진행되는 이야기는 생생하며 긴박하고 예측 불허이다. 무대는 북미, 어쩌면 캐나다일 수 있지만 인물들의 특정 국적이 드러나지는 않는다. 그래도 등장인물 개개인은 선명하며 친근하다. 가장 비열하고 이기적인 인물인 늙은 스토커에게는 역겨움과 사랑스러움이 공존하는 생동감이 있다. 인물들 사이에 진실한 울림이 있다. 이 소설에 월등하게 똑똑한 지식인은 등장하지 않는다. 보통의 사람들이 등장한다. 보통인 데다가 사나운 성격까지 더한 주인공 레드는 산전수전 다 겪은 인물이다. 등장인물 대부분이 비참하고 비관적인 삶을 사는 거친 사람들인데, 이들에 대한 묘사는 감상주의나 냉소에 빠지지 않는다. 휴머니즘을 과장해 보이지 않으면서 깎아내리지도 않는다. 작자의 필치는 이 섬세한 소재를 조심스럽게 다룬다.

이렇게 평범한 인물을 주인공으로 삼는 것은 이 책이 발간될 당시의 SF계에서는 아주 드문 일이었고, 오늘날에도 SF는 엘리트주의에 쉬이 빠지곤 한다. 지적으로 우월한 정신, 특별한 재능, 승무원이 아닌 장교, 노동자 계급의 부엌이 아닌 권력자들의 회랑이 등장한다. SF가 전문적이기를 —'난해하기'를—바라는 이들은 지적인 서술을 선호한다. SF를 그저 소설 쓰기의 방법들 가운데 하나로 보는 이들은 톨스토이적 접근을 선호한다. 장군의 관점에서만이 아니라 가정주부와 죄수, 16세 소년들의 시선으로 전쟁을 바라보고, 지식인 과학자들만을 통해서가 아니라 평범한 사람들이 받은 영향을 통해 외계의 방문을 그려 내는 방식 말이다.

우주가 보낸 메시지의 일부, 혹은 전부를 인간이 이해할 수 있을까, 혹은 미래에는 이해하게 될까. 이러한 물음에 대부분의 SF 소설은 과학만능주의의 의기양양한 조류 속에서 언제나 '당연히 그렇다'고 대답해 왔다. 폴란드의 소설가 스타니스와프 렘은 이를 '인지적 보편주의라는 우리의 미신'이라 지적했다. 그의 가장 잘 알려진 소설 『솔라리스』는 이 주제를 다룬다. 이 소설에서 인간의 특징적인 능력은 패배한다. 외계의 메시지와 피조물을 이해하는 데 실패하며 굴욕을 겪는다. 이 소설에서 인간은 시험을 통과하지 못한다.

'더 진보한' 종족이 인류에게 전혀 관심이 없을 수 있다는 발상은 공공연한 냉소주의에 빠지기 쉽지만, 작자의 톤은 여전히 풍자적이고 유머러스하며 연민이 묻어 있다. 작자들의 윤리적, 지적 교양은 과학자와 세상에 환멸을 느끼는 연구소 직원이 외계의 방문이 초래한 영향과 그 의미에 대해 지적으로 논하는 소설 후반부의 훌륭한 대화 장면에서 여실히 드러난다. 그러나 소설의 핵심은 개인의 운명이다. 관념소설의 등장인물은 꼭두각시에 불과하지만, 이 소설의 주인공 레드는 인간이다. 우리는 그를 걱정한다. 그가 살아남을지, 구원받을 수 있을지 한 치 앞을 알 수 없다. 그러니까 이것은 결국 러시아 소설이다.

스타니스와프 렘이 인간의 이해에 대해 제기한 물음에 스트루가츠키 형제는 이렇게 반문한다. 외계인이 남기고 간 것을 인류가 어떻게 사용하는지가 시험의 내용이라면,

혹은 끔찍한 마지막 장면에서 레드가 불의 심판을 받는 것이라면, 대체 무엇을 시험받고 있는 건가? 그리고 우리가 시험을 통과했는지, 통과하지 못했는지는 어떻게 알 수 있나? 도대체 '이해'란 뭔가?

'모두에게 행복을 드려요! 공짜로 드려요!'라는 마지막 장의 약속은 분명 쓰라린 정치적 울림을 갖는다. 그러나 이 소설을 고작 소련의 실패에 대한 우화라든가 보편적 인식을 향한 과학의 꿈이 좌절되는 내용으로 축소할 수는 없다. 레드는 이 소설 마지막에서 신에게, 혹은 우리에게 이렇게 말한다. '나는 내 영혼을 그 누구에게도 팔아넘긴 적이 없으니까! 그건 내 것, 한 인간의 것이다! 당신 스스로 내 안에서 내 소원을 꺼내 보라. 내가 나쁜 것을 원할 리는 없지 않은가……!'

어슐러 K. 르 귄

후기 *

이 소설의 집필과 관련해서는 (출판에 얽힌 이야기와는 달리) 특기할 만한, 말하자면 교훈적인 이야깃거리가 하나도 없다. 이 소설을 구상한 건 1970년 2월 『저주받은 도시』를 집필하러 코마로보에 있는 창작의 집 ** 에 갔을 때였다. 우리는 작업을 하다가 눈으로 뒤덮인 한적한 별장 마을을 산

---

* 이 「후기」는 보리스 스트루가츠키가 1997년부터 1998년까지 쓰고 2003년 출간한 회상록 『지난 일들에 관하여 *Комментарии к пройденному / Kommentarii k proildyonnomu*』 중 『노변의 피크닉』을 언급한 부분을 발췌하여, 2012년 시카고리뷰프레스에서 발행된 영역판을 위해 손본 것이다. 회상록에는 '월요일은 토요일에 시작된다'라는 소설 제목은 어떻게 해서 탄생했는지, 『저주받은 도시』를 출판하기 위해 얼마나 고생했는지 등 스트루가츠키 형제 소설의 탄생 비화와 집필 당시 고민들이 기록되어 있다.

책하면서 몇 가지 줄거리를 구상했는데, 그중에 훗날 『꼬마』와 『노변의 피크닉』으로 발전한 것들도 포함되어 있었다.

최초의 구상은 이렇다.

……원숭이와 통조림 캔, 방문자들의 방문 이후 30년이 흐름, 그들이 버리고 간 잡동사니의 잔해는 사냥과 발굴 대상이자 연구대상이 됨, 불행을 초래하는 물체, 미신이 만연하며 방문자들이 남기고 간 것들을 차지함으로써 권력을 잡으려 하는 기관과 남기고 간 것들을 제거하려 애쓰는 조직(하늘에서 떨어진 지식은 무용할 뿐 아니라 해로움, 발견한 물체들은 전부 이상한 방식으로 사용할 수 있음), 사람들은 채굴꾼을 마법사처럼 여김, 과학의 권위 추락, 방치된 생태계(거의 방전된 배터리)와 아주 다양한 시대에 살았다가 되살아난 죽은 자들……

이 메모에는 당시에 이미 확정된 소설 제목 '노변의 피크닉'도 등장하지만, '스토커'•••라는 말은 아직 머릿속에 떠오르기 전이었기에 대신 '채굴꾼'이란 용어가 나온다. 그로부터 1년여 후 1971년 1월 우리는 다시 코마로보에 가서 아주 자세하고 꼼꼼하게 세부 사항을 살피며 얼개를 짜는데, 드디어 구상을 마치고 글쓰기에 들어가기 바로 전날 밤에도 '스토커'란 용어는 우리 머릿속에 존재하지 않았다. 훗날 '스토커'로 바뀌는 단어는 아직 '덫 사냥꾼' '덫 사냥꾼 레드릭 슈하트' '덫 사냥꾼의 여자 친구 구타' '덫 사냥꾼의 아우 세드빅'으로 되어 있었다…… '스토커'라는 단어는 소설 첫 장을 쓰던 중 떠올랐다. '채굴꾼'과 '덫 사냥꾼'이란 단어는 처음부터 썩 우리 마음에 들지 않았다. 그 사실이 아주 잘 기억난다.

우리 형제가 도입한 몇 안 되는 단어 중 하나였던 '스토커'는 일상에서도 쓰일 정도로 퍼졌다. '사이버 кибер/kiber'란 단어도 우리 형제가 도입했지만, 독자들 사이에서는 '스토커'라는 단어가 훨씬 폭넓고 깊숙이 퍼졌으며, 사실 이는 무엇보다도 타르콥스키의 영화 덕분이었다고 생각한다. 그렇지만 타르콥스키 감독도 괜히 이 단어를 구현한 것은 아니지 않았을까. 우리가 쓴 단어가 실제로도 적확하고 울림이 있고 압축적이었던 것 같다. 이 단어는 '잠입하다' '몰래

•• '창작의 집'은 소련 시절 문학재단이 작가들의 창작을 지원하기 위해 운영했던 곳으로, 여러 지역에 총 22곳이 있었다. 여기서 언급된 창작의 집은 상트페테르부르크와 가까운 레닌그라드주 핀란드만 인근 코마로보 마을에 있는 곳이었다. 스트루가츠키 형제 외에도 시인 안나 안드레예브나 아흐마토바를 비롯하여 유명한 시인과 소설가 등이 머물며 작품 활동을 했다고 알려져 있다.

••• 러시아어로는 сталкер, 로마자로 표기하면 stalker인데, 러시아어로는 영어와는 다르게 '스탈케르'로 발음된다.

343

가다'란 의미의 영단어 to stalk에서 유래했다. 그런데 발음
이 '스토크'에 가까우므로 정확히는 '스탈케르'가 아니라 '스
토커'라고 하는 게 더 적절했을지도 모르지만, 우리는 이 단
어를 사전이 아니라 예전에 읽은 키플링의 소설을 염두에 두
고 생각해 냈다. 아직 혁명이 일어나기 전에 『홀린 일당들』*
(혹은 그와 비슷한 제목)로 번역되어 소개된 소설이었는데, 19
세기 말에서 20세기 초 영국을 배경으로 펼쳐지는 유쾌한
학생들의 이야기이다. 그 주인공 중 하나가 스토키Stalky라
는 별명의 영악한 말썽꾸러기 소년 두목이다. 나의 형 아
르카디 스트루가츠키가 젊었을 적, 아직 외국어군사학교
학생이었을 때 나는 우연히 벼룩시장에서 키플링의 『스토
키와 친구들 Stalky & Co.』(1899)을 사서 형에게 선물했고, 형
은 읽자마자 이 책에 매료되어 Сталки и компания/Stalki i
kompaniya란 동일한 제목을 달아 내게 번역해 줬다. 그 후
이 책은 내 학창 시절 애독서가 됐다. 그러니까, 우리가 '스
토커'라는 단어를 생각해 낼 때 떠올린 것은 분명 짓궂고 잔
혹하다고까지 할 수 있는 문제아이면서도 아이 특유의 순수
함과 아량을 조금도 잃지 않은 약삭빠른 인물 Stalky였다.
당시 우리 머릿속에 '스탈케르'가 아닌 '스토커'가 맞는 발음
일 거라는 생각은 떠오르지 않았다.

 소설은 지체되거나 위기를 겪는 일 없이 세 단계 만에 완

성됐다. 1971년 1월 19일 초고에 들어갔고 같은 해 11월 3일 퇴고했다. 그 사이사이 우리는 정말 다양한 일들을, 언제나 그랬듯 바보 같은 일들을 처리했다. '판결을 내리는 상원'(즉, 작가연맹 모스크바 지부 사무국)에 탄원서를 썼고, 답장을 쓰고 (서로 옆에 앉아서 쓴 적은 거의 없었다), 대중 과학영화〈세계들의 만남〉(다른 **지성체**와의 조우에 관한 영화) 제작 신청서를 썼고,〈도화선〉(혹은 그와 비슷한 것)을 위한 시나리오 초안 세 편을 썼고,〈립킨, 선택되다〉라는 텔레비전 영화의 줄거리를 작업했고, 새 소설『옥토푸스 암초에서 일어난 기이한 사건들』과 그 밖의 여러 줄거리들을 구상했다. 그러나 그중에 소설로 발전하거나 완성된 것은 하나도 없고 이제부터 서술할 사건들과도 아무런 관련이 없다.

아주 다행히도『피크닉』은 비교적 쉽게, 별문제 없이 레닌그라드의 문학잡지《오로라》에 전달됐으며 이때 편집부에서 차질이 있긴 했지만, 치명적인 문제는 없었다. 물론 이런저런 '똥'과 '개자식'들을 원고에서 삭제해야 했으나, 이런 일에는 익숙했으며, 작가라면 귀엽게 봐줄 수 있는 일이었고, 작자들의 근본적인 입장은 양보하지 않았으니 괜찮았다. 그

• 「후기」원문에는 *Отчаянная компания/Otchayannaya kompaniya*라고 표기되어 있으나, 1925년 당시 러시아에서 실제 출간된 번역본은『광란하는 일당들 *Шальная компания/Shal'naya kompaniya*』이었다.

리고 1972년 늦여름, 원문이 거의 훼손되지 않은 상태로 잡지용 판본이 세상에 나왔다.

그런데 출판사 '청년근위대'에서 『피크닉』 출간을 향한 대장정은 이제 막 시작이었다. 사실 이 대장정이 시작된 건, 엄밀히 말하자면 『피크닉』이 아직 종이 위에 존재하지 않던, 작품집에 이 소설을 넣겠다는 제안서에 상당히 대략적인 구상으로만 존재하던 1971년부터였다. 그 작품집은 『의도치 않은 조우들*Неназначенные встречи/Nenaznachennyie vstrechi*』이다. 인류와 우주의 또 다른 지성체 간 접촉을 테마로 하며 완성되어 있는 두 소설 『살인에 관하여』•와 『꼬마』, 그리고 작업 중에 있는 소설 하나, 이렇게 세 소설로 구성할 생각이었다.

그리고 불쾌한 일들이 바로 닥쳐왔다.

71/03/16 아르카디 스트루가츠키 : ……상부에서 작품집을 보더니 얼버무리면서 아무것도 정확히 말해 주지 않더군. 역사학 박사(?) 마르코프란 사람한테 작품집을 보내 평가해 달라고 상부가 요청했대. 그 사람이 판타지 소설을 아주 좋아한다는 이유로. (……) 원고는 그 후에 그 사람의 평가지와 함께 다시 아브라멘코[당시 부편집장]에게 갈 거고(작성은 되어 있지만 비밀로 유지될 그 평가서를 아브라멘코가 바꿀 수 있도록 하기 위해서겠지?), 그다음

에야 오시포프[편집장]에게 전달될 텐데, 우리는 그때서야 우리 운명을 알 수 있어. 미친놈들. 그것도 문학 하는 사람들이라고.

71/04/16 아르카디 스트루가츠키 : '청년근위대'의 벨라를 찾아가 봤어. 그녀는 우리가 아무것도 바꿀 필요 없다더군. 아브라멘코가 출판계약을 안 하겠다는 메시지를 우리에게 어떻게든 외교적으로 통보해 달라고 부탁했대. 종이도 없고 계약서 파일도 꽉 차 있다는, 뭐 그런 이유를 대 달라고. 그런데 벨라는 상부의 누군가가 스트루가츠키 형제와는 당분간 아무 작업도 하지 말라고 말했다고 단도직입적으로 나에게 일러 주더군. (……) 이런 식으로 헤게모니를 휘두르다니!

그런데 『피크닉』은 아직 완성되지도 않은 때였다. 사실 내용 면에서도 **이념적으로 크게 거슬릴** 게 없으며 완벽히 순수하고 비정치적이기까지 하지 않나. 그저 상부가 '그 스트루가츠키 형제'와의 작업을 전혀 원치 않았고, 여기에 출판사 내부의 힘든 사정까지 겹쳤던 것이다. 바로 이 시기에 출판사 내에서 권력 교체가 일어났고 가장 훌륭한 전통이 뿌리

---

* 『죽은 등산가의 호텔』과 같은 소설이다. 원래 제목은 '살인에 관하여*Дело об убийстве/Delo ob ubiistve*'였지만, 검열의 여파로 '죽은 등산가의 호텔'로 바뀌었다.

뽑히기 시작했는데, 그 결과를 초래한 것이 세르게이 게오르기예비치 제마이티스와 벨라 그리고리예브나 클류예바가 이끌게 된, 우리 조국의 2세대 SF 문학이 안겨 준 많은 걱정거리와 업무로 시달리던 문학 편집부 '새로운 판타지 문학'이었다……

1980년대 초 형 아르카디와 나는 사태를 정리해서 사미즈다트*로 '출판의 역사'(혹은 '어떻게 되어 가는가')란 제목의 실제 문건(서한, 비평, 탄원서, 신청서, 서면 작성된 작가들의 울분과 고통)들을 출판하는 것을 몹시 진지하게 고려했다. 『피크닉』이 핵심이었던 작품집 『의도치 않은 조우들』의 출판과 관련한 문건들 말이다. 당시 나는 수중의 서류들을 분류하고 선별하는 기계적인 작업을 시작했다가 바로 그만뒀다. 그 작업은 꼼꼼해야 했고 소모적이고 전망도 불투명한 단순노동이었을 뿐만 아니라, 또 이러한 모든 고민 끝에 일종의 건방진 생각에 이르렀기 때문이다. 그러니까, 우리의 존재 이유가 1970년대 이념 기계의 작동 방식을 보이기 위함이 아닌가 하는 생각이었다. 솔제니친,** 블라디모프,*** 보이노비치****같이 몹시 고결한 인물들의 운명을 배경으로 말이다.

투쟁의 기록을 출판하겠다는 생각은 곧 떨쳐 냈지만, 페레스트로이카 이후 전과는 완전히 다른 새로운 시대가 왔다. 문건들을 그저 모으기만 해서 사람들에게 쥐여 주는 게 아니라 모든 권리를 갖고 출판할 기회, 즉 문건들에 교훈적인 주석을 달고 그때까지도 아직 직위를 유지하며 문학계에 영향을 발휘할 수 있었던 사람들의 못돼 먹은 인성도 써서 출판하는 걸 실현할 수 있는 상황이 되자 우리는 그 기록물의 출판을 다시 고려하기 시작했다. 이 작업에는 에너지가 넘치는 바딤 카자코프와 류데니Людены/Lyudeny *****의 동료들이 합류했다.

* 　자가 출판사, 독립 출판사라는 의미.
** 　알렉산드르 이사예비치 솔제니친은 『이반 데니소비치의 하루Один день Ивана Денисовича』(1963)와 『수용소 군도Архипелаг ГУЛАГ』(집필 1958 ~1968, 러시아어판 1989~1990) 등을 통해 소련의 수용소에서 벌어지는 인권 탄압을 기록하여 소련에서 추방당했다.
*** 　게오르기 니콜라예비치 블라디모프는 소련 시절 문학비평가로 활동했으나 소련작가연맹에서 제명되었고 후에는 소송에 휘말려 독일에서 활동하다가 1990년이 되어서야 소련 시민권을 다시 받고 2000년대 러시아로 돌아왔다.
**** 　블라디미르 니콜라예비치 보이노비치는 산문 작가, 시인, 희곡 작가로 활동했다. 1960년 그의 시 「발사까지 14분Четырнадцать минут до старта」이 소련 우주인들 사이에서 인기를 얻으면서 이름이 알려졌다. 1960년대 말부터 인권 활동을 하면서 정부와 마찰을 빚었고, 소련의 행태에 대한 풍자적인 작품을 써서 소련작가연맹에서 제명되고 KGB의 감시 대상이 된다. 1981년 소련 시민권을 잃지만 1990년 다시 받아 소련으로 돌아온다.
***** 　스트루가츠키 형제가 호모 루덴스에서 착안하여 작품 『파도가 바람을 잦아들게 한다』에서 쓴 단어이다. 훗날 스트루가츠키 형제 작품 연구회가 '류데니'란 이름으로 출범하는데, 여기서 언급된 바딤 카자코프도 그 일원이었다. 연구회는 스트루가츠키 형제 작품에 나오는 단어집 만들기, 인용집 만들기 등을 추진했으며 스트루가츠키 형제에 관한 책이나 작품 선집 출간에도 참여했다.

나는 그들에게 모든 자료를 넘겨줬고 작업은 꽤 진행됐지만, 얼마 가지 않아 이러한 책의 출판이 현실적으로 불가능하다는 게 드러났다. 상업적인 이익을 가져올 리 만무한 이 책의 출판에 투자할 돈이 그 누구에게도 없었던 것이다. 그런 데다가 여러 사건들이 정신없이 연달아 일어났다. 쿠데타°와 형 아르카디 스트루가츠키의 죽음, 소비에트 연방의 해체, 민주화 혁명, '벨벳' 혁명이기는 했지만 어쨌든 의심의 여지 없이 혁명이라 할 만한 사건까지. 출판에 필요한 최소한의 동력마저 그 몇 달 새 사라졌다.

지금 나는 책상에 앉아 앞에 놓인 상당히 두꺼운 파일 세 권을 보면서 절망과, 딱 그만큼의 좌절과 망설임이 선명히 뒤섞인 감정에 휩싸여 있다. 파일에는 우리가 출판사 '청년 근위대'에 보낸 서한들(편집자들, 편집부, 편집장, 출판사 사장 앞으로), 전소연방 레닌공산청년동맹 중앙위원회에 보낸 탄원서들, 소련공산당 중앙위원회 문화부와 소련공산당 중앙위원회 인쇄·선전부에 보낸 눈물겨운 진정서들, 전연방저작권협회에 보낸 신청서, 그리고 물론 이 기관들이 보내온 답신과 우리끼리 주고받은 편지들이 산더미처럼 쌓여 있는데, 최소한으로 잡아도 200쪽이 넘는다. 나는 이제 이것들을 어찌해야 할지 모르겠다.

처음에 난 이 글에서 『피크닉』 출간에 얽힌 이야기를 하고 한때 우리가 증오했던 자들을 열거하고 겁쟁이들과 바보들, 밀고자들, 비열한 인간들을 조롱하고 우리 모두가 태어나게 된 이 세상의 부조리와 아둔함, 악의를 써서 독자를 놀래 줄 작정이었다. 아이러니컬하면서도 교훈적으로, 객관성을 유지하면서도 가차 없이, 따뜻하면서도 신랄하게 쓸 작정이었다. 하지만 지금 나는 앉아서 이 파일들을 보며 너무 늦었다는 것을, 아이러니컬할 필요도 관대할 필요도 없다는 것을, 넘쳐흐르는 나의 분노를 그 누구에게도 보일 필요가 없다는 것을 깨닫는다. 한때는 허가하고 금지하는 권한을 거의 마음대로 휘두르던 무소불위의 기관들이 과거로 사라졌다. 과거 속으로 사라져 버렸다. 오늘날의 독자에게 누가 누군지, 중앙위원회 문화부에 탄원하는 게 왜 의미 없는 일이었으며, 왜 하필 인쇄·선전부에 탄원해야 했는지, 또 알베르트 안드레예비치 벨랴예프와 표트르 닐리치 데미체프, 미할리 바실리예비치 지먀닌이 대체 어떤 인간들이었는지 설명하는 게 지루하고 또 귀찮은 일이 될 정도로 잊혔다. 그러나 이 인간들은 소련의 이념적 동물계에서 호랑이, 아니 더 나아가 코끼리와 같은 존재였고 타인의 운

• 1991년, 페레스트로이카와 글라스노스트에 반대하는 보수파들이 일으킨 쿠데타를 말한다.

명을 좌지우지하는 자들이었으며 '허울뿐인 상사'이고 '오쟁이 질 놈들'이었다!* 오늘날 그 누가 이들을 기억하며, 이들 중 생존해 있는 자들은 어떻게 살고 있는지 그 누가 궁금해하겠는가? 그렇다면 오늘날 이런 얘기를 조금 풀어 본들 무슨 소용이 있을까. 이념과 별개로, 송사리 같은 소란한 관료들의 무리에 대해 말한들, 이념의 무게에 대해 말한들, 이들의 이름을 말한들. 이들이 끼친 해악은 너무나 커서 헤아릴 수 없으며 이들의 악의와 부정을 묘사하려면 (19세기에 유행했던 글쓰기처럼) 나의 펜보다 더 노련하고 힘차고 날카로운 펜이 필요하다! 난 이 글에서 이들을 상기하고 싶지도 않다. 밤의 유령처럼 과거에 잠들라. 영원히……

그래도 여기에 내가 그 사건과 관련된 모든 서류의 목록을 짧은 설명과 함께 싣는다면 아마 아래와 같았을 것이다.

……

75/04/30   아르카디가 보리스에게(편집부가 『노변의 피크닉』에 대해 '심각한 의혹'을 품고 있음)

75/06/05   스트루가츠키 형제가 메드베데프에게 보낸 서한, 편집부 입장문을 요청하는 내용

75/06/25   지베로프의 서한, 출판이 미뤄지는 상황을 설명

75/07/08   메드베데프와 지베로프가 보낸 편집부 입장문

- 러시아어 원문 표기는 각각 роководитель/rokovoditel', роконосцы/rokonostsy인데 '책임자'라는 의미의 руководитель/rukovoditel'과 '오쟁이 진 남편'이라는 의미의 рогоносец/rogonosets를 의도적으로 틀리게 쓴 것으로 보인다.

계속 이런 식이다. 이 목록이 오늘날 누구에게 필요할 것이며, 오늘날 누가 이 목록을 읽으려 하겠는가?

하지만 이런 내용이 아니라면, 무엇을 쓸 수 있겠나? 이 멍청하고도 지루한 목록과 우울한 마음으로 화가 나서 쓴 부연 설명들을 싣지 않고서야 어떻게 『피크닉』 출간에 얽힌 이야기, 말 그대로 이상한 그 이야기를 할 수 있겠는가. 이 소설에 아무런 결점도 없었던 건 아니지만, 분명한 미덕도 없지는 않았던 것 같다. 이 소설은 분명 매력적이었으며 독자에게 상당히 강렬한 인상을 심어 줬다. (안드레이 타르콥스키 같은 훌륭한 독자가 이 소설에 영감을 받아 뛰어난 영화를 제작하지 않았던가.) 그리고 당연하게도 이 소설은 당대 제도에 대한 공격을 **전혀** 담고 있지 않았다. 사실은 오히려 지배적이었던 반부르주아적 이념을 따르고 있었다…… 그렇다면 이 소설이 **8년**도 넘게 출판사에서 표류하며 출간되지 못한 것은 도대체 무슨, 도대체 어떤 이상한—어이없는? 악마의 장난 같은?—이유 때문이었는가!

애초에 출판사는 작품집 계약 체결 자체를 전혀 원하지 않았다. 나중에 체결하기는 했지만, 무슨 이유에선지『살인에 관하여』수록을 반대했다. 후에『살인에 관하여』대신 전에 검증된 소설인『신이 되기는 어렵다』를 수록하는 데에는 합의했는데『피크닉』수록은 강경하게 반대했다…… 이 투쟁을 간략히 말하기란 불가능하다. 이 얘기는 너무 길어질 것이다. 어쨌든 8년 아닌가. 자기들의 요구 사항을 갑자기 번복하기도 했고(갑자기, 난데없이『신이 되기는 어렵다』를 빼라고 하질 않나!) 다섯 번인가 여섯 번인가 재계약을 해야 했고, 사전 예고 없이 모든, 그 모든 계약 관계를 끊어버리려는 시도도 했다(법정까지 갈 뻔했다!). 그러는 내내 끈질기게 변함없이, 매년, 대화하거나 서한을 주고받을 때마다 다음과 같은 요구를 해 왔다는 점을 짚고 넘어가야겠다.『피크닉』에서 살아 돌아온 죽은 자들이 나오는 부분을 삭제하라. 레드릭 슈하트의 말투를 바꿔라. 키릴 파노프 이야기가 나올 때에는 '소비에트의'라는 단어를 덧붙여라. 우울하고 막막한 분위기, 거친 언사, 잔인한 장면을 삭제하라……

아주 대단한 문서가 남아 있다. 『피크닉』에 쓰인 언어를 편집부가 한 장 한 장 지적한 문서이다. 지적 사항은 18쪽(!)에 걸쳐 서술되었으며 다음과 같은 세부 항목으로 분류된다. 「등장인물의 비도덕적인 행동에 관한 지적 사항」「물리적 폭력에 관한 지적 사항」「비속한 표현과 비표준어에 대한 지적 사항」. 이 중 몇 개를 발췌해 소개하지 않을 수 없다. 우선 내가 임의로 선별하거나 멍청한 부분을 일부러 찾아 골라낸 건 절대 아니라는 점을 말해 두고 싶다. 나는 원문 순서 그대로 옮겼다.

등장인물의 비도덕적인 행동에 관한 지적 사항(총 93부분, 첫 10부분 발췌)

당신은 그 펑퍼짐한 엉덩이를 들어 올리고―45쪽

손이 아니라 이빨로라도 지탱해서 갈 거야―45쪽

그것도 기어서는―61쪽

술병을 꺼내 마개를 열고서는 빈대처럼 입을 딱 붙이고 빨아들였다―67쪽

술병에 술이 한 방울도 남지 않을 때까지 빨았다―68쪽

늘 그렇듯 마지막 한 모금이 부족했다―68쪽

오늘은 완전히 취할 때까지 마실 거다. 리처드도 아주 박살을 내 주지! 그 개자식은, 어찌나 카드놀이를 잘하는지— 71쪽

그런데 나는 술을 마시고 싶다. 더는 참을 수 없다 —78쪽

이런 만남을 기념해 술이라도 한잔하면 좋은데 말일세—79쪽

말을 멈추고 보드카를 손가락 네 개 높이로 따라 준다. 나는 바 스툴에 겨우 올라앉아 술을 마셨고, 눈살을 찌푸린 채 머리를 흔 들고 다시 술을 마셨다 —80쪽

물리적 폭력에 관한 지적 사항(총 36부분, 마지막 10부분 발췌)

바에 놓여 있던 무거운 맥주잔을 잡아채 가장 가까이에서 호탕 하게 웃던 아가리를 힘차게 내갈겼던 것이다 —292쪽

그때 레드릭이 주머니에서 20그램짜리 너트를 꺼내서는 아서의 뒤통수를 조준하고 던졌다. 너트는 정확히 아서의 뒤통수에 명 중했다. 청년은 소리를 지르며……이하 생략—296쪽

다음번에는 그 면상을 박살 내 주겠어—296쪽

움직일 수 있는 다리로 레드릭의 얼굴을 걷어차고 몸부림치며 경련했다……이하 생략—300쪽

부들부들 떨며 그 저주받을 애송이의 머리를 자기 가슴에 파묻어 누르면서 견디지 못하고 온 힘을 다해 비명을 질렀다—301쪽

이제 그 예쁘장한 면상은 불에 그슨 피와 재가 섞여 검회색 가면 을 쓴 것처럼 보였고……이하 생략—303쪽

레드릭은 그의 얼굴을 가장 큰 웅덩이에 밀어 넣고—303쪽

더러운 놈들의 영혼을 도려내 주마. 내가 먹었듯 똥을 처먹게 해
주고—327쪽

그는 반쯤 쥔 주먹을 휘둘러 자기 얼굴을 쳤다 —327쪽

비속한 표현과 비표준어에 대한 지적 사항(총 251부분, 임의로 중간에
서 10부분 발췌)

무력하게, 그런 중에도 악에 받쳐서 상스럽고 지저분한 욕을 내
뱉기 시작했다 —127쪽

이부터 끼우고 들어가지—127쪽

도살자는 욕을 내뱉더니—129쪽

대머리수리, 당신은 개자식이야—130쪽

뭘 좀 먹어 줘야겠어. 힘이 하나도 없거든!—134쪽

몽키가 평온히 숨 쉬고 있었다—135쪽

마귀처럼 더러웠다 —135쪽

제기랄!—142쪽

웬 아프리카인에게 경적을 울리고는—147쪽

더러운 새끼!—176쪽

'동봉한 편집부 서한에서 언급한 것들'은 물론 우리가 보기에 삭
제하거나 수정해야 할 표현과 단어만 적은 것입니다. 무엇보다

도 귀하의 책을 읽는 독자가 젊은이, 그리고 소비에트 문학에서 도덕적 교과서, 인생의 길잡이를 봐야 할 미성년자와 콤소몰[•] 청년이라는 점을 고려해 지적할 부분을 선정했습니다.

이 대단한 문서를 받아 들자마자 서가에 가서 들뜬 마음으로 우리가 가장 좋아하던, 타의 추종을 불허하는 작가 야로슬라프 하셰크[••]가 쓴 책을 꺼내 들었던 기억이 난다. 내가 아랫부분을 얼마나 황홀해하며 읽어 내려갔던가.

인생은 사교 기술을 배우는 학교가 아니다. 모든 사람은 자신이 할 수 있는 방식으로 말을 한다. 집사관 구트 박사의 말하기와 선술집 '성배 옆에서'의 주인 팔리베츠의 말하기는 전혀 다르다. 우리의 소설은 살롱에 드나드는 속 빈 강정들을 위한 교과서가 아니며 배운 사람들이 모이는 사교계에서 어떤 표현이 통하는지 알려 주는 실용서도 아니다……

언젠가 내가 제대로 배운 사람은 어떤 글이든 읽을 수 있다, 고 한 말은 옳다. 자연스러움에 대한 비난은 파렴치한 도덕관념

- [•] 공산주의 청년 조직.
- [••] 체코의 풍자 작가로, 미완성으로 남은 『세계대전 중의 용감한 병사 슈베이크의 운명 *Osudy dobrého vojáka Švejka za světové války*』(1921~1923)이 대표작이다. 아래 인용문은 이 소설의 1부 후기를 발췌한 것이다.

을 갖고 있는, 뻔뻔하고 몹시도 추한 사람만이 할 수 있는 행위이며, 이런 자들은 내용은 보지 않고서 개별 단어들만 악의적으로 공격한다. 몇 년 전 나는 한 소설에 대한 서평을 읽은 적이 있다. 그 비평가는 작가가 이렇게 쓴 것에 대해 화내고 있었다. '그는 코를 풀고선 코를 훔쳤다.' 이 문장이 미적이지도 고상하지도 않다고, 민중에게는 문학적인 글을 제시해야 한다면서 말이다. 이런 사례가 한둘이 아닐뿐더러, 달빛 아래 어떤 얼간이들이 태어났는가를 가장 분명히 보이는 사례도 아니다……

아, 이 글을 통째로 '청년근위대'의 양반들에게 읽어 줄 수 있었더라면 얼마나 좋았을까! 비슷한 맥락으로 나도 몇 마디 보태서 말이다. 하지만 그런 행동은 조금도 의미 없을 뿐 아니라 전술적으로도 옳지 않았을 터다. 그리고 아주 오랜 세월이 흐른 뒤, 우리는 이들의 동기와 심리를 당시 완전히 잘못 파악하고 있었다는 걸 깨닫게 됐다.

당시 우리는 편집자들이 그저 상부를 두려워해서 최상급으로 수상한 작가들이 쓰는 또 다른 수상한 작품을 출판해 긁어 부스럼을 만들지 않으려는 것이라고 굳게 믿었다. 그래서 그간 모든 서한과 신청서를 쓸 때면 말할 필요도 없이 당연한 것들을 기꺼이 설명하곤 했다. 우리가 쓴 소설에는 범죄적 측면이 없으며 이념적으로도 꽤 정제되어 있고,

그러한 측면에서 당연히 안전하다, 소설 속 세계가 거칠고 혹독하며 미래가 막막해 보이는 건 '썩은 자본주의와 부르주아적 이념을 받드는' 세계라면 그러한 모습이어야 하기 때문이다, 라고 말이다.

우리는 문제가 이념적인 것과는 전혀 관계가 없으리라는 생각은 추호도 하지 않았다. 그런데 이들, 이 '달빛 아래 태어난 얼간이들'의 전형과도 같은 인간들은 **실제로 이념과 전혀 무관한 생각을 하고 있었던 것**이다. 언어는 최대한 몰개성적이어야 하며, 매끄럽고 장식적이어야 하고 그 어떤 경우에도 과격해서는 안 된다고. SF는 반드시 공상적이어야 하며 어떤 경우에도 거칠거나 가시적이고 가혹한 현실과 접점이 있어서는 안 된다고. 독자를 현실과 완벽히 괴리해야 한다고. 독자가 꿈속에서, 몽상 속에서, 아름답고 흠결 없는 사상 속에서 살게 해야 한다고 이들은 생각했……

작품의 등장인물은 '가서'는 안 되고 '발을 내디뎌'야 하며, '말해서'는 안 되고 '입을 열어'야 하며, 그 어떤 경우에도 '외쳐서'는 안 되고 '탄성을 내질러'야 한다……! 이는 특이한 미학이자 문학 전반, 특히 SF 소설에 대한 완전히 자족적인 상상이었는데, 일종의 특이한 세계관이었다고 해 두자. 그런데 꽤 많은 이들이 공유한 세계관이었다. 문학계에 영향력을 행사할 수 없는 자가 이러한 세계관을 가졌더라면 완전히 무해했겠지만.

한편 내가 보낸 1977년 8월 4일 자 서한에는 이렇게 쓰여 있다.

메드베데프와 이렇게 처리했음.

A) '비속함' 목록에서 53개 부분 어투를 수정―서한에는 중앙위원회의 요구 사항을 존중하는 의미로 수정했다고 설명되어 있음.

B) 죽은 자를 지구인을 연구하려는 사이버 인간으로 해석할 수 있도록 설정. 구체는 간단한 소원의 생물전기를 감지하는, 일종의 바이오 장비로 설정―서한에는 지적받지 않기 위해 고친 것이라고 쓰여 있음.

C) 서한 다음 부분에는 편집부가 보내온 기타 요구 사항들(폭력 등과 관계된 것들)은 자본주의의 작동을 호도할 수 있으므로 이념적 실수라고 쓰여 있음. 전부 통보서와 함께 보내졌고, 통보서에 따르면 '청년근위대'가 같은 해 7월 26일 수령. 이런 멍청한……

갈등이 최고조로 치닫던 시기였다. 그 후에도 정말 많은 일들이 있었다. 지레 겁먹은 편집부가 여러 번 발작을 일으켰고 우리와의 계약 자체를 파기하려는 시도들을 했으며, 우리는 전연방저작권협회와 전소연방 레닌공산청년동맹 중앙위원회, 소련공산당 중앙위원회에 탄원서와 눈물겨운

서한들을 보냈다…… 작품집『의도치 않은 조우들』은 1980
년 가을 뒤틀린 가여운 희생양의 모습으로 출간됐다. 처음
계획했던 대로 실린 것은『꼬마』뿐이었으며『살인에 관하
여』는 5년 전 전쟁터에서 퇴장했고『피크닉』은 원작자들이
읽는 것은 고사하고 펼쳐 보기도 싫을 만큼 편집당했다.

　그럼에도 작가들의 승리였다. 출판사가 책 출판을 원치
않는데 작가가 출간을 밀고 나가는 것, 이는 소련의 출판 역
사에서 가장 드문 사례 중 하나였다. 이 바닥을 잘 아는 사람
들은 이러한 일이 말 그대로 불가능하다고 믿었다. 그러나
가능했다. 8년이다. '대규모'와 '소규모' 중앙위원회에 부친
편지가 열네 통이다. 굴욕적으로 수정한 부분이 200군데였
다. 별것도 아닌 일에 소진한 에너지는 그 무엇과도 비견할
수 없을 정도로 엄청났다…… 그렇다. 분명 작가들의 승리
였다. 하지만 피로스의 승리*였다.

　그래도『피크닉』은 우리 스트루가츠키 형제의 가장 유명
한 소설로 자리매김했고 오늘날까지도 인기를 유지하고 있
다. 특히 외국에서 그렇다. 20개국에서 38개 판본이 있다.**

●　과도한 대가를 치른 승리를 의미한다. 고대 그리스 서부 에피루스의 왕
　피로스는 로마와의 두 번에 걸친 전쟁에서는 모두 승리를 거두었으나,
　대신 장수들을 많이 잃어 최후의 전투에서는 패망했다.
●●　1997년 말 기준.

불가리아(4개 판본), 동독(4), 미국(4), 폴란드(3), 체코슬로바키아(3), 이탈리아(2), 핀란드(2), 서독(2), 유고슬라비아(2) 등. 러시아 내에서는『월요일은 토요일에 시작된다』에 뒤지긴 하지만, 꽤 많이 읽힌다.『피크닉』은 아직도 살아가고 있으며 어쩌면 21세기까지 살아남을지도 모르겠다.

이 책에 소개하는『피크닉』텍스트는 물론 원래 원고로 완전히 복원한 것이다. 하지만 작품집『의도치 않은 조우들』로 말하자면, 여전히 읽는 것은 물론이고 손에 쥐는 것조차 불쾌하다.

보리스 스트루가츠키

옮긴이의 말

소련 시절 다양한 SF 문학을 발표한 스트루가츠키 형제의 대표작으로 꼽히는 『노변의 피크닉』은 외계인들의 지구 **방문** 이후를 그린다. 소설 속 인간은 '방문자'라 불리는 외계인들이 왜 지구에 왔으며, 무엇을 하다가 간 건지 모른다. 일반적으로 상상하는 지구 침략의 형태는 아니었다. 방문자들과의 소통도 없었다. 상황이 이러니 인간들은 방문자들이 지구에 온 목적을 추측할 수밖에 없다. 그 추측 중 하나가 이 작품의 제목이기도 한, 방문자들이 우주의 한 길목에 위치한 지구에 들러서 피크닉을 즐기고 갔을 뿐이라는 가설이다. 방문자들은 떠났지만, 떠난 자리에 **구역**이라는 외계가 남았다. 인간과 외계의 접촉은 방문자들이 떠나면서 종결된 사건이 아니라 소설 내내 현재 진행형으로 이어진다.

방문자들의 흔적이자 **방문**의 증거인 **구역**은 바깥 세계라는 '외계'의 의미로 대치되지만, 지구 바깥이 아닌 내부에, 즉 지구에 들어와 있다. 겉보기에는 지구의 나머지 공간과 같다. 우주비행선처럼 특별한 장비가 있어야 들어갈 수 있는 곳도 아니다. 그러나 인간의 상식으로 이해할 수 없고 인간의 과학이 설명할 수 없는 현상이 발생하는 공간이다. 지구의 바깥에 있었다면 다른 세계의 이야기라 선을 긋고, 타자로 상정하고 연구할 수 있었을 것이다. 하지만 지구 속에 들어와 버렸고 인간의 삶에 영향을 미치고 있다. **구역**은 인간이 이제까지 쌓아 온 과학을 무너뜨렸고 인간 지식의 허상을 드러냈다. 인간은 타자를 이해하지 못하는 것은 물론 자기 자신도 모르는 것이었다.

외계와의 조우를 다룬 많은 작품에서는 이와 같은 미지의 상황을 지적 호기심이 있거나 사명감이 투철한 인물이 극복하고자 노력한다. 『노변의 피크닉』에서 그나마 비슷한 역할을 하는 인물이 키릴 박사이다. 그는 **구역**으로 인해 인간의 지성이 위기를 맞았지만, **구역**을 알게 되면 그때는 인류가 진정한 '지식'을 얻게 되고 유토피아가 도래할 것이라고 믿는다. 그렇게 긍정적으로 구역의 물체를 연구하던 그

옮긴이의 말 |

는 작품 초반에 죽어 버린다. 소설에서 인간은 어떻게 해도 **구역**을 이해할 수 없다. **방문**이 있고 나서 수년 후 인간은 **구역**의 일부 물체를 사용하는 법을 깨달았을 뿐이다. 무엇을 안다는 것, 이해한다는 것은 기껏해야 자기 범위 안에서의 용도 찾기에 불과한 것일지도 모르겠다. 밸런타인 박사가 말했듯 '왕의 인장으로 호두를 부수는' 격, 자신의 한계를 넘어설 수 없는 일 말이다.

그런데 『노변의 피크닉』은 타자에 대한 불가지론에서 그치지 않는다. '아는 것이란 가능한가'의 대상을 스스로에게 돌려 '자기 자신을 알 수 있는가'를 묻는다. 특성을 알 수 있는가, 란 물음이 아니라 앎의 '주체'를 얼마나 확신할 수 있는가를 묻는 질문이다. 레드릭은 장악하기 위해서가 아니라 살아남기 위해 **구역**을 이해하려 한다. 그는 감각을 사용해 **구역**을 파악한다. 공기의 떨림을 감지하며 소리에 귀 기울이고 주위를 관찰한다. 그런데 그의 감각은 의지와는 상관없이 주위에 반응하기도 한다. 레드릭은 **구역**에 들어갈 때 신경이 떨리는 것을 느낀다. **구역**에서 물체를 갖고 메트로폴에 거래하러 가는 길에는 자기 앞에 펼쳐진 세계의 이면을 보고 있을 수밖에 없었다. 다른 말로, 그가 **구역**을 이해하는 데 사용했던 감각은 이성이 통제할 수 있는 것이 아니다. 레드릭은 그런 불안정한 감각에 기반 하여 무언가를 이해할 수밖에 없다.

　마지막 장에서 레드릭은 막연한 소원을 빌기 위해 **금빛 구체**를 찾아 나선다. 막연한 소원이다. 딸이 어떻게 되기를 원하는 건지 구체적인 바람은 스스로도 모른다. 한 생명을 제물로 바쳐 가며 **금빛 구체**에 도달했지만, 막상 그 앞에서는 뭘 원하는지 스스로 말하지 못한다. 무언가를 알고, 무언가를 감각하고, 무언가를 생각하는 주체는 흔들거리는 개념이었다. 자기 생각이란 것이 애초에 가능하지 않다면, 의지대로 사는 게 아니었다면 자신이 있다는 확신은 어떻게 할 수 있을까. 레드릭은 절규한다. "당신 스스로 내 안에서 내 소원을 꺼내 보라. 내가 나쁜 것을 원할 리는 없지 않은가……!" 무엇이 자기 생각인지, 자신의 생각이 자기 것이 맞는지 혼돈에 빠진 그는 자기 소원을 말하지 못한다. 자신의 존재를 스스로 증명하지 못한다. 그는 직접 들여다보라며 신, 혹은 **금빛 구체**에게 행동을 요청하지만, 이는 자기 자신에 대한 포기가 아니다. 자신이 존재한다는 강한 믿음을 건 도전이다. 인간은 믿는 것만이 가능한 존재일지도 모르겠다.

◆ ◆ ◆

『노변의 피크닉』을 번역하면서 가장 처음 부딪혔고, 마지막까지도 고민했던 부분이 **구역**과 관련한 용어의 번역어 찾기였다. 현실에 존재하지 않는 것을 지칭하는 용어의 대응어를 찾는 일이다 보니 번역을 해 놓고도 적응하는 데 시간이 걸렸다. 대부분의 용어는 직역했다. 그러나 직역으로는 원문의 분위기와 단어의 의미를 살리기 어렵고 앞뒤 맥락에서 어색한 경우가 있었다. 그럴 때는 단어 대 단어의 의미는 맞지 않더라도 맥락과 가장 어울리는 한국어 단어를 찾고자 노력했다. '깡통'과 '모기지옥'이 대표적이다. 러시아어 원문에서부터 용어의 문제가 있어 기준어를 무엇으로 할지 생각해야 하는 경우도 있었다. 이 작품의 핵심이기도 한 '스토커' 이야기이다. 앞으로 몇 단락에 걸쳐서는 '스토커' '깡통' '모기지옥'이라는 번역어가 어떤 고민을 거쳐 나오게 됐는지에 관해 써 보려 한다.

스트루가츠키 형제 중 동생 보리스 스트루가츠키가 「후기」에서 언급했듯 레드릭의 직업명 '스토커'는 러디어드 키플링의 『스토키와 친구들』의 등장인물 별명인 스토키를 염두에 두고 쓴 것이다. 『스토키와 친구들』은 키플링 자신을 반영한 인물인 비틀과 그의 친구인 엠터크, 코크런, 이

세 소년이 주축이 되는 에피소드 형식의 학원물 소설이다. 그리고 소설의 첫 에피소드에서 코크런이 스토키란 별명을 얻는 경위가 그려진다. 코크런은 농장에 장난을 치러 가는 학생들의 뒤를 몰래 따라가다가 이들이 농장에 붙잡힌 걸 알게 된다. 코크런은 이들을 구하기 위해 헛간에 잠입하여 기지를 발휘해서 이들이 탈출하도록 돕는다. 이날 이후로 그는 스토키라 불리게 됐다. 이 별명은 물론 영어 스토크stalk에서 유래했다. 스트루가츠키 형제도 이 별명의 어원을 알고 있었다고 보리스 스트루가츠키는 「후기」에서 밝히고 있다.

우리나라에서 '스토커'라고 하면 상대가 위협을 느낄 정도로 집요하게 쫓아다니는 인간을 바로 떠올리게 되지만, 러시아(출간 당시 소련)에서는 스트루가츠키 형제의 소설에 나온 단어로서 먼저 퍼졌다. 이 소설이 발간된 후 체르노빌 원전 사고가 일어났는데, 그 후 원전 주위 접근 금지 구역에 몰래 들어가는 이들을 바로 이 소설에서 유명해진 단어 '스토커'라고 칭할 정도였다(우크라이나에서는 이 소설과 체르노빌 원전 사고를 모티프로 컴퓨터게임 〈S.T.A.L.K.E.R.〉가 제작됐고 우리나라에도 정식으로 소개된 바 있다). 이 번역본에서는 이 책이 출간됐을 당시 러시아 독자들이 느꼈을 단어의 생경함을 염두에 두고 한국어로 새로운 단어를 만드는 안을 고민했다. 그리고 한국어로는 스토커가 러시아어에서 스트루가츠키 형제가 퍼뜨린 의미와는 달리 부정적인 의미가 더 강하기에 '스토커' 채택을 망설였다. 하지만 새로운 조어를 한국어에서 탄생시키기보다는 기존에 들어와서 쓰이는 단어에 의미와 어감을 추가하는 편이 좋겠다고 판단했다.

물체 중에서는 '깡통'의 번역어를 찾는 데 가장 많은 고민을 쏟았다. 러시아어 원문에서는 '비어 있는'이라는 의미의 'пустой/pustoi'에서 파생한 'пустышка/pustyshka'가 쓰였다. 'пустышка'의 의미는 공갈 젖꼭지, 혹은 별 볼 일 없는 인간이다. 러시아어에서는 의미소 'пустой'가 'пустышка'에 남아 있어 중간이 빈 이 물체와 잘 호응한다. 그러나 한국어로 직역해서는 '비어 있다'는 어감이 너무 희미해져 이 물체의 외관과 맞지 않는다. 물체의 외관과 맞는 게 중요했다. 스토커들은 **구역**에서 이제껏 알려지지 않은 물체를 보고 비공식적인 이름을 붙이는데, 물체가 어떤 성질을 갖는지는 짧은 시간 내에 알 수 없다. 그렇기에 스토커들이 쓰는 명칭은 특징보다는 감각기관을 통해 받아들인 첫인상에 의존한다. '깡통'의 경우에는 스토커들이 두 동판이 떠 있는 것 같은 외관을 가장 먼저 파악했을 것이다.

최초의 번역어는 '공허'였다. '충만한 공허'라는 조합이 괜찮아 보였다. 하지만 스토커들이 **구역**에서 처음 본 물체에 이름을 붙이는 이유는 거기서 물체를 운반하는 작업을 할 때, 혹은 거래할 때의 편의를 위한 것이었을 터다. 그렇다면 추상적인 '공허'보다 구체적인 단어가 더 적절하리라고 생각했다. 이 물체가 스토커들의 눈에 처음 어떻게, 혹은 무엇으로 비쳤을까 상상해 보던 중 보리스 스트루가츠키가 밝힌 작품 구상 메모에 적혀 있는 통조림 캔консервная банка/konservnaya banka이 떠올랐다. пустышка의 형태는 중간이 비어 있는, 아래위 판만 남은 통조림 캔과 비슷하지 않은가. 또 이 물체를 연구소에서 연구하며 '자기성 트랩 77-B'라는 명칭을 붙인 키릴 박사가 '충만한 깡통'에는 '슈하트의 병банка Шухарта/banka Schuharta'이란 명칭을 붙이겠다고 한 것도 실마리가 됐다.

한편 들어서는 순간 온몸이 땅에 붙어 버릴 정도로 중력이 센 공간인 '모기지옥'의 원어는 'комариная плешь/ komarinaya plesh'였다. 직역하면 '모기의 탈모 부위'이다. 러시아인에게도 낯설게 들리는 단어 조합이라고 한다. 안 그래도 작은 모기의 털이 없는 부분이니 정말 미미한 것이라는 뜻으로 볼 수 있겠다. 단어를 떼어 놓고 보자면 '모기'의 경우 실제 모기가 많이 나온다든가 모기처럼 성가시다거나 잡기 어려운, 즉 파악하기 어려운 공간이라는 의미가 있을 수 있겠다. '탈모 부위'는 털이 없는 부위처럼 아무것도 남지 않은 공간, 이 작품 맥락에서는 생명이 없는 공간으로 해석했다. 그런데 직역을 해서 '모기의 탈모 부위'라고 하면 이 조합이 의도했을 은유의 효과를 빠르게 주기 어려웠다. '모기'가 주는 어감은 달리 대체할 필요가 없을 것 같아 그대로 두기로 하고 뒤의 '탈모 부위'를 바꾸는 방향으로 번역어를 고민했다. 그러던 중 지인을 만났는데, 그 지인이 개미지옥에서 착안한 '모기지옥'이 어떤가 제안했다. 지옥이란 단어가 생명이 없는 공간을 빠르게 떠올릴 수 있는 은유가 되고, **구역**의 위협이 주는 이미지와 맞는다고 판단해 '모기지옥'으로 번역했다.

이상이 독자들의 독서와 작품 해석에 도움이 되기를 바라며 쓴 번역어에 대한 변이다.

◆ ◆ ◆

이 소설은 1972년 출간된 후 동시대에 활동하던 영화감독 안드레이 타르콥스키에 의해 1979년 영화로 제작됐다. 영화는 세계적으로 호평받았다. 우리나라에서도 DVD가 발매되고 타르콥스키 회고전 등을 통해 소개되었기에 『노변의 피크닉』을 타르콥스키의 영화 〈스토커Stalker〉의 원작으로 아는 독자도 많으리라 생각한다. 타르콥스키 회고전이나 서울아트시네마에서는 '잠입자'라는 제목으로 상영됐고 오에 겐자부로의 『조용한 생활』의 세 번째 단편에서는 '안내인'이란 제목으로 언급되기도 했다.

영화를 먼저 접한 독자는 원작 소설이 영화와 상당히 다르다는 데 놀랐을지도 모르겠다. 영화 〈스토커〉는 소설과 꽤 다를 수밖에 없었다. 스트루가츠키 형제는 타르콥스키 감독의 요청을 받고 『노변의 피크닉』을 토대로 한 시나리오를 쓰기 시작했다. 그런데 '스토커'를 어떻게 구현할 것인지를 두고 의견 차이가 있었다. 보리스 스트루가츠키의 「후기」를 보면 타르콥스키 감독은 정확히 어떤 '스토커'를 원하는지 구체적으로 제시하지 않았던 듯하다. 스트루가츠키 형제는 감독을 만족시키기 위해 시나리오를 거듭 다시 써야 했고, 그렇게 해서 쓰인 시나리오가 총 아홉 편이었다. 영화 작업은 좌초될 뻔했지만 마지막 시나리오의 '성바보юродивый/yurodivy 스토커'가 타르콥스키의 마음에 들어 촬영이 시작됐다. 바로 그 주인공이 원작과 영화의 가장 큰 차이 중 하나이다.

여기서 언급하고 넘어갈 또 다른 차이가 바로 **금빛 구체**이다. 영화에서는 **금빛 구체**가 '소원의 방'으로 바뀌어 등장한다. '소원의 방'은 들어온 자의 내면을 읽어 그가 진정 원하는 것을 이뤄 준다. 소원을 직접 말하는 것은 의미가 없다.

옮긴이의 말 |

소원을 비는 자가 자신이 진정으로 뭘 원하는지 모를 수 있기 때문이다. 소설에서 누넌이 말했듯, '나는 어떻게 해야 나 자신을 볼 수 있는가?' 말을 조금 바꿔 보면 결국 그 누가 자기 자신을 안다고 할 수 있는가의 문제이다. '소원의 방'에 들어간다는 것은 자기 자신과 마주하는 일이며 자기 인생의 주인이 자신이 아닐 수도 있다는 시험에 부딪히는 일이다. 자기 자신을 건 도박이다. 영화의 등장인물들은 소설의 레드릭과는 다르게 행동한다.

아홉 가지 버전의 영화 시나리오 대부분은 유실되고 첫 번째, 세 번째(혹은 네 번째—보리스 스트루가츠키도 헷갈려했다), 아홉 번째 시나리오만이 남아 있다. 그중 '금빛 구체'라는 제목으로 촬영될 뻔한 첫 번째 시나리오 「소원기계」와 마지막 시나리오인 「스토커」는 문고판 보급형 판본인 「스트루가츠키 형제의 세계」 시리즈의 스트루가츠키 영화 시나리오 작품집에 수록 출간됐다. 러시아에서 스트루가츠키 형제의 작품은 꾸준히 나오고 있으며 『노변의 피크닉』의 경우 이 번역 작업을 하는 동안에만 세 개 판본이 새로이 출간됐다. 한 권은 표지만 바꿔서, 또 한 권은 스트루가츠키 형제의 다른 인기작 『신이 되기는 어렵다』『월요일은 토요일에 시작된다』와 함께 보리스 스트루가츠키의 아들 안드레이 스트루가츠키의 짧은 서문을 싣고 「소련 SF의 별」 시리즈로 출간됐다. 나머지 한 권은 이 번역 작업에도 많이 참고가 된 「세계의 명작들」 시리즈로 출간된 주석판이었다. 『노변의 피크닉』은 주석판이 필요할 정도로 러시아 내에서 중요한 작품으로 인정받고 있다.

스트루가츠키 형제는 소련 시절 스무 편이 넘는 작품을 발표했으나, 우리나라에서는 이번 『노변의 피크닉』이 『세상이 끝날 때까지 아직 10억 년』(석영중 역, 1988, 열린책들) 이후 처음 소개되는 스트루가츠키 형제의 작품이다. 『노변의 피크닉』이 우리나라에서 스트루가츠키 형제의 세계가더 많이 읽히고 번역되는 계기가 되길 희망한다.

이보석

옮긴이의 말 ｜

스트루가츠키 형제 작품 목록[*]

■ 중장편

1958 외부로부터 *Извне/Izvne*

1959 선홍빛 구름의 나라 *Страна багровых туч/Strana bagrovykh tuch*

1960 아말테아로 가는 길 *Путь на Амальтею/Put' na Amal'teyu*

1961 귀환(정오, 22세기) *Возвращение(Полдень, XXII век)/Vozvrashenie(Polden', XXII vek)*

1962 견습생들 *Стажеры/Stazhyory*
탈출 시도 *Попытка к бегству/Popytka k begstvu*

1963 머나먼 무지개 *Далекая радуга/Dalyokaya raduga*

1964 신이 되기는 어렵다 *Трудно быть богом/Trudno byt' bogom*
월요일은 토요일에 시작된다 *Понедельник начинается в субботу/Ponedel'nik nachinaetsya v subbotu*

1965 이 시대의 탐욕스러운 것들 *Хищные вещи века/Khishnye veshi veka*

1966 비탈 위의 달팽이 *Улитка на склоне/Ulitka na sklone* [완전판 1988]

1967 화성인의 제2차 침공 *Второе нашествие марсиан/Vtoroe nashestvie marsian*

1968 트로이카 이야기 *Сказка о Тройке/Skazka o Troike*

1969 유인도 *Обитаемый остров/Obitaemyi ostrov*

1970 죽은 등산가의 호텔 *Отель „У Погибшего Альпиниста"/Otel' „U Pogibshevo Al'pinista"*

1971 꼬마 *Малыш/Malysh*

1972 노변의 피크닉 *Пикник на обочине/Piknik na obochine*

1974 지옥에서 온 남자 *Парень из преисподней/Paren' iz preispodnei*

1976 세상이 끝날 때까지 아직 10억 년 *За миллиард лет до конца света/Za milliard let do koncha sveta*

1979 개미집의 딱정벌레 *Жук в муравейнике/Zhuk v muraveinike*

1980 우정과 우정 아닌 것에 관한 이야기 *Повесть о дружбе и недружбе/Povest' o druzhbe i nedruzhbe*

■ 시나리오

1981 소원기계Машина желаний/Mashina zhelanii
1990 스토커Сталкер/Stalker [영화 1979]
1985 불로장생의 약 다섯 스푼Пять ложек эликсира/Pyat' lozhek eliksira
         [영화 1990]
1987 먹구름Туча/Tucha
         일식의 날День затмения/Den' zatmeniya [영화 1988]
2005 마법사Чародеи/Charodei [영화 1982]

■ 야로슬랍체프 S.(아르카디 스트루가츠키 필명)

1974 지옥으로의 탐험Экспедиция в преисподнюю/Ekspedichiya v preispodnyuyu [완
         전판 1988]
1984 니키타 보론초프의 생에 관한 자세한 이야기Подробности жизни
         Никиты Воронцова/Podrobnosti zhizni Nikity Voronchova
1993 인간들 사이의 악마Дьявол среди людей/D'yavol sredi lyudei [집필 1991]

■ 비티츠키 S.(보리스 스트루가츠키 필명)

1994 운명 찾기, 혹은 예절에 관한 스물일곱 가지 정리Поиск
         предназначения, или Двадцать седьмая теорема этики/Poisk prednaznacheniya, ili
         Dvadchat' sed'maya teorema etiki
2003 이 세계의 힘없는 자들Бессильные мира сего/Bessil'nye mira sego

• 작품 연도는 잡지 발표일을 기준으로 하되 바로 단행본으로 출간된 것은
   단행본 발행일을 기준으로 삼았다. 검열로 인해 집필과 출간의 시차가
   있는 경우 따로 표시하였다. 희곡은 작품 발표 없이 공연한 경우, 초연일
   을 기준으로 삼았다.

옮긴이 이보석

연세대학교 노어노문학과와 한국외국어대학교 통번역대학원
한노과를 졸업했다. 현재 연세대학교 대학원 비교문학 협동과정
에서 수학 중이다.

노변의 피크닉

초판 1쇄 펴낸날 2017년 12월 18일
초판 5쇄 펴낸날 2024년 12월 5일

지은이 아르카디 스트루가츠키·보리스 스트루가츠키
옮긴이 이보석
펴낸이 김영정

펴낸곳 (주)현대문학
등록번호 제1-452호
주소 06532 서울시 서초구 신반포로 321(잠원동, 미래엔)
전화 02-2017-0280
팩스 02-516-5433
홈페이지 www.hdmh.co.kr

ⓒ 2017, 현대문학

ISBN 978-89-7275-838-9 03890

* 책값은 뒤표지에 있습니다.